El Futuro de Nuestro Pasado

La Trilogía del Recuerdo – Libro I

Por Kahlen Aymes

Kahlen Aymes Books, Inc

Diseño de portada por Kahlen Aymes Books, Inc.
Arte de la portada:
Derechos Reservados Copyright © ThinkStock Photo/86534108/Couple Holding Hands Outdoors/JupiterIMages/Getty Images
Copyright ©ThinkStock Photo/104876724/Shiny Bright Diamiod/iStock Photo
Publicado por Kahlen Aymes Books, Inc.
http:// www. KahlenAymes.com
ISBN (Print): 978-0-9967344-2-4
ISBN (ePub): 978-1-3115432-6-4
Traducido por: Karla Andrade
Formateador: E-BookBuilders

Versión: 2016.28.06.

Vista el blog de la autora:
http://www.kahlen-aymes.blogspot.com

v

Contenido

Otros libros por Kahlen Aymes

The Remembrance Trilogy & Prequel

Prequel: Before Ryan Was Mine
The Future of Our Past (Libro 1)
Don't Forget to Remember Me (Libro 2)
A Love Like This (Libro 3)

The After Dark Series

Angel After Dark (Libro 1)
Confessions After Dark (Libro 2)
Promises After Dark (Libro 3)

The Famous Novels

Famous (Libro 1)
More Than Famous (Libro 2)
Beyond Famous (Libro 3)

Próximamante en 2016-18

One Step Closer
Covered in Raine
Soulmate
Unfinished Business
So Damn Beautiful

Stripped
Rock Star After Dark

Libros en Español – Próximamente

La Trilogía Del Recuerdo & Precuela

Antes de que Ryan Fuera Mío (Precuela)
El Futuro de Nuestro Pasado (Libro I)
No Olvides Recordarme (Libro II)
Un Amor Como Este (Libro III)

La serie de Después del Anochecer

Ángel Después del Anochecer
Confesiones Después del Anochecer
Promesas Después del Anochecer

Las Novelas Famoso

Famoso (Libro I)
Más que Famoso (Libro II)
Más allá de Famoso (Libro III)

Próximamente en 2016-18

Un Paso Más Cerca
Cubierto por Raine

Alma Gemela
Negocios Inconclusos

h

Sinceras y profundas gracias a todos los que tomaron la oportunidad y leyeron mi trabajo incluso antes de darme cuenta que era una escritora. Su amor, apoyo y lealtad ha significado más de lo que puedo articular. Sus reseñas y amor hacia la trilogía me han dejado sin aliento. Abruman mi corazón.

A Kathryn, Ali, Liz y Sally muchas gracias por su tiempo amor y paciencia en la meticulosa tarea de tener la trilogía lista para imprimir.

Jena y Samantha, quienes fueron voluntarias para ayudarme con mi blog y pendones desde el principio de esta jornada. No pude haber llegado tan lejos sin ustedes.

Anna, Janice, Tanya, Marie, Bunny, Erin, Maureen, Kelly, Wendy, Sophia, Stephanie, Sydney, Carol, Dani, Danielle, Renata, Jennifer, Ally, Debra, Sylvain, Irene, Marcelo y Phoebe; se han convertido en mis grandes amigos en los últimos dos años, y los tendré cerca de mí siempre.

Para mi pequeña Kacy… Siempre has sido una gran alegría. Estoy tan orgullosa de ti. A mis padres y el resto de mi familia, gracias por su fe y amor.

xoxox-Los atesoro a todos por diferentes razones-xoxox

Al equipo de Telemachus Press; su profesionalismo es realmente apreciado.

Gracias.

Especialmente gracias a Tony Bartello por prestar su voz para la reseña en video, y a todos ustedes los que creyeron con suficiente fuerza para que despegara el sueño en kickstarter.com.

Y finalmente…

Para mi hija, Olivia; quien me prestó su nombre al principio de esto.

Te pareces tanto a mí y sin embargo eres tan diferente… Y el regalo más grande de mi vida.

Te amo.

-Kahlen-

-1-

Escuela de Medicina de Hardvard.

Yo había soñado con esto desde que tenía doce años, mis padres lo habían soñado desde que nací, y ahora la realidad de este hecho me estaba mirando a la cara. La carta de aceptación cayó de mis temblorosas manos mientras yo me hundía en el sofá del departamento que comparto con mi mejor amigo, Aaron.

Él y yo hemos sido amigos desde que éramos chicos. Él se había mudado con nosotros desde que su mamá y papá murieron en un accidente automovilístico y, unos años después, mis padres lo adoptaron legalmente.

Ahora, Julia era mi mejor amiga. Ella era… todo.

Yo pasé la mayor parte de mi carrera universitaria convenciéndome de lo contrario, pero el prospecto de dejarla para irme a Boston, estaba sacando el aire de mis pulmones. Literalmente no podía respirar; mi pecho se contraía y un calor se infundía dentro de mi piel como una ráfaga. Mi corazón latía tan rápido que estaba seguro que saldría volando de mi cuerpo.

Qué iba a hacer? Esto era lo que yo quería, no es así?

Aaron entró y yo ni siquiera lo oí; yo tenía mi cabello entre mis puños y mis codos cerrados sobre mi cara mientras estaba allí sentado, inmóvil, excepto por el palpitar de mi pecho.

"Amigo… qué demonios pasa contigo?" la profunda voz de Aaron finalmente se introdujo en mis pensamientos.

"Ah… Lo siento. Cuándo regresaste?"

"Ryan, he estado hablándote por cinco minutos! Ya tengo mi carta de aceptación. Y tú?" su tono era emocionado y estaba sonriendo de oreja a oreja.

Me doblé para recoger la carta del piso donde había caído y fui a mirar por la ventana. El otoño había dejado a los árboles estériles de sus lozanas hojas, recordándome en lo que mi vida se convertiría si me fuera a Boston; una página en blanco, sin los colores que Julia pintaba en mi vida. Parecía tan desolado, baldío.

Nos conocimos en la clase de psicología del primer año en mi segundo semestre en Stanford. Yo quedé instantáneamente hipnotizado por la fluidez de su cabello oscuro y su piel traslucida. Ella tenía un suave rubor en sus mejillas y yo estaba demasiado atraído a su impactante cara; labios que eran llenos y deliciosos y brillantes ojos color verde oscuro. Nunca había visto algo más hermoso. Ella hizo un comentario sarcástico sobre la tontería que era la clase y lo innecesaria que era para un título de publicidad y mercadeo. Yo me encontraba explotando de ganas de hablar con ella.

"O para casi cualquier cosa…en este caso"

Estuve de acuerdo con ella. Sus brillantes ojos encontraron los míos y yo estaba hecho.

Nos hicimos cercanos con el pasar del tiempo, confiando el uno en el otro para cualquier cosa y para todo… prácticamente inseparables y así era como me gustaba.

Tres años después ella no estaba segura de donde le gustaría vivir luego de la graduación y había estado aplicando para trabajos en varias revistas en ambas costas del país y en Chicago. Todo estaba en el aire excepto que ella y Ellie estaban planeando mudarse a algún lugar juntas. Solo quedaban un par de meses para la graduación cuando la vida nos llevaría por direcciones diferentes.

Lo habíamos hablado un poco, ambos sintiendo el peso de la realidad a punto de irrumpir en la pequeña burbuja de Ryan y Julia que habíamos creado, y la discusión nunca se había tornado seria, suspiré ruidosamente mientras trataba expulsar las emociones que amenazaban con ahogarme.

"Ryan… cuál es tu jodido problema? Te rechazaron?"

"No. Yo, ah, fui aceptado, también. Felicidades, hombre," murmuré mientras mi mente corría.

"Suenas como si tu perro acabara de morir. Amigo, acabamos de ser aceptados en la más prestigiosa escuela de medicina del país! Juntos! Estas drogado?" me sacudió el hombro.

Traté de sonreírle. Este era un gran momento para él también; uno que habíamos soñado en compartir desde que éramos chicos. Un sueño por el cual nos habíamos partido el culo para alcanzar.

"Sabes que no hago esa mierda."

La puerta se abrió y varias voces siguieron. La novia de Aaron, Jenna, Julia y su mejor amiga, Ellie, entraron a la sala de estar. Estaban riendo y bromeando una con la otra. Mis ojos volaron hasta Julia. Su cara estaba rosada por el frío, sus ojos brillaban y la risa brotaba de sus labios. Ella era tan hermosa, me quitó el aliento.

Aaron atrapó a Jen en un gran abrazo de oso. "Entré a Medicina en Harvard!"

Ella gritó con emoción mientras Aaron le daba vueltas girando por el lugar.

Julia bajó su bolso mientras examinaba mi cara intensamente. "Ryan?" me preguntó tomando mi mano grande en su pequeña mano.

Ella había llenado la aplicación conmigo, me ayudó a organizar mis cartas de recomendación y me compró los libros para estudiar para los exámenes de admisión de la Universidad. Ella pasó horas y horas interrogándome en el curso del último año, y me mantenía alimentado mientras estudiaba. Sabiendo lo que esto significaba para mí ella hizo su mejor esfuerzo para ayudarme a obtenerlo.

"Haz algo por tu chico, Jul." Gritó Aaron a través de la habitación mientras caía en el sofá con Jenna en su regazo. "Está catatónico."

"Estoy muy feliz por ti, bebé," Jen le plantó un sonoro beso en la boca a Aaron. Jenna estudiaba enfermería y aunque Aaron no le había hecho la proposición, ellos eran muy apegados y no tenía duda de que ella lo seguiría a Boston.

Ellie miró entre nosotros mientras Julia continuaba mirándome a mí, su cara finalmente dividiéndose en una gran sonrisa. "Ryan, tu, también. Cierto?"

Asentí con la cabeza miserablemente, antes de que sus brazos se deslizaran por mi cintura. Contra mi voluntad incliné mi cabeza sobre el tope de su cabeza.

"Estoy tan orgullosa de ti," Julia susurró contra mi camisa y su cálido aliento penetró a través del material.

Me sentí enfermo, de repente con el estómago revuelto ante el pensamiento de no verla cada día.

Ella levantó sus ojos llenos de lágrimas hacia los míos, las luminosas piscinas verdes ahogándome en sus profundidades. "Sabía que podías hacerlo."

Sus dedos se desplegaron y bajaron por mi camisa blanca de botones y yo quería rogarle que viniera conmigo.

"Gracias a ti. Me impulsaste con fuerza suficiente." El aroma de coco de su shampoo me rodeó y su suave cabello era como seda contra mi cara.

"Para qué son los mejores amigos?" murmuró frotando mi espalda. Miré hacia abajo a su rostro, sus facciones suaves y buscando. Fruncí el ceño y apreté los labios involuntariamente.

Sí, qué carajo voy a hacer sin ti entonces?

"Hey. En qué andas? Deberías estar sobre la luna," dijo ella titubeante, inclinándose casualmente sobre el mostrador, la preocupación acechando sus rasgos.

Hice una porquería de intento en sonreír.

"Estoy un poco abrumado, eso es todo. Estaré bien una vez que el shock desaparezca"

La ceja derecha de Julia se levantó con escepticismo.

"Después de los cientos de noches en vela que pasé estudiando contigo para esta porquería, espero que vayas allí a patear traseros."

Aaron irrumpió en la cocina.

"Ellie quiere ir a Antonio's para cenar, y luego ir a escuchar una banda. El guitarrista la tiene calenturienta."

"Su nombre es Harris" Julia sonrió y dio la vuelta hacia Aaron con los brazos abiertos. "Felicitaciones!"

Aaron levantó a Julia del piso y la hizo girar por la habitación hasta hacerla chillar de deleite.

"Agh! Aaron! Ya es suficiente, hombre. Vas a hacer que se maree." Yo observaba a un metro de ellos.

"Nah, Jul es dura. Te ha aguantado a ti por tres años, no?" dijo mientras la bajaba.

"Sí." ella me empujó con el hombro, como lo ha hecho un millón de veces antes. Era uno de los cómodos gestos que se habían vuelto un hábito con los años.

"Te vas a alegrar o voy a tener que sacar el armamento pesado?"

"Y cuál sería ese?" finalmente sonreí a la mirada inocente en su cara.

"Oh, no sé… Selva Negra o cheessecake?" Esas eran mis favoritas.

La primera vez que la preparó para mí fue cuando su padre llevó un gran caso de asesinato y yo no quise que Julia estuviese sentada sola en esa inmensa casa, entonces la llevé a Chicago para Navidad durante nuestro primer año de Universidad.

"Si lloriqueo suficiente, harías ambas?" bromeé gentilmente.

Mi corazón se detuvo mientras sus dedos acariciaron la longitud de mi quijada. "Así está mejor. Si, si te hace feliz."

"Si, voy a morir de hambre en Boston."

Mi garganta se cerró otra vez. Traté de tragarme las emociones, esperando que ella no entendiera mi doble significado.

Ellie entró y comenzó a llevarse a Julia lejos de mí. "Vamos. Tenemos que ir a arreglarnos. Los chicos nos invitaron a salir. Cierto, Ryan?"

Julia puso los ojos en blanco y se encogió de hombros. No pude evitar sonreírle. Ella era jodidamente adorable.

"Adiós, chicos" dijo Julia mientras desaparecía hacia la otra habitación.

"Ok Ellie, suficiente. Iré voluntariamente, no tienes que arrastrarme, niña" La exasperación en su voz era claramente forzada. "Jen, si yo tengo que sufrir esta humillación tú también. Vamos!"

Jen rio, "Nos buscarán en la casa de Julia y Ellie en dos horas. No lleguen tarde. Aaron Matthews, o te haré pagar después." Gritó desde la otra habitación y luego la puerta se cerró ruidosamente.

Terminé de un trago la cerveza que tenía en mi mano, la cara de Aaron se volvió sobria de repente y yo me ericé.

"Ryan, no estas feliz? Este es el principio del resto de nuestras vidas, hermano."

"Si, lo sé." Me encogí de hombros y salí del cuarto. El me siguió, sacudiendo la cabeza.

"Vas a decirle a Julia que estás enamorado de ella? Todo esto es por eso, entonces no me vengas con mierda" dijo sigilosamente.

Me detuve y enterré las manos en mi cabello. "Ah… Mira, tengo que tomar una ducha, así que…"

"Ryan! Resuelve esta mierda, te van reventar en Harvard si no tienes la cabeza en el juego y hemos trabajado demasiado para llegar ahí."

"Si, voy a extrañarla. Acabo de darme cuenta que no la veré cada día, pero lidiaré con eso" Esperaba que él estuviese más convencido por mis palabras que yo.

"Lidiarás con eso." Sus ojos nunca dejaron los míos cuando habló y yo podía ver la incredulidad detrás de ellos, "Y como coño te propones hacer eso?"

Respiré profundamente y froté la barba naciente en mi mandíbula en un esfuerzo por sacar de mi mente el dolor de mi corazón. "Bueno, solo voy a tener que convencerla de venir conmigo," traté de hacerlo sonar como si estuviera bromeando.

"Para ser qué? Tu compañera de estudio?" Las palabras de Aaron fueron ásperas y dieron justo en el objetivo; pedirle que me siguiera era egoísta, pero no iba a poder detenerme.

"No es así. Ella es mi mejor amiga. Yo haría…"

Él me interrumpió. "Tu harías qué? Le dirás que de repente tuviste una epifanía? Acaso siquiera tú mismo sabes qué sientes por ella? Ella es *más* que tú mejor amiga y lo sabes. No jodas con su cabeza, Ryan. Ella merece algo mejor que eso!"

Yo estaba sin palabras mientras estaba parado ahí inmóvil, luchando por encontrar las respuestas que él buscaba. Déjale a Aaron eso de ser brutalmente honesto.

"yo…ah…estoy…"

"Mira, no apresures una conversación hasta que no sepas realmente que quieres,"

Aaron fue por una cerveza y regresó para escuchar mi respuesta.

"Si espero, ella puede tener un trabajo en espera y no va a haber oportunidad de que ella venga a Boston."

"Seamos honestos. El tipo de compañías a las que ella está aplicando no están en Boston, Ryan"

Yo no quería escuchar sus palabras, pero tampoco podía negar que eran verdad. Julia merecía perseguir sus sueños tanto como yo lo hacía. Tenía que dejarla ir, aun cuando eso me hiciera pedazos, y *me haría* pedazos.

Lentamente me hundí en el sofá, con los codos en mis rodillas y mis manos entrelazadas frente a mí.

Aaron puso su mano en mi hombro.

"Julia siempre será una parte de tu vida, sin importar la distancia. Pero…debes decirle cómo te sientes, por el bien de ambos"

Yo negué con la cabeza. "Yo no puedo decirle que estoy enamorado de ella, solo para dejarla. No es justo, Aaron. Además, no puedo soportar escucharla decirme que solo me ve como a un amigo. Eso podría arruinar la relación que *si tenemos* y no voy a arriesgarme a perderla en mi vida."

"Preferirías ser su amigo y verla casarse con algún otro tipo…sí, claro," dijo sarcásticamente.

Mi pecho se apretó mientras Aaron continuaba. "He visto la forma en que la miras, como apenas puedes contenerte de moler a golpes a los tipos con los que ella sale. Deja de mentirte a ti mismo!" Las palabras de Aaron a pesar de ser para confortarme, eran como ácido comiéndome por dentro y tomé mi cabello con ambas manos. No podía escuchar más de esas cosas en este momento.

"Aaron, es suficiente"

"Ella no dirá que eres solo su amigo, Ryan. *Despierta*, amigo. Es como si estuvieras casado con la chica, solo que sin sexo. Lo cual es un jodido desperdicio, por cierto! Ella es ardiente"

Se rio y se fue a su habitación a prepararse, dejándome con la lucha en mis pensamientos. Una ráfaga de calor todavía quemaba mi piel.

Si, Julia era sexy y hermosa, lo que me volvía loco de deseo, pero el sexo lo complicaría todo y lo haría más parecido a que podría perderla si algo saliera mal.

Por mucho que quisiera tocarla, besarla, probarla, yo nunca dejaría que eso pasara. Durante las muchas noches que habíamos estado solos uno en la habitación del otro, yo luchaba para que no viera cuán profundamente me afectaba a nivel físico. Yo la deseaba, pero deseaba hacer el amor con ella, no solo revolcarnos en un momento de debilidad. Necesitaba su amor más de lo que necesitaba su cuerpo. Como mi amiga ella era la persona más importante en mi mundo y yo no iba a arruinar eso.

~Julia~

Ellie bailaba por ahí frente al espejo admirando su falda corta negra y su top negro y amarillo brillante, claramente muy desnudo para el clima frío. Los coquetos botines al tobillo sobre sus mallas negras fueron la única elección razonable para la noche; aunque tuve que admitir que se veía grandiosa.

Yo no me involucraba tanto en cómo me veía ni pasaba horas arreglándome. Tenía mejores cosas que hacer con mi tiempo que acicalarme y re aplicarme maquillaje cada diez minutos.

Jenna era espectacular. Su largo cabello fluía sobre sus hombros y su sweater rojo y pantalones ajustados negros acentuaban cada perfecta curva. Ella era la chica de los sueños de todo hombre; rubia, figura de reloj de arena perfecta, trasero firme y grandes pechos. Sonreí mientras la miraba revisar su apariencia laboriosamente.

"Vas a tener a Aaron esta noche, hmmm" bromee mientras ella esparcía perfume en las muñecas y aplicaba un rojo brillante a sus labios llenos.

"Ah, sí, como *tu* deberías hacer con Ryan." Abrí mis ojos ante el sarcasmo. "Lo quieres entonces tómalo. Él no dirá que no"

"Ryan y yo somos amigos. Dios Jen!" Lo negué con la cabeza y traté de ignorarla, pero Ellie le lanzó una mirada a través del reflejo del espejo.

"Si, y yo soy la madre Teresa. Ustedes están más calientes que el infierno el uno por el otro, entonces ya hagan algo al respecto. No sé cómo han llegado tan lejos! Él es espectacular"

Mi corazón se aceleró. No era como si yo nunca pensara que se sentiría hacer el amor con él, pero yo sabía que si yo me permitía estar con él de esa manera, terminaría con el corazón roto. Yo lo amaba, pero entregarme así, rendir mi corazón, alma y cuerpo, sería mi perdición. Si no funcionaba, yo nunca podría recuperarme.

Ellie dio un suave apretón a mi hombro. "Mira, Julia, tú no te vestiste así para los bartenders, cierto? No desperdicies el tiempo que te queda con él."

Traté de reírme desinteresadamente de eso. "Oh, de verdad?"

"Difícilmente tienes citas, y cuando lo haces, Ryan los odia y tu dejas a los pobres tipos como papas calientes. Él también raramente sale. Si me preguntas eso es un serio desperdicio de hombre. Él debería conseguir cada noche, es tan delicioso!" Jenna insistió.

"Le diré a Aaron que dijiste eso, Jen" Me sentía molesta, el calor de mi cara quemaba. "supongo que no hemos encontrado a la *persona* correcta."

Jen puso los ojos en blanco y Ellie se reía mientras esponjaba mi cabello y le aplicaba rociador.

"Ah, okey Julia! O, quizá lo *indicado* está frente a ustedes." Ellie me abrazaba mientras decía eso, pero mis ojos se llenaban de lágrimas.

"No puedo hacer esto ahora, chicas. Lo extrañaré tanto que es ridículo. No puedo confundir el asunto tratando de hacerlo más de lo que es. Él es mi mejor amigo"

"Lo sabemos, cariño. Pero allí hay algo más" Ellie murmuró cautelosamente.

Toqué ligeramente mis ojos, tratando de conciliar mis emociones antes de que se arruinara el maquillaje en el que invertí más tiempo porque quería que Ryan me recordara así. Escogí un vestido corto negro con una entallada chaqueta de gamuza, mallas y botas hasta la rodilla, y unos aretes de plata tipo aro. Definitivamente lucía como una mujer.

Sí, había más allí. Yo lo amaba tanto que no podía respirar. Soñaba con él tocándome y haciéndome el amor. Sentía que él era *mío*. Con los años cuando él salía con otras chicas; me sentía enferma, lloré hasta quedarme dormida en incontables ocasiones, sin dejar nunca que él supiera que yo quería algo más de él que una amistad. Yo no sería una de esas chicas con las cuales él salía un par de veces, dormía con ellas y luego las abandonaba.

Ni siquiera podías llamarlas novias. Pasaban por su vida como lluvia, pero yo permanecía constante. Él me buscaba…con quien él pasaba tiempo. Yo tenía la mejor parte de él, la parte real. Yo lo *conocía* y él confiaba en mí para todo. Yo no quería cambiar eso por ser solo una aventura.

"Podemos solo divertirnos esta noche? Ahora no puedo pensar en esto, okey? Quiero encontrar a alguien para que baile conmigo"

Jen levantó las cejas y frunció los labios. "Quieres decir un pobre bobo a quien le patearán el trasero cuando Ryan se ponga celoso? Eres malvada, Julia" Dijo Jenna cuando iba a abrir la puerta para los chicos.

"Y tú estás alucinando, Jen," dije suavemente justo antes que la voz de Aaron llenara el pasillo mientras salíamos de la habitación.

"Oh, no cariño, entendiste eso al revés"

Aaron se veía guapo en jeans y sweater de manga larga blanco, pero estaba solo.

Yo hice una pausa. "Dónde está Ryan?"

"Condujo por sí mismo esta noche. Está como ido, Jul, Ustedes dos deberían hablar" dijo antes de besar a Jen en la mejilla y ayudarnos a todas con nuestros abrigos.

"Soy un bastardo afortunado! Tres hermosas mujeres de mi brazo esta noche. Debo haber muerto he ido al cielo"

"Sigue con eso y despertarás dándote cuenta que has ido al infierno" Bromeó Jenna. Aaron rio con todas sus ganas.

* * * *

El vehículo CRV negro de Ryan ya estaba estacionado cuando llegamos y él estaba esperando en la entrada. Sus ojos me recorrieron como una caricia, poniéndome incómoda, y sin embargo emocionada.

"Hey, tuviste que esperar mucho tiempo?"

Sus dedos se cerraron alrededor de los míos, el calor de su mano haciendo hervir mi piel. "Valió la pena. Te ves asombrosa."

"Gracias, tú también." Vistió todo de negro, jean negro, camisa negra, chaqueta negra. Su cabello castaño dorado salvaje y desordenado, como si alguien hubiese pasado sus manos sobre él un millón de veces. Y como si fuese la palabra clave, pasó una de sus manos por un lado de su cabello y yo sonreí.

"Qué? Por qué sonríes?"

"Porque es mejor que llorar." Me detuve, entendiendo demasiado tarde, mientras él levantaba sus cejas en interrogación. "Eh… quiero decir, creo que es asombroso cómo constantemente juegas con tu cabello y aun así se ve increíble. No es Justo."

La cena progresó sin novedades y no tuve la oportunidad de hablar con Ryan a solas. Sería difícil en el club, también, debido al ruido de la gente y música. Encontramos una mesa cerca de la pista de baile y Ryan y yo nos deslizamos a las dos sillas más cercanas a la pared. Aaron y Jen frente a nosotros, y Ellie se apresuró a buscar a Harris.

La banda estaba acomodándose, así que solo se escuchaba la música de fondo, Ryan estaba inclinado hacia mí, como usualmente lo hacía, nuestros hombros tocándose. El olor de almizcle de su colonia me envolvía y las velas de la mesa destellaban sobre sus facciones dejándome sin aliento. Tuve que recordarme respirar.

Él era tan increíblemente hermoso. En los últimos tres años, me he preguntado cuántos hombres pueden quitarte así el aliento; tan inteligente, atento y talentoso y todavía soltero. Él tenía mujeres arrojándole sus pantis en cada oportunidad pero él nunca había tenido una novia seria en todo el tiempo que lo había conocido.

"Julia…" Giró hacia mí. Mis ojos cayeron bajaron para ver sus labios y quedé hipnotizada.

Agité un poco mi cabeza para regresar al momento. "Uh…Deberíamos tomarnos unos tragos. Vamos a comenzar la fiesta." Llamé a la mesera mientras pasaba por nuestra mesa.

"Hola, puedes traernos diez gotas de limón, por favor?" sonreí a la mujer que estaba mirando a Ryan, muy obvia en su intento de hacer que él la notara.

"Hmmf!" Exhalé fuertemente en disgusto. Por lo que ella sabía, Ryan pudo haber sido mi novio y ella estaba coqueteando descaradamente con él frente a mí. "Ah, los tragos?"

Levanté mi ceja intencionadamente, hasta que ella asintió y fue al bar.

Ryan estaba mirándome con una extraña expresión, sonriendo ligeramente y analizando.

"Qué estás mirando? Tengo algo entre los dientes?" Sonreí y levanté la mano a mi boca.

Él sonrió negando con la cabeza. "Julia, estás actuando de manera rara. Qué pasa?" retiró un mechón de mi cabello que había caído en mi cara.

Miré hacia abajo, mis manos jugando con la servilleta que estaba en la mesa. "Lo siento, no era mi intención." Dije suavemente para que sólo él pudiese escuchar.

"Creo que podríamos necesitar una conversación, hmmm?"

Su voz de terciopelo retumbó a mí alrededor y vibró en mi piel. Se estaba inclinando más hacia mí y su aliento lavaba mi cara. Tragué grueso.

"Siempre hablamos Ryan. Acerca de todo. No es así?" Intenté mirarlo a los ojos pero no pude sostener su mirada.

"Lo hacemos?" Se inclinó aún más y miró fijamente mi cara.

Usé la banda como excusa para desviar mi atención. La música había comenzado y yo estaba agradecida porque era más difícil hablar, entonces asentí con la cabeza. Ryan se reincorporó inclinándose contra la pared mientras seguía observándome intensamente.

Cuando los tragos llegaron, llamé a Ellie a la mesa. Ryan sacó su billetera y lo detuve. "No. No vas a pagar esta noche. Esta fiesta es para ti y para Aaron. Estamos celebrando!" Abrí mi cartera y saqué dos billetes de veinte dólares para dárselos a la mesera.

Coloqué dos tragos frente a nosotros y levanté uno.

"Un brindis. Por mis dos hombres favoritos en el mundo! Sé que ustedes sentarán el mundo de la medicina en su propio trasero. Los amo a ambos." Sentí mis ojos llenarse de lágrimas mientras miré a los ojos azules de Ryan. Él no estaba sonriendo y parecía que luchaba por encontrar palabras.

"Oigan, oigan!" dijo Jen mientras nuestros vasos chocaban.

Ellie se ahogó con su bebida e hizo una cara graciosa. "Iuuu," murmuró antes de bajar el vaso y volver al escenario.

Me volví hacia Ryan y toqué mi vaso con el suyo. "Realmente estoy muy orgullosa de ti." Sus ojos nunca dejaron los míos mientras tomamos el contenido de nuestros vasos. La tensión entre nosotros era palpable. Aaron y Jen se movían incómodos en sus asientos, y nos dieron la espalda para darnos algo de privacidad.

Coloqué mi vaso en la mesa y cuando traté de alcanzar el siguiente, la mano de Ryan se cerró sobre la mía.

"No vayas tan rápido, Julia. No quiero estar ebrio esta noche."

"Bien, quizá *yo* sí"

"No. Esta noche no. Necesitamos hablar"

Me recliné en el asiento. "¡Vamos, Ryan, ya te he dicho que haré los dos malditos postres!"

"Julia," dijo seriamente, ignorando mi intento de distracción. Nuestros ojos se trabaron.

"No creo que esté lista. No todavía" recé para que él no escuchara el temblor en mi voz.

Su mano se movía hacia arriba y hacia abajo en mi espalda mientras el entendimiento se hacía visible en su cara. La música se hizo más lenta y su mano se deslizó a la mía.

"Okey, Entonces bailarías conmigo?"

Jadeé suavemente. En todo el tiempo que nos habíamos conocido el uno al otro, nunca habíamos bailado. Por lo menos, no un baile lento. Yo no sabía qué decir. Había algo en sus ojos que no podía descifrar; eran más oscuros, su mirada más intensa. Estaba insegura sobre si podría manejar el hecho de estar entre sus brazos y no mostrarle como me sentía realmente.

Ryan no esperó por mi respuesta y simplemente me levantó hacia arriba con él.

Sus fuertes brazos rodearon mi cintura mientras se volvía a la pista de baile. Me envolvió en sus brazos y los míos se deslizaron sobre su pecho hasta rodear cuello. Ryan exhaló y me atrajo más cerca. Mis rodillas se debilitaron y me incliné hacia él mientras mi corazón comenzó a correr. Yo había soñado con estar cerca de él así, tantas veces, pero la calidez y cercanía se sentían mejor de lo que jamás había imaginado.

"Oh, Julia…" exhaló sobre mi cabello y yo enredé mis dedos entre los suaves cabellos de su nuca mientras nuestros cuerpos se balanceaban juntos perfectamente, como si hubiésemos bailado durante años. Su nariz estaba acariciándome y sentí sus labios en mi sien. No puede evitarlo. Cerré los ojos e inhalé fuertemente.

"Ryan…Yo estoy…"

Él me detuvo. "Shhh… solo baila conmigo. No hables. No ahora"

Me sostuvo más cerca, una mano situada en la parte estrecha de mi espalda mientras la otra se movía hacia arriba entre mis omóplatos.

Sus manos se cerraron en puños en el material de mi vestido por debajo de mi chaqueta y él presionó sus labios contra la piel debajo de lo oreja.

Fue extremadamente íntimo y se sintió como en el cielo, pero me dejó confundida. Qué estaba pasando entre nosotros? Estaban cambiando las cosas y yo lo quería así? Debería dejarme derretirme en él como ardía por hacerlo?

Ryan se iría en unos pocos meses. Eso era un hecho y yo no sabía a dónde iría yo. Yo no quería terminar en la cama con él solo para no verlo nunca más y quedar con el corazón roto.

"Yo no quiero ir, Julia. No sé si puedo hacer eso…" susurró contra mi cuello. Mi corazón se quebró mientras sus palabras hacían eco de mis pensamientos. Jen y Aaron estaban en la pista de baile ahora y ella me guiñó el ojo. Intenté una débil sonrisa en retorno, pero las emociones que se levantaban en mi lo hicieron imposible.

La mano que Ryan tenía en la parte superior de mi espalda se deslizó hacia arriba entre mi cortina de cabello para sostener mi cabeza, mientras su boca apenas rozaba la mía. Un choque eléctrico recorrió todo mi cuerpo y todo lo que quería era profundizar ese beso abrir mi boca a la suya y probarlo. "No me puedo ir…" él susurró otra vez.

Recosté mi frente contra su mejilla y traté de estabilizar mi respiración antes de moverme hacia atrás un poco para poder mirar su cara. No podía dejarlo tirar a la basura su sueño.

"Qué!? Tu *puedes* y lo *harás*, Ryan!" Yo podía ver el conflicto dibujarse a través de sus facciones antes de que él rápidamente tratara de esconderlo de mí. Su mandíbula definida mientras me miraba hacia abajo.

Tome su mano y lo lleve detrás de mí nuevamente hacia la mesa. Tomando mi otra bebida mientras sostenía la suya hacia él. Obedientemente, la bebió antes de reclamar mi mano de nuevo. Agarré mi cartera y lo guié hacia afuera del club.

"Dónde está tu auto?" pregunté impaciente comenzando a temblar, mi abrigo quedó atrás en mi prisa por tener a Ryan a solas.

Los roles se intercambiaron de repente, ya que ahora era él quién me halaba hacia el otro extremo del estacionamiento. Cuando llegamos a su auto, él se sacó la chaqueta y la envolvió sobre mis hombros antes de abrir la puerta del pasajero y hacerme entrar.

Fue por el frente del vehículo mientras yo le observaba, luego entró y encendió el motor, encendiendo la calefacción al máximo. Estaba respirando fuertemente cuando giró en mi dirección y tomó mi mano.

Negué con mi cabeza mientras buscaba en sus facciones "De qué se trata esto?"

Él suspiró. "No dijiste que no querías hablar?" su ceño se relajó y yo podía ver la lucha entre las diferentes emociones inundando su rostro.

"Tu obviamente lo necesitas y no sería una muy buena amiga si no estuviese dispuesta a escuchar. Siempre hemos estado dispuestos a hablar sobre cualquier cosa, entonces esto no debería ser diferente, cierto?"

Trajo sus ojos a los míos. "Sí," dijo suavemente. Me recliné en el asiento y esperé a que continuara. "Supongo… que estoy teniendo dudas acerca de ir a Boston"

"Pero….*por qué?* Yo sé lo mucho que querías esto, Ryan. Ahora lo tienes." Apreté su mano. "No debes dejar que nada te distraiga de esto." Cuando se encogió de hombros, lo presioné para que me dijera la verdad. "Esta soy yo. Julia. Dime. Lo que sea que pasa. Joder *solo dilo,* Ryan."

"es… bueno, eres tú. Es… nosotros" Sentí como si me sacaran el aire de los pulmones y necesitaba un minuto para asimilar sus palabras. "Julia, yo no sé si puedo estar tan lejos de ti. Te… extrañaré. Eres tan importante para mí."

Sentí las lágrimas comenzar en mis ojos y pestañeé para evitarlas mientras miraba hacia adelante por el vidrio frontal del auto. Finalmente, giré hacia él, tratando de tragarme el nudo en la garganta.

"Yo siento lo mismo. Eres el mejor amigo que he tenido, pero eso no va a cambiar. Aún estoy aquí si me necesitas. Hablaremos y nos veremos en vacaciones y feriados. Demonios, yo todavía ni siquiera sé dónde estaré. Ellie y yo hemos aplicado por todas partes"

Él se inclinó hacia adelante sobre el volante mirando hacia afuera por la ventana. "Lo sé;" lo dijo tan suavemente que apenas lo escuché.

"Yo también voy a extrañarte, pero, tú tienes que hacer esto. Esto es lo que más has querido. No es así?" Yo estaba silenciosamente muriendo por dentro porque quería tanto tenerlo cerca de mí pero tenía que convencerlo de ir a Boston.

"Eso creía yo, pero cuando recibí la carta, en todo lo que podía pensar era en dejarte. No… verte cada día."

"Oh, Ryan," puse una mano en su espalda y mi frente en su hombro. Nos sentamos así por unos minutos antes de que él respirara profundo y continuara.

"Estoy sintiendo algo más por ti… Y quiero…" comenzó.

Me moví hacia atrás y levanté una mano para detenerlo. "No, no lo hagas! No podemos cambiar nuestra relación justo antes de que te vayas, Ryan. No puedes ver eso?" Sentí una lágrima escapar y traté de limpiarla antes de que él pudiera notarla. "Es la inseguridad la que te hace sentir de esta manera, y no estoy dispuesta a…"

Él se puso rígido y se apartó. Yo podía sentir cómo se cerraba.

"Por favor déjame terminar," Rogué. La herida tras sus ojos hacía que mi corazón doliera.

"No estoy dispuesta a arriesgar el perderte a ti en mi vida porque ambos estamos confundidos con la situación. Tu significas demasiado para mí."

"Tú piensas que estoy sintiendo estas cosas porque *me voy*? He *estado* sintiendo esas cosas, Julia! Sostenerte como ahí dentro, es lo que he querido y se sintió tan bien, no fue así? Lo soñé?"

"No." Yo estaba temblando, y rodee mi cuerpo con mis brazos. "he sentido cosas por ti también, pero ahora no es el momento de cambiar las cosas entre nosotros, ambos tenemos tantos cambios sucediendo justo ahora; necesitamos la constante de nosotros dos. Dios, si algo saliera mal, estar tan lejos, nunca seríamos los mismos, no puedo arriesgarme a eso, Ryan, no puedo. Y… ya será suficientemente difícil, sin…complicarlo todo. Te necesito" Lagrimas brotaban de mis traidores ojos.

Se reclinó en su asiento y tocó mi mejilla. "Sí. Yo también te necesito. Tuve esta misma conversación con Aaron más temprano. Le dije que no podía arriesgarme a perder a mi mejor amiga."

"Entonces *no* lo hagamos. Tú eres la única persona de la que no puedo prescindir, Ryan. Estos otros sentimientos probablemente pasarán. Tu estarás involucrado en tus clases y yo estaré tratando de comenzar una nueva carrera, pero estaremos en contacto cada día, lo prometo. No te dejaré perder esta oportunidad."

"¿Y si los sentimientos no desaparecen?" Preguntó suavemente mientras su pulgar acariciaba el tope de mi mano.

"Entonces haremos lo que siempre hacemos. Lidiaremos con eso. Juntos." Me sacudí la nariz y limpié mis lágrimas. "Asqueroso, ¿ah?" y me reí.

Negó con la cabeza y me atrapó entre sus brazos, sosteniéndome tan fuerte que sentí que nunca me dejaría ir. "No. Hermoso."

-2-

~Ryan~

"**R**yan!" mi madre me llamó desde la cocina. Ella y mi padre vinieron de visita desde Chicago para ayudarnos a Aaron y a mí a empacar. Yo estaba poniendo ropa en cajas y decidiendo cuales quería donar a caridad.

Aaron y yo volamos a Boston hace un mes para encontrar departamento, pero era un pequeño espacio de dos habitaciones con poco espacio en los closets. Sería algo apretado, pero papá argumentó que todo lo que necesitaríamos serían dos camas, dos escritorios y montones de dedicación.

Él lo sabría. Él estuvo ahí hace 30 años y ahora era uno de los mejores neurocirujanos de Chicago. Luego de su graduación, escogió volver a su ciudad natal para estar con sus amigos, familia y, por supuesto, mi madre, Elyse.

Arrojé a una caja la camisa que estaba doblando y fui a ver qué era lo que ella necesitaba.

"Qué pasa mamá?" Pregunté. Ella tenía numerosos cajas por todas partes y el olor del marcador negro me golpeó directamente en la cara mientras escribía *cocina y frágil* en una de ellas.

"Bien, qué son todas estas cosas? Debería arrojarlas a la basura?" me miró con una sonrisa ridícula en la cara mientras sostenía una variedad de aisladores térmicos que Aaron y yo habíamos coleccionado en estos cuatro años en conciertos y fiestas de fraternidades.

"Esos son para mantener la cerveza, um… fría mamá," le sonreí cuando me levantó una ceja. "Ya no las necesitamos pero Aaron puede discutirlo, ya que la mayoría son de él de todas formas."

"Si… seguro que lo son, cariño" dijo a sabiendas mientras las tiraba todas a la basura. Levanté una caja para llevarla al camión de mudanza que rentamos para la semana. "Dónde está Julia? Esperaba verla cada minuto de estos últimos pocos días, pero no ha estado aquí para nada."

Bajé la caja y me resigné a la respuesta. Había hecho mi mejor esfuerzo para evitar pensar en Julia, pero su ausencia era conspicua.

"Um, ella va a San Francisco a visitar a Paul por unos días y desde allí volará a Kansas para ver a Marin. Luego Ellie y ella van a mudarse a Los Angeles, me imagino," dije evasivamente.

"Eso aún no me explica por qué no ha estado por aquí. Qué está pasando, bebé? Ustedes dos son inseparables." La cara de mamá era calmada pero preocupada mientras fisgoneaba en mi vida personal. No sabía que el tema se había convertido en algo sensible; y no podía culparla. Julia estaba en cada lugar que yo estaba siempre, y viceversa, así que era apenas natural que ella se preguntara dónde estaba.

"Bien…realmente debería estar ayudando a papá y Aaron a cargar, mamá," dije, tratando de escabullirme de la conversación.

"Ryan Mitchell Matthews, te sentarás y hablarás con tu madre. *Ahora.*"

La conocía suficientemente bien como para discutir con ella cuando usaba ese tono. Nunca ganaría de todas formas.

El último par de meses no habían sido fáciles. Parecía que el tiempo que pasaba con Julia se convertía en menos y menos frecuente. No porque yo lo quisiera así, sino porque ella siempre parecía ocupada con otras cosas y otra gente. Incluso cuando todos salíamos en grupo, cada vez tenía más excusas para no unirse al grupo y entonces yo tampoco quería ir.

"Solo que no hemos estado pasando mucho tiempo juntos últimamente" murmuré y me crucé de brazos sobre el espaldar de la silla volteada en la que estaba sentado. "Ella ha estado trabajando en el periódico y no ha tenido mucho tiempo libre. Trabaja un montón de noches."

Ella continuó envolviendo vasos en periódicos viejos y empacando los restantes en la caja frente a ella.

"Pero te vas mañana, Ryan, seguramente…"

La interrumpí impacientemente. "Mira, mamá, la verdad es que estamos luchando con la separación y pensamos que sería bueno poner algo de distancia para que pudiéramos manejarlo. Después de recibir mi carta de aceptación, yo casi cambio de opinión y ella básicamente me pateó el trasero, como es su costumbre."

Mi madre asintió. "Julia es sabia más allá de su edad, Ryan. Yo sé lo cercanos que han sido, y estoy segura que se mantendrán en contacto."

"Sí, pero no será lo mismo."

"Las cosas cambian, Ryan. Este es el principio de la vida de ambos. Cuáles son los planes de Julia?" dejó los vasos y movió una silla para sentarse cerca de mí. Cuando se sentó tomó mi mano y la apretó.

"Tiene entrevistas con varias revistas. Quiere trabajar en edición y diseño creativo. Ellie quiere diseñar ropa y está buscando un trabajo como diseñadora principiante en una de las grandes firmas de diseñador. Lo único seguro es que esperan conseguir trabajos en la misma ciudad. El portafolio de Julia es impresionante, entonces sé que no tardará mucho. La pregunta es *dónde?*"

Mi voz baja e introspectiva, casi como si estuviera hablando conmigo mismo.

"Dónde están buscando?"

"El novio de Ellie tiene una banda en Los Ángeles, pero espero que terminen en Nueva York. Al menos eso está a doscientas millas de Boston." Mi madre acarició mi cara. "Es eso egoísta?" pregunté cautelosamente.

Ella sacudió la cabeza tristemente. "Es normal, Ryan. Sé cuánto significa Julia para ti."

"Lo sabes?" Las palabras salieron antes que pudiera detenerlas.

"Sí. Funcionará, ya verás." Dijo suavemente mientras palmeaba mi mejilla, sus ojos llenos de comprensión.

Aaron entró a la cocina bromeando conmigo. "Ptff! Qué demonios? me estoy partiéndo el culo arrastrando cajas y tu sentadito sobre el tuyo…charlando sobre el día" Su voz era severa pero estaba sonriendo. "Saca esas cajas para que podamos comer. Muero de hambre! Jen viene en camino con pizzas y Jul trae el postre!"

Sonreí ante la idea de ver a Julia por primera vez en una semana. "Me pregunto qué me habrá preparado," dije mientras me ponía de pie, recogí una caja y la apilé con otra.

"Oh, es para *ti*, no?" Aaron dijo detrás de mí.

"Oh, sí. Es para mí y tú lo sabes." Mi corazón se entristeció un poco, aun cuando había una sonrisa en mi voz. Esta sería la última vez en un largo tiempo en que Julia hornearía algo solo para mí y sentí una tristeza que no pude sacudirme.

Aun cuando nos habíamos visto menos de lo normal, nos escribíamos mensajes y nos llamábamos a diario. Julia insistía en que eso continuaría después que yo estuviese en Boston, y esto nos estaba preparando para el inminente cambio. La extrañaba, pero entendía que mañana sería devastador si continuábamos pasando todo este tiempo juntos.

Llevé las cajas al camión y las puse sobre las otras. Las chicas estacionaron justo cuando yo saltaba del camión y me acerqué a ayudar con la comida.

"Ellie y Harris vienen en camino. Terminaremos rápido esto si todos colaboramos!" Jen me guiñó el ojo y llenó mi brazos con pizzas. "Después debemos llevar el camión a mi casa por mis cajas antes de comenzar a cargar los muebles, cierto?" Sonrió, sacudió su cabello y se dirigió a la entrada del edificio.

"Sí, está bien." Contesté, viendo a Julia bajar del auto. Ella sonrió y fue a abrir la puerta trasera del Jeep de Aaron. La blusa que usaba era una de mis favoritas, entallada y de botones de color azul oscuro que resaltaba los tonos rosa de porcelana de su piel y la cálida brisa apartaba el cabello de su cara.

Me pregunto si vistió esa blusa intencionalmente.

Julia estaba sacando los deleitables postres del auto. "Es cheesecake o Selva Negra?" le pregunté sonriente.

"Te crees tan astuto, no, Matthews?" reía mientras sacaba la cheesecake y me la mostraba. Empujé su hombro con el mío mientras caminábamos juntos, ambos cargados con la comida.

"Solo en lo que concierne a ti, Abbott."

"Julia!" Mi papá salió de atrás del camión a saludarla. "Quiero abrazarte, pero Ryan me mataría si arruino este grandioso Cheesecake!" Se inclinó y besó su mejilla.

"Es genial verte, Gabe. Elyse está aquí también?" La emoción en sus ojos esmeralda, me hacía sentir cosas tan extrañas en mi interior. Me encanta como ella y mis padres se adoran mutuamente.

Mi madre salió corriendo para quitarle el cheesecake de las manos a Julia, se lo pasó a papá para poder envolver a Julia en un apretado abrazo.

"Estoy tan feliz de verte, cariño! Te ves grandiosa! Quiero escuchar todo acerca de tus planes."

Julia también la abrazaba y mi papá y yo entramos al departamento para colocar la comida en el mostrador.

"Esa chica es hermosa, Ryan… *y* cocina, creo que tendría que casarme con ella, de no ser porque soy tan feliz con tu madre," dijo papá con su mano en mi hombro.

Respiré profundo. *SI.*

Miré hacia afuera, mirando a las dos mujeres volver al auto una al lado de la otra. Julia sacó el pastel Selva Negra que yo adoraba. Sonriendo, salí apresuradamente para quitárselo.

"Ah, Julia. Te amo," dije antes de poder evitarlo. Se sonrojó con un rojo intenso mientras yo trataba de disimular. "Gracias por esto," dije mientras mi madre miraba de la cara de Julia a la mía.

"Una promesa es una promesa, Ryan, recuerdas?"

Si, lo recuerdo. Recuerdo cada maldita palabra que me has dicho alguna vez.

Harris y Ellie llegaron, tocando la bocina de la vieja van de Harris mientras estacionaba, y todos entramos a comer. Yo quería saltar la maldita pizza e ir directo al postre, pero Julia me quitó el cuchillo de la mano cuando estaba cortando el cheesecake.

"Qué crees que estás haciendo?"

Trató de sonar molesta pero, yo sabía que le causaba gran placer saber que yo amaba su cocina tanto como para no poder esperar.

"Qué parece que hago? Comiendo!" sonreí y volví a quitarle el cuchillo.

"Esto," dije mientras apuntaba hacia el cheesecake, "no eso" mientras señalé la pizza con un gesto de mi cabeza.

"No." Dijo ella tratando de mantener una cara seria. "No puedes esperar a que los demás estén listos?"

"Um… *no*. No puedo. Cuál es el punto?" Reía mientras negaba con la cabeza, mientras yo cavaba en el cremoso postre que acababa de servir en el plato. Mordí un gran trozo y el dulce y cremoso pedazo se derritió en mi lengua.

"Dios… Julia. Esto es increíble"

Sonrió tomando el cuchillo de mi mano, y giró hacia la hermosa torta decorada con cerezas, crema batida y lluvia de chocolate.

Sacudí la cabeza mientras comprendía sus intenciones. "No. Eso es mío" la incité. "Al menos, el primer y el último pedazo"

Las esquinas de su boca se levantaron en una sonrisa retadora mientras cortaba un pedazo del pastel y lo colocaba en un plato.

"Te refieres, a este primer pedazo?" me retó.

"Sip. *Ese* primer pedazo" bajé mi cheesecake a medio morder, tratando de quitarle su plato.

Ella me lo quitó y levantó sus cejas, clavándole un tenedor y llevándolo a su boca. "Mmmm…Maldición! Me asombro incluso a mí misma algunas veces" riendo con una risa que iluminaba toda su cara.

Los otros se pusieron cómodos en la sala con sus pizzas mientras nosotros bromeábamos en la cocina.

"Julia, te lo advierto. Ni una mordida más, lo digo en serio," gruñí pero con una sonrisa en mi voz.

"Oh… quieres un poco?" dijo riendo mientras lamía el tenedor "Por qué no lo dijiste antes?" bajó su tenedor y enterró sus dedos en el pastel y luego lo aplastó una parte contra mi cara con una sonrisa retadora.

Abrí la boca para tratar de atrapar la mayoría del pastel dentro, pero untó un poco en mi cara y luego se lamió los dedos. Nos reímos y ella abrió sus ojos de par en par. "Está bueno, cierto?"

Con mi pulgar limpié un poco de pastel de mi cara y lo lamí. Cayó más al suelo.

"Um…mucho. Delicioso, gracias" mi boca estaba llena y tenía una gran sonrisa come mierda en la cara.

Ella levantó su tenedor y siguió comiendo del pastel en su plato mientras yo observaba; como si no pasara nada, parado frente a ella con mi cara hecha un desastre. Sus ojos me retaban, incitándome y brillando mientras halaba un tenedor de abajo hacia arriba de su boca.

Al final resultó un juego justo. La mayoría de mi cheesecake se había esfumado, bajé mi tenedor, tomé lo que restaba y se lo aplasté en la cara. "Realmente tienes que probar esto, Julia! Yamy…!"

Ella me empujó. Luchamos y tonteamos el uno con el otro hasta que estallamos en risas.

La voz de mamá sonó desde la otra habitación. "Qué cosa es lo que está pasando ahí?" Dijo con una risa.

"Oh… solo están siendo…*Ellos*" gritó Aaron.

"Es bueno escuchar a Ryan reír así." Dijo papá "Ha estado sufriendo. Es la primera vez en meses que lo escucho feliz."

Me incliné al lavaplatos cuando controlé mi risa y comencé a limpiar mi cara con una toalla de papel húmeda. Julia también se había enseriado, observándome y muy quieta, sus ojos se fundían en los míos mientras yo removía los restos de cheeecake de la suave piel de sus mejillas y barbilla y luego de su labio inferior.

La tensión entre nosotros era palpable.

Quería lamer la deliciosa cosa de su cara, mayormente como excusa para besarla, pero sabía que no debía. Desde el casi beso en el club, eso era todo en lo que podía pensar.

"Darías un paseo conmigo" Le pregunté tomando su mano. Había llegado el momento. Teníamos que hablar antes de irme.

"Um…Y qué de la ayuda aquí?"

"Sobrevivirán sin nosotros por una hora o algo así. Quiero hablar contigo. Solo nosotros dos." Ella bajó la mirada y yo acaricié la parte superior de sus manos con mis pulgares.

"Vamos, Julia. Sé que lo hemos evitado; pero lo necesitamos, ok?"

Levantó su mirada hasta encontrar la mía y su rostro se suavizó. "Sí."

Con ella de mi mano me dirigí hacia la puerta

"Guárdenme al menos un pedazo de cada uno de los pasteles, Aaron Matthews, o pondré tu trasero en una bandeja" grité sobre mi hombro mientras halaba a Julia conmigo hasta la salida. Las seis personas en el otro cuarto vieron nuestra partida sin decir una palabra.

Condujimos en silencio hasta llegar al café donde Julia y yo pasábamos cada domingo por la mañana juntos. Nuestra costumbre era desayunar, leer el periódico y hablar sin los demás cerca. Incluso estos últimos dos meses, todavía pasábamos la mañana de domingo juntos sin falta.

Salí del auto y le abrí la puerta y mientras cerraba detrás de ella, tomé su mano de nuevo. Se sentía como si ella fuese mi novia. La electricidad tras el más breve de los toques me ponía al borde.

Ordené lo usual. "Cappuccino con doble soya, y café helado con sirope de vainilla sin azúcar y un toque de crema. Ambos grandes por favor." Pagué y los llevé a la mesa, y me senté al lado opuesto de Julia para poder mirarla sin restricciones.

Ella jugueteó con su café agregando un sobre de Splenda y mezclando con la cuchara. Era mi Julia, sin importar si estaba vestida para matar o en pequeños cortos de jean y esa jodida blusa azul.

Se mordió el labio y me miró finalmente. Toqué su mano sobre la mesa, mis dedos acariciando la parte superior de los de ella.

"Sé que hemos estado tratando de poner distancia entre los dos, pero voy a extrañarte, Julia"

"Yo también te extrañaré. Yo no quería exactamente poner distancia. Solo quería hacerlo más fácil, y ayudó, no es cierto?" preguntó cautelosamente.

"No sabré la respuesta hasta llegar a Boston y que no pueda verte."

Ella tragó grueso y respiró temblorosamente, sus ojos verdes haciéndose líquidos mientras miraba mi cara.

"Serás un maravilloso Doctor, Ryan; cambiarás tantas vidas"

"Eso es grandioso, Julia. Quiero decir, aprecio tu apoyo, pero puedes ser un poco menos jodidamente filosófica, por favor?" dejé ir su mano mientras me reclinaba hacia atrás en mi silla mientras pasaba una mano rabiosamente por mi cabello por la frustración. "Entiendo tus motivos para alejarme, pero francamente me enfurece."

"Qué quieres que diga?" Preguntó recelosamente. "Trabajaste tan duro. Ambos lo hicimos. Y yo…"

"Quiero que me digas que te sentirás tan miserable como me sentiré yo! Que estás enojada con nosotros dos por desperdiciar tanto tiempo estos últimos meses en los que pudimos estar juntos…y…"

Sus ojos se abrieron mientras esperaba que yo continuara. "Y..,*qué*, Ryan?" dijo, al final impaciente.

"Que vendrás *conmigo*" dije apresuradamente, sin realmente querer decirlo en voz alta.

Julia me miró por un momento. "Supongo que podría. Tengo el tiempo libre porque iba a ir a San Francisco. Tendré que decirle a mi papá, pero no tengo entrevistas agendadas por una semana."

Ella pensó que le estaba pidiendo que nos acompañara en el viaje a Boston mientras nos asentábamos y eso era todo.

"No, Julia. Quiero decir, seguro, me encantaría que hicieras el viaje conmigo" me incliné hacia adelante para tomar su mano, "pero me refiero a *mudarte* a Boston conmigo."

Finalmente dije eso contra lo que había luchado tanto después de recibir la carta de aceptación, todas las voces en mi cabeza, que me decían que era injusto pedirle esto, podían irse directo al infierno.

Inhaló violentamente y el shock se reflejaba en su rostro.

"Pero… estoy aplicando a revistas como Glamour y Vougue, Ryan. Ellie está tratando de entrar a una prestigiosa casa de modas y esas están en Nueva York y Los Angeles. La banda de Harris se está mudando a Los Angeles." Se detuvo y suspiró. "Hablamos de esto tantas veces, por qué lo mencionas ahora?"

Respiré profundo y miré a lo lejos, mi mandíbula revelándose en protesta.

"Demonios! No lo sé, Julia! Estaba tratando de no ser egoísta, supongo."

"Ryan, Ellie está contando con que yo esté con ella y ella quiere tanto ir a Los Angeles."

La rabia se levantó dentro de mí al igual que el calor dentro de mi piel que subió hasta mi rostro.

"Entonces te mudarás a cualquier lado que Ellie quiera, pero ni siquiera considerarías mudarte cerca de mí, es así? Entonces quién demonios es tu *mejor amigo?*" Mi voz subió de volumen y la gente de la mesa cercana me miró. Yo no estaba peleando limpio, pero sentía que estaba peleando por mi jodida vida.

"Las cosas no son así y tú lo sabes, gran imbécil! Sabes la maldita respuesta a eso! Me mudaré a donde consiga la mejor oferta de trabajo, independientemente de quién esté alrededor, y tú lo sabes! Boston no es un lugar donde yo pueda encontrar un trabajo en una gran revista." Ella hervía, su respiración acelerando a medida que clavaba en mí su mirada de enojo.

Mis ojos encontraron los de ella sin titubeos mientras consideraba cuidadosamente mis próximas palabras, mi mano pellizcando mi labio inferior.

"Julia, lo sé, está bien?" dije finalmente.

"Entonces qué? Si yo fuera tan egoísta como tú, te habría dejado renunciar a tu sueño de Harvard, pero tú significas más para mí que eso!"

Suspiré; con mi pecho expandiéndose hasta el punto en que pensé que estallaría. Quería besarla y gritarle al mismo tiempo. Ella me volvía loco de la furia pero la amaba tanto maldita sea.

"Entonces, podrías decir que estarás en Nueva York en lugar del jodido Los Angeles?"

Sus ojos se llenaron de lágrimas. "Estas pidiendo demasiado, Ryan. Ellie estará decepcionada si no intento conseguir algo en Los Ángeles"

Froté ambos puños contra mis ojos furiosamente, antes de levantar mi cabeza y mirarla.

"Y yo estaré devastado por estar a 3000 millas lejos de ti, entonces solo…has lo que tengas que hacer, entonces." Dije derrotado. Ella frotó furiosamente una lágrima de su mejilla su cara se afectó visiblemente. Instantáneamente me arrepentí de ponerla en esa posición.

"Mira, Julia, lo siento. Solo olvídalo"

"No, es demasiado tarde, Ryan," Su voz temblorosa y tomó un largo sorbo de su café. "Me estás pidiendo que tire todos los currículos que ya he enviado y que comience de nuevo, que me mude a la ciudad más grande del mundo sola, solo para vernos quizá una vez al mes en un fin de semana?!"

"Sí." Confirmé sin titubear.

"Quién hace eso?" negaba con la cabeza y se encogió de hombros mientras preguntaba.

Me incliné hacia ella. "Nosotros. Nosotros lo hacemos, Julia."

Ella me miró por unos buenos dos minutos mientras trataba de controlar sus emociones. Finalmente, asintió.

"Okey, pero no voy a estar arrastrando postres en el tren entre Nueva York y Boston todo el maldito tiempo."

Salté de mi silla y la halé para tomarla entre mis brazos, aplastándola contra mi pecho. La familiar esencia de su perfume inundando mis sentidos y se sentía tan bien sostener su pequeño cuerpo junto al mío.

"Entonces… Todavía vienes a Boston conmigo mañana o qué?" dije contra su cuello mientras su brazos se aferraba con más fuerza a mi cintura. Ambos estallamos en risa y mi corazón se disparó.

"Sip. Intenta de detenerme."

Cerré mis ojos mientras mi respiración se llenaba de ella.

Gracias, Dios.

~Julian~

Después que cargamos todo en el camión, llenamos el jeep de Aaron hasta el tope de su capacidad y rellenamos la parte trasera de la camioneta de Ryan tanto como nos fue posible, y abracé a Gabriel y Elyse de despedida. Iban a volar a Chicago y todos los demás íbamos a Boston temprano en la mañana.

Necesitaba hablar con Ellie sobre mi decisión sobre Nueva York. Estaba asustada por más de una razón, pero mi corazón me decía que esta era la decisión correcta para mí. Por la sonrisa en la hermosa cara de Ryan había valido la pena el precio de la decisión.

Mi corazón latía salvajemente en mi pecho y un inmenso peso había sido levantado de mis hombros. La tristeza de estar tan lejos de él desapareció. Todavía no podía estar segura de donde iba a terminar, pero solo la decisión de tratar de acercarnos me había dado seguridad.

Ellie podría enojarse y yo no estaba deseosa de sostener esa conversación, pero Los Angeles había sido más su meta que la mía. Ella conocía mis sentimientos por Ryan, entonces tenía la esperanza de que entendiera.

Los abracé a todos cuando me despedí y luego Ryan me llevó de vuelta a mi departamento. Jenna estaba quedándose con los chicos en su departamento durmiendo en bolsas de dormir en la sala. Ellie y Harris ya se habían marchado así que probablemente ya debían estar en nuestro departamento.

Tomé mi teléfono y marqué el número de mi papá.

"Holo" la ronca voz de mi papá contestó al otro extremo de la línea.

"Hey, papá."

"Jul! En que has estado hoy?"

"He estado en la casa de Ryan y Aaron, ayudándolos a empacar todo. Se van a Boston mañana."

"Si, eso es genial. Dile a ambos que les deseo lo mejor en Harvard. Estas bien con el hecho de que Ryan se vaya?"

Sonreí. "Sí. Papá, acerca de eso. Pensé en acompañarlo en el viaje a Boston y luego él me enviará de vuelta en avión la próxima semana. Sé que es muy de última hora pero realmente me gustaría hacerlo."

"Oh. Bueno, Qué hay de la próxima semana?" Podía escuchar el televisor en el fondo.

"No puedo. Tengo una entrevista en Los Ángeles con Condé Nast. Quizá luego de eso, pero está todo en veremos. Puede que tenga que cancelar mi viaje a la ciudad de Kansas si tengo entrevistas."

"Qué es Condé Nast?" preguntó, pero me pregunté si realmente estaba escuchando.

"Una editorial," respondí y vi a Ryan ponerse rígido y mirar en mi dirección. Los engranajes giraban en su súper inteligente lóbulo frontal.

"Escucha, Julia, tengo que ir a la corte mañana y necesito prepararme. Solo avísame donde estas de vez en cuando mientras estés en la carretera y cuando llegues a Boston. Ellie puede buscarte en el aeropuerto cuando vuelvas?"

"Sí, papá. No te preocupes. Te llamaré. Gracias por entender. Te quiero."

Colgué y giré para encarar a Ryan.

"Okey, que es esa mirada en tu rostro?" Pregunté mientras le apuntaba con el dedo.

"Julia… nada." Lo conocía así que no se iba a salir fácil de esta.

"Ryan, no me vengas con mierda. Sé que estás molesto con lo de mi entrevista en Los Angeles, pero ya la tengo arreglada y no puedo cancelarla."

Se encogió de hombros. "Ok, pero que tal si…" estiré el brazo y puse una mano en el suyo.

"Hey, no hay promesas aquí. Te dije que trataría de concentrarme en Nueva York y lo haré, pero no voy a evadir este compromiso o ignorar oportunidades. Sería estúpido de cualquier manera. Condé Nast tiene 20 o más revistas diferentes y algunas de ellas están situadas en Nueva York, okey?"

Su boca rígida "Okey," murmuró.

"Ya deja de ser un tonto temperamental y confía en mí."

Sonrió y pasó su mano por su asombroso cabello. "Tu amas a este tonto temperamental."

"Si, pero eso no quiere decir que lo disfrute." Puse los ojos en blanco mientras estacionamos frente a mi departamento.

Estiró su mano hasta que alcanzó a tocar mi mejilla y yo temblé, esperando que él no percibiera mi reacción. Tuve que recordarme que él era mi mejor amigo y no el hombre del que estaba enamorada.

Sí, Claro.

"Julia, gracias. Sé que no hay garantías, pero me alegra que estés dispuesta a intentar estar más cerca. Te busco a las 5 am, okey?"

Ya estoy cerca de ti. Tan cerca.

Eso no era lo que él quería decir, pero yo era más cercana a él de lo jamás había sido a alguien en mi vida.

Mi cabeza cayó hacia atrás y gruñí.

"Agh! 5 am? Me vas a matar." Abrí la puerta para salir, seguida de la risa de terciopelo de Ryan. "Quítate esa tonta risa de la cara, y tráeme un café en la mañana." Sonreí sobre mi hombro.

"De repente, ansío este viaje. Me causaba terror, pero ahora es diferente." Ryan todavía reía cuando cerré la puerta del auto tras de mí. "Buena suerte con Ellie," dijo a través de la ventana abierta mientras yo giraba para entrar al departamento.

Ellie estaba sentada en las piernas de Harris en el sofá cuando entré.

"Hola, Julia. Estás bien?" preguntó cuidadosamente, esperando que yo estuviese hecha un desastre, ya que le había dicho adiós a Ryan por última vez.

"Sí. Hey, Harris" le dije al guapo novio de Ellie. Él era espectacular, cabello rubio ondulado y ojos azules. Nuestros chicos eran todos increíblemente apuestos… Ryan más que todos.

Pero yo no soy objetiva, cierto? Nah, él es el más hermoso.

Sonreí mientras me quitaba los zapatos y los lanzaba en el closet cercano a la puerta.

"Julia, no tomes esto a mal, pero pensé que estarías llorando. Estas sonriendo… Entonces, Qué pasó?" preguntó Ellie incredulamente.

"Puedo hablar contigo?"

"Esto es serio?" se levantó del regazo de Harris y vino hasta mí tomando mis manos.

"Puede serlo. Ryan me pidió que fuera a Boston."

Su cara se iluminó. "Eso es grandioso, Julia! Deberías pasar un tiempo con él. Quiero decir, ustedes dos se aman, cierto?"

Asentí. "ah jah," miré directamente a Harris.

"Oh, hey, necesitas que me vaya?" preguntó.

"Um…" comencé.

"Está bien si hablamos frente a Harris."

Ellie regresó al sofá junto a él y yo tomé la silla frente a ellos.

"Ellie, tu sabes lo importante que eres para mí, pero Ryan también lo es."

Me mostró una hermosa sonrisa y su cara se suavizó. "Lo sé, cariño. Ryan y tú pertenecen el uno al otro."

Mi garganta se cerró pero traté de tragar para seguir hablando.

"Me pidió que concentrara mi búsqueda de trabajo en Nueva York. No me estoy retractando de Los Angeles completamente pero él… *nosotros* necesitamos estar más cerca. Por favor no te enojes."

Ella estuvo callada por un momento pero no parecía enojada. "por supuesto, lo entiendo. Debieron decidir eso hace tiempo, pero Nueva York tampoco es Boston."

"Pero es bastante más cerca. Podré verlo más seguido y lo necesito, Ellie. Yo… temo dejarlo ir completamente. No estoy lista para eso."

Se levantó para abrazarme. "Julia, nunca estarás lista para dejar ir a Ryan. Esto significa que ustedes dos ya son una pareja?" Ellie preguntó expectante.

"Am… todavía somos solo amigos. No estoy segura de qué significa esto."

"Significa que él te ama y no quiere estar sin ti. Todo va a funcionar. Te lo prometo."

"Sí." Respondí mientras mi estómago revoloteaba con sus palabras. "Tu pronto serás una famosa diseñadora suficientemente rica como para volar a Nueva York una vez a la semana para tomarnos unos tragos." La abracé de nuevo. "Realmente aprecio tu comprensión Ellie. Te quiero."

~Ryan~

La semana pasó volando y Julia iba a volver a California mañana. Aaron y yo teníamos la charla de orientación de nuevos estudiantes por la mañana, así que yo estaría forzado a subir a Julia en un taxi para que la llevara al aeropuerto Internacional Logan. Lo odiaba, pero no tenía otra opción.

El viaje de tres días a Boston nos dejó exhaustos y los siguientes dos días se pasaron desempacando y organizando todo en el departamento. Aaron y Jenna tomaron el cuarto grande y me dejaron el pequeño. Para el momento en el que tuve mi cama, escritorio y teclado acomodados solo quedaban 2 metros de espacio abierto. Se sentía más como un closet.

Jenna se quejó por la falta de espacio en el closet y Aaron le dijo que de todas formas a él le gustaba más sin ropa. Julia y yo nos reímos y Jenna se sonrojó "Cállate ya, Aaron, o luego vas extrañar lo que más te gusta de mí."

Julia nos mantuvo alimentados, haciendo asombrosas comidas en la pequeña cocina. Se quejó de lo pequeño que era el refrigerador.

"Y así se arruina mi plan de llenarte el refrigerador con comida. Mierda, esto sí que es pequeño."

Mi corazón retumbaba en mi pecho. Todavía estaba tratando de cuidarme y eso hacía incluso más obvio por qué la amaba tanto. Finalmente era capaz de enfrentarlo, aun cuando no pudiera actuar al respecto.

Nuestro tiempo en la carretera y desde que llegamos a Boston había sido agridulce; una mezcla de felicidad y tristeza mientras los días y minutos pasaban.

El viaje había sido buenísimo, pero no podíamos mantener el conducir constantemente por lo que nos vimos forzados a pasar una noche en un hotel cerca de Cleveland. Yo quería dejar que mis instintos tomaran el poder y mis instintos me decían que le hiciera el amor. De hecho estaban gritando en la oscuridad, manteniéndome despierto hasta altas horas de la madrugada. Mi cuerpo palpitaba dolorosamente ante su cercanía.

Julia también se movía inquietamente hasta que finalmente cayó en un sueño exhausto. Yo la escuchaba respirar y podía sentir como el calor de su cuerpo me llamaba mientras la veía dormir. Me consumía la necesidad de levantar mi mano y colocar su cabello hacia atrás o tocar la suave piel de su brazo. Ella era tan hermosa y suave, tan cálida y vulnerable.

No es necesario aclarar, que al otro día sobreviví por el café y soda dietética. Julia durmió en el auto y yo la molestaba por lo injusto del asunto.

"Supéralo, Matthews. Yo no puedo hacer nada por tus hormonas," puso los ojos en blanco y sonrió mientras miraba por la ventana. Ella sabía exactamente cómo me afectaba.

En el departamento, Julia durmió en el sofá y, aun cuando no estaba en la misma cama, solo estaba a unos pies de distancia. Yo anhelaba ir hasta ella mientras yacía despierto en mi cama recorriendo los eventos de la semana pasada… mayormente, el último par de días ya que se acercaba el final de nuestro tiempo juntos.

Cambié de lado y golpeé mi almohada, tratando de encontrar una posición que me ayudara a conciliar el sueño.

Julia había aceptado buscar un trabajo en Nueva York, pero eso no significaba que sucedería. Todavía había una gran oportunidad de que ella terminara muy lejos de mí y esa posibilidad me estaba comiendo vivo.

Tomamos un receso de desempacar, tomando el tren de Boston a la ciudad de Nueva York y recorrimos Manhattan mirando y buscando en todo tipo tiendas interesantes. Encontramos una pequeña cafetería en el lado Este donde nos detuvimos antes de pasar todo el día en Central Park. Si Julia consiguiera un trabajo aquí, esta sería la parte de la ciudad donde seguramente su oficina estaría ubicada por eso yo quería que se aclimatara y viera cuánto le gustaba. Honestamente, pensar en ella en Nueva York, sola, me asustaba.

Mientras caminábamos lentamente por la ciudad, hablábamos de Harvard y mi horario de clases, el trabajo de los sueños de Julia y a cuáles compañías había aplicado en Nueva York. Hablamos de nuestros padres y pasamos un montón de tiempo reviviendo algunos de nuestros momentos especiales juntos en Stanford.

Ella me preguntó en qué tipo de especialidad quería incursionar y me impulsó a pensarlo profundamente. No estaba seguro todavía, pero sabía que quería cirugía o traumatología.

El único tema que evadimos fue lo que sentíamos el uno por el otro. Colgaba sobre nosotros como una tormenta no anunciada, pero yo estaba disfrutando el día y no quería arruinarlo forzando el tópico aunque ansiaba decirle que estaba enamorado de ella.

Nuestro tiempo juntos dejaba claro que yo no podía contemplar un futuro sin ella en él. El futuro más inmediato consistía en ella subiéndose a un avión y volando lejos de mí.

Me di por vencido con lo de tratar dormir y me levanté de la cama. Fui al pasillo y me detuve buscando signos de que Julia dormía.

Escuché su suave voz decir. "Ryan? Eres tú?"

Caminé la corta distancia hasta la sala. Me detuve frente a donde ella se sentaba y detalle su pantaloncillo corto y su camiseta, su salvaje cabello por la cama y sus ojos brillantes mirándome.

"Sí. No puedo dormir."

Ella sonrió. "Bueno, al menos no son tus hormonas esta vez."

"No lo son?" dije mientras tocaba su mentón con mi dedo.

"Quizá no fue tan buena idea que yo viniera hasta aquí."

"Si, lo fue." Dije quedamente, tomé su mano y la halé del sofá atrayéndola por el pasillo, hasta mi cuarto.

"Ryan … yo" susurró mientras la metí a mi habitación y cerré la puerta tras nosotros. Yo podía sentir como temblaba a mi lado.

Sosteniéndola aun de la mano me senté en la cama y la halé para que se sentara conmigo. Ella se sentó, con las piernas cruzadas frente a mí y yo tomé sus dos manos en una de las mías, sosteniendo su mejilla con la otra. Se sentía tan suave.

"Julia… estos últimos cuatro años…" Comencé a hablar pero ella retiró una de sus manos de entre las mías y presionó dos dedos contra mis labios.

"No digas algo de lo que te arrepentirás, Ryan. Estoy… asustada. Tan asustada de perder tu amistad."

Inhalé violentamente. "Yo estoy asustado de perder más que tu amistad, Julia."

"No entiendo…"

"Me vas a escuchar sin interrumpirme? Toma el riesgo de escuchar lo que tengo que decir." Susurré impacientemente y frote sus brazos con mis manos hacia arriba y abajo.

"Okey," dijo precavida.

"Temo no tener lo que se supone que tendríamos si no tomamos el riesgo. Estos últimos cuatro años han significado tanto. Conocerte y tenerte cerca de mí literalmente ha cambiado el curso de mi vida. Tu eres mi mejor amiga pero, yo me siento demasiado más cerca de ti que eso. Esto que hay entre nosotros… no puedo sacudírmelo."

Asintió, casi imperceptiblemente y miró hacia su regazo. "Lo sé. Yo también."

Sentí un pequeño rayo de esperanza en mi pecho y mi corazón se aceleró. *Esta es Julia*, me recordé. Me conocía mejor que cualquier persona en el mundo así que mejor debería decir lo que necesitaba decir.

"Desde el día en que nos conocimos, he estado fascinado contigo, cariño. Se está haciendo más y más difícil estar a tu alrededor y tratar de negar mis sentimientos."

"Estás tratando de decir que sientes atracción por mí, Ryan? Porque tú también me atraes, a muchos niveles." Bajó su mirada hasta sus manos de nuevo.

"En el club, la noche que recibí la carta de aceptación, yo quería besarte. Sostenerte me volvió loco, pero, fue como lo hablamos en ese entonces. No estoy dispuesto a perder tu amistad."

"Si cruzamos esa línea, entonces qué? Nos sentiremos raros el uno con el otro o perderemos… esto? Hará que estar separados sea aún peor?"

"Se puede poner peor?" dije mientras entrelazaba mis dedos con los suyos.

"No tengo la respuesta pero es algo que yo misma me he preguntado." Murmuró.

"Lo que *sí sé* es que ya no soy capaz de seguir luchando contra esto, y que sin importar lo que pase siempre te querré en mi vida." Examiné su cara mientras la incertidumbre inundaba sus hermosas facciones.

"Ryan, Lo prometes? *Promételo*," rogó mientras inclinó su frente contra la mía. Su aliento cubrió mi cara y yo pude literalmente saborear lo dulce que sería su esencia.

"Lo prometo." Bajé mi boca hasta apenas acariciar la suya. Mi corazón palpitaba tan fuerte en mi pecho que pensé que explotaría. Este era el momento que yo había estado esperando, por más de tres años y medio.

Su lengua salió para lamer mi labio superior y me quedé completamente sin aliento, todo mi cuerpo se tensó en respuesta.

Sostuve su cabeza delicadamente entre mis manos mientras mi boca finalmente se unió a la de ella.

Nuestras bocas abiertas eran suaves y curiosas. Se sentía nuevo y excitante, pero también perfectamente bien. Nuestros labios sabían perfectamente cómo reflejarse entre ellos y se movían en perfecta sincronía. Ella succionó mi labio superior y luego yo su labio inferior. Pensé que moría e iba al cielo.

"Julia, Dios mío," murmuré ahogadamente contra su boca mientras la sujetaba más cerca de mí y la acostaba en mi cama. Me coloqué sobre ella y la besé una y otra vez. Su cercanía, lo que había estado soñando por tanto tiempo finalmente a mi alcance, pero yo quería ir despacio, disfrutar cada toque. "Besarte es tan increíble como imaginé que sería."

Sus manos subieron por mis hombros hasta tomar mi cabello para acercarme más a ella. Saber que ella me deseaba, me volvía loco. Podía sentir la urgencia en su cuerpo, mientras se presionaba contra mí, y separé sus piernas con una de las mías. Esta era una fantasía que yo había tenido un millón de veces y finalmente estaba siendo cumplida.

Se sentía tan bien, su cuerpo se amoldaba perfectamente al mío. Presioné mi parte dura contra ella y gimió contra mi boca. "Ryan, ahh…"

"Uhhh, dilo otra vez," le rogué de boca a boca.

"Ryan…" jadeó mientras la besaba una y otra vez, y la fricción entre nuestros cuerpos nos dejaba sin aliento. Tomé su pecho en mi mano y mi cuerpo se hinchó aún más mientras acaricié la punta hasta que se tensó en mi mano. Tenía que probarla, y con urgencia levanté su blusa para exponer su pecho desnudo. Era perfecta. Redonda y firme con erectos pezones rosados.

"Eres tan hermosa. No podría decirte por cuánto tiempo he deseado esto." Murmuré mientras deslizaba mi boca de la suya a su cuello y luego a su pecho sobre sus exquisitos pezones. Su espalda se arqueó hacia mí y sus manos se enterraban en mi cabello mientras los tomaba en mi boca, succionando y jugueteando con mi lengua.

Presioné mi cuerpo contra sus caderas, buscando el contacto que tan desesperadamente necesitaba.

La tenía arqueándose debajo de mí y mi deseo por ella me trastornaba.

Gemí suavemente mientras su pezón se escapaba de entre mis labios y moví hacia atrás el cabello que estaba sobre su cara.

"Quieres que me detenga? No quiero hacer algo que tu no quieras, cariño."

Ella examinó mi rostro y sus dedos se posaron en mi mandíbula acariciándome. "Ryan, yo… yo sí quiero, pero me da miedo lo que pasará con nosotros… después."

Besé su nariz y luego sus párpados y mejillas antes de volver a su boca e incitarla con otro profundo beso. Amaba como me respondía.

Se sentía como si no pudiera evitarlo y eso era la cosa más sexy que yo había experimentado jamás.

Escucharla decir que me deseaba me excitaba más allá de mi entendimiento.

"Lo sé; yo también… pero te siento tan bien, encajamos perfectamente… puedo sentir como tu corazón late contra el mío. Puedo saber lo asombrosos que seremos estando juntos."

Sus manos se movieron hacia arriba por mi pecho y una de las mías se movió hacia abajo entre sus piernas sin que mis ojos abandonaran su rostro. Su boca se abrió y sus ojos se cerraron mientras mi mano la frotaba sobre la ropa.

"Dios, Julia, eres tan ardiente, me vuelves loco." Su cuerpo se arqueó contra mi mano y mi pene literalmente dolía mientras se frotaba contra su cadera. "Te he deseado, he deseado tocarte así desde el día que nos conocimos."

"Entonces, por qué no lo hiciste?" gimió levantando su cabeza hacia la mía, claramente buscando mis besos. Yo estaba muy dispuesto a obedecerla tomando su boca con la mía en una serie de apasionados, y húmedos besos, nuestras lenguas devorándose y jugando una a la otra.

Si, por qué demonios no lo hice?

Su mano descendió para posicionarse donde la necesitaba y me perdí. "Julia… cariño…"

Hubo un estruendoso ruido en la puerta.

"Ryan…" Aaron abrió mi puerta y entró la luz del pasillo inundó el cuarto cegándome. Julia trató de apartarse de mí, pero la sostuve en su lugar, escudándola para que Aaron no pudiese verla encubierta por mi cuerpo. Su respiración estaba acelerada al igual que la mía mientras me miraba a los ojos.

"Qué pasa, Aaron?" Luché para mantener mi voz nivelada.

"Jen está enferma y no puedo encontrar a caja con todas las cosas médicas dentro, dónde está?"

"Creo que no la he traído aún, Está en mi auto."

"Está vomitando en el baño, y no estoy vestido, podrías traer el Pepto Bismol?"

Ahg! De todas las noches en que esto podía pasar… Mierda! "Seh, saldré en un minuto."

"Gracias," murmuró y cerró la puerta.

Junte la ropa de Julia y la besé en la frente. "Lo siento tanto, amor. Ya vuelvo."

Me levanté de la cama apresurado por el pasillo, agarré mis llaves de la mesa que estaba al lado de la puerta y corrí hacia afuera. Me tomó unos minutos encontrar la caja de implementos y terminé golpeándome la cabeza con la puerta trasera del auto.

"A la mierda!"

Dolía como el coño de la madre y cuando me puse la mano en la frente sentí la cálida humedad en mi sien.

"Parece que Jen no será la única que necesitará atención médica" murmuré para mí mismo, mientras trataba de esquivar las rocas bajo mis pies. "Mierda!"

Una vez dentro, puse la caja sobre la mesa de la cocina y encendí la pequeña luz sobre el lavaplatos. Busqué y encontré la medicina para el estómago y caminé por el pasillo hasta llegar al cuarto de Aaron y Jenna. Toqué y se la entregué cuando abrió la puerta.

"Gracias, hombre. Espero que no hayamos despertado a Julia," Dijo.

"Ah, no lo sé. Voy a ir a ver. Espero que Jen se sienta mejor." Dije mientras volvía a mi cuarto limpiando la sangre de mi cara. La sangre estaba comenzando a gotear, pero quería avisarle a Julia que pasarían unos minutos más mientras me atendía la herida de la cabeza.

"Julia?…" susurré mientras abría la puerta de mi cuarto. Fui hasta la cama pero ella no estaba allí.

Volví a la sala y la encontré acostada en el sofá, cubierta hasta la barbilla, así que me arrodillé a su lado. "Lo siento me tomó un rato encontrarla…"

Me miró e inhaló violentamente. "Oh por Dios, Ryan! Qué pasó?"

"Me golpeé la cabeza con la puerta del auto."

Trajo su mano a mi frente y frunció el ceño. "Se ve muy mal. Vamos a la cocina para poder limpiarla. Puede que necesites puntadas." La preocupación en su rostro era evidente. "Vamos." Se levantó y yo la seguí.

Julia me indicó con un gesto que me sentara y encendió la luz que estaba sobre el lavaplatos. Ella había organizado la cocina cuando nos mudamos así que se movía cómodamente. Tomó una toalla y la humedeció y luego la colocó en mi cortada.

Salté repentinamente por el dolor. "Lo siento, cariño"

Limpió la herida, pero todo lo que yo podía ver era su pecho moverse hacia arriba y abajo en el ritmo continuo de su respiración. Sus pechos que no hace quince minutos estaban desnudos y en mi boca.

Sentí como mi cuerpo revivía mientras dejaba vagar mis pensamientos.

"Parece que no necesitarás puntos, pero deberíamos colocar bandas de mariposa. Tienes alguna?" preguntó.

"Creo que en esta caja." Se la entregué. "Pensé que yo era el doctor aquí, pero estás haciendo un excelente trabajo." Le sonreí mientras colocaba las bandas adhesivas en mi frente y plantaba un beso al lado de la herida. Sus labios se sentían tan cálidos y suaves junto a mi piel.

Mis manos se movieron a sus caderas y la acerqué a mí, inclinando mi cabeza para acariciar su mentón con mi nariz mientras estaba parada delante de mí. "Hey…" dije suavemente.

"Ryan… deberíamos dormir. Tienes un día muy importante mañana, y estás lastimado." Inclinó su cabeza a la mía y se sintió como lo más natural del mundo tenerla aquí, en mis brazos, en mi vida… en mi corazón. Sus manos acariciaban suavemente mi mandíbula.

Mi cabeza comenzaba a palpitar. Como si leyera mi mente, buscó en la caja que estaba detrás de mí en la mesa, sacó el Tylenol y me lo entregó y buscó un vaso con agua. Puse dos en mi boca y las tragué. "Siempre me cuidas tanto, cariño." Bajé el vaso, y la atraje a mí para envolverla en mis brazos.

"Escúchame, Julia… La interrupción de hace un rato fue el peor caso de mal momento que he tenido en la vida, pero necesito que confíes en mí. Lo que pasó aquí, somos realmente nosotros, okey? No quiero ver que con la luz del día vayas a alejarte de esto."

Asintió silenciosamente y me besó suavemente. Cuando trató de alejarse, mis manos la halaron de vuelta a mí y la besé con intensidad. Mi lengua entró a la calma de su boca y ella no se resistió. Nos besamos nuevamente hasta que ella se alejó.

"Necesitas dormir, Ryan, okey?" Suspiré y dejé caer mi frente en su hombro.

"Dormirías conmigo si prometo portarme bien?" Le sonreí, pero sentí la tristeza de su corazón mientras miraba el reloj que estaba encima de la estufa. Eran las 2:37 am y ella tendría que irse a las 7:30 am. Sentí un nudo en la garganta mientras la sostenía cerca. Sentía una gran pérdida por no haber podido hacer el amor con ella como lo deseaba, pero más aún, porque ella tendría que marcharse con esta incertidumbre entre nosotros que dejaba un hueco en mi pecho.

"Si, está bien. Realmente voy a extrañarte"

Nuevamente la abracé frotando mis manos por su espalda y ella ciñó sus brazos encima de mis hombros en un apretado abrazo. Se sentía tan bien poder abrazarla así y saber que ella no se retiraría. Que ella me *permitiría* tocarla como su amante y no solo como amigo

"Extrañarte es… ni siquiera puedo hablar de eso. No hay palabras que describan cuanto me duele."

Tomé su mano y apagué la luz. Ella me siguió por el pasillo al cuarto donde subimos a mi cama juntos. La acerqué a mi debajo de las sábanas. Ella se acurrucó en mi hombro y pasó el brazo por mi cintura.

Suspiré y besé su sien. Me sentía feliz cuando me quedé dormido.

En lo que parecieron 5 minutos, la alarma estaba sonando y Julia sentándose componiendo su cabello con sus manos antes de salir de la cama. Otra vez perdida y pánico se levantaron dentro de mi pecho. Ella no me miraba mientras estaba parada al pie de la cama.

"Puedes venir aquí por un minuto, por favor?" Pregunté torpemente. Realmente no sabía qué pasaba, pero necesitaba saber que estábamos bien. Se sentó junto a mí y yo la acerqué más.

"Estas molesta por lo que sucedió entre nosotros anoche?" Me aterraba la respuesta pero tenía que preguntar.

Se encogió de hombros. "No molesta, exactamente... solo preocupada..."

Apreté su mano, "Detente. Pienso que fue increíble y algo que deseaba hace mucho tiempo. Yo deseaba finalmente hacer el amor contigo, Julia. Por favor no te arrepientas de uno de los momentos más hermosos de mi vida. Por favor."

"No lo hago," dijo suavemente dándome uno de nuestros toques con el hombro. "Se sintió asombroso, pero tengo miedo... de la distancia, miedo de extrañarte más de lo que ya voy a hacerlo," su voz se quebró en la última palabra y levantó su líquida mirada. "Me da miedo tomar las decisiones equivocadas, rechazar trabajos que debería tomar o cualquier cantidad de estupideces. Quizá distraerte de la escuela de medicina cuando necesitas enfocarte."

"No te preocupes por mí. Haré lo que necesito hacer, y nada podría hacer que te extrañe más de lo que ya voy a hacerlo. Entonces podríamos ser solo nosotros, y fluir con esto por favor?"

Ella asintió y yo la acerqué a mí. Mis ojos se cerraron mientras sentía que corría amor dentro de mí. Me preguntaba si debería decirle lo que siento por ella, pero no sabía si ella estaba lista para escuchar esas palabras. Lo de anoche fue un paso gigantesco, aun cuando no habíamos hecho el amor.

"Solo no olvides recordarme mientras estemos separados. Haremos que funcione. Okey?"

"Yo nunca podría olvidarte, Ryan," dijo suavemente abrazándome y girando su cabeza para poder besarme. "Estas marcado en mí para siempre."

45

-3-

Asqueroso.

La declaración más verídica que jamás había hecho. Ya habían pasado dos meses y todavía me daban arcadas cada vez que entraba a mi asqueroso Laboratorio de Anatomía. El olor era más de lo que cualquier persona normal podría soportar. Nuestro profesor había pasado varios frascos de ungüentos Vick el primer día de clases, diciéndonos que éstos se convertirían en nuestros mejores amigos. Se había reído de las miradas en nuestras caras cuando nos explicó que debíamos aplicarlo dentro de nuestras fosas nasales siempre antes de entrar a ese salón.

En aquel momento me reí, pensando que no podía ser *así* de malo. Era jodidamente así. Era *peor*.

El primer semestre de medicina los estudiantes eran eliminados si no podían soportar la maldita clase. Si eras uno de los suertudos que no salía corriendo y gritando a casa con el rabo entre las piernas, tenías una recompensa. Y qué podía ser mejor que disecar un cadáver en tres meses y medio?

Oh, claro. Un estudio en reciclaje. Continuamos la disección del mismo jodido tipo por la segunda mitad del año. Tenía tantas ganas de que llegara ese momento.

Por otra parte Aaron, hizo todo un chiste de eso, nombrando a su cadáver Marcy y diciendo que era su bebé.

Ahg!

Me sentía mal por el pobre bastardo que estábamos cortando, pero supongo que todo era en nombre de la ciencia. El cadáver de mi grupo era masculino y lo llamamos Joe.

Al principio, Aaron bromeaba conmigo sobre hacer que se le parara el pito para que él y Marcy pudieran entenderse, alegando que ya no necesitaría Viagra ya que tenía rigor mortis.

Enfermo bastardo. Sacudí la cabeza pero la carcajada vibraba en mi pecho. Chistoso, pero enfermo.

Durante las primeras pocas semanas, no podía sacar el olor de mi ropa y terminaba quemándola generalmente. Claro, usábamos uniformes, pero hacer eso no dejaba la vestimenta de abajo sin el olor.

Se había convertido en un problema costoso, hasta un domingo en la mañana, la genial voz al otro extremo de mi teléfono encontró la solución.

"Por qué no solo usas la misma ropa y zapatos cada día debajo del uniforme y consigues un casillero en el gimnasio para almacenarla ahí? Cámbiate después de clases, los gimnasios son apestosos después de todo."

"Y nunca lavarla Julia?" Me burlé de ella.

"Gah! Por supuesto, lávala, pero estarán arruinadas de todas formas, cierto? Entonces, baña esa mierda en cloro. Eso tiene que ayudar con el olor."

Sonreí mientras dejaba el limpio y blanco como la nieve uniforme en el banquillo del cuarto de los casilleros. Me cambié a mi ropa de laboratorio, la cual consistía en una camisa blanca y una ahora decolorada bermuda de jean. Después de vestir mi uniforme, metí la ropa de calle en una bolsa plástica, y la sellé para mantenerla libre del hedor, al lanzarla al casillero. Aun estando tan lejos ella seguían cuidando de mí.

Habían pasado dos meses y la extrañaba. A veces tanto que no podía respirar.

Ella todavía estaba en Los Ángeles con Ellie, quien había conseguido un trabajo como aprendiz con un prominente estilista.

Julia consiguió el trabajo con Condé Nast en la editorial y estaba trabajando como principiante en contenido y editora de estilo para la revista Glamour.

Por supuesto, obtuvo el primer maldito trabajo al cual aplicó. Ella es brillante y espectacularmente hermosa y con una enfermiza ética de trabajo que le impedía viajar a Boston. Para ser justo, yo tampoco había podido ir a Los Ángeles. La situación apestaba.

Suspiré en mi camino al edificio de Ciencias y Salud para mi clase de Cuerpo Humano. Ese era el nombre políticamente más correcto, pero Asquerosa Anatomía era mucho más acertado. Subí las escaleras hasta el quinto piso de dos en dos.

Julia. Ella era todo en lo que podía pensar.

Después de aquella noche en mi habitación, no habíamos realmente definido nuestra relación como algo diferente a mejores amigos. Yo estaba aterrado de que de alguna manera hubiese sido solo un sueño y me preguntaba si realmente había pasado. A ambos nos estaban pasando muchas cosas y yo había estado muy decepcionado cuando ella no había podido venir a Nueva York.

Parecía que evitábamos hablar del tema y cuando lo tocábamos yo quedaba incómodo y confundido.

Cuando ella aceptó el trabajo en Los Ángeles, yo armé una pelea en vez de hacer lo que debía y ofrecer felicitaciones y mi apoyo. Pero maldición, estaba furioso!

Después de casi hacer el amor con ella y asimilar que finalmente estaríamos juntos como una pareja, no lo manejé bien.

Ella me había colgado el teléfono con un trillado: *"Gracias por el apoyo cretino!"*

Hicimos las paces después de dos semanas de mí haciendo pucheros y otra más de ella ignorando mis llamadas. Y después de eso evitamos el tema de *nosotros*. Y ahora, dos meses después, parecían años.

Yo estaba enterrado en la universidad, y ella estaba trabajando duro para hacerse *indispensable*. Mi corazón se contraía. Mientras mejor hiciera su trabajo, menores eran las posibilidades de que lo dejara. Y Julia nunca hacía nada a medias. Y entonces, dónde quedaría yo?

"Hmmmf." Solté mi aliento.*Extrañándola desesperadamente, más y más mientras el tiempo pasaba.*

Tomé mi confiable recipiente de ungüentos antes de entrar al laboratorio. Los otros cinco miembros de mi grupo ya estaban esperándome. No había llegado tarde pero tampoco estaba tan jodidamente entusiasta.

El grupo era bastante diverso. Min Sing, una pequeña Koreana que apenas hablaba, solo para responder las preguntas del profesor, tenía una extraña mirada de nostalgia todo el tiempo. Traté de conversar con ella, pero era tan introvertida que era casi imposible, así que después del primer par de semanas me di por vencido.

Tanner Cromwell era amistoso y jovial. Su personalidad era bastante como la de Aaron, siempre bromeando sobre el tipo muerto en la mesa. A veces el profesor tenía que someterlo pero él hacía la clase soportable.

James Davis era una interrogante, parecía un motociclista, con cabello largo y tatuajes, pero era inteligente como nadie. Claire Morris que era como bonita, pero siempre estaba quejándose sobre algo y emocionalmente era muy inmadura. Dos características muy malas por sí solas pero combinadas la hacían completamente indeseable.

Y también estaba Liza Nash. Inconscientemente me encogí cuando caminé hasta la mesa y ella me puso la mano en el brazo. Preferiría quedarme con la quejumbrosa Claire en cualquier momento que con la coqueta Liza.

"Hola, Ryan." Hice breve contacto visual con ella durante el saludo antes de desviar la mirada rápidamente. Supongo que se podría decir que era bella en el sentido convencional de la palabra, pero se veía tan artificial. Dura, fría e inalcanzable; lo cual era raro considerando que siempre estaba persiguiéndome. Pestañeaba cuando retiré mi brazo de su mano.

Largo cabello, rubio oscuro, ojos azules, grandes pechos y buena figura. Tampoco era ciego, solo era que no estaba interesado.

Yo era cortés durante las clases, pero sus obvios avances se habían vuelto cansones y monótonos. Constantemente la ignoraba y no la determinaba ni un poco.

"Hey, chicos." dije mientras sacaba mis guantes de látex, y tomaba mi lugar en la mesa.

Tanner me miró subiendo y bajando sus cejas sugestivamente. Él estaba bastante atento a los esfuerzos de Liza; siempre listo para echármelo en cara. Él opinaba que yo debería tomar lo que ella tan flamantemente me ofrecía y no pensarlo mucho.

Poco probable. Es decir, no es que yo no sea un tipo normal con necesidades físicas. Sí lo era. Había formas de lidiar con eso cuando era necesario. Pero lo último que necesitaba era complicar mi vida con algo que no significaba nada.

Liza pudo haber sido una Diosa Griega y no hubiera importado. Aunque la situación con Julia era un poco inestable, no la arruinaría revolcándome por ahí con cualquier chiste.

Todo en lo que podía pensar era en Julia y, a pesar del precario estado de nuestra relación, yo la amaba más allá de la razón. Solo esperaba que ella me amara igual.

Estúpido bastardo. Por qué no solo se lo dijiste?

Después de clases, cuando Liza corrió tras nosotros, Tanner rio cuando murmuré bajo mi respiración, "camina más rápido."

"Ryan! Espera!" Jadeaba. Finalmente nos alcanzó y fue grosero, pero seguimos caminando.

"Oh, Hola." Dije esperando que mi obvia falta de interés tuviera el efecto deseado.

"Quisieras tomarte un café? Tengo algunas preguntas sobre microbiología."

Era demasiado esperar de ella que lo notara.

No teníamos ninguna otra clase juntos, sin embargo teníamos algunas veces las mismas tareas. Ella me sacó el horario completo en una conversación de tonterías en el laboratorio de Cuerpo Humano antes de enterarme que tenía un motivo ulterior.

"Ah… estoy un poco colapsado ahora, Liza. Prometí hacer algo con mi compañero de cuarto y solo tomo café los domingos por la mañana."

Mi gran boca y yo.

Ella sonrió. "Domingo en la mañana? Okey, puedo reunirme contigo el domingo en la mañana." Dijo esperanzada. Tanner nos miró a ambos con una sonrisa sardónica.

"Bueno… es algo que hago yo solo" protesté internamente.

"Ryan, Claire me dijo que tú eras brillante en micro. Casi la estoy reprobando. *Por favor* ayúdame. "

En realidad voy a caer en esa mierda?

Miré su cara tontuela y cedí. No quería su fracaso en mi conciencia.

"Okey, mira, Liza. Te veré en el nivel más bajo de la biblioteca a las 11 am el domingo."

"Sin café? No hablaríamos mejor en Java Joe's que en la biblioteca?"

Java Joe's es mi lugar para llamar a Julia.

"Nop. Necesito ir a la biblioteca más tarde ese día así que así funciona mejor. Te veo allí."

Giré y le hice el gesto con mi cabeza a Tanner para que continuara caminando, dejándola ahí con la boca abierta.

"Adiós, Liza," murmuró.

Después de pasar los departamentos, Tanner al fin habló.

"Esa chica quiere mucho tu pito, Ryan. Maldición!"

Me encogí de hombros. "Ella… no es mi tipo," dije sardónicamente pero no pude evitar sonreír. Por supuesto que era halagador ser deseado, pero ella no tenía el cabello color nuez y líquidos ojos verdes.

"Um… ella es el tipo de cualquiera. Es un culo muy voluntario. Nunca vi una mujer tan dispuesta a ser abusada. Ni siquiera tiene que significar algo."

Me fruncí ante su crudeza, pero me encogí de hombros.

"Me complicaría la vida y te garantizo que *significaría* algo para *Liza*. Me incomoda la forma en que me mira. Se convertiría en una acosadora o algo así."

Se rio. "Yo aceptaría esa clase de acosadora. Es ardiente."

Todo depende de la perspectiva.

"Tíratela, hombre." Caminamos por el estacionamiento hasta mi camioneta. Él vivía a unas cuadras de donde yo vivía y se había hecho hábito que lo dejara allí de camino a casa.

"Cuál es la razón real, Ryan?" sondeó.

Me detuve antes de encender el motor.

"Yo vine aquí a trabajar, no a perseguir rabos."

Se reclinó en el asiento exasperado. "Demonios, Ryan. Una de dos o eres gay o estás seriamente enamorado para no tomar ventaja de esta oportunidad. Sé que no eres gay porque estaría persiguiendo mi refinado trasero." Se carcajeó, claramente entretenido con él mismo.

Yo sonreía mientras me estacionaba en su complejo de departamentos. *Como si ser gay y estar enamorado fueran mutuamente exclusivos.*

"Bueno, no soy gay." Sonreí y esperé la inquisición.

"Entonces quién es ella? La conozco?"

Lo negué con la cabeza. "Es… bien, es complicado y solo te burlarás."

"Amigo… No lo haré."

Mi teléfono vibró en mi bolsillo, Julia. *Justo a tiempo.*

Lo saqué y leí el mensaje.

Día infernal. Tenía una historia y perdí la fecha de entrega, entonces estoy retrasando la prensa y persiguiendo las fotos. Aún estoy en la oficina y no puedo hablar esta noche. Lo siento. Te extraño.

Suspiré. Incluso nuestro tiempo telefónico se hacía menos frecuente, a veces pasaban dos o tres días entre nuestras conversaciones. Mi decepción estaba escrita por toda mi cara mientras empujaba el teléfono en mi bolsillo.

"Apuesto a que esa era la complicación." Adivinó sabiamente.

Sonreí. "Seh, no tienes idea de cuán complicado Tanner. "

Levantó sus manos. "¿Y entonces?"

"Realmente no sé qué decirte. Ella ha sido mi mejor amiga por años, pero estoy enamorado."

"¿Y?" Tanner insistió "¿Qué siente ella por ti?"

"Ella admitió que yo soy la persona más importante en su vida." Él me miró y silbó.

"¿Qué? Apenas comenzamos a explorar nuestros sentimientos y ella consiguió ese gran trabajo de mierda en Los Ángeles y yo estoy aquí."

Él puso una mano en mi hombro. "Bien…es un largo camino desde aquí. Todavía podrías juguetear un rato, hombre. Ella nunca lo sabrá."

"*Yo lo sabría*. Y ya te lo dije antes. No estoy interesado en nadie más. He esperado por más de cuatro malditos años a que Julia me viera como algo más que a un amigo. No lo voy a joder. Por *ninguna* razón; ciertamente no por Liza Nash."

Sonreí a la veracidad en esas palabras. Pensar en sexo con cualquier otra persona me dejaba frío y no me importaba que Tanner pensara que yo era una cabrón por admitirlo.

"Tienes razón. *Eso es* complicado."

Asentí y pasé una mano por mi cabello. "Quizá un día la conozcas. Así entenderás."

Abrió la puerta y el aire helado entró. Tanner se rio de mi mientras cerraba la puerta.

Como sea, tú nunca entenderás lo que es tener una conexión real con una mujer. Cabrón.

Me senté en la mesa con mi cappuccino de soya a esperar la llamada de Julia. Me envió un mensaje temprano que decía que iría a correr y luego me llamaría al llegar a su Starbucks. Miré mi reloj.

10:15. Mierda.

Repasé mis notas de Microbiología e Inmunología para estar preparado para las preguntas de Liza. Mi plan era entrar ayudar lo más rápido posible y salir. Sentía la bilis cuando pensaba en sentarme con la tonta por una hora. Juré que no permitiría que se extendiera más.

"Ah… finalmente." Respiré en el teléfono, imaginando su cara, sonrojada y acariciada por el viento, su cabello natural y sus ojos brillantes. "Ahí está mi chica."

La risa musical de Julia me recompensó. "Eso crees?"

"Mmmmm… Lo *sé*."

"Estás sentado en la mesa al lado de la ventana?" su voz estaba un poco sin aliento.

Habíamos tomado fotos con nuestros teléfonos y las compartimos, haciendo más fácil imaginar lo que el otro estaría haciendo. Era reconfortante imaginarla entre lo que la rodeaba.

"Sí. Cómo estuvo tu carrera?" pregunté cerrando mis ojos y deseando que ella estuviera sentada frente a mí.

"Eh… Tu sabes que odio correr." Escuché el arrastrar de la silla mientras ella la sacaba para sentarse.

"Entonces por qué lo haces?" pregunté quedamente.

"Ryan… quieres que me explote el trasero? Mi horario de trabajo no me permite ir al gimnasio lo suficiente, así que tengo que apretar la agenda como pueda."

"Si, conozco el sentimiento." Yo estaba hablando de cómo ella me apretaba en la agenda como hacía con el ejercicio, pero ella pensaría que yo hablaba de que también tengo un horario caótico. "Tú nunca explotarías." Pensar en su cuerpo me hacía hervir bajo la piel. Ella sintió el cambio en mi voz y cambió el tema.

"Qué vas a hacer hoy?"

"Oh, estudiar un rato y luego Aaron y yo estamos organizando un juego football en el parque."

"Mmmm…suena divertido. Desearía poder ver." Su voz era cálida pero sonaba distante, como si estuviese preocupada.

"Yo también. Aaron trae a Jenna, pero ella es más el escuadrón de protestas que una animadora, y nunca trae comida."

La risa de Julia resonaba al otro lado de la línea. "Hmm…Es gracioso que dijeras eso, porque acabo de enviarte algo, chico temperamental."

El placer me envolvió y sonreí. "De verdad? Cuándo?"

"Estabas decepcionado el viernes cuando no pudimos hablar por teléfono. Así que me quedé hasta tarde y lo horneé. Lo envié el sábado. Probablemente llegue mañana."

"Eres asombrosa. No te merezco." Mi voz era baja y ronca. La anhelaba, ardía por ella en formas que nunca soñé que fueran posibles. Mis dedos jugando con mi taza de café se volvieron borrosos ante mis ojos.

"Eso es verdad," bromeó. "Yo tengo que ir a la oficina en un rato. Suena divertido?"

"Te hacen trabajar demasiado duro, Julia. No me gusta."

"Uno de los fotógrafos perdió una tarjeta digital, así que tenemos que rehacer una sesión entera. Está retrasando el asunto de enero porque tuve que asegurar los modelos y las locaciones otra vez. La cantidad de dinero que estamos perdiendo es astronómica, entonces tuvimos que aumentar la página contando por 16 para pagarlo. El departamento de ventas está revuelto tratando de vender más anuncios solo puedo llenar el 50% del espacio con editorial estaríamos en números rojos. Un relleno de ocho páginas es demasiado para sacarlo a último minuto," gruñó.

"Suenas como toda una editora. Por qué el peso de esto recae sobre ti?" pregunté exasperado. Ella sonaba cansada y ellos estaban literalmente haciéndola trabajar en el infierno.

"Ah. Bueno…no, el editor junior atiende la parte de mierda, por ejemplo noches y fines de semana. Es solo parte de todo. Estoy trabajando en un ascenso, sabes? Un hombre espectacular que conozco me quiere en la ciudad de Nueva York."

La sonrisa detrás de sus palabras hacía que mi corazón palpitara más fuerte.

"No podría pasar suficientemente rápido para mí, cariño, pero aun así odio lo duro que has tenido que trabajar." Pasé una mano por mi cabello mientras un dolor ya familiar se expandía en mi pecho, "Te extraño."

"Por alguna razón, yo realmente te extraño, también…" sonreí cuando el dolor se calmaba un poco con esas hermosas palabras. Yo esperaba que la razón fuera porque ella estaba tan enamorada de mí como yo de ella.

"Ryan!" Observé desde mi silla la molesta y nasal voz de Liza. Miré a mi alrededor. Venía hacia mí antes de que pudiera prevenir a Julia.

Levanté mi mano en señal para que esperara, pero Liza sacó una silla y descargó su mochila contra la mesa con un ruido seco.

"Entonces… *esto* es el domingo de café!"

Maldita sea! Acaso no podía ver que estaba al teléfono?

Julia se encontraba dudosa al otro extremo de la línea, y yo podía sentir como se retraía, distanciandose.

"Bien, supongo que debería irme."

"Julia, espera. Por favor."

Liza me miraba expectante, y yo podía sentir mi boca fruncirse furiosamente en una línea ante su intrusión.

"Um…esto, uh… suena como que estas ocupado y yo igual tengo que ir a la oficina. Mike me está esperando de todas formas."

El sonido de su nombre rechinaba en mis nervios como uñas en una pizarra. Yo no sabía nada de este tipo excepto que era un fotógrafo que trabajaba con Julia *mucho*.

"Qué debería ordenar?" Liza me interrumpió de nuevo.

"Puedo llamarte después?" dije suavemente.

La voz de Julia era rígida cuando habló luego de un breve momento de duda. *Qué demonios* estaba pensando?

"Um… estaré ocupada el resto del día, Ryan. Parece que tú también lo estás. Solo… hablemos cuando podamos. Adiós."

"Julia…" la llamada terminó en mi mano.

Me senté clavando mi furiosa mirada en Liza, mientras ella abría su bolso y sacaba su cuaderno. "Entonces? Que hay bueno aquí?" Ignoró completamente mi expresión irritada y siguió parloteando.

"Liza, pensé que nos reuniríamos en la biblioteca, como en qué? 20 minutos?" estaba molesto y no me importaba si se notaba.

"Oh, íbamos, pero pensé que esto sería más divertido." Era obvio por su manera de vestir, su expresión facial y por cómo me miraba que ella estaba esperando convertir esto en una cita, una que sobrepasara un café por la mañana o una tutoría.

Tenía mi libreta lista, así que pasé un par de páginas y esperé.

Se levantó ordenó un par de bebidas y me miró. Precipitadamente pagué. Estaba muy irritado pero sentí que mi madre me mataría si no actuaba apropiadamente.

"Entonces, Ryan, de dónde eres? Claire me dijo que eras de Illinois, pero de qué parte?" Sus mejillas se sonrojaron al verme mirarla. Mi mirada era dura pero exhalé.

"Chicago. Mira. Liza, vamos a los libros, ok? Tienes preguntas?" pregunté sardónicamente.

Me miró con un puchero. "Solo quiero conocerte mejor, es tan malo eso? Vi esa película, Chicago."

En serio? Internamente me encogí. La película estaba ambientada en los años 1920, y no mostraba nada de la ciudad como es ahora.

"Como sea, perecía algo bonita, pero mucho crimen, cierto? ick. "

No más que en cualquier otra ciudad, idiota. "Asegúrate de nunca mudarte allí, entonces," dije secamente. El fino agarre que tenía sobre mi molestia se estaba desgastando.

"Liza, es importante que me mantenga enfocado en los estudios durante mi estadía en Boston. Tú también deberías hacerlo, a juzgar por tus problemas en microbiología. Realmente, ah, no estoy buscando…"

Su labio inferior tembló, sus sentimientos claramente heridos. Me sentí algo arrepentido pero me preocupaban las repercusiones con Julia.

"Mira… lo siento. Solo estoy preocupado. Tengo muchas cosas en la mente."

"Mi profesor de micro me odia. Cuando le pido ayuda, solo me dice que lea el libro. Yo odio leer!"

Me pregunto cómo infiernos hizo para entrar a Harvard a ese paso. Joder, hace que me duela la cabeza.

"Quien estaba al teléfono?" preguntó tímidamente tratando de medir mi reacción. Paré de buscar una bolígrafo en mi mochila y le lancé una dura mirada brevemente antes de volver a lo que estaba haciendo.

"Eso no es importante. Estamos aquí para microbiología, así que…"

"Ryan!"

Saqué el bolígrafo y abrí el libro en el capítulo de virus y de cómo se pegaban a células humanas. "Sí?"

Ella trató de poner una de sus frías manos sobre la mía. "No podemos ser amigos? Estamos forzados a ese maldito laboratorio juntos, solo pensé que podríamos tratar de llevarnos lo mejor posible. Qué tiene de malo eso?"

Nada, si eso era lo que quería.

Retiré mi mano y tomé el café mientras me reclinaba en mi silla; como si alejarme de ella físicamente pudiera hacer que desistiera. Su perfume me estaba dando náuseas de todas formas. Era de flores y dulce y me hacía arder la nariz.

"Mira, Harvard siempre ha sido mi sueño y los amigos solo… no son prioridad para mí. No es personal."

"Puro trabajo y nada de diversión hacen a Ryan un aburrido. Además, quien sea que estuviese en el teléfono era una *amiga*, entonces…" comenzó pero la detuve en seco.

"No. No era una amiga. Es más como un compromiso de por vida."

Por un breve momento vi decepción y dolor en su rostro antes de cambiar a una mirada calculadora.

"Pero ella no está aquí… en Boston?"

Mordí mi labio y esperé. "Vamos a estudiar o no? Tienes diez segundos para decidir porque necesito irme."

"Ok, estudiaremos, señor quisquilloso. Pero Ryan, *yo estoy* en Boston." Dijo sugestivamente mientras acercaba su silla. "No olvides eso."

Solo enfócate en las páginas, Ryan. Y aléjate de esta perra lo antes posible.

~Julian~

Estaba exhausta después de trabajar con Mike en locación. El departamento estaba oscuro, así que Ellie estaba afuera con Harris o en cama. Encendí la pequeña lámpara de la entrada y lancé el correo a la mesa de la entrada. Amaba mi trabajo, pero odiaba la larga cantidad de horas y el nunca poder ver a Ryan. Añoraba los días cuando lo llamaba y en minutos estaba sentado a mi lado. Últimamente ni siquiera hablábamos mucho.

Como hoy. Lo extrañaba tanto que era prácticamente insoportable.

Mi corazón retumbó dentro de mi pecho ante el sonido de la mujer en el fondo. Las cosas se estaban poniendo extrañas, lo cual debía haber esperado, con la distancia y la falta de comunicación entre nosotros.

Esta había sido la extensión más larga de tiempo que habíamos estado sin vernos y había tantas cosas que no sabíamos. Por ejemplo, qué éramos el uno para el otro y quién era esa mujer? Él estaba saliendo con alguien? Qué estaba haciendo con su tiempo y con quién lo estaba haciendo? Estaba solo? Me extrañaba?

Quizá yo no quería saber. Era mi propia maldita culpa. Debí haber tomado la oportunidad de tenerlo aquella última noche en Boston. Quizá entonces no estaría sintiendo lástima de mí misma y él no tendría dudas de que lo quería.

Pateé los zapatos de mis adoloridos pies y vagué hasta mi habitación, desabotonando mi blusa para colgar mi traje color ciruela. El closet estaba lleno de trajes similares. Gracias a Dios Ellie tenía conexiones en la industria de la moda. Me surtió de cualquier cosa que pudiese necesitar. Tenía dos docenas de trajes de los más ardientes diseñadores e igual cantidad de zapatos y bolsos alineados en los estantes.

Descarté el resto de la ropa y fui al baño a llenar la tina de agua. Tomé una toalla del estante y la envolví a mí alrededor, y busqué una copa de vino.

Los brillantes números del reloj del microondas me miraban. 11 pm. Gruñí silenciosamente, dejando que mi cabeza cayera hacia atrás de camino al baño.

No había posibilidad de que Ryan llamara *después*. Eran las 2am en Boston.

Encendí una vela y me hundí en la cálida y aromática agua. Con el vino balanceándose en mi mano derecha, cerré los ojos y traté de sacar el trabajo de mi mente, de los coqueteos descarados de Mike, y de seguir extrañando a Ryan.

Extrañando a Ryan.

Suspiré y puse mi mano libre en mi sien.

Me dolía la cabeza y mis dedos masajeaban para liberar la presión. Estaba tratando de aliviar el dolor o el sonido de la irritante voz detrás del teléfono de Ryan? Trataba de imaginar la cara y el cuerpo que venían con ella.

Ugh. Estaba de vuelta en la universidad, sola y anhelandolo mientras él estaba con otra mujer. *Si estar en costas opuestas no cambiaba eso. Qué lo haría?*

Respiré temblorosamente. Ryan y yo teníamos que hablar. Esto no estaba funcionando; me estaba volviendo loca, este sentimiento desesperanzador que me enfermaba el estómago. Ya que no iba a mudarme a Nueva York pronto, la única manera de evitarlo era distanciarme más de él, y saber menos de su vida. Pero, saber menos era posible? Considerando que estábamos en los polos opuestos de donde estábamos hace dos meses, no lo creo. *La maravillosa noche en Boston…* estar tan cerca de él, pensar que al fin íbamos a convertirnos en algo más, había arruinado completamente nuestra dinámica de mejores amigos.

Ahora esta mujer; lo que yo no sabía no podía lastimarme.

Si, claro.

Qué esperaba? Tomé este trabajo y estaba dedicando cada momento de mi vida a eso. Yo sí sabía que él me quería en Nueva York.

Él era hermoso e inteligente, con todo para ofrecer. Las mujeres deben arrojársele encima, y una cosa era segura, él era todo un hombre. No podía esperar que fuera célibe, especialmente cuando ni siquiera habíamos hablado el estado de nuestra relación.

Había colocado mi Blackberry en la mesita debajo de la ventana, a mi alcance, por si acaso. Patética.

Me senté ahí por un rato y vertí más agua caliente en la tina, sorbiendo mi vino hasta que mis ojos se empezaron a cerrar, cuando el teléfono vibró en la mesa.

Lo agarré rápidamente, mi corazón rogando que fuera Ryan. El agua salpicaba cayendo al suelo, y saturando mi toalla.

Caramba.

"Hola?"

"Hey." La voz de Ryan era agotada, pero aun aterciopelada y calmante.

"Es tarde, Ryan. Qué haces despierto aun?"

"Bueno, también me alegra hablar contigo!" dijo

Suspiré, Mierda así no era como quería comenzar esta conversación.

"Yo estoy feliz de hablar contigo, pero no quiero que estés cansado."

Él estaba irritado, "Coño, Julia. Soy un niño grande. Voy a la escuela de medicina y *todo*."

Mis labios y mi ceño se fruncieron. "Llamaste solo para ser un patán?"

"No." Suspiró profundamente. "pensé que necesitábamos hablar y no tengo acceso a ti en otro momento del día." Su frustración se derramaba por el teléfono.

"Lo siento, pero um… has estado bastante indispuesto, también. Solo que es así como son las cosas ahora. No es como lo quiero."

"*Cómo lo quieres* entonces?" Estaba impaciente y malhumorado.

"Tenemos que tener esta pelea de nuevo? Estoy haciendo todo lo que puedo para obtener ese ascenso pero no he estado aquí tiempo suficiente, Ryan."

Silencio. Podía escucharlo respirar fuertemente al otro lado de la línea telefónica.

Cuando no contestó, continué suavemente, "Además, igual sonaba como que yo estaba estorbando."

"No empieces con esa mierda!" Contestó agudamente. "Tú sabes que te quiero aquí. Esa chica era una a la que estaba ayudando con un asunto de clases."

"Que conveniente que fuera justo en medio de nuestra llamada." Dije amargada. "Por qué no me dijiste?" Sentí mi garganta arder y mis ojos llenarse de lágrimas. Mi voz temblaba y no estaba segura si era por las emociones o por el agua tornándose fría a mí alrededor lo que me hacía temblar.

"Ella me siguió! Se suponía que nos veíamos en la biblioteca!" Podía imaginarlo pasar las manos por su cabello.

"No importa, Ryan. No es asunto mío."

"Ya no puedo con esta mierda, Julia. Por supuesto que es asunto tuyo!" dijo furioso.

No contesté, en lugar de eso me levanté a tomar otra toalla del closet ya que la anterior estaba mojada en el piso.

"Estabas en la bañera?" Él había oído salpicar el agua.

Mis dientes castañeaban. "S…s…Sí."

Gimió al otro lado del teléfono, "Oh, Dios."

Me envolví en la toalla y fui a la habitación. Las sábanas estaban suaves y cálidas cuando las subí hasta mi mentón.

"Me estoy congelando, lamento lo del titiritar de mí voz."

Respiró profundamente. "Entonces ahora estás en la cama, desnuda? Me estás matando."

Mi cuerpo reaccionó a sus palabras y su voz. Mi piel prácticamente vibrando.

"Ryan… Entiendo que esta cosa de la distancia es un problema y que debimos haber hablado antes. Entiendo lo injusto que es. Me refiero… ni siquiera sé qué demonios está pasando contigo."

"Lo que sí sé es que te extraño demasiado," dijo suavemente, pero con un tono derrotado.

Mis ojos ardían como si se quemaran. "Yo también te extraño, pero…qué extrañas? Quiero decir… extrañas a tu amiga?"

"Sí." Mi corazón se hundió y una silenciosa lágrima rodó por mis pestañas hasta mi almohada. "Pero también extraño lo que debería haber entre nosotros. Me siento engañado. Es decir, finalmente íbamos a …" comenzó tentativamente.

"Lo sé. No sé qué va a pasar ahora, pero lo cierto es que… yo estoy aquí y tú estás allá. Yo… bueno, parece que no voy a poder lograr que me trasladen hasta que esté en Glamour por lo menos un año. Parece una eternidad y… tú eres un hombre-"

"Qué estás diciendo exactamente?" su voz era aguda de nuevo, sardónica y enojada.

"Estoy diciendo que yo entendería si tu quisieras que seamos solo amigo… por ahora."

"Julia, por qué estás tratando de alejarme? Hay alguien a quien *tú estés viendo*? El fotógrafo ese?"

"Qué? No! Ryan… pero no parece justo que tú…" Mi voz me traicionó, las emociones haciendo que mis palabras salieran afectadas, traté de tragar el nudo en mi garganta mientras más lágrimas cayeron. Mi nariz resopló.

"Julia, por favor detente. No puedo hacer esto por teléfono."

Qué se suponía que hiciera? Sentía que me estaba desmoronando.

"Esto es lo que he estado temiendo; que tratar de tener una relación romántica hiciera las cosas raras entre nosotros, y realmente yo no quiero eso. Yo… solo…"

"No puedo… No llores. Lo siento. Me vuelvo un trastornado cuando discutimos, especialmente cuando no puedo llegar hasta ti para arreglarlo. Vas a san Francisco para el Día de Gracias?" Su voz era cansada y yo moría por abrazarlo.

"Quizá, no lo sé con seguridad. Papá puede que tenga que trabajar de todas formas y quién sabe qué emergencia salga aquí. Si tengo que trabajar el viernes siguiente, no tendré tiempo de ir a casa. Tú vas a ir a Chicago?"

"No. Voy a ir a donde tú estés. Eso… si tú lo deseas. Tenemos que resolver esta mierda y no por teléfono."

Me acomodé en posición fetal en la cama. "Por supuesto que lo deseo." El doble significado palpitaba dentro de mí. Él entendería?

"Te extraño, corazón; tanto."

Escuchar el término de afecto lo hacía parecer más como si fuera mi novio, sintiendo que quizá esto era real. Estaba desesperada por decirle que lo amaba, pero no quería que la primera vez fuera por teléfono.

Su voz latía de emoción. "Realmente esa chica solo era una cabeza hueca del grupo en mi clase de Asquerosa Anatomía. Ella no es nada más que un dolor en mi trasero. De verdad, Julia."

"Okey"

"Qué va a hacer Ellie para el Día de Gracias?" su aterciopelada voz se suavizó más.

"Va a casa de los padres de Harris, creo."

"Por el fin de semana completo?" sus palabras eran lentas y yo podía imaginármelo; sentado en el piso a pie de su cama, pellizcando sus cejas o su labio inferior.

"Eso creo. Por qué?"

"Puedes decirle a Paul que no irás y yo le diré a mis padres que debo quedarme en la escuela? Yo iré a Los Ángeles. Vamos a terminar lo que comenzamos esa noche en Boston. Okey?"

Mi corazón tamborileaba en mi pecho y el calor y la humedad inundaban la parte de debajo de mi cuerpo. Él era tan sexy. Su voz haciéndome el amor.

"Jul?"

"Sí. Estoy asustada, Ryan."

"De mí?"

"De perderte. Tanto como me mata pensar en ti con alguien más, no podría soportar perderte. Qué tal si…"

"Julia, nunca podrías perderme. No sabes eso todavía?"

Asentí aun cuando él no podía verme. Respiré temblorosamente y él debe haber sido capaz de escucharlo. "Mmm hum."

"Entonces, volaré el miércoles antes del Día de Acción de Gracias."

"Mmmmm, hmm."

"Estás bien? Todo el tiempo estoy preocupado por tí."

Cerré mis ojos y mi pecho se infló con tanto amor que no podía respirar. "Si, ahora que finalmente pude escuchar tu voz." Dije sin aliento.

"Oh, Cariño." Escuche el movimiento de las sábanas y el golpe a la almohada. "Haremos que esto funcione porque no puedo vivir con ninguna otra opción. Te extraño, cariño, pero te dejaré dormir. Ponle algo de ropa a tu sexy trasero o no voy a ser capaz de poder dormir pensando en eso." Bromeó ligeramente.

Sonreí entre mis lágrimas.

"Y Julia? No olvides recordarme… okey?"

Repitió las palabras que me dijo antes de que lo dejara en Boston.

"Eso es imposible." Dije vehemente.

"Espero que disfrutes el paquete. Deberías recibirlo mañana."

"Eres un ángel. No puedo esperar. Te llamaré."

"Sí. Buenas noches, Ryan."

"Noches, cariño."

Rodé en la cama y cerré mis mojados ojos mientras terminaba la llamada. Tres semanas y media y estaría en sus brazos. Mi corazón y mi cuerpo lo anticipaban. Nunca querría que ese fin de semana terminara.

-4-

Puse los bocetos para los asuntos de febrero en mi oficina y cerré la puerta tras de mí, desesperadamente apresurada por salir de la oficina e ir al aeropuerto. Sonriendo de oreja a oreja, corrí por el pasillo hasta el elevador. Estaba tan emocionada por ver a Ryan después de tanto tiempo que no estaba prestando atención por donde caminaba y en una fracción de segundo, sentí que me resbalaba por el pasillo de mármol, cayendo de espalda y luchando por evitar aterrizar aplastada sobre mi trasero. Tratando de aferrarme con mi mano a la pared. Por un milagro, logré mantenerme derecha, pero mi cartera salió volando y el contenido se dispersó en diversas direcciones.

"Mierda," murmuré. Miré la hora y volví a meter el teléfono en la cartera. 6:16. El vuelo de Ryan aterriza a las 7:30, y si no me apresuro nunca llegaré al aeropuerto a tiempo. El tráfico a esta hora de la noche era el peor.

Andrea, la asistente personal de mi jefe corrió a ayudarme a recoger mis cosas.

"Julia, estás bien?" Andrea era una hermosa chica de complexión sonrosada y brillantes ojos azules y un montón de trenzas rojas que colgaban hasta el medio de su espalda. Había comenzado en glamour unos meses antes de mí. Yo coordinaba un montón de sesiones fotográficas, horarios y talento de producción a través de ella. Lo cual requería que hiciéramos un buen equipo. Nos convertimos en amigas.

Andrea me pasó mi billetera y un lápiz labial que habían caído de mi cartera con mi teléfono. "Grandes planes, ah?" preguntó.

"Ah, sí. Mi…" dudé. *Qué era Ryan, exactamente?* "Mi mejor amigo viene de visita. No lo he visto desde agosto." No pude evitar sonreír y rápidamente me levanté. Seguimos hacia los elevadores.

"Él?" me sonrió con propósito. "Es bello? Qué hace?" Andrea era inquisitiva por naturaleza, pero especialmente cuando tenía que ver con el sexo opuesto. Era una gran coqueta, pero no tenía un novio serio. Yo no había mencionado a Ryan antes. Estaba manteniéndolo en secreto hasta saber qué demonios pasaba entre nosotros dos.

El timbre que indicaba los pisos sonaba mientras yo jugueteaba con las llaves de mi auto. "Sí. Es muy apuesto." Cerré los ojos y traté de nivelar mi voz. "estudia medicina en Harvard." No podía evitar alardear un poco sobre Ryan. Estaba tan orgullosa de él.

"Guao, un futuro doctor, y Harvard." Sus ojos se abrieron de par en par. "Incluso más impresionante."

"Sí. Eso prácticamente lo resume, bastante bien." El elevador abrió y fui hasta mi auto. "Feliz Día de Gracias, Andrea!" dije mientras iba hacia mi auto.

"Hey, el suena asombroso, Julia. Quizá puedas emparejarnos?" su risa hizo eco en las paredes de concreto del garaje.

"Nop! Él es todo mío!" Dije mientras abría la puerta del auto y lanzaba mi cartera en el asiento del copiloto.

Mientras manejaba por Los Ángeles, en mi camino al LAX, casi me mastico el labio inferior.

Por qué estaba tan jodidamente nerviosa?

Sí, estaba tan nerviosa que casi me salía de mi propia piel, pero eran unos nervios poco característicos, también.

Era Ryan, y las cosas serían tan fáciles entre nosotros como siempre lo habían sido.

Habíamos pasado cada hora despiertos, y muchas dormidos juntos durante los últimos cuatro años, nos conocíamos por dentro y por fuera. Él me hacía sentir cómoda, me hacía reír y me daba seguridad.

Pero… este era el mismo Ryan que me bajaba las pantis y hacía desbocar mi corazón. Lo amaba más que a nadie en mi vida. Más de lo que *nunca amaría* a alguien por el resto de mi vida. Lo sabía con la seguridad con la que sabía que estaba respirando. Él podía llevarme al cielo o dejarme caer al infierno y ese conocimiento me aterraba a muerte.

Respiré profundo tratando de calmar mis nervios. Esta noche cambiaría todo entre nosotros. Si hacíamos el amor o no, yo planeaba decirle que lo amaba, esas palabras estuvieron atormentándome en mi interior por demasiado tiempo, especialmente desde la noche en el auto después de que recibió su carta de aceptación de Harvard, y después la última noche que estuvimos juntos en Boston.

Mi corazón golpeaba fuertemente dentro de mi pecho, mientras estacionaba en el lote del aeropuerto, encontré un espacio cerca del elevador.

Me preguntaba si a Ryan le parecería extraño verme en falda tubo de Dior y tacones Jimmy Choo cuando estaba tan acostumbrado a verme en jeans y Converse. Me miré en el retrovisor mientras pasaba una mano por mi cabello y aplicaba un brillo rosado suave sobre mis labios. Me veía diferente pero esperaba que a él le gustara el cambio.

Y aquí voy…

Mientras entraba al terminal, con mi estómago lleno de mariposas pero no podía dejar de sonreír. La gente hasta me sonreía de vuelta. Algunos hombres fueron muy obvios en su apreciación de mis piernas mirándome de arriba hacia abajo. Normalmente, me molestaría la indiscreción pero hoy nada podía arruinar mi buen humor.

Mi teléfono sonó en mi cartera y batallé para sacarlo y seguir caminando hacia las puertas del punto de seguridad y luego merodear buscando un buen lugar para esperar. Encontré un Starbucks y tomé asiento antes de leer el mensaje de Ryan.

Ya estoy en suelo firme. Espero que ya estés aquí. No puedo esperar para verte!

Mi cuerpo temblaba y mi corazón galopaba mientras mis ojos buscaban entre el río de gente saliendo del terminal de United. Busqué una cabeza de desordenado y sexy cabello dorado moviéndose entre la multitud, pero los minutos pasaban y cientos de personas salían sin señal de él. El tic toc de mis zapatos llamaba la atención de la gente mientras yo caminaba pasillo arriba y abajo frente a la ventana, mirando a la muchedumbre ir y venir.

Contrólate, Julia!

Metí las manos en los bolsillos de mi falda y paré en seco. Ryan salía de la larga rampa cargando su bolso de cuero negro y un abrigo azul. Usando una gorra de béisbol de la Universidad de Stanford. Camisa blanca de botones doblada hasta los codos y un jean. Me quitaba el aliento. Me quedé congelada en el sitio mientras lo veía avanzar hacia mí.

Cuando salió del terminal se detuvo y miró a su alrededor… mis deseosos ojos lo devoraron en segundos. Era tan bello y yo no lo había visto en tanto tiempo, que me permití esta pequeña indulgencia.

Él buscó en círculo, hasta que finalmente sus ojos cayeron sobre los míos. Hizo una pausa para mirarme, captando los cambios, su cabeza se inclinó ligeramente hacia un lado y sus ojos se estrecharon. Una inmensa sonrisa se apareció en su rostro mientras se movía rápidamente hacia mí.

Obligué a mis congeladas piernas a moverse y corrí hacia él. Inmediatamente, dejó caer su bolso a nuestros pies para abrazarme, sus brazos apretados fuertemente alrededor de mi cintura bajo la chaqueta de mi traje y su cara enterrada en mi cabello. Aferré mis brazos alrededor de su cuello y volteé mi cara hacia él, descansando mi frente justo debajo de su oído. Olía delicioso y su cálido aliento sobre mi piel se sentía como un premio. Como Ryan.

"Julia," respiró "Te he extrañado tanto, joder."

Las emociones surgieron dentro de mí así como la familiar sensación detrás de mis ojos y la opresión en el pecho mientras me aferraba a él con tanta fuerza como si de ello dependiera mi vida. *Si lo dejaba ir desaparecería.*

Besó un lado de mi cara y mi sien hasta que finalmente levanté mis húmedos ojos a sus ojos azules. "Ryan… Yo…" Me detuvo cuando su boca barrió la mía en un ansioso beso. Me besaba como si fuera el fin del mundo y yo lo dejé, las lágrimas cayendo suavemente por mi rostro al mismo tiempo que mi boca se movía frenéticamente con la suya. Nuestras lenguas devorándose una a la otra y el beso se hizo más lento, más profundo, pero igual de intenso. Mi cuerpo comenzó a reaccionar y estaba perdiendo el control.

Todo lo que existía para mí era este hombre. Algunos caminantes silbaron y nos sacaron de nuestra burbuja. Ryan, obligó a su boca a alejarse de la mía y con su mano colocó mi cabello hacia atrás mirándome a los ojos.

"Qué?" pregunté sin aliento.

"Eres maravillosa. No puedo quitarte los ojos de encima." Sonrió suavemente y descansó su cabeza sobre la mía. Mi boca ansiaba alcanzar la suya otra vez pero recordé donde estábamos.

"No tienes que hacerlo por los próximos cuatro días." Sonreí felizmente. El nacimiento de la barba en su mentón cosquilleaba mis dedos. Lo besé brevemente en la boca antes de retroceder y tomar su mano en la mía.

"Lo prometes?" dijo suavemente. Asentí con la con la cabeza y toqué su hombro gentilmente con el mío, en un gesto tan familiar.

"Vamos." Halé su mano.

Sonrió, recogió su bolso y abrigo y caminamos por el aeropuerto hasta el estacionamiento.

Ryan lanzó su bolso en el asiento trasero de mi nuevo Mazda y yo le arroje las llaves.

"Estás segura? Este es tu bebé." Sus ojos brillaban mientras rodeaba el auto para abrirme la puerta del copiloto. No podía resistirme a tocarlo, puse una mano en su camisa sobre su cinturón. La parte plana de mi mano moviéndose a los tensos músculos de su abdomen hasta llegar a descansar sobre su corazón. Podía sentirlo latir bajo mis dedos.

"Sí. Por supuesto. Tú siempre conduces. No es así?" dije deslizándome por el asiento de cuero negro. El sonido de la puerta al cerrar hizo eco en el estacionamiento. Sonriendo, Ryan bordeó el auto y se sentó en el puesto del conductor.

"Ugh," dijo cuándo se golpeó la cabeza con el techo del vehículo y alcanzó la palanca para desplazar el asiento hacia atrás y arreglarlo a su altura. "Algunas cosas nunca cambian eh? Excepto que con esos tacones, esperaba que tuvieras el asiento mucho más hacia atrás."

"Mis dedos del pie siguen teniendo la misma longitud sin importar lo alto de los tacones. Dah."

El calor de sus ojos me hizo sonrojar y él encendió el motor y puso el auto en reversa.

"Entonces, notaste los zapatos no?" le sonreí.

"Frenó en la cabina de pago y entregó el dinero. "Ah... Lo noté todo, Julia." Me miró. "Eres realmente... hermosa"

"Temía que no fuera a gustarte en mi modo *oficina*... que me prefirieras en jean y camiseta." Me recline en mi asiento mirando hacia él para poder estudiar su perfil.

"De verdad quieres que conteste eso ahora?" Su mano alcanzó la mía. "Después." La sola palabra sonó como una promesa.

El calor se infundió sobre la piel de mi cuello y mi cara, y mordí mi labio, tratando de controlar la sonrisa que no podía contener. Se sentía bien estar con él así. Sabiendo finalmente que los dos estábamos dispuestos y deseosos de llevar la relación más allá. Se sentía... perfecto.

Su pulgar dibujaba círculos sobre la parte superior de mi mano, sus dedos se entrelazaron con los míos. Había una viva corriente de electricidad que corría por mi cuerpo con cada pequeño movimiento que él hacía. Mi boca se secaba y mi cuerpo reaccionaba. Me tenía ardiendo en deseo solo con el más breve de los toques.

No puedo creer cuanto lo amo.

Le di las indicaciones que nos llevaron del centro de Lo Ángeles al lado Este de Beverly Hills. Ellie y yo compartíamos un departamento en Glendale. Era suficientemente cerca del centro para mí y más aún para que Ellie pudiese llegar rápido a su lujoso trabajo en Hollywood. El departamento era modesto, pero muy agradable y lo manteníamos limpio.

El sol se había puesto dos horas antes y me senté en la oscuridad, observando el reflejo de las luces en los planos de las perfectas facciones de Ryan. Parecía contento de sostener mi mano y conducir, escuchando las suaves notas del radio satelital. Parecía inmerso en su pensamiento, como si se estuviera concentrando en algo.

"En qué piensas?" pregunté suavemente, no queriendo interrumpirlo, pero desesperadamente necesitando saber. Sonrió; sus blancos dientes brillaban en la oscuridad. Las luces del tablero iluminando suavemente el espacio interno del auto.

"Oh, ya sabes… en ti" pausó y frotó nuevamente mi mano con su pulgar, "Es increíble *finalmente* estar contigo así, cariño. Solo lo estoy asimilando todo."

Sabía a lo que se refería. Éramos una pareja y era evidente por la forma en que me tocaba, como me miraba y el tono de su voz. Mi corazón se aceleró y suspiré. Él me miró y luego vio hacia el camino. "Qué?" preguntó.

"Nada… solo que… Ryan, Te he extrañado. Demasiado." Tragué grueso mientras las emociones fluían de nuevo. "Tenía tanto miedo de perder a mi mejor amigo, pero no voy a hacerlo. Aún estás aquí conmigo, pero esto…"

"Es mucho más."

"Sí."

"He sido un completo idiota. He debido hacer algo al respecto hace años atrás. Desperdiciamos tanto maldito tiempo, Julia."

"Me gusta pensar que las cosas pasan por una razón, Ryan. Todavía te tenía en mi vida, y realmente, yo no cambiaría ni un momento del tiempo que pasamos juntos." Esperaba que no escuchara el significado escondido en mi voz, pero la mirada en su cara me decía lo contrario.

Sus labios eran cálidos y reverentes cuando rozaron mis nudillos, entonces Ryan descansó nuestras entrelazadas manos sobre su pierna. "Julia." Sonrió y negó con la cabeza.

"Si?" Sonreí.

Ryan sonrió y movió suavemente su cabeza.

"Nada…solo, Julia."

"Bien, Matthews, necesito que nos detengamos en la tienda de abarrotes si voy a hacer una gran comilona mañana. No creo que estés satisfecho con cereal frío y tostadas?"

Los bordes de mi boca se torcieron hacia arriba comenzando una sonrisa mientras anticipaba su respuesta.

"Pfft. Demonios, no! Lo quiero todo, pavo aderezo, patatas, pan fresco y montones y montones de postres." Dijo Ryan felizmente.

No estaba preparada para lo mucho que me emocionaba escucharlo hablar así y saber que yo podía hacerlo tan feliz.

Apunté a la tienda de la derecha que estaba a solo tres cuadras de mi departamento. Estacionó cerca de la puerta y apagó el motor.

"Por supuesto, dejas fuera la ensalada y los vegetales. Jodidamente típico," añadí en burla y él soltó una carcajada.

"Oh, okey. Ensalada y vegetales." Dijo renuentemente. "si me vas a obligar."

"Puedo obligarte?" Sonreí.

"Creo que tú puedes hacer que yo haga cualquier maldita cosa que tú quieras justo ahora."

"Hmmm… eso suena *realmente* bien." Mi mente corrió ante la cantidad de cosas que quería obligarlo a hacer. Él quiso decir que me daría cualquier cosa que yo pidiera.

"Sí. Lo es." Dijo maliciosamente y se inclinó para besarme, codiciosamente atrayendo mi labio inferior a su boca antes de alejarse. "Mmmm… tan delicioso."

Sonreí, y no pude resistirme a una burla más. "Ya sabes lo que dicen por ahí… Lo que *me* haga feliz a mi te hará libre a *ti.*" Mordí mi labio mientras levantaba mi mirada a la suya.

"Estoy seguro de eso. Vamos a hacer la jodida compra, para poder empezar a recibir mis órdenes, me acompañas?"

Reí tontamente, mientras ambos salíamos del auto. Ryan pasó su brazo sobre mi hombro y besó mi frente camino a la tienda.

~Ryan~

Estaba mirándola fijamente, pero no podía evitarlo. Sé que ella lo había notado por las miraditas que me lanzaba y la sonrisa que bailaba en esos maravillosos labios.

Ella era tan increíblemente bella. Sus piernas se extendían por toda la eternidad en esos jodidos tacones puntiagudos y yo quería pedirle que se quitara la chaqueta para ver como lucía esa blusa en su cuerpo.

Esa era Julia, pero tan sofisticada y sexy. Tenía una nueva confianza en ella que yo encontraba extremadamente irresistible. Ella era todo lo que yo podría desear.

"Estás seguro que quieres pavo mañana?" Me miró interrogante mientras tomaba hierbas frescas de la sección de vegetales.

"Con *todos* los adicionales, por favor." Yo llevaba el carro de compras, lo cual me favorecía porque tenía una vista sin obstrucciones de ella. Me quité la chaqueta y la tiré en la cesta.

"Um, no sientes el *calor*, Julia?" la molesté. "Quizá deberías quitarte la chaqueta."

Negó con la cabeza y puso los ojos en blanco, ella sabía exactamente lo que yo quería y se rio suavemente.

"Ryan. Estas actuando como si nunca me hubieses visto antes," dijo caminando hacia el departamento de carnes mientras mirábamos las aves. Escogió uno pequeño y sin congelar, después de buscar en el cajón.

"Bueno, estás diferente, cariño. Pero es *todo* bueno." Me reí y la tomé por el brazo mientras ella ponía el ave en la cesta. La apreté contra mí y envolví mis brazos alrededor de su cintura.

"Detente," dijo sin aliento pero yo posé mi boca en su cuello debajo de su oreja. No podía contenerme. El olor de su piel mezclado con el almizcle de su perfume me hacían querer devorarla allí mismo. Puso su mano en mi pecho y empujó un poco.

"Mmmm… hueles tan bien," susurré mientras acariciaba su cuello con la punta de mi nariz.

"Creo que debemos terminar de comprar antes de que nos arresten por exposición indecente." Ella estaba coqueteando y me encantaba. Siempre habíamos sido tan cuidadosos con nuestros sentimientos para evitar que nuestra relación se acercara a algo romántico, y yo encontraba este nuevo jugueteo inmensamente excitante.

"No me importa. Solo te estoy besando un poquito." Dejé que mi mano se deslizara hasta su cadera y la sujeté aún más hacia mí. "Pensé que ahora se me permitía." Sonreí, acariciando nuevamente con mi nariz esparciendo mi aliento sobre su piel.

Se retiró un poco. "Lo tienes permitido… pero acabemos con esto para poder salir de aquí, hmmm?"

Me reí ante el tono de su voz. Ella quería estar a solas conmigo tanto como yo quería estar a solas con ella. No iba a dejarla ir por completo así que mi mano se deslizó por su espalda hasta que tomé su mano. Suspiré. "Okey… más compras." Dije renuentemente.

Observé con asombro como Julia juntaba todo lo que necesitaba. Ni siquiera tenía una lista, solo me preguntaba si quería esto o aquello y tomaba los ingredientes. Nunca iba a acostumbrarme a lo perfecta que era. Además de la comida de Acción de Gracias, compramos cosas para hacer algunos de mis favoritos, muffins de limón huevos benedictinos, panquecas de mora, cheesecake y Pad Thai. Cosas que ella hacía en la universidad. Mi corazón se apretaba al pensar la falta que hacía su presencia en mi vida en Boston. La extrañaba más allá de la razón y había llegado a depender de ella mucho más de lo que me daba cuenta.

Asentí con la cabeza cuando me mostró una botella de Pinot Grigio, un Pies Porter y un Merlot. "Eso nos debería durar el fin de semana, hah?"

"Espero que lleguemos a tu departamento y nunca salir, así que toma todo lo que necesites." Bajé la cabeza y pasé la mano por mi cabello pero mis ojos nunca la dejaron.

"Um…Ellie nos invitó a salir el viernes en la noche." Sonrió cuando hice una mueca ante el prospecto. "Harris tiene un toque y ella quiere verte. Trato de no ser egoísta. Qué tal si nos quedamos en casa el resto del tiempo?" Sus ojos verdes brillaron.

"Supongo que *yo* estoy siendo egoísta. No he pensado mucho en Ellie. Lo siento taaaaanto," bromeé y apreté su mano. Mi corazón se removía ante la mirada de simpatía en su rostro mientras sus dedos se entrelazaban con los míos. "Pero, está bien."

Julia rio, "Mmm...Gracias. Es solo una noche," me aseguró.

Pagué las cosas y las cargué en el baúl del auto. La temperatura se tornó fría y salió la niebla. Los Ángeles nunca era tan fría como Boston y me encontré extrañando el clima de las festividades.

"Extrañas el clima más frío del norte de California?" Pregunté mientras me sentaba al volante. Recordé todas las veces que salíamos a caminar bajo la nieve cayendo sobre nosotros y lo mucho que ella amaba ir a esquiar y deslizarse. Habíamos tenido muchos buenos momentos haciendo muñecos de nieve o teniendo guerra de bolas de nieve. Siendo mi parte favorita cuando ella comenzaba a temblar y yo iba tomarla en mis brazos y calentarla.

"Sí. Extraño muchas cosas. Pero absolutamente lo que extraño más está sentado justo a mi lado. Así que, estoy bien." dijo suavemente.

Mi corazón se hinchó hasta el punto de casi explotar mientras acariciaba la suave piel de su barbilla con mis dedos.

"Ven aquí," dijé. Ella se inclinó y toqué su boca con la mía. "Julia," murmuré contra su boca. "No puedo creer lo mucho que te he extrañado."

"Yo sí puedo," susurró con sus labios sobre los míos. "Es como un dolor que nunca se va."

Dios, Te amo.

Sus dedos acariciaban mi mentón ligeramente y a medida que profundicé el beso sus dedos se deslizaron hasta mi cabello y se enredaron ahí. Era tan sexy que ella se aferrara a mi cabello para acercar más mi boca a la de ella. Mi cuerpo reaccionó y mis jeans de pronto se volvieron incómodamente apretados, pero no podía dejar de besarla. Ella era el néctar más dulce que yo había probado.

Ambos jadeando, descanse mi cabeza contra la de ella mientras ambos luchábamos para recobrar el control. Finalmente me incorporé y miré su cara sonrojada. Su piel era pálida y traslúcida excepto por el rosado brillante de sus mejillas. Nos sonreímos mutuamente.

"Es como si estuviésemos en secundaria, besándonos y empañando todo! Si hiciera más frío estaría escribiendo *Yo corazón Ryan* en la ventana."

Pun. Mi corazón se detuvo y la diversión abandonó su rostro.

"Julia," comencé pero ella puso dos temblorosos dedos en mi boca.

"Solo… vayamos a casa, Ryan. Por favor?"

"Es una *orden*?" Mi cuerpo protestó, mi boca deseaba la suya.

Se inclinó hacia mí y puso una mano en mi nuca para jugar con mi cabello. Su toque hacía que mi cuerpo vibrara con anticipación por lo que estaba por venir. El aliento me abandonó mientras ella asintió sin dudar. "Sí. Es una orden."

~Julia~

La tensión sexual entre Ryan y yo era palpable. Mi piel literalmente vibraba cuando él me miraba. Sus ojos brillantes me recorrían como una caricia física. Cuatro años de esperar y esperar… finalmente, iba a suceder. Solo pensarlo me hacía palpitar en todos los lugares correctos.

Ryan colocó el resto de las cosas en el mostrador de mármol, mientras yo guardaba las cosas. Ryan arrojó su chaqueta sobre una silla tapizada en la sala antes de volver a la cocina e inclinar su cadera en la encimera. Me sentí nerviosa, mi piel se encendía mientras su mirada me quemaba. Yo iba de acá para allá, entre el mostrador, el refrigerador y la alacena.

Ryan me observó por unos minutos en una silenciosa contemplación, hasta que ya no pude aguantarlo más.

"Am…cómo están Jenna y Aaron. No los has mencionado las últimas veces que hemos hablado."

Me quitó de las manos la botella de vino que estaba desempacando y la posó en el mostrador, luego sus manos se deslizaron por mis brazos hasta que tomó mis manos en las suyas. Sus ojos azul claro estaban clavados intensamente en mí rostro.

De un tirón a mi mano, me acercó hasta que nuestros cuerpos estaban a solo unos centímetros de separación su otra mano descansando en mi cintura. Olía tan bien, y el calor que emanaba de su piel me consumía.

"Están bien. Jen trabaja muchas noches así que está cansada y quisquillosa, lo que hace a Aaron quisquilloso también." Su boca se torció a un lado. Era evidente que su expresión no era acerca de la conversación. Abrí la boca pero no salieron palabras.

"Por qué la versión abreviada?" Pregunté finalmente tratando de controlar el temblor en mi voz.

"Julia, estás… *nerviosa?*" su cabeza se inclinó a un lado. "Soy yo. Solo soy yo." Susurró mientras su mano acariciaba mi cabello hacia atrás. "No va a pasar nada que tu no quieras que pase… lo prometo."

Con una pequeña sonrisa busque las palabras que necesitaba. "Voy a hablarte de todo lo que pasa por mi cabeza, pero primero, necesitas algo? Una ducha, un trago, comida?"

La sonrisa torcida que yo amaba y adoraba cruzó su cara. "Sí, hay algo que necesito, pero puede esperar… un rato," bromeó pasando sus dedos por un lado de mi cuello. Un choque eléctrico corría dentro de mí comenzando donde sus dedos tocaban y recorriendo todo mi cuerpo.

"Hmmfh." Exhalé y me alejé solo un poco. Pateé mis tacones y me hundí a mi altura original, permitiendo que Ryan me cubriera con su altura, todavía en tacones, él era 3 o 4 pulgadas más alto que yo, pero sin ellos, yo apenas alcanzaba su mentón.

"Necesito un trago, incluso si tu no." Y fui al refrigerador para sacar una botella de Chardonnay que Ellie y yo habíamos abierto la noche anterior. Saqué el corcho y tomé dos copas de la repisa.

Con el vino y las copas en mi mano, fui a la sala de estar, encendí la chimenea a gas y serví una copa para Ryan. Él la agarró y tomó un largo sorbo, sus ojos nunca dejaron los míos. Comencé a servir la mía pero nunca tuve la oportunidad de terminar. Ryan me quitó la botella, llenó la copa y la situó al lado de la suya en la mesa de café.

"No vas a dejarme tomarlo…?" Comencé mientras la alcancé y tomé un trago. Me la quitó de nuevo y la regresó a su lugar en la mesa.

Antes de saber lo que pasaba, Ryan me tomó y me jaló al sofá, yo grité y caí sobre él y ambos reímos brevemente. Él rápidamente nos acomodó para que estuviésemos cada uno recostados de lado mirándonos a la cara, nuestras piernas entrelazadas. Su expresión se volvió seria mientras llevaba una de mis manos a su boca.

Inhalé en sorpresa, pero su cara era tan seria, me detuve por completo y encontré su mirada, la idea del vino, olvidada.

La voz de Ryan era suave terciopelo.

"Quieres comenzar tu o debería hacerlo yo?"

El calor se levantó entre nosotros mientras su pulgar viajaba de mi ceja a mi pómulo y de vuelta, tan magnético, podía sentir la electricidad recorriendo mi piel. No quería que dejara de tocarme nunca. Me ahogaba en esos profundos ojos azules suyos, estaba completamente hipnotizada.

"Tú puedes… yo… si tú quieres."

"Okey." Él tragó grueso y mordió su labio inferior, dejándome sin aliento en anticipación antes de que continuara.

"Te he extrañado. Tanto."

"Te he extrañado, también."

Sonrió por mi interrupción. "Pensé que iba yo primero…" su dedo índice acarició mi nariz suavemente y luego mi labio inferior. Yo no podía respirar, pero mi boca sonrió ligeramente. Su comportamiento ligeramente juguetón, y sin embargo tan serio, intenso y con propósito.

"Estoy completa… y absolutamente enamorado de ti" Mis ojos se abrieron totalmente y mi corazón latía a tal velocidad que pensé que moriría. "Noche y día, tu eres todo en lo que pienso. Extraño a mi mejor amiga, pero quiero demasiado más contigo. Desde el momento en que nos conocimos me has tenido…cautivado. Es un sentimiento asombroso este de finalmente poder decir las palabras."

Las lágrimas llenaron mis ojos y mi garganta comenzó a doler. Sus ojos estudiaron los míos mientras yo batallaba para poder hablar.

Este era el momento.

No había vuelta atrás. Cerré los ojos y me tragué las emociones que amenazaban con desbordarse.

"Por qué no me lo dijiste?"

"Nos habíamos vuelto tan cercanos, que no quería estremecer el bote, pero siempre esperé que se convirtiera en algo más." Cerré los ojos mientras sus dedos limpiaban las lágrimas de mis mejillas. "Entonces, me vas a sacar de mi miseria o qué?" susurró, con su boca a centímetros de la mía.

Abrí los ojos para encontrar los suyos aún en mi rostro. "Yo te amo, también, Ryan. Demasiado. Se ha sentido como una eternidad." Sus manos temblaban cuando detuvo el movimiento de sus dedos sobre mi cara.

"He necesitado esas palabras por tanto tiempo." Gimió mientras me apretaba más cerca de él y tomaba mi boca con necesidad. Mis brazos se deslizaron sobre su cuello mientras me abría a su necesidad y la anhelante succión dentro de mi boca.

Ryan rodó para posicionarse sobre mí y mis piernas se abrieron automáticamente mientras él se hundía en la cuna de mi cuerpo. Se sentía tan bien estar entre sus brazos como yo quería estar desde hacía tanto tiempo. Él estaba tan excitado como yo lo estaba y su erección presionaba contra mí a medida que nuestras caderas surgían juntas, su corazón latiendo sobre el mío.

"Oh Dios Mío," susurré contra su boca, indispuesta a que sus labios abandonaran los míos. Sentirlo así conmigo, y escucharlo finalmente decir que me ama, enviaba mis emociones en piloto automático. Primero una y luego otra las lágrimas salían detrás de mis ojos cerrados.

Ryan arrastró su boca de la mía para besar un lado de mi mandíbula, mi mejilla y mi sien. Cuando probó mis lágrimas, se separó un poco para mirar mi cara. Se levantó sobre sus codos sobre mí y con ternura apartó mi cabello de mi rostro mientras me besaba la mejilla y la sien otra vez. Sus labios delicados, adorándome con cada contacto.

"Julia, Julia… no llores por favor, mi amor. Nunca llores. Acaso te hice daño?" El sonido de mi nombre saliendo de su suave voz era como música, tan reverente que me hizo llorar aún más, mis hombros comenzaron a temblar.

"Amor… qué pasa? Dime, por favor," rogó gentilmente.

Rocé su nariz con la mía y envolví su cintura en mis brazos hasta finalmente llevar mis ojos a los de él. "Es solo… que esto es un poco abrumador. Te he amado por t…tanto tiempo, me había convencido a mi misma de que solo me veías como una amiga. No pensé que esto pasaría jamás."

Sonrió suavemente y me dio un pequeño beso en la boca. Su boca estaba abierta, suave y siempre atrayendo la mía y cuando el beso terminó, él sonrió encima de mis labios. Las llamas de la chimenea producían un cálido brillo que titilaba a través de las fuertes facciones de su rostro. Sus ojos se veían oscuros casi negro, su piel con un brillo dorado, y su cabello reflejaba varios tonos de oscuridad y luz.

Él era lo más bello que yo había visto.

"Incluso después de esa última noche en Boston?"

"Tenía miedo de tener esperanza de que sucediera lo que yo quería contigo, Ryan. Íbamos a estar tan lejos y pensé… "

"Puedo asegurarte que siempre te he visto como una mujer, Julia. Sí, eres mi mejor amiga, pero te amo tanto, que me consume. Temía que me rechazaras y te rieras si te decía cómo me sentía." Hizo una pausa cuando negué con la cabeza.

"Tú me conoces… me sientes, no es así?"

"Yo estaba tan preocupado como tú, cariño. Y aunque se sienta increíble finalmente poder sostenerte así," empujó su cadera hacia la mía y me besó suave, "Nada haría que valiera la pena perderte. Nada."

"Ahhh…" suspiré y sus caderas giraron hacia mí. "Muchas veces cuando me tocabas o me decías cosas…sentía que quizá me amabas, pero siempre me decía a mí misma que estaba soñando. Tampoco estaba dispuesta a perderte… ni siquiera por un sueño."

Él dejó escapar un profundo suspiro, su pecho estaba contra el mío. Mi cuerpo se reavivó mientras el tocaba, mis caderas, luego hacia arriba, haciéndome temblar y desearlo aún más.

"No puedo creer que estés en mis brazos así después de tantas ganas todo este tiempo. Pero, si te sientes más cómoda tomando las cosas con calma, yo quiero hacer lo que sea que tu necesites." Su voz seductora en contradicción con sus palabras.

"De verdad?" Mi sangre estaba centelleando tan ruidosamente en mis oídos por la excitación, que apenas podía escuchar mi propia voz.

No había ni una infernal cosa que nos impidiera hacer el amor esa noche, pero era divertido jugar un poco con él un poquito. Pude ver la decepción destellar brevemente en su perfecta fisonomía antes de asentir.

"De verdad. Tu me das todo solo dejándome tocarte así. El poder besarte finalmente es… Dios, es asombroso." Se recostó y me trajo a su lado, eliminando el contacto de nuestros cuerpos directamente en los puntos donde me volvía loca. Silentemente maldije mi estupidez. Ryan asintió con la cabeza y movió su brazo alrededor de la parte de abajo de mi espalda.

"Yo quiero que esto funcione, Julia. Así que, sí, lo que sea que necesites de mí. Incluso si no quieres hacer el amor hasta que estemos geográficamente cerca. Entenderé."

Sus dedos se enterraron en mi cabello y su mano acunaba la parte de atrás de mi cabeza y cuello. Yo temblaba en sus brazos.

Nuestra conversación de hace unos meses atrás vino rápidamente a mi memoria. "Solo dije eso porque yo no puedo esperar que seas célibe estando tan lejos uno del otro." Sabía que mi voz temblaba, por el dolor de decir esas palabras.

"Julia. Detente. Puedo y lo haré. Aun si no puedo estar contigo no quiero a nadie más. Te daré cualquier parte de mí que tú quieras." Se encogió de hombros. "Yo no tengo… opciones en lo que a ti concierne."

Mi pecho se encogió e inhalé violenta pero silenciosamente. Sus palabras eran tan hermosas. La forma en que me tocaba tan tierna y la mirada en sus ojos tan amorosa, que no había manera de dudar de él.

"Y qué pasa si yo *si te deseo?*" susurré.

Sus ojos profundos como el océano cuando giraron rápidamente hacia mí. "Soy tuyo. No puedo negarte nada."

Significaba eso que él estaría de acuerdo con tomar mi virginidad?

Mi corazón dio un salto. Desde el día que lo conocí, no podía pensar en ningún otro hombre tocándome de esa manera. Salí con algunos chicos en la universidad, mayormente porque trataba de superar el amor y lujuria que sentía por Ryan, pero todos palidecían en comparación a él y me dejaban necesitándolo aún más. Mis aventuras para distraerme del hecho de que él estaba saliendo y revolcándose con otras mujeres había fallado miserablemente.

Debería decírselo? Eso lo detendría de hacer el amor conmigo? No quería pensar en eso, Solo quería sentirlo.

Deslicé mi mano por su pecho arriba y abajo, comenzando por deshacer dos de los botones y corriendo mi mano hacia adentro. El inhaló rápidamente ante mi toque. Su piel era cálida y mis dedos jugaban con el suave cabello que encontré allí. Cuando posicioné mi palma en su pecho, su mano subió y me presionó contra su pecho. Podía sentir su corazón y su pecho subiendo y bajando con cada respiración.

"He soñado con tus manos sobre mi cuerpo, he soñado con hacerte el amor un millón de veces," murmuró contra mi boca. Dejé salir mi lengua y acariciar su labio superior y esa fue toda la invitación que necesitó para presionar su boca a la mía.

"Ryan… te he deseado siempre, sentirte presionado a mi así, preguntándome cómo sería besarte, saborearte…" Respiré profundo y dije las palabras que él necesitaba escuchar. "He querido sentirte dentro de mí."

"Dios, Julia. Acabo de decirte que esperaría, pero voy a morir si sigues hablando así cuando no puedo… tenerte." Él levantó su mirada a la mía y sentí mi cuerpo reaccionar a sus palabras y a sus manos sobre mí, la inundación de humedad esparciéndose y palpitante se volvía insoportable.

"*Puedes* tenerme."

Él estaba muy quieto mientras sus ojos examinaban los míos, pero su corazón bajo mi mano corría, su pecho se movía rápido con el esfuerzo de su respirar.

"¿Estás segura? No existe algo que yo quiera más, pero quiero que estés segura."

Mi cabeza se inclinó hacia la de él silenciosamente rogando que su boca volviera a la mía.

"Demasiado segura."

Me besó una y otra vez, ambos urgidos de estar más cerca uno del otro. Nuestras cabezas inclinadas para que nuestras bocas encajaran perfectamente una sobre la otra y nuestras lenguas se movieran profundamente en nuestra bocas.

Él era tan increíble, su sabor se percibía tan bien en mi boca, sus músculos moviéndose bajo mis manos mientras se movía apretándome más cerca. Los besos eran profundos y menos frenéticos mientras notaba que Ryan luchaba por ganar algo de control y sus labios halaban provocativamente los míos volviendo por más besos cada vez que creía que se detendría.

"Cariño…te amo tanto, que siento que muero." Susurró encima de mi boca. "Sé que seremos maravillosos juntos." Él era tan increíblemente sexy, casi me vengo con su voz, diciéndome que me deseaba en ese bajo, incitante tono de voz era más de lo que yo podía aguantar.

"Ahhh…" suspiré, "Vamos a mi habitación," dije delicadamente, él asintió y se movió de su posición sobre mí tomándome de la mano para levantarme con él. Me levantó, y me alzó cargándome como si no pesara nada para caminar lentamente hacia el cuarto.

"¿Cuál es la tuya?"

"A la izquierda, después del baño."

Me acurruqué en su pecho tratando de calmar mis nervios. Yo tenía casi 23 años y todavía era virgen. ¿Cambiaría su visión de mí?

Compartíamos todo; pero el tema de nuestras vidas sexuales con otros era cuidadosamente evadido. Ahora podía ver que Ryan no había querido saber los detalles de mis citas más de lo que yo hubiese querido saber sobre las de él.

Me tendió delicadamente en la cama y me dio un suave, beso húmedo en la boca antes de voltearse a cerrar la puerta de la habitación. Su camisa estaba casi toda desabotonada por mi jugueteo de la sala, pero él terminó el trabajo y la arrojó sobre su hombro cuando volvía a la cama.

Inhalé ante lo hermoso que era.

Los músculos de sus anchos hombros y fuertes brazos, su pecho y abdominales, todo me quitaba el aliento. La pequeña cantidad de vello en su tersa piel se volvía más espesa en una lía que desaparecía donde comenzaban sus jeans. Me arrodillé en la cama para poder tocarlo, mis dedos deslizándose desde su estómago y pecho. Sus brazos se ciñeron alrededor de mi cintura, y sus manos en puños en la parte trasera de mi vestido mientras me atraía más cerca y enterraba su cara en la curva entre cuello y hombro.

Gruñó contra mi piel cuando su boca succionó la sensible piel, enviando temblores a todo mi cuerpo.

"Oh Ryan… Dios."

Se incorporó para poder mirar mis ojos, y una de sus manos acunó mi rostro, su pulgar frotando mi labio inferior hasta que mi boca se abrió y el aliento me abandonó completamente. "Dios, eres tan hermosa. Eres hermosa para todos, pero para mí no hay nada más exquisito que ver el amor…el *deseo*… en tus ojos cuando me miras. Es un milagro."

Mis manos se movieron hasta el cabello de su nuca para halarlo y tener su boca junto a la mía mientras mi cuerpo palpitaba y dolía por el deseo de que él me llenara. "Hazme el amor." Pedí.

Yo temblaba cuando sus dedos abrían el vestido y mientras su mano se deslizaba hacia abajo, su toque encendiendo cada pulgada de mi piel. Me había vestido cuidadosamente esa mañana en anticipación por ese momento. Yo quería complacerlo, darle todo. Inspiré sobre su boca cuando sus manos siguieron al vestido que caía donde estaba arrodillada en la cama.

Los ojos de Ryan se oscurecieron cuando miró el brasier de encaje negro y mi pecho subiendo y bajando en ansiosa anticipación. Sus ojos se movieron sobre mi cuerpo descubriendo la pequeña panti que hacía juego. "Oh Dios. Mírate," susurró mientras su otra mano acariciaba la visible parte abultada bajo el encaje del brasier antes de inclinarse y poner su boca donde sus manos habían estado.

"Quiero probar cada pulgada de tu piel. Es todo en lo que he podido pensar. Julia…" Sus dedos tomaron una de las tiras de mi brasier y la deslizaron hacia abajo mientras su boca seguía el sendero sobre mi piel. Me tenía jadeando para poder respirar, mi cabeza colgaba a un lado aferrándome a él sin nada más que hacer.

Alcancé detrás de mí y desabroché mi brasier, dejándolo caer lejos de mi cuerpo. Las manos de Ryan tomaron mis pechos, frotando mis pezones con sus pulgares, yo ya ardía, pero se tensaron más bajo su delicado toque.

De repente los brazos de Ryan me envolvieron y me bajaron hasta estar acostada en la cama, su boca deseosa sobre la mía. Me besó profundamente antes de arrastrar su boca hacia abajo por mi cuello y mi pecho mientras se cernía sobre mí. Su boca succionó un pezón y su lengua lo tocaba y lamía mientras él gemía contra mi piel y yo casi muero. Su boca era ardiente y la urgencia en la parte baja de mi cuerpo se intensificaba.

"Ryan… quiero… vendrías a mí?" giré mi cabeza y besé el antebrazo que soportaba su peso.

Él se levantó y retiró el vestido de mis pies y lo tiró a un lado antes de levantar una de mis piernas y luego la otra para remover mis pantimedias y arrojarlas al suelo. "Oh, nena, eres tan sexy. Estoy… desecho."

Abrió sus jeans y los descartó por completo junto con sus calzoncillos. Era bello y su erección se levantaba firme y lista. Miré fijamente mientras él se acostaba y descansaba la cabeza en una de sus manos para poder mirarme.

Sus manos acariciaron suavemente mi piel, erizando mi piel donde era tocada. Yo estaba insegura pero alcancé para tocarlo mientras su palma se posó sobre mi vientre, entre mi ombligo y mi ropa interior.

Dejó caer su cabeza hacia atrás e inhaló profundamente mientras mi dedos se envolvían alrededor de su extensión. "Está bien tocarte así?" murmuré.

"Eso es… increíble. Ah…Oh, Dios."

Mi corazón se infló en mi pecho. "Quiero hacerte sentir placer, Ryan." Apreté y halé con mi mano desde la base a la cabeza, capturando con mi pulgar el claro fluido y frotándolo alrededor de la piel. Se sentía como acero cubierto de seda.

"Estoy tan excitado, tienes que dejarme tocarte primero…necesito probarte, mi amor."

Se agachó para probar y lamer la piel debajo mis pantis y con su pulgar enganchó el borde y comenzó a arrastrarlas hacia abajo. Comencé a tocarlo y sus caderas surgieron en mi mano. Se movió hacia abajo en la cama a un lugar donde no lo podía alcanzar y puso su frente en el hueso de mi cadera. Inhaló profundamente y yo me sonrojé sabiendo lo que quería.

Lo sentí temblar cuando su mano se movió de mi vientre a ese lugar secreto que ansiaba su toque.

Besó mi estómago y mis muslos mientras sus manos separaban mis piernas y tocaba la sensible carne que estaba buscando. Gimió contra mi piel. "Julia… oh Julia. Finalmente. Mmmm, estás tan mojada…"

"Eres tú, Ryan. Por ti." Sentí que introdujo dos dedos y yo inhalé violentamente. "Santo Dios, eres tan estrecha. Ábrete para mí, Julia. Por favor." El tono de su voz derramaba sexo, bajo y urgido. No podía negarme y mis piernas se abrieron. Bajó su cabeza y me besó, recorriendo su lengua sobre mi centro mientras introducía sus dedos en mí otra vez. "Ah… Ryan." Mi espalda se arqueaba por su propia voluntad y yo buscaba su boca. No se parecía a nada que hubiese sentido antes y el placer se disparó por mi cuerpo.

"Mmmm, amor" gimió y esa vibración contra mi piel me hizo retorcerme y tensarme debajo de él. Debo estar soñando otro de mis íntimos, y asombrosos sueños donde Ryan me hacía completamente suya. Su boca y lengua continuaron la dulce tortura y sus dedos dentro de mí presionaban y frotaban hacia arriba y abajo. Perdí la noción del tiempo, no sabía si pasaron minutos u horas, pero las sensaciones eran más de lo que yo podía soportar y sentí como comenzaba a perder el control. Mi cuerpo comenzó a tensarse y tener espasmos alrededor de sus dedos y contra su boca. Ola tras ola él me llevó hasta el punto.

"Eres tan increíble, tan hermosa."

Me besó una vez más y se movió hasta la parte de arriba de mi cuerpo, su boca recorriendo mi estómago y pechos hasta que no pude soportarlo más. "No sabes cuantas veces había querido hacer eso, Julia. Hubo tantas veces en el dormitorio o en nuestras habitaciones mientras estudiábamos que quería arrojarte a la cama y tenerte. Tantas malditas veces donde apenas pude contenerme," susurró con su boca frente a la mía, "Me causaba dolor literalmente. La manera en que hueles y sabes es más de lo que pude haber soñado."

Mi corazón galopaba, y lo deseaba más de lo que jamás había deseado nada en mi vida. Quería sentirlo dentro de mi cuerpo, estar alrededor de él y consumirlo.

"Bésame, Ryan… Oh Dios, hazme tuya."

Los músculos de su cuerpo eran sólidos y definidos, y mis brazos lo atrajeron hacia mí mientras se acomodaba entre mis piernas. Podía sentir su erección, dura e inmensa contra mi muslo y yo me adapté ligeramente para traerlo al contacto directo con mi centro.

Ryan miraba mi boca y entonces sus ojos se cerraron mientras me moví contra él.

"Eres tan ardiente." Su voz gruesa mientras su cadera empujaba contra la mía, empujando y frotando nuestras partes más sensible. Mis dedos descendieron su espalda hasta agarrar el músculo de su trasero. "Estas segura que estás lista? Estás protegida? Debería buscar un condón?"

Bajó sus brazos para posarlos a ambos lados de mi cabeza y acomodó mi cabello hacia atrás y yo asentí. Humedecí mis labios y halé su boca a la mía. "No, quiero decir, estoy tomando la píldora y confío en ti. Por favor."

Sus hermosos ojos azules miraron hacia abajo a los míos mientras lo sentí buscando y encontrando mi entrada. Me tensé, sabiendo lo que venía, pero él se movió hacia adelante y atrás contra mi clítoris y las sensaciones comenzaron a surgir de nuevo. La humedad brotó entre mis piernas y su punta se deslizó hacia dentro. Observó mi rostro y entró un poco más. Cuando sintió la barrera de mi himen se detuvo por completo, comenzó a salir, pero mis manos en su trasero lo sostuvieron en el sitio.

"No. No pares Ryan."

"Julia…eres virgen?" La expresión de su cara fue de la duda, a la confusión y al miedo.

"Quería que tú fueras el primero, Ryan, okey? Te amo demasiado." Sentí mis lágrimas. "por favor no pares." Levanté la cadera y él se hundió un poco más profundo, pero aún se resistía.

"No quiero hacerte daño amor. Ahhh, Julia." Jadeó contra mi boca cuando me moví contra él. "No creo que ahora pueda detenerme ni siquiera si quisiera."

"Entonces no lo hagas. Por favor. Solo bésame, Ryan. Soy tuya."

Lamió mi labio superior y succionó el inferior dentro de su boca mientras se empujó más profundamente. Sentí el dolor y el ardor comenzar, pero lo quería. Palpitaba con una necesidad que iba más allá del dolor, y el amor que sentía por este hombre consumía toda mi alma.

Su boca separó mis labios en un beso fuerte. Su lengua devorando la mía mientras su cuerpo me llenaba por completo. Me invadió un dolor y él se detuvo al notarlo, quedándose completamente quieto dentro de mí y esperando que mi cuerpo se ajustara al de él. Me besó sin moverse y luego levantó su cabeza.

"Estás bien, cariño?"

Esperé que el ardor pasara un poco antes de contestar.

"Perfectamente, Ryan. Muévete en mí, amor. Necesito sentirte completamente."

"Te amo, Julia." Comenzó a clavarse dentro de mí lentamente al principio hasta que mis caderas hicieron eco a su ritmo. Sus besos y movimientos eran tan tiernos que trajeron lágrimas a mis ojos. Empujaba contra mí y mi cuerpo reaccionó a la presión, la sensación comenzó y el dolor cedió por completo. Las emociones me inundaron aun cuando mi cuerpo temblaba y llegaba a mi orgasmo alrededor de él.

Beso tras beso, él era tan apasionado y considerado. Lo sentí derramar todo su amor dentro de mí y finalmente se tensó y tembló mientras se venía. "Julia…" Gimió y besó mi cuello mientras se vertía en mí.

"Oh, Ryan. Te amo." Apreté mis brazos y piernas alrededor de él y luego giré para besar su cara y su hombro. "Te amo más que a nadie."

Cuando finalmente levantó su cabeza y miró mi rostro, sus ojos estaban vidriosos y sus mejillas húmedas. "Julia." Sus dedos retiraron el cabello húmedo de mi cara, su cuerpo aún incrustado en el mío. "Oh cariño, por qué no me lo dijiste?"

"Pensé que quizá no querrías ser el primero," dije suavemente mientras las lágrimas salían de las esquinas de mis ojos. Los pulgares de Ryan las limpiaron.

"Nada podría hacerme no quererte. Esto fue un regalo, Julia. Mi corazón está tan lleno de ti en estos momentos que duele físicamente. Fue hermoso. Y no puedo decirte lo que significa para mí… saber que nadie más ha…" sus ojos se cerraron y su voz cayó mientras bajó su cabeza para descansar su frente contra la mía. "Dios mío." Besó suavemente mis párpados y mejillas antes de darme un apasionado beso en la boca.

Se separó de mí delicadamente, tratando de ser cuidadoso. "Todavía duele, amor?" Te sientes bien?"

Se recostó de lado apoyando la cabeza en su mano. Su ojos explorando los míos y podía ver la pregunta en ellos. La preocupación.

Lo negué con la cabeza. "No. Estoy bien. Fue increíble. Sabía que sería maravilloso."

Sonrió. "Considerando que he sido el único," dijo acariciando mi barbilla con los dedos. Su expresión se hizo seria. "Julia… es que, no tenía idea… todo este tiempo…?"

Lo miré y aparté el cabello de su cara. Quería tocarlo como él me tocaba a mí. "Qué querías que te dijera? Ryan, estoy tan enamorada de ti que no puedo soportar que alguien más me toque?" se me hizo un nudo en la garganta, haciendo difícil decir las palabras. Traté de hacerlo sonar como chiste. Pero sus ojos se ensombrecieron y apareció una pequeña arruga entre sus cejas mientras me analizaba.

"Sí, eso hubiera funcionado." Su boca se torció y luego su expresión se volvió reflexiva. "Julia, tú tenías citas. Yo pensé…"

"Tuve citas, sí. Para tratar de sacarte de mi sistema." Me recosté sobre las almohadas y tapé mis ojos con mis manos. "No te puedes imaginar lo que pasé, tratando de tener sexo con alguien para lograr desenamorarme de ti." Ese recuerdo aún era suficientemente doloroso para llenar mis ojos de lágrimas y afectar mi garganta.

"Jul, " dijo Ryan y tomó mi mano. "Por favor no te escondas de mí. Yo sí sé cómo fue, porque eso fue lo que yo hice también, no podía olvidarte sin importar lo que hiciera."

"No querrás decir *a quién* se lo hicieras?" pregunté. Sabía que era injusto de mi parte. Incluso amargado, y así no era como quería que pasara esta noche. Me arrepentí de mis palabras tan pronto como salieron. Suspiró fuertemente y se alejó de mí, pero yo lo atraje de vuelta inmediatamente. "Lo siento, eso fue muy injusto de mi parte."

"Yo… te quise desde el minuto en que nos conocimos. Ardía por ti y básicamente me resigné al hecho de que solo me veías como un amigo. Traté de sacarte de mi cabeza porque me mataba. Y físicamente, estaba al borde todo el tiempo. Me excitabas tanto que mi cuerpo vivía en agonía… pero tampoco podía alejarme de ti, estaba totalmente jodido. Y sí, traté de sacarte de mi mente y de mi corazón. Y fallé en cada intento."

"Yo lloraba hasta quedarme dormida cada vez que salías en citas. Vivía un infierno, rezando que amaneciera rápido y así estarías conmigo de nuevo y no con ellas." Finalmente, él lo sabía todo y admitirlo todo era como abrir un grifo de agua, no podía parar las lágrimas. Él me apretó contra su pecho acunando mi cabeza con su mano. Me besó la frente y aspiró el olor de mi cabello. "Cariño. Lo siento, mi amor. Fui un idiota."

"No podías haber sabido, y siempre volvías a mí. Ellas nunca duraban."

"Porque ellas no *eran tú*." Su voz vibró sobre mi piel y mis brazos lo aferraron más por la cintura.

Respiré profundamente, temblorosamente.

"Por eso me asustaba que esto pasara… permitirme amarte, hacer el amor contigo. Tenía miedo de convertirme en una más de tus conquista y prefería permanecer como tu amiga que tu amante de una o dos semanas. No me podía arriesgar a esa mierda."

"Julia, solo somos nosotros ahora. Nunca más volveré a tocar a otra mujer. Y después de esto… no puedo dejar que ningún hombre te toque. *Nunca.*"

"¿Si me fue imposible antes, cómo demonios piensas que sería posible ahora? Me arruinaste para los demás."

Con su dedo índice levanto mi cara por el mentón para besarme suavemente, saboreando mis labios con los suyos. "Una cosa sí sé, Julia. Tienes que venir a la Costa Este, amor. Es eso o tengo que encontrar una escuela de medicina por aquí. Ahora no sobreviviré a esta separación."

Me acurruqué con el amor de mi vida. Tenía razón. Amaba mi trabajo, pero donde estuviese Ryan era donde yo necesitaba estar. "No vas a cagar lo de Harvard, Matthews. ¿Me entendiste?"

Se rio suavemente y frotó mi espalda suavemente. "Sí. Te entiendo.

-5-

Ryan se levantó luego de hacer el amor y fue al baño, para asearse y traer una toalla húmeda y cálida para limpiar cuidadosamente la sangre de mi parte baja y mis piernas. Su expresión era suave y sus ojos encendidos de emoción.

"Julia, estoy… atónito," me susurró mientras me abrazaba al volver del baño. Me sentí extremadamente segura mientras me refugiaba en él, descansando sobre su hombro con un brazo alrededor de él. Se sentía perfecto. "No hay palabras para describir cuánto te amo. Gracias por confiar en mí, y-" sus palabras se perdieron mientras se inclinaba a pasar su nariz por un lado de mi cuello, "por amarme lo suficiente como para esperarme." Me sujetó con más fuerza. "No sobreviviría a perderte." Suspiré junto a él y besé su pecho. "Sabes que eso no es posible. Mientras me quieras, soy tuya."

Su voz llena de emoción y su mano frotando mi brazo hacia arriba y abajo. "Prométeme que nada se interpondrá entre nosotros."

"Lo prometo. Para siempre," murmuré. Finalmente él se durmió, pero mi mente quedó trabajando tiempo extra, mi corazón demasiado lleno para dormir. Me recosté allí por mucho tiempo solo escuchándolo respirar, pero estaba inquieta y no quería despertarlo.

Levanté su mano con cuidado de no despertarlo, con ganas de besarlo, pero me conformé con tocar su cabello y acomodarlo hacia atrás y tocar su mentón con la punta de mis dedos. Su barba ya comenzaba a crecer lo cual lo hacía incluso más sexy, si fuera posible.

95

"Julia…" suspiró y se volteó sobre su estómago. Mi corazón reaccionó al escuchar mi nombre en sus labios. Lo había dicho tantas veces mientras hacíamos el amor y la emoción hacía explotar mi corazón en millones de pedazos. Era asombroso y de alguna forma surreal. Me daba miedo despertar y darme cuenta que había sido otra de mis fantasías.

El dolor entre mis piernas me recordaba que había sido real mientras entraba al baño y encendía el agua caliente de la ducha. Me miré en el espejo, tratando de encontrar alguna diferencia con la persona que era hace 5 horas. Mi cabello estaba alborotado por todo ese jugueteo amoroso, mis labios ligeramente hinchados y un brillo rosado en mi piel. Nada grande, pero definitivamente cambiada para siempre.

Temblé y pasé una mano por mi cabello. Él había sido maravilloso, tierno y tan increíblemente amoroso que me devastaba. El dolor físico que sentí cuando irrumpió en mi cuerpo palideció ante la compresión de mi pecho cuando dijo que no creía que fuera capaz de detenerse. Después de cuatro años de deseo y espera, no había manera en esta vida de que alguno de los dos pudiese detenerse. El sentimiento entre los dos era innegable y hermoso.

Levanté mi cara hacia el agua caliente y la dejé que cayera sobre mí como una cascada, rápidamente lavé mi cabello y cerré el grifo. Me puse una bata de baño que Ellie me dio en mi cumpleaños y envolví mi cabello en una toalla. No quería alejarme de Ryan por mucho tiempo, pero no estaba cansada. La luz del baño reflejaba un tenue brillo en la habitación, iluminando la hermosa forma de Ryan. Todavía boca abajo con las manos debajo de la almohada a la altura de su cabeza, la sábana se había movido hacia su cadera dejando al descubierto los músculos de su espalda y el inicio de la curva hacia su trasero desnudo a la vista. Me detuve impresionada. Era tan perfecto; a veces pensaba que él podía ser un figmento de mi imaginación.

Ahora lo teníamos todo. Todo lo que habíamos podido desear entre nosotros. *Y como 3000 millas de distancia que no deseábamos.*

Mi corazón dolía ligeramente ante el pensamiento de que él se iría el domingo para regresar a Boston. De repente, mi vida en Los Ángeles no era tan grandiosa. Lo extrañaba terriblemente, pero ahora… sería completamente insoportable. Nuestras admisiones harían nuestra separación más difícil, lo que había sido una de nuestras grandes preocupaciones sobre dejar progresar la relación en la universidad.

Suspiré y me arrodillé a un lado de la cama para mirar su rostro y escucharlo respirar. Su olor era tan familiar para mí; el mismo Ryan que siempre había estado a mi lado, mi mejor amigo quien me hacía reír y se burlaba de mí, quien me consolaba y me motivaba. Él había sido la persona más importante en mi mundo desde que lo conocí. Inhalé tan profundamente que hasta me dolieron los pulmones. Mis ojos se llenaron de lágrima mientras acariciaba su cabello.

"Julia." Dijo arrastrando las palabras suavemente bajo su respiración "te amo tanto."

Puse una mano sobre mi boca para no hacer ningún sonido. Finalmente escuchar esas palabras, y en el inconsciente estado de sueño, reflejaban lo increíblemente ciertas que eran. Me incliné y besé su sien con mi corazón sacudido. *También te amo Ryan, más de lo que pensé que se podía amar a alguien.*

Lo amaba desde antes, pero ahora, después de tanta intimidad, conectados en cuerpo y alma, sabía que no podía vivir tan lejos de él. Lo necesitaba y quería ser todo para él. Darle todo lo que pudiera necesitar. Mi corazón palpitaba salvajemente mientras me senté en la silla tapizada cerca de la ventana y encendí lámpara de la mesita.

Yo no tenía mucho tiempo libre. El trabajo en Glamour era tan exigente y las horas tan largas que no me había tomado ni un momento para dibujar. En los últimos cuatro años había hecho varios retratos de Ryan, la mayoría hechos las noches en las que salía en citas, cuando yo había tenido el corazón roto. Me daba una especie de retorcido consuelo recordar que yo era la única mujer constante en su vida.

Mirando hacia atrás, fue ridículo no arriesgarme y decirle la verdad sobre el amor que sentía por él. Había estado tan asustada, pero, en perspectiva, debí haber sido honesta. Mis verdaderos sentimientos y mi virginidad habían sido los dos únicos secretos que le oculté en todo el tiempo que teníamos conociéndonos.

Me reí de ambos, habíamos sido tan estúpidos. Le había dicho a Ryan que no lo viéramos como tiempo perdido, y aquí estaba yo, dejando que la tonta de mí hiciera exactamente eso. Sacudí mi cabeza.

Mi portafolio estaba lleno de retratos de él haciendo varias actividades; estudiando, tocando el piano, soñando despierto, pasando las manos por su sexy cabello, o hablando con Aaron o sus padres. La mayoría los había hecho de memoria, pero ahora tenía la oportunidad de hacer uno sin ser vista. No tenía ninguno de él durmiendo y no podía resistir tomar la oportunidad que este momento presentaba. Él era tan hermoso en la leve luz, masculino y angelical, su maravillosa cara relajada y contenta. Fui rápidamente a la otra habitación donde tenía una mesa de arte al pie de la ventana. Últimamente Ellie y yo estábamos tan ocupadas que no habíamos tenido tiempo de usarla mucho. Encendí la luz y busque hasta que encontré la libreta, un lápiz suave y mi borrador moldeable.

Me acomodé en la silla al lado de la cama, con mis rodillas debajo de mis piernas y comencé a dibujar las líneas generales de su rostro, prestando atención a la dirección de la luz coloqué el lápiz en el papel.

Su cara tenía ángulos muy prominentes, su mandíbula y ceño muy pronunciado, la nariz derecha y perfecta, sus labios suaves y llenos. Mmmm… amaba esos labios. Sonreí para mí misma mientras dibujaba sus arcos antes de subir y trazar sus oscuras pestañas que descansaban tan pacíficamente en sus mejillas. Él tenía un ligero brillo rosado, sin dejar dudas de nuestra sesión amorosa, pero ese sería en blanco y negro, así que debería enfocarme en cómo la luz se reflejaba en los planos de su cara y agregar profundidad.

Trabajé hasta altas horas de la noche, siendo cuidadosa con cada detalle, y de vez en cuando Ryan se movía ligeramente. Terminé su cara y me movía a la almohada y sus brazos, su glorioso cabello. Miré hacia arriba cuando trabajaba en la sombra de sus bíceps y sus ojos azules estaban abiertos, brillando cuando me miraban y una ligera sonrisa curvaba sus carnosos labios.

Mi mano se detuvo en la hoja mientras lo observaba sin palabras ante la visión que tenía al frente.

"Me estás robando el alma como Dorian Gray?" Preguntó riéndose.

Me reí dócilmente mientras me recordaba la clase de literatura que habíamos tomado juntos en el segundo año en Stanford. Tuvimos que hacer un ensayo sobre un famoso autor y una importante obra, yo escogí Oscar Wilde y su novela acerca de un hombre que retenía su belleza juvenil mientras su retrato envejecía en su lugar.

"Mmm… podría?" Me incliné para colocar el lápiz en la mesa, cerré la tapa de la libreta y lo miré arqueando una ceja.

"Ya lo has hecho, mi amor." susurró.

"Hmmm… pero no era su alma, tonto. Era su *juventud.*"

"Bueno, es mi alma lo que has robado… y mi corazón," dijo pensativamente y mi corazón se disparó, "Me dejarás verlo?"

"No. No está terminado aún." La verdad era que tenía un montón que nunca le había mostrado. Él no tenía idea de lo obsesionada que estaba y yo siempre sentí vergüenza de la posibilidad de que él supiera que yo lo amaba y lo deseaba de esa manera.

"Estoy muy solo aquí." Dijo sugestivamente y se volteó colocando la cabeza en un brazo doblado. "Te extraño, bella. Necesito aquí a mi chica hermosa." Las sábanas cayeron aún más abajo de sus caderas con el movimiento, dándome un vistazo del delicioso sendero de vello que bajaba por su estómago y se hacía más espeso hacia sus partes masculinas. Me reí ante ese pensamiento.

Él se rio y levantó sus cejas en modo de pregunta. "Qué?"

Me levanté y fui a la cama para sentarme en el borde. Ryan se estiró y tomó mi mano y besó la parte interior de mi muñeca. Sentía una corriente eléctrica donde sus labios rozaban suavemente a través de mi piel. Sus ojos nunca dejaron los míos. "Hmmm?" Mordió suavemente y rozó sus labios sobre mi piel otra vez.

"Es solo que nunca pensé que estaría en una posición donde pudiera verte así, Esto es…" Paré por un minuto cuando tomó uno de mis dedos lo metió en su boca. Inhalé, "Ah Ryan, eso no es justo."

Con una risa suave tiró de las cintas de mi bata haciendo que se abriera. Sus ojos se oscurecieron mientras me miraba y me acercaba a la cama y dentro de sus brazos. Sus manos subieron para acariciar mi cabello y luego tomó mi cara con su mano. Su pulgar acariciaba mi mejilla y sus dedos se cerraron en la parte de atrás de mi cabeza para acercarme a él.

Mi cabeza buscó la de él y sus labios se detuvieron frente a los míos. Yo quería que me besara, sentir sus labios y lengua devorarme.

"Todo se vale en el amor y el odio. Sabes eso, Julia?" Lamió suavemente mi labio superior y después succionó el inferior mordiéndolo un poco. Mi cabeza cayó hacia atrás y deslicé mis brazos por los suyos hasta colocarlos alrededor de su cuello.

"Esto es amor o guerra?" susurré antes de que él tomara mi boca en un profundo, muy lento y apasionado beso. Mi cuerpo respondió a su toque y su boca sobre la mía, mis pezones se endurecieron y la humedad comenzó a fluir. Sentí como mi cuerpo comenzaba a abrirse.

"Ahhh…" gemí contra su boca y él volteó mi cuerpo hasta colocarlo debajo del suyo, gemí de nuevo cuando sentí la evidencia de su deseo presionando mi centro. Dios como lo deseaba.

"Creo que debo decírtelo," dijo mientras su boca jugaba con la mía, provocándome y dejándome con más ganas, "Que si esto es guerra, vas a perder y perder en grande." Sonrió contra mi boca antes de continuar los profundos y seductores besos. Su lengua se deslizó dentro de mi boca y sus brazos se apretaron a mí alrededor. La piel desnuda de nuestros pechos se sentía gloriosa. Había algo delicioso en estar piel contra piel, ambos gimiendo mientras nos frotábamos el uno con el otro, su cuerpo surgiendo contra el mío.

"Dios, Ryan. Te amo tanto. No puedo creer que esto esté pasando." Su respuesta fue besarme una y otra vez y sus manos se movieron sobre mi cuerpo y hábilmente removieron por completo la bata. Al final estábamos desnudos y rodando en la cama uno sobre el otro en la cama, retorciéndonos y jadeando, besándonos profundamente, como si nunca pudieramos lograr que fuera suficiente.

"Oh, Julia. Finalmente. Esto es magnífico. Es la locura." Clamó contra mi pecho justo antes de tomar uno de mis pezones en su boca, chupó uno primero, y después el otro, sus manos acariciando mis muslos hacia abajo y luego subiendo hasta descansar en mis caderas. Me atrajo más cerca y presionó su parte dura hacia mí otra vez. "Ves lo mucho que te deseo? Siempre te he querido así, amor."

Arqueé mi espalda acercando mis pechos a su boca y mordí ligeramente la piel sobre su hombro. "Sí, Ryan… por favor," supliqué.

Sus besos se hicieron más suaves hasta que por fin se alejó para mirarme a los ojos. Debes estar adolorida ahora, cariño, murmuró contra la curva de mi cuello, su lengua salió para lamer la piel antes de soplar suavemente la humedad que dejó. Temblé y sus manos subieron por mis brazos. "Aún podemos juguetear un poco, pero sin penetración, okey?"

"Okey, jugar es bueno," respiré contra su boca mientras mi mano trazaba su pecho y estómago hasta llegar a su dureza y envolverla moviendo mi mano hacia arriba y hacia abajo. Gruñó contra mi hombro. No necesitábamos palabras mientras nos tocábamos y besábamos uno al otro hasta que ambos explotamos en éxtasis uno en las manos del otro. El sol comenzó a levantarse antes de que cayéramos en un sueño exhausto, satisfecho, feliz y completamente uno enredado alrededor del otro.

~Ryan~

Mi teléfono sonaba en la parte más distante de mi mente, pero luché contra el despertar. Haciendo ruidos de protesta, rodé de la cama, mirando el reloj en la mesa de noche de la habitación de Julia. Una inmensa sonrisa se esparció por mi rostro. La habitación de Julia.

Yo estaba en su cama y habíamos compartido la más increíble, e intoxicante noche de mi vida. Ella era increíblemente responsiva a todos y cada uno de los toques. Se sentía como si hubiésemos sido hechos el uno para el otro. Ninguna otra mujer en mi vida me había hecho sentir tan lleno, tan posesivo y listo para estallar. Mi corazón estaba inflado cuando salí de la cama para buscar mis pantalones y luego el teléfono.

Aaron

"Qué!?" dije bruscamente.

"Guao. Feliz jodido Día de Gracias a ti, también!"

Suspiré y me senté al borde de la cama. "Lo siento, Aaron. Estaba durmiendo."

"durmiendo? Son las tres de la tarde!"

"No, aquí no, idiota," bromeé. "feliz día de Gracias."

"Será mejor que le preguntes a ese chico si al fin le creció un par de bolas y tomó lo que esa chica ha estado muriendo por darle!" Jen gritó felizmente desde el fondo.

"Ah, sí. Queremos saber si finalmente te tiraste ese bello culo," rio Aaron.

Ninguno de ellos desperdiciaba palabras, eso es seguro. "Ah... ese *bello* culo no se discute." Sonreí mientras alcancé mis pantalones y me levanté para ponérmelos.

"Ryan. Soy *yo*, Aaron. Tienes que decirme, por el amor de Dios! Hemos estado viéndolos danzar por años. Así que escupe de una vez!"

"Okey. Sí." Reí felizmente; maravillado con lo feliz que me sentí al anunciar que Julia y yo éramos por fin una pareja.

"*Así* es como se hace! Felicidades, hombre!" Jenna gritó de emoción en el fondo. "Jenna está haciendo el bailecito feliz en la cocina justo en este momento," dijo riendo, "Y cómo fue?"

Me detuve, preguntándome donde estaba Julia? No quería que se molestara si yo le decía a Aaron sobre nuestra vida sexual. Olí algo asombroso que venía de la cocina y asumí que estaba adelantando la comida del día. "Fue *increíble...* como nada que yo hubiese experimentado."

"Ya era hora, maldición! Ambos lo merecen. Jul es una chica grandiosa," dijo con seriedad.

"Gracias. Y sé que suena meloso y toda mierda. Es jodido lo mucho que la amo, hasta me cuesta respirar, Aaron," dije en voz baja.

"Siempre lo has hecho, Ryan. Noticia de última hora! Ella también."

Caminé hasta la cocina para ver a mi chica en la estufa haciendo algo salteado en el sartén y luego se dobló para tomar un pote de galletas lleno con pan recién salido del horno.

"Sí, asombroso, no es así?" Julia volteó al escucharme y rio y sonrió ampliamente. "Ella ya está haciendo un festín, Aaron. Ella es… perfecta." Estaba usando mi camisa y unos pantaloncillos de corte bajo, y su cabello estaba en un moño en la parte de arriba de su cabeza. Su imagen hacía detener mi corazón por un segundo. Esa era *mi Julia.*

"De verdad? Jen! Mete tu trasero a la cocina y comienza a hacer la cena. Julia está retrasada 3 horas con respecto a nosotros y ya empezó!"

Me carcajeé cuando escuché la respuesta de fondo de Jenna.

"Tú, viste tu trasero, la cena se servirá en Mcfarland's. Esquina 15 con Nicols, y trae tu billetera, idiota."

"Agh! Ves lo afortunado que eres?" Aaron se quejó.

"Sí, estoy bastante al tanto de lo afortunado que soy," dije suavemente, mirando a Julia separar el pan en un bol.

"Déjame hablar con Julia."

"Ok… que tengas un gran día y dile a Jen que la quiero."

"Tú también, Ryan. Y estoy realmente feliz por ti. "

"Gracias." Le pasé el teléfono a mi chica. "Aaron quiere decirte *hola.*"

Se limpió las manos en una toalla y alcanzó el teléfono pero yo hale su mano para traerla hacia mí.

"Buenos días," dije contra su boca antes de darle un pequeño beso.

Escuché a Aaron gritar en el teléfono. "Ryan, mantenlo dentro de tu pantalones! Déjame hablar con Jul!" Ambos nos reímos y la solté.

"Hola, Aaron. Cómo están chicos?" traté de descifrar la conversación por las respuestas de Julia, pero estaban destinadas a ser dudosas.

"Estoy… maravillosamente. Gracias por preguntar." Una hermosa sonrisa apareció en su cara y me miró.

"Dudo que eso sea necesario." Se rio. "Ha estado perfecto."

"Lo sé patético, verdad? Sí. Lo hago. Dile a Jenna Feliz Día de Gracias por mí. Qué? Bueno hice bastante si quieres saltar a un avión. La cena se servirá a las siete."

"Okey. Te quiero. Adiós."

Julia sonreía de oreja a oreja cuando me devolvió el teléfono. La atraje a mí de nuevo y levanté su mentón para poder besar sus dulces labios.

"Qué fue todo eso? Por favor no me digas que los invitaste a invadir todo nuestro fin de semana," dije contra sus labios, lamiendo y besando y juguetonamente.

Me besó en la boca y la mejilla y luego se retiró de mis brazos.

"Ryan… necesito volver a lo del aderezo. Las salchichas se van a quemar si no mantengo mi auto control." Volvió a la estufa y quitó la cacerola del calor. "Tienes hambre?"

"Por supuesto que tengo hambre, pero no me contestaste, cariño." Levanté las cejas y alcancé la cacerola, saque un pedazo de salchicha y lo lancé en mi boca. Ella se rio. "Nada. Solo estaba siendo un buen *hermano mayor*. Muy dulce."

Me incliné en el mostrador y tomé en cuenta la gran cantidad de ingredientes esparcidos por todos lados. Hierbas, vermut, avellanas, celeri y cebollas, manzanas y peras alineadas en el mesón. Mierda, no recuerdo ni a mi madre había llegado a este extremo. "Sí. Pero *qué* te dijo?" persistí.

Se rio de nuevo "Sabes? Esto es divertido. Podría molestarte con esto todo el día, amor."

Mi corazón saltó al escuchar su uso del término afectuoso. "puedes molestarme todo lo que quieras, seguro, pero no con las llamadas de Aaron, okey?" agregué sugestivamente, y le hice un puchero sacando mi labio inferior. No resistiría mucho. Suspiró y colocó las salchichas en el bol con el pan seco. Inclinó su cabeza y se negó un poco pero sonreía. Ahí supe que la tenía.

"Solo que te patearía el trasero si no cuidabas bien de mí. Estaba jugando conmigo. Fue tierno."

"Él es un buen hombre. Jen también me estaba dando una buena ración de mierda. Necesitas ayuda, mi amor?"

"Puedes ayudarme luego de desayunar."

Volteó y sacó frescos muffins de limón y los colocó en un plato. Mis favoritos.

En la universidad ella solía hacerlos de merienda, usualmente acompañados de frutas, huevos benedictinos y jugo de naranja. Aaron se quejaba porque no hacía de mora y eran sus favoritos. Y cuando los hacía, siempre hacía de limón también. Sonreí ante el recuerdo. Cómo no me di cuenta cuanto me amaba en esa época? Me tenía consentido a morir.

Como si leyera mi mente fue a la nevera y sacó un bol de fruta picada y la colocó frente a mí, junto con un plato con dos cálidos muffins.

"Jugo y café?" sus suaves ojos verdes se levantaron para mirarme y yo removí el cabello de su cara.

"Sí, por favor. Por qué eres tan perfecta?"

Ella sonrió y se encogió de hombros. "No lo soy, Ryan."

"Por supuesto que lo eres. Te he conocido todo este tiempo y no he encontrado algo que yo no ame de ti.

"Te hago enojar *un montón* cuando no dejo que hagas lo que te dé la gana," bromeó. "A veces peleamos como perros y gatos."

"Técnicamente. Nada más," me mofé y luego puse mantequilla sobre un muffin antes de meter la mitad en mi boca. "Solo me vas a dar dos de estos?" sonreí con la boca llena.

"Pfft! Tu qué crees?" terminó de picar las cebollas y el celeri, los colocó en el sartén y volvió a la estufa.

"Bien, creo que vas a dejar que sea como me dé la gana *todo* este fin de semana." Subí y bajé las cejas varias veces. "Por lo menos… tengo la esperanza."

"Tus ganas son las mismas que las mías. Funciona bien. No es así?" su delicada risa era música para mis oídos.

"Extremadamente bien. Te amo, lo sabes."

Me miró sobre su hombro revolviendo los ingredientes, y un aroma espectacular llenaba el aire mientras lo hacía.

"Sí. Lo sé." Se encogió de hombros sin afectarse. "Yo también te amo."

Retiré mi plato y lleve un banquillo para sentarme al lado de donde ella estaba trabajando.

"Julia." Observé su rostro mientras al fin vertía los últimos ingredientes en el bol y comenzó a picar las salchichas, romero y tomillo. "Hmmm?" dijo ausente mientras trabajaba. Tan enfocada en lo que hacía, como si lo hubiese hecho un millón de veces antes.

Yo quería hablar de anoche. "Julia, lo de anoche fue… como un milagro. Nunca voy a olvidarlo," dije quedamente. "Fue la mejor noche de mi vida."

Detuvo lo que estaba haciendo y bajó el cuchillo. "Significó todo para mí, también. Gracias por ser tan gentil. No pudo haber sido mejor, Ryan. Sinceramente. Me hiciste sentir tan especial."

"Ven acá," rogué y la tomé en mis brazos. "Tú *eres* especial. Es por eso que no intenté ninguna jugada contigo antes. No te veía de la misma forma en que veía a las demás mujeres. Eras demasiado más." Sus brazos se ciñeron a mi cintura y yo la apreté contra mi pecho besando su cabeza. "Te amo increíblemente tanto."

Inhaló y asintió con la cabeza entre mis brazos. "Lo sé, y está bien. Mirando hacia atrás siento no haberte dicho cómo me sentía, pero al menos estábamos juntos."

"Mi mejor amiga, Julia." Suspiré sobre su cabeza, dándole besos desde un lado de su cara hasta la esquina de su boca. "Tan hermosa, irresistible y asombrosa que ninguna mujer podría llegarte a los tobillos. Ni siquiera cerca."

"No tan irresistible. Te resististe casi cuatro años." Me recordó.

"Pero me estaba muriendo. Y los otros tipos," liberé violentamente el aire por mi boca. "Los quería matar a todos; seguro te dabas cuenta. Traté de superarlo pero no podía soportar siquiera pensar en ellos tocándote o besándote. Cuando descubrí que los dejabas cuando yo te decía que los odiaba, lo usé." Sonreí. "Fui un engreído egoísta."

"Yo solo pensé que eras sobreprotector."

"Más como territorial. Tú eras mía… en mi cabeza, al menos." Giré su cabeza hacia la mía y la besé profundamente.

Dios, ella me derretía.

"No era solo en tu cabeza. Es como te dije anoche, Ryan, también me lastimó, pero no había una maldita cosa que pudiera hacer al respecto. Traté de cambiar mis sentimientos, pero nada funcionó."

"Por qué no me dijiste antes que eras virgen? Pensé que compartíamos todo." Pregunté con suavidad mientras acariciaba su cabello y miraba su rostro.

Sus ojos se llenaron de lágrimas. "No quería que pensaras que yo era una perdedora o peor- que estaba enamorada de ti. No quería que supieras que yo no quería que nadie más me tocara. Quiero decir… hubiera sido humillante."

Suspiré y la apreté fuertemente. "Oh, cariño, no lo hubiese sido. Eso me hubiese sacado la cabeza del culo mucho antes. Lamento que te haya lastimado lo de esas chicas, mi amor. Lo siento tanto. No significaron nada. Tú eres la única a quien he amado. Siempre has sido *solo* tú."

Respiró profundo y sus hombros temblaron en un sollozo. "Lo sé. Se acabó. Solo estoy feliz de que estemos juntos."

"No llores, amor. No soporto ver tus lágrimas. Ahora todo va a ser perfecto, Julia. Lo prometo."

Ella levantó su llorosa mirada y al fin contestó. "Tan perfecto como podamos hacerlo estando tan lejos, aun así, no lo cambiaría por nada. Te prefiero a ti a 3000 millas que a cualquier otro hombre en la misma habitación conmigo."

Sonreí por sus palabras y mi corazón se crecía al punto en que sentí dolor. "Basta de lágrimas. Tenemos todo el fin de semana para hablarlo y todo el tiempo para resolver esta mierda. Okey?"

"Okey." Se limpió las lágrimas, se apartó retomando la tarea de cortar hierbas en el tabla. "Ryan, puedes colocar esas avellanas en la bandeja para galletas y poner el temporizador el 15 minutos?"

Sonreí mientras me moví para cumplir su mandato.

Esta es mi vida. Esta va a ser mi vida. Mi vida con Julia.

Si tenía que dejar Harvard y mudarme a la Costa Oeste, haría lo que fuera necesario para estar con ella.

"Deja de pensar en dejar Harvard," dijo Julia secamente. Levanté mi ceja.

Cómo sabía lo que yo estaba pensando?

"Puedo decir, por la seriedad de tu cara que estás tratando de encontrar la forma de venir aquí. Olvídalo, Ryan. Lo digo en serio. Yo me mudaré allá. Quizá no a Boston pero sí a Nueva York."

"Julia, Yo-" comencé pero ella me interrumpió.

"Me equivoqué o eso era lo que estabas pensando?" preguntó con una ceja levantada mientras se detuvo para mirarme.

"No. Tenías razón. Pero yo puedo-"

"No. Ambos nos partimos el culo para que entraras a Harvard y no te voy a dejar darte por vencido. Tenemos la eternidad, no fue eso lo que dijiste?" dijo testarudamente mientras continuaba mezclando el aderezo sin perder el hilo.

"Sí. Pero necesito estar contigo. *Nosotros necesitamos-*"

"Lo sé. Pero yo necesito que termines lo que comenzaste allá. Es tu sueño."

"Mi perspectiva ha cambiado. Ahora, tú eres mi prioridad." Sentí como mi voz subió de tono.

"Por qué te molestas? Tenemos las mismas prioridades. Pero sucederá en la Costa Este." Colocó las hierbas en el bol y comenzó a cortar una manzana y una pera.

No sabía qué decir. Ella era maravillosa. Una vez más me estaba dando lo que yo quería por sobre todo lo demás. Dejar que me quedara en Harvard *y* tenerla cerca de mí. Ella haría los sacrificios que fueran necesarios para que eso pasara, y lo haría sin titubear.

Por fin encontré mi propia voz. "Julia, no tienes que renunciar a tus sueños por mí, no es justo."

"Quien dice que voy a renunciar? Los voy a mover al otro lado del país o, en el peor de los escenarios, retrasarlos por un par de años, que serían cuánto, tres o cuatro años?"

Yo estaba perplejo. "Eres asombrosa. No te merezco." Fui a pararme a su lado e hice pequeños círculos acariciando su espalda sobre la camisa.

"Mereces cualquier maldita cosa que yo quiera darte, entendido?" me empujó con el hombro. Nuestro empujón. Y yo se lo devolví. No iba a ganar este argumento así que me rendí voluntariamente.

"Sí. Te amo."

"Sí, más te vale! Me voy a la jodida Nueva York, por Dios santo!" La risa en su voz era hermosa. "Así que yo también debo amarte."

Le quité el cuchillo de la mano y la tomé entre mis brazos, levantándola hasta que su boca estuvo al nivel de la mía. Nos besamos profundamente sus manos agarrando mi cabello y acercando más mi boca a la suya. Cuando ya no podíamos respirar ella se apartó. "A menos que quieras pavo crudo, tienes que dejarme para meter esto en el horno," respiró contra mi mandíbula y la besó.

"Si tengo que hacerlo. Aunque justo ahora, crudo suena bien."

~Julia~

El día pasó volando. Cocinamos juntos hasta que el pavo estuvo en el horno, las batatas acarameladas y el pan creciendo en la estufa, dejando que el calor del horno asistiera en esa tarea.

Nos acurrucamos en el sofá y él encendió el juego de fútbol mientras yo me reclinaba en su pecho, feliz de no hacer nada sino estar rodeada por sus brazos. Me acomodé y él me apretó más contra él, suspirando al lado de mi cabeza que descansaba en su hombro.

Cerré los ojos, dejándome saborear el momento. Este era el lugar donde yo necesitaba estar y no importaba si era en Nueva York, Boston,

Los Ángeles o Timboktu. Él era mi hogar y nada era más importante para mí.

La cena estuvo gloriosa y fue divertido ver a Ryan ayudándome a hacer la salsa. Él amaba observarme y estaba sorprendido de la cantidad de Vermut que lo hice agregar.

"Un chorro?" preguntó incrédulamente. "Acaso no la mides, Julia. No la quiero echar a perder."

"Solo vierte un chorro, yo te diré hasta cuando," me reí "pasó lo mismo con la crema. Sigue batiendo con la misma fuerza a menos que quieras grumos."

"Este día ha sido grandioso. Gracias."

Puse mis manos en sus mejillas, "No me agradezcas, amor. Estoy tan feliz de que estés aquí conmigo."

Trató de besarme y yo le entregué el tenedor y cuchillo de cortar pavo. "Te importaría?" pregunté y él sonrió.

"Claro que no. Esto se siente como si-" Ryan se detuvo repentinamente y me miró fijamente después de cortar el pavo.

"Sí. Se siente increíblemente bien." Dije en voz baja.

Sus ojos azules centellaron cuando asintió con la cabeza.

"Extremadamente bien, Jul. De verdad te he extrañado demasiado."

"Hey," dije mientras se formaba un nudo en mi garganta, "Nada de extrañarme hoy, estoy justo aquí frente a ti."

"Okey. Tienes razón"

Rápidamente tuve las papas a la crema y el pan en la mesa junto a todo lo demás que habíamos hecho juntos. "Estamos listos?" me miró expectante. Parecía un niño en navidad y me dio risa.

"Sí. Buscaré el vino y nos vemos en la mesa."

Ryan encendió las velas y apagó la lámpara mientras yo servía el vino. Me tomó entre sus brazos y me sostuvo, suspiró profundamente y me besó primero en la mejilla y luego la frente. Levanté la boca y planté varios besos en su mandíbula. "Te amo. Sé que lo digo mucho, pero ahora que puedo hacerlo, no puedo parar." Su aterciopelada voz derritió

mi corazón. "Nunca me cansaré de escucharlo. Yo también te amo… demasiado."

Sacó una silla para mí y nos miramos hasta que tomó mi mano.

"Jul, sabes que no soy muy religioso, pero que sí creo en Dios, y creo que tú y yo estamos destinados a estar juntos." Sentí el familiar ardor tras los ojos y me resistí a llorar por esas hermosas palabras. "Si hay algo por lo que estoy agradecido todos los días… es por ti."

Parpadeé varias veces por la sensación en mis ojos. "Ryan… nunca algo será tan importante para mí como tú. Poder ser abierta con lo que siento es… un *milagro*. Gracias por estar en mi vida."

Sus ojos se llenaron de lágrimas y apretó mi mano. "Míranos!" Se rio entre las lágrimas. Yo estaba abrumada y luchaba para controlar las emociones levantándose en cada célula de mi cuerpo.

"Sí. Es hermoso. No quiero mirar otra cosa que no sea tu cara por…" Me detuve antes de terminar, temiendo las implicaciones de lo que quería decir, pero Ryan terminó mi pensamiento.

"Por el resto de mi vida. Yo siento lo mismo, okey?"

Limpié las lágrimas de mi cara tratando de sonreír. "Suena bien."

"Lo será. Lo prometo."

~Ryan~

Observé a Julia reírse con Ellie y podía decir por la forma en la que me estaban mirando y riendo que Ellie estaba haciendo preguntas muy personales. Qué podía esperar? Todo el mundo sabe que las mujeres hablan más de sexo que los hombres.

Los hombre solo *lo hacen* pero a las mujeres les gusta hablar de eso. Bien, siendo honesto, no tengo problemas con hablar de eso, pero ni por joder lo haría con alguien que no fuera Julia.

Era hermosa y no podía quitarle los ojos de encima. Tenía unos ajustado jeans negros, una blusa blanca de vestir con una corta chaqueta de cuero, con unas botas de tacón alto, y el cabello libre. Daban ganas de comérsela.

El fin de semana, hasta ahora, había sobrepasado mis más salvajes sueños, sufría al recordar que en 48 horas o menos estaría de vuelta a Boston. *Solo.*

Traté de apartar la tristeza. Cada momento era preciado y Julia también estaba luchando. Traté de enfocarme en las maravillosas noches que pasamos juntos, y la diversión que vivimos hoy comprando y peleando con la multitud. Julia se ponía más hermosa a cada momento y cada vez que me tocaba, yo me sentía más y más enamorado de ella. No creí que fuera posible amarla aún más, pero me llenaba cada vez más al punto de creer que iba a explotar.

Ellie fue a hablar con Harris, quien estaba en el escenario con su banda. Entonces Julia volvió a mí. La senté en mi regazo y acaricié su cuello con mi nariz.

"Mmmm… hueles tan bien." Colocó su brazo sobre mi hombro y giró hacia mí, invitándome a tomar su boca con la mía. Ahora que habíamos cruzado la línea, no podíamos conseguir satisfacción suficiente. La represa estaba abierta y yo quería perderme y saborear cada caricia que todavía podía tener.

"Para, o vas a hacer que todas las mujeres de aquí quieran matarme," rio exquisitamente y acarició su nariz contra la mía.

"Son los hombres los que me preocupan. La forma en que te siento es enloquecedora, amor. Vámonos." Supliqué contra la curva de su cuello y ella se estremeció.

Suspiró e inclinó su cabeza contra la mía. "Todavía no podemos, Ryan. Ellie estaría tan decepcionada. Ni siquiera has tenido la oportunidad de hablarle. Esto será divertido, no? Podremos bailar, incluso besuquearnos un poquito… hmm?"

Puse los ojos en blanco, lo último que me interesaba eran los otros, pero tenía que admitir que el resto sonaba bien. "Okey," Dije renuentemente. "Acerca de que te interrogaba Ellie?"

"Qué crees tú?" sonrió y tomó un sorbo de su vino.

"Mmm…Lo imaginé. Qué le dijiste?"

"La verdad."

Abrí los ojos y rocé su mejilla con mis nudillos. "Oh, en serio. Y cuál sería esa exactamente?"

"Que estamos muy felices." Me besó suavemente. "Que te amo." Me dio otro beso. Que estamos juntos, y que tú eres... *increíble* en la cama," susurró frente a mi boca y luego me besó de nuevo, pero esta vez deslicé mi lengua dentro de su boca y mi mano detrás de su cabeza para acercarla más. Olvidé la multitud que nos rodeaba y mi cuerpo se reavivó bajo sus manos y mi mano se deslizó hacia abajo por su brazo luego su pierna y su cadera.

Julia repuso su respiración y retiró su boca de la mía. "Ryan..." dijo ya sin aliento. "Dios, no me hagas esto aquí. No es justo."

"Recuerdas lo que te dije?" dije contra su boca, "amor y guerra, y yo te deseo."

"Agh... después." Julia descansó su cabeza contra la mía y entrelazó sus dedos entre mi cabello. "Sabes que yo también te deseo."

Joder. Eso no ayudaba con el problema levantándose en mis pantalones.

"Hola, Ryan!" la voz de Ellie irrumpió en la burbuja en la que habíamos desaparecido. Mi brazo se apretó alrededor de Julia dejándola saber que quería que se quedara sentada en mi regazo para poder esconder la incómoda circunstancia, y además, no quería dejarla ir.

"Hey, Ellie. Es bueno verte. Tengo un pequeño problema justo ahora, te abrazaré en unos minutos, si eso está bien," dije directamente.

Sus ojos bailaron y se rio. Julia aspiró en sorpresa y empujó mi hombro. Me carcajeé y ellas me siguieron.

"Comprendo, querido. Qué tal Boston?" preguntó.

"Okey. La escuela es buena. Mucho trabajo, pero hace que el tiempo pase más rápido. Cómo les va a ti y a Harris? Cuando es la boda?" me burlé. Ellie se sonrojó y miró directamente a Julia.

"Hey, yo no le dije nada de eso. Él es bastante agudo solito, y lo sabes." Julia dijo fuertemente sobre el ruido del gentío y la música, salvando a Elli cuando cambió el tema. "Harris va a tener un receso para que podamos hablar con él?"

"Como en una hora. Toman 10 minutos al principio de cada hora" Me quejé interiormente pero me di cuenta que estaba siendo egoísta al querer robarme a Julia.

"Suena grandioso, Ellie. Son realmente buenos," dije mientras tocaba la piel de la espalda desnuda de Julia por debajo de su blusa y chaqueta. Hice pequeños círculos y ella se inclinó más hacia mí. Se sentía maravilloso solo el poder sostenerla tan cerca.

Un par de idiotas no quitaban sus ojos de Julia cuando hablaba con Ellie. Clavé la mirada en dirección a ellos. Estaban mirando fijo y hablando entre ellos. Los miré fijamente antes de acariciar su cuello nuevamente. Julia no los notó mientras frotaba mi espalda y hablaba con Ellie y otra chica.

Sí, así es. Ella es mía, ni siquiera les cruce el puto pensamiento.

Estaba teniendo un serio caso de Déjá Vu.

Tantas veces en la universidad había visto desarrollarse una escena similar mientras salíamos a los clubes, pero para ese entonces yo no tenía el derecho ni las municiones para barrerlos abiertamente. Nunca muy obviamente; tenía que confiar en una silenciosa caminata hasta los tipos que se alejaran de Julia sin que ella supiera que había pasado algo.

Yo había sido un completo bastardo. Ahora entendía lo injusto que había sido, pero maldición, no soportaría verlos manoseándola, ni siquiera que la miraran con lujuria. Siempre fui muy posesivo y protector con ella. No porque ella lo necesitara. Ella siempre había sido capaz de decir a sus admiradores indeseados que se jodieran, y lo había hecho un montón de veces. Solo una vez necesitó que yo intercediera, permitiéndome enfrentarlos cara a cara y abiertamente. Aaron me había dado un sermón infinito acerca de que lavara o prestara la batea.

Inmersa en su conversación con Ellie, Julia estaba inconsciente del intercambio o de los hombres mirándola. Pero mis ojos se estrecharon mientras sus ojos continuaban desvistiéndola. O estaban drogados, o eran de muy mala vida o simplemente jodidamente estúpidos.

"Ryan."

Julia me haló atrayéndome a ella. "Bailarás conmigo o estás muy ocupado coqueteando con esos tipos de la barra?" Impresionado miré a sus ojos mientras levantó su mirada hacia la mía.

Una sonrisa se levantó en mis labios mientras envolvía mis brazos a su alrededor, levantándola para llevarla a la pista de baile, sus pies colgaban. Puso sus brazos alrededor de mis hombros y rio con discreción.

"Me atrapaste. Solo les dejaba saber que tú eres mía, cariño."

La banda de Harris por fin estaba tocando una canción lenta y fue la excusa perfecta para sostenerla así de cerca. La bajé en la pista de baile pero no cedí en mi apretado abrazo. Mis manos subían y bajaban por su espalda, mientras ella acomodó su cabeza en la curva entre mi cuello y hombro, sus tacones altos ayudando a que su altura me permitiera perfecto acceso a su boca. Resistí la tentación el mayor tiempo que pude.

Ella se acoplaba a mi perfectamente mientras nos balanceábamos. Cerré mis ojos dejando que su esencia me invadiera.

"Sentirte es grandioso." Levantó su cabeza hasta que sus labios estuvieron bajo mi oreja y su aliento me llenó. Mis brazos se ciñeron a su alrededor. Bajé la frente a su hombro y giré la cabeza para besar su cuello, dejando que mi boca se abriera un poco para rozar la piel con mi lengua y succionar un poco antes de levantar la cabeza.

"Eres tan deliciosa… que muero de ganas, mi amor."

Gimió, y todo lo que pude hacer fue evitar devorar su boca allí y en ese mismo momento. "No puedo aguantar mucho más de esto. Es maravilloso pero yo quiero tenerte a solas y hacerte el amor lentamente. No quieres eso?"

Trajo su mano a mi cara y acarició mi mandíbula con sus dedos mirándome con esos ojos de cordero "Siempre. Pero ahora que sé lo que me estoy perdiendo, es una locura."

Mi corazón se aceleró con sus palabras.

"Julia…" Sentí mi pene abultarse y la presioné sus caderas contra mía para que pudiera sentir el efecto que tenía sobre mí.

"Dios… con todo lo maravilloso que pasó anoche, quiero más."

"Amo cuando me tocas, cuando me pruebas… tenerte dentro de mí." Gimió contra mi cuello y todo mi cuerpo comenzó a palpitar.

"Dios, esto es una tortura. Por favor, di que nos podemos ir," gruñí y miré su cara, mi cuerpo se incendiaba. Su piel era tan perfectamente lozana y su boca, llena y atrayente, gritaba por mis besos.

"Yo quiero, pero mira a la pobre Ellie, Ryan. Tenemos que quedarnos un ratito. Siento haberte incitado, pero parece que no puedo contener las palabras." Me miró lamentándolo cuando la canción terminaba. "¿Bailarías con ella solo una vez? Ella te quiere y así le darás la oportunidad de interrogarte también." Me lanzó aquella hermosa sonrisa y no pude negarme, así que solo le di un beso en los labios.

"Como si fuera posible negarte algo. ¿Me extrañarás?" bromeé.

"Cada segundo. Te esperaré en la mesa. ¿Ordeno algo para ti?"

"Crown y Coca cola." Besé sus manos mientras giró y fuimos por Ellie, sonriendo todo el camino

"Hey chiquita, ¿me honrarías con este baile?" bromeé haciendo una reverencia frente a ella.

La cara de Ellie se iluminó. Ella era una chica linda y había sido muy buena amiga de ambos. "No creí que Julia te compartiera luego de clavarte los dientes." Bromeó con una gran sonrisa en su cara, mientras volvíamos a la pista de baile. "Porque ya te ha clavado los dientes, ¿no es verdad?"

"Hasta el hueso." Asentí y me reí.

"Sí. ¡Le dije hace años que estabas enamorado de ella pero ella no escuchaba! Ella te ha amado desde hace mucho tiempo, Ryan. Estoy muy feliz por ustedes dos."

La abracé fuerte. "Gracias, Ellie. Tu apoyo significa mucho. ¿Como van las cosas contigo y Harris, de verdad?"

Comenzó otra canción lenta y ella puso una mano en mi hombro y yo tomé su otra mano en la mía.

"¿No te ha contado Julia?" evadió la conversación cuando comenzamos a bailar.

"Solo que ustedes son unidos. Harris es un buen tipo. Podría irte peor y seguramente a él también." La molesté sonriente.

"Creo que las cosas van a funcionar para todos nosotros. Parece que se están calentando todos los frentes, ¿ah? "

"Sí. En caso de que tengas dudas, amo a Julia con todo mi corazón."

Sus ojos grises me sonrieron. "Lo sé. Todos lo sabíamos, excepto Julia, supongo. Espero que se mude al Este. Sí?"

"Lo estamos hablando. No queremos estar separados. Si eso pasa, te mudarías con Harris? A Julia le preocupa que te quedes sola."

Antes que respondiera, miré sobre la cabeza de Ellie hacia la mesa y no me gustó lo que vi. La mesera estaba entregando las bebidas y uno de los tipos que había estado mirando Julia le estaba hablando. Ella lo miró y negó con la cabeza mientras él trató de pagar por las bebidas, pero le dio un billete a la mesera y la descartó.

Sentí la sangre bombear por mi cuerpo y toda la piel de mi cuerpo ardía.

Él sabía que ella no estaba aquí sola y que ella no quería su atención, y sin embargo la seguía atacando sin importarle nada.

"Ellie, necesito ir a encargarme de Julia. Lo siento" dije "Discúlpame."

Su mirada siguió a la mía hacia la mesa. La molestia de Julia cuando el hombre se sentó junto a ella era obvia. Su ceño se frunció más cuando se le acercó, evidentemente exasperada pasó una mano por su cabello. Cuando me acerqué una mirada de alivio llenó su delicado rostro.

"Vamos, damita, relájate. Quizá necesitas un hombre de verdad."

No sonaba ebrio pero mis palmas comenzaron a sudar cuando cerré los puños a mis lados.

Julia se levantó cuando la alcancé y la rodeé con mi brazo justo a tiempo para escuchar su respuesta.

"Como puede ver, tengo uno. Pero, gracias por los tragos." Trató de sacudírselo sin mi ayuda, pero yo quería seriamente golpearlo en la cara. Sonreí cuando su expresión cambió de ansias a rabia cuando ella colocó su mano en mi estómago. Él trató de alcanzarla y apartarla de mí.

Oh mierda, no! No me digas que la tocó.

"Te recomiendo le quites la mano de encima. *Inmediatamente.*"

Mi cara contraída y mi voz baja para no hacer una escena, pero fue más un gruñido. Yo estaba más furioso de lo que nunca me había sentido en la vida. Julia lo empujó un poco y el tambaleó, pero se incorporó y volvió por ella.

"Mira, idiota," dijo ella, "Tampoco quiero que te mueras, así que escúchame bien. No tienes ni una maldita cosa que me interese. Ryan está siendo muy calmado pero te sugiero que nos dejes en paz antes de que se impaciente."

"Ryan? Eres el jodido esposo?" Me miró directamente.

Él era más bajo que yo, más gordo y fuera de forma. Lo podría desmayar sin esfuerzo si era necesario.

"Sí," contesté sin dudar. El brazo de Julia apretó mi cintura.

"Bueno, tiene excelente gusto, hombre."

Me relajé un poco cuando pareció que se retractaría. Pero era mucho esperar. "Lástima que ella no," continuó y fue por su brazo otra vez. "Vamos por un baile, nena."

Julia retrocedió y yo la sostuve mientras en mi pecho hervía la rabia. Ya era suficiente.

Gruñí ferozmente mientras agarré los dedos que se acercaron a su brazo y los torcí hacia atrás hasta que arrugó la cara.

"Escucha, excusa de hombre, quita tus manos de ella, o te juro por Dios, que te voy a partir uno a uno cada puto dedo. Ahora, te sugiero fuertemente que te largues si sueñas con alguna vez volverte a hacer la paja. Entendiste?"

Esperé a que asintiera antes de dejar ir su mano, lanzándolo lejos de mí. Se fue acunando su mano y yo rodeé en mis brazos a Julia, mirando al hombre fijamente sobre la cabeza de ella. Se rio contra mi pecho. Sonreí con ella cuando finalmente lo vi hundirse en el bar.

"Maldito imbécil! Lo juro, no puedo llevarte a ningún lado," Reí sobre su cabeza y froté su espalda con ambas manos.

"Oh, Dios mío! eso fue hilarante…pero también un poco sexy. Creo que hasta me gustó ese lado tuyo." Acarició mi cuello con su nariz.

Nos sentamos y yo levanté la bebida que Julia me ordenó para saludar al imbécil del bar, antes de tomarla hasta el fondo. "Gracias por el trago." Y esperaba que el cabrón pudiese leer mis labios. Julia rio tanto que tenía lágrimas en sus ojos.

"Ay mierda!" trató de respirar entre risas. Arrastré la silla de Julia a la mía para que pudiera estar más cerca para poder agarrar su mano y poner mi brazo sobre su regazo bajo la mesa. Cuando ella estaba cerca yo tenía la necesidad de tocarla de alguna manera.

Ellie agitaba su cabeza y reía con nosotros. "Guao Ryan! Creo que el tipo se orinó en los pantalones."

La banda estaba en su receso así que Harris vino, estrechó mi mano y besó a Julia en la mejilla.

Enganchando un brazo casualmente en la cintura de Ellie, mientras dijo, "Recuérdame no hacerte arrechar, Ryan. Eso fue un clásico."

"Tuve que salvar al pobre bastardo de Julia. Estaba lista para patearle el trasero." Me reí y ella me dio un codazo en las costillas. "Hey," protestó.

"Sí. Ella es ruda, se le nota," Harris bromeaba y Julia puso los ojos en blanco.

"Ya encontraste forma de acelerar tus años en Harvard, Ryan? Me imagino que si alguien puede hacerlo, ese eres tú." Sus ojos siguieron mis brazos sobre Julia y levantó las cejas.

Ahora que Julia y yo estábamos juntos, era mucho más importante para mí terminar lo más pronto posible. "Sí, un poco. He considerado pedirle a papá que soborne al decano," bromeé. "Pero no se puede apresurar la escuela de medicina, es lo que es."

"Decidiste en qué quieres especializarte ya?" intervino Ellie.

Julia descansaba su cabeza sobre mi hombro y sujetaba mi mano bajo la mesa, recordándome lo mucho que quería llevarla a casa. Se sentía tan natural estar con ella. Como si siempre hubiésemos estado juntos. Nunca nadie había pertenecido tanto el uno al otro como nosotros. Era algo que sentía profundamente. Ella me pertenecía y yo estaba perdido en ella de por vida. Listo.

Julia me removió y me sacó de mis pensamientos. "Elli te hizo una pregunta, amor."

"Am… Algún tipo de cirugía o traumatología."

"Traumatología? Iuuu," contestó Ellie. "Eso no sería asqueroso, Ryan? Te refieres a gente de los accidentes y eso, cierto?"

"Realmente, cualquier cosa que consista en emergencia, Ellie. Alguien tiene que hacerlo, cierto? Además tendría un turno regular en el hospital y no estaría a disposición todo el tiempo, lo cual puede ser provechoso en algún momento." Dejé que mi dedo medio frotara el interior de la palma de Julia bajo la mesa y ella apretó mi mano en respuesta. "Pero no lo sé con seguridad todavía. Hablaré con mi papá y voy a tomar algunas horas en la sala de emergencia antes de decidirlo."

"Y qué de Aaron? Ya decidió, amor?" preguntó Julia. "Me parece que él escogería algo así, también."

"Él está más interesado en Medicina Interna y quiere un consultorio normal. Creo que está pensando hacer la gran pregunta pronto" Los ojos de Julia se abrieron completamente. "No le digan nada a Jen, chicos. Aaron me mataría si ella se entera antes de que el termine de cuadrar todo."

Me incliné hacia Harris para poder hablar en voz baja. "Gracias por dejar que Ellie se quedara contigo, hombre. Realmente valoro el tiempo a solas con Julia." Él me miró entendiendo y asintió tímidamente. "Sí. Finalmente cerraste el trato, amigo? Viéndolos a ambos puedo decir que ustedes ya están en otro nivel."

"Sí, y se siente grandioso. Ha pasado demasiado tiempo ya."

"Felicitaciones." Me palmeó la espalda antes de que la conversación de las chicas nos interrumpiera. Hablamos con ellos hasta que terminó el receso de Harris, y Julia habló con Ellie mientras yo terminaba mi trago esperando por una señal de que ya podía llevarla a casa tan pronto como fuera posible.

Vi como mi chica se acercaba y mis manos se posaron en su cintura mientras ella se detuvo entre mis piernas. Me abrazó rodeando mi cuello y yo la presioné contra mí.

"Llévame a la cama," dijo sugestivamente mientras deslizaba su boca desde mi oído por mi mejilla hasta mi boca donde nos besamos apasionadamente. Tomé su labio inferior en mi boca y la degusté como si fuera la más dulce ambrosía.

Vino y dulce. Tan, tan bueno.

Separé mi boca de la de ella, renuentemente, pero estaba ansioso de tenerla tras puertas cerradas.

"Dios, sabes excelente. Salgamos de aquí."

Asintió. "Sí."

La tomé por la cintura y la guie al lugar donde guardaban los abrigos para retirar los nuestros antes de irnos. Pasamos al hombre que la había molestado y éste nos dio la espalda. Gracias a Dios. Yo solo quería salir de ahí y evitar otra confrontación con el perdedor.

No hablamos en el camino al estacionamiento ni en el camino al departamento. Con mi mano en la suya y su cabeza en mi hombro, el aire estaba cargado con la anticipación y silente comunicación de que ambos estábamos ansiosos por estar solos los dos, y tener nuestras bocas y cuerpos juntos.

Al momento que pasamos por la puerta de entrada, lancé las llaves en la mesa de la entrada la agarré y enganché nuestra bocas, quitándole la ropa con encendida pasión.

Estábamos frenéticos. La cercanía de la noche, la sensualidad de sostenerla y tocarla por horas, mientras quería tomarla ahí mismo me habían llevado al punto de quiebre.

La tensión sexual finalmente llegó a ser mucho más de lo que yo podía soportar.

La levanté y sus piernas rodearon mi cintura mientras yo la presione de espaldas a la puerta cerrada. Empujé mi pelvis contra la de ella y su jadeo me hacía perder mi aliento. Mi erección palpitaba dolorosamente con la fricción, mi necesidad de ella vibraba por todo mi cuerpo. Sentir su deseo hacía que mi sangre cantara. Los pequeños quejidos que salían de su garganta me excitaban aún más, mi pene tan duro y lleno que me causaba dolor.

Nunca tendré suficiente de esta mujer.

Mi corazón golpeaba fuertemente todo el tiempo que yo la besaba una y otra vez, devorándola, absorbiendo su lengua dentro de mi boca sus manos se aferraron a mi cabello como una de las mías se aferró a su seno y apreté el perfecto bulto, sintiendo como se endurecía su pezón en mi palma a través de la fina tela de su blusa. Quería quitarla, sin barreras entre nosotros, su piel en la mía. Ella hacía quejidos de necesidad y eso me distrajo.

"Julia, Dios… Eres tan ardiente. Los sonidos que haces me vuelven loco. Eres mía. Siempre mía."

Sus manos se ciñeron al frente de mi camisa pero nuestras bocas siguieron retornando una a la otra, una y otra vez, distrayéndola de la tarea.

"Ahhhhh… Ryan… quiero sentirte"

"Destroza la jodida camisa si quieres. No me importa." Presioné contra ella estableciendo el ritmo que ambos necesitábamos mientras la sostenía contra la puerta. Gimió contra mi boca antes de que los botones de la camisa salieran volando, la tela cediendo mientras la abría sobre mi pecho y sus cálidas manos se desplegaban sobre mi piel.

La despegué de la puerta y la llevé a la habitación, una de mis manos enredándose en su cabello y posicionando su cabeza a un lado para poder enterrar mi boca en la curva de su cuello mientras mi boca trazó un sendero de su cuello a su oído. "Cómo había sobrevivido sin poder tocarte así? Debo haber estado demente."

"Ryan… te quiero…ahora." Era música para mis oídos reforzada por el golpe de su pulso contra mis labios, y la forma en que se retorcía contra mí. El olor de su piel y su perfume era intoxicante, haciendo imposible los pensamientos conscientes.

La acosté en la cama y la seguí, mis manos finalmente libres para quitarle la blusa del cuerpo. Deslicé mis manos por debajo y empujé hacia arriba, sobre sus costillas. Se sentó ligeramente y subió los brazos, permitiéndome removerla completamente antes de inclinarse de nuevo, observándome mientras lentamente bajaba el cierre de sus jeans y los deslizaba de sus hermosas piernas.

Cuántas noches soñé con hacer esto mismo luego de una salida nocturna con ella?

Mi pecho se estrechaba ante la mirada en sus ojos. Estaban oscuros, al punto de estar casi negros, y su cabello estaba alborotado sobre la almohada. La vista ante mí me deshacía. Julia yacía quieta mientras yo miraba su forma perfecta, cubierta ahora solo por el sostén de encaje blanco e iguales pantis de bikini. Su piel tan cremosa y traslúcida, sus caderas y pechos delicadamente hinchados en perfecta proporción, sus piernas largas, su impresionante rostro lleno de ganas. Luché por respirar mientras mi corazón latía tan fuerte que sentía que se me saldría del pecho.

"Eres espectacular. Podría pasar horas solo mirándote."

"Tú eres el hermoso…" respiró y me alcanzó. "Pero necesito más que solo miradas, Ryan. Tócame." Sus brazos corrieron por mi pecho y yo me incliné sobre ella para que sacara mi camisa de mis hombros, apretando mi piel y arañando mis brazos con sus uñas. Sentí temblar mi cuerpo y me levanté rápidamente para remover el resto de mi ropa. No podía dejar de mirarla mientras ella me observaba, sus ojos en mi erección, rígida y lista para ella. Las ganas en sus ojos eran la cosa más sexy que jamás había visto. Me senté en la cama y la coloqué en posición sentada también, bajé los tirantes de su sostén besando la piel de sus hombros, terminando el trabajo soltando el broche y arrojando la hermosa lencería a un lado.

Tomé su mejilla en mi palma y la besé ligeramente en la boca, en una serie de ligeros besos mientras ella gemía, su lengua salió para acariciar la mía y lamerla. Me rendí ante los dos y la besé profundamente, presionando su espalda a la cama y la seguí. Sus manos recorrieron mi cuerpo hacía abajo donde agarró mi extensión y yo inhalé violentamente.

"Julia…" respiré contra su boca. "Nunca había deseado tanto a alguien en mi vida."

"Soy tuya, Ryan." Ella cerró sus ojos y me besó apasionadamente mientras me besaba excitándome más allá de mi imaginación. Hice todo lo que pude para no derribarla y enterrarme en ella. Mis manos trazaron su cuerpo y ella temblaba, arqueando su espalda y halando sus labios de los míos ligeramente. "Toda tuya," susurró de nuevo.

Mis manos empujaron las delicadas pantis por sus piernas deslizándome de vuelta para tocar su parte más privada. Su cálida humedad dio la bienvenida a mis dedos. La deseaba tanto que se me secaba la jodida boca, pero el sexo era algo nuevo para ella y por eso no quería moverme muy rápido.

"Tu cuerpo dice que estás lista para mí, mi amor, pero no quiero hacerte daño, cariño. Quiero que tú tomes el control, okey?"

Su boca se abrió cuando el aliento abandonó su cuerpo de golpe y sus párpados se levantaron para mirarme. Me moví para sentarme contra la cabecera de la cama, atrayéndola conmigo y guiándola para que se sentara sobre mi regazo con las piernas abiertas mientras yo miraba su hermoso rostro. Sus ojos estaban cargados y sus labios hinchados.

"Dios, que hermosa eres." Sentí mi corazón hinchado y un nudo en la garganta.

Hice un ruido gutural cuando con una mano llevé su cabello hacia atrás y con la otra moví la punta de mi pene contra ella, frotando hacia adelante y hacia atrás entre la resbalosa humedad.

Su cabeza cayó hacia atrás y su boca se abrió de deseo.

"Ryan…mmmmm"

Encontré su entrada y deslicé la mano que estaba en su cara hacia abajo por su cuerpo hasta que encontré su clítoris, frotando pequeños círculos con mi pulgar. Respondía tanto, instintivamente comenzó a arquear su cuerpo hacia mí y a bajar su cuerpo hacia el mío.

"Amor, hazlo lentamente. No quiero herirte. Haz sólo lo que se sienta bien, Julia."

Su cabeza se levantó y sus ojos se abrieron para mirarme, bajó su cuerpo, tomándome completamente. Respiré violentamente al calor y la mirada en sus ojos.

"Esto es lo que se siente bien. Tú dentro de mí. Por completo, Ryan." Empujó hacia mí mientras yo la estimulaba con una mano y con la otra agarraba su cadera ayudándola a guiar sus movimientos. Sus brazos se rodearon sobre mis hombros y sus dedos se enredaron en mi cabello y nos besamos profundamente.

Los besos fueron increíbles, tan íntimos, mientras nos lamíamos el uno al otro y nos movíamos juntos. Nunca me había sentido tan cercano a ninguna de las mujeres que estuvieron en mi vida. Fuimos lentamente, sintiendo cada caricia, cada pulgada de cada incrustación, cada ruido de cada beso hasta que al final ella estaba jadeando y temblando a mi alrededor. Pude sentirme a mí mismo perder el control de todo lo que tenía. Cuerpo y alma, ella me poseía.

"Ahhh… Ryan."

"Dilo, amor. Necesito escucharte decirlo," supliqué contra su pecho mientras mi brazo la tomó por la cintura y la hundió con fuerza hacia mi cuerpo incrementando la presión y el ritmo.

"Estás haciendo que me venga, Ryan. Oh Dios… Te amo."

"No puedo vivir sin ti. Te necesito como al aire."

Nuestras caderas se movieron juntas y exploté dentro de ella y ella gritó mi nombre en mi hombro, ambos moviéndonos y temblando juntos por infinitos segundos. Nos sostuvimos el uno al otro y besamos los lados de nuestras caras mientras yo acariciaba su espalda.

"Oh, amor. *Julia.*" Respiré durante el espasmo final de su cuerpo.

Yo estaba temblando mientras me movía, sosteniéndola contra mí, todavía enterrado en su cuerpo, levantándola conmigo para acostarla de espaldas en la cama. Me levanté apoyado en mis codos y la observé. Ella levantó su rostro lleno de lágrimas y yo las limpié.

"Shhh… amor, estás bien?" Julia asintió y tocó mi cara delicadamente con sus dedos mirándome profundamente.

"Perfecta. Es solo…" cerró sus ojos, "no puedo creer lo mucho que te amo, Ryan. Me quita el aliento. Es como… que no es posible que un amor así siquiera exista."

"Lo sé. Tu eres toda mi vida." Recorrí un lado de su cara con mi nariz y luego el otro antes de besar su boca, trazando su labio superior con el mío. Ella succionó mi labio inferior con su boca hasta que yo profundicé el beso como ella demandaba. No pude evitarlo cuando me sentí endurecer nuevamente dentro de ella y su cadera surgió contra la mía.

"Más," suspiró contra mi boca cuando comenzamos a hacer el amor otra vez y supe que dormiríamos hasta tarde mañana. Esta noche tenía otros planes.

-6-

~Ryan~

El fin de semana pasó volando y yo estaba sentado frente a Julia por última vez en Dios sabe cuánto tiempo, mientras los dos picábamos nuestros desayunos. Era una pena porque eran huevos Benedictinos perfectos. Le rogué a Julia que se quedara en la cama conmigo, pero ella insistió en hacer el desayuno. Desafortunadamente me sabía insípido y tuve que batallar con cada pedazo. Mi cargado corazón eclipsaba todo lo demás. Julia, empujaba la comida alrededor de su plato, apenas comiendo en la misma deslucida forma que lo hacía yo; sus ojos tristes y preocupados, una pequeña arruga entre sus perfectamente arqueadas cejas.

"Hey," dije bajito, queriendo ver sus hermosos verde oscuro levantarse y encontrar los míos, pero temiendo a la tristeza que encontraría allí.

Ella miró hacia arriba y trató de sonreír, la esquina de su boca apenas se levantó. "Hey guapo."

La miré fijamente por un largo momento, incapaz de quitar mis ojos de ella. Estaba despeinada por nuestra noche de apasionado juego, su cabello enredado por mis manos; mi camisa le caía por un hombro desnudo, el cuello era muy grande para su estilizada figura. Volteó su cara a un lado, presentándome su perfil, pestañeando para regresar las lágrimas y tuvo que tragar grueso en el proceso. Mi estómago se hundió mientras la veía luchar con sus emociones.

Ella era lo más hermoso en mi vida y mi mente se había enterado hace tiempo que siempre lo sería. La amaba tanto que apenas podía

127

asimilarlo. Era como el sol siendo el centro del universo, todos los planetas cautivos a su alrededor, incapaces de liberarse de la atracción e imposible mantenerse lejos de su magnificencia. Ella era mi sol. El absoluto *centro* de mi universo.

"Ven aquí," murmuré y bajé mi tenedor antes de retirar el plato. Mis brazos ansiaban sostenerla y todo mi cuerpo gritaba por estar cerca de ella y mis ojos le suplicaban que viniera a envolverse en mis brazos.

Se levantó de repente y llevó su plato al fregadero, lanzándolo despreocupadamente, la porcelana resonando contra el metal. Se inclinó contra el mostrador y dejó caer la cabeza mientras sus hombros visiblemente se desplomaron. Estaba al borde de perder el control y no quería mostrarlo, pensando que me haría incluso más miserable al dejarla.

"Julia. Por favor, necesito tocarte," supliqué mi voz baja y dolida.

Ella giró y me miró, estirando sus manos en ambos lados del mostrador mientras se apoyaba en él, sus ojos llenos de lágrimas al borde de derramarse, su mandíbula temblando.

"No quiero hacer esto, Ryan. *Nunca* quise hacer esto." Dijo destrozada.

Oh, Dios.

Su voz temblaba mientras cubría sus ojos con su mano derecha. "Esto es el por qué yo me resistía a amarte. Sabía que me mataría estar lejos de ti. Yo solo… no sé si podré hacerlo después…" Se quebró cuando lágrimas silenciosas se derramaban de sus ojos y ella las limpiaba rabiosamente de sus mejillas.

Me levanté de donde estaba sentado en la silla de la barra de la cocina y la tomé en mis brazos contra mi pecho. Incliné la cabeza hacia su cabello, pero ella resistió a retornar mi abrazo y mi corazón se rompió. Su resistencia no era algo que yo pudiera haber esperado después del hermoso fin de semana que compartimos.

"Amor, estás enojada conmigo? Por qué no quieres abrazarme? Necesito sentirte, Julia. Quiero tocarte cada segundo que nos quede."

Sentí su cuerpo caer flácido contra el mío cuando cedió a los sollozos que hicieron temblar sus hombros y sus brazos por fin me tomaron por la cintura para acercarme más mientras lloraba. "No quiero que te vayas," susurró como si su corazón se rompiera. "No quiero sentir el dolor de no tenerte cuando no puedas *estar conmigo*!"

Mi corazón estallaba en mi pecho, una mezcla de elación y miseria. Mis brazos se apretaron a su alrededor y besé un lado de su rostro lleno de lágrimas. "Te amo demasiado." La sostuve como si mi vida dependiera de ello y acaricié su cabello con una de mis manos hasta que los lamentos se calmaron un poco.

Al fin ella encontró su voz. "L-lo S-siento," murmuró con el corazón roto.

"Por qué lo sientes? Por amarme tanto? Lo último que deberías hacer es lamentarlo." Traté de calmarla frotando suaves círculos en su espalda pero, de verdad, mi corazón se partía como vidrio, los pedazos cayendo y rompiéndose. Besé su cara de nuevo usando mi mano en su barbilla para levantar su boca hacia la mía.

"Por favor no, Julia. Te aseguro que yo no lo lamento," suspiré contra su boca. "Nada significa más para mí que tú, tú *tienes* que saber eso." La besé varias veces en los labios y deslicé mi boca por su mandíbula. Mis manos se deslizaron detrás de su cabeza y tomé ambos puños de su cabello en mis manos mientras presionaba mi boca abierta contra la vena palpitante de su cuello, sorbiendo la cálida piel.

"Lo sé… pero no hace esto más fácil, Ryan."

Ella suspiró y yo exhalé mientras sus manos recorrían mi cabello atrayendo mi boca a la de ella. Ella estaba molesta con la situación, quizá incluso conmigo, pero me deseaba y yo estaba perdido. Mi boca se abrió para devorar la suya. Nuestros labios moviéndose al unísono, probándose y succionándose uno al otro, nuestras lenguas danzando juntas en un íntimo juego; espejos perfectos, cada uno sabiendo cuándo dar y recibir.

Estos largos, sensuales y profundos besos eran nuestros. Solo nuestros. Yo nunca me había sentido tan conectado por un beso con nadie en mi vida. Atrapé su labio inferior entre mis dientes y lo halé con mi boca levantando mi cabeza. "Dios, amor. No quiero parar de besarte nunca…es tan bueno. Es increíblemente bueno."

Puse mi mano en su pecho sobre su corazón y descansé mi frente con la de ella, tratando de respirar. Cerré los ojos con su pecho subiendo y bajando bajo mi mano, su corazón golpeando fuertemente bajo mis dedos.

Todo el tiempo mi cuerpo abultado dolorosamente, mi corazón golpeaba duro y desconsoladamente y se sentía como si estuviera muriendo.

Cómo es posible tener un dolor en tantos lugares a la vez, y estar tan insaciable, desesperado y devastado al mismo tiempo?

"Dios, Julia, voy a extrañarte."

Mis manos estaban frenéticas en la búsqueda de más de su piel, cuando encontraron sus pechos bajo el material de la camisa. La tierna carne era tan suave y sucumbía en mis manos, mis pulgares frotando sus pezones al tiempo que ella hacía un quejido.

Ella tomó mi labio inferior en el suyo y lamió mi labio superior; haciendo cosas en mí que no podía explicar o siquiera entender. Un bajo gruñido salió de mi garganta involuntariamente.

"Ryan…" respiró mi nombre, su voz vehemente con deseo y amor. Podía escucharlo en sus palabras como miel y supe que tenía que tenerla una última vez o no sobreviviría. "Ryan, por favor," pidió contra mi boca.

"No… Julia, por favor… te necesito." La desesperación nos sobrepasó a ambos mientras la levanté apretándola entre mis brazos hasta que su boca estuvo al nivel de la mía.

"Sí…sí." Respiró con su aliento soplando mi rostro.

Con mis brazos alrededor de su cuerpo continué besándola una y otra vez hasta que finalmente ella alzó una pierna y la enredó alrededor de mi cadera. La sujeté más fuerte pudiendo sentir su calor y yo quería más. "Cómo me quieres amor? Lo que quieras es tuyo" dije arrastrando mi boca de su boca a su mejilla y mandíbula.

Julia estaba respirando fuertemente cuando tomó mi mentón y su cálida lengua salió a lamer ligera y, oh tan delicadamente mi labio superior. "Llévame al sofá, Ryan," y me moví para obedecer.

La bajé, volviendo mi boca sobre la de ella mientras mi rodilla se hundió en el cojín al lado de su cadera. Quería saborear cada pulgada de ella, sentir cada tersa superficie de su piel, y escuchar con atención los deliciosos pequeños sonidos que ella hacía mientras mi cuerpo tomaba el suyo. Principalmente, mi corazón deseaba estar más cerca, dejar impreso en ella que me pertenecía, en cuerpo y alma. Yo quería ser el único hombre que ella deseara, el único que la besara o tocara por el resto de nuestras vidas.

"Oh Dios, Julia. Estoy… tan enamorado de ti." Sus rodillas subieron por los lados de mi cuerpo y surgí contra ella, presionando mi endurecimiento contra sus suaves y cálidas partes y ella gimió, sus caderas levantándose para hacer aún más presión. "Eres tan hermosa." Continué moviéndome en ella, frotándome contra el ligero material de sus bragas y mi pijama.

Me levanté en un codo para poder mirarla. "Por favor mírame," susurré y con ambas manos aparté su cabello hacia atrás. "Abre los ojos, amor"

Sus caderas se movían con las mías y abrió su boca para exhalar fuertemente. Acaricié su nariz con la mía hasta que al fin abrió sus ojos. Sus ojos verdes estaban oscuros, casi negros y encendidos. "Puedes venirte así?" mientras movíamos nuestras caderas. "Quiero hacerte venir más de una vez. Solo yo soy quien puede hacerte eso, Julia. Solo yo."

"Ahhnnn… Ryan. Te amo. Eres el único que me tocará así. En la vida. Y Sí" sus manos arañaban mi espalda, moviéndose hacia abajo para hacer subir mis caderas contra las de ella, aumentando la deliciosa fricción. "Sí, puedes hacerme venir así… *pero te quiero conmigo.*"

Dejé caer mi cabeza sobre la de ella y cerré mis ojos, mi cuerpo palpitaba y se retorcía contra el de ella. Su voz era tan sensual y movía su cuerpo contra el mío mientras me decía esas deliciosas palabras. La combinación de su voz, los quejidos en su respiración y su cuerpo debajo de mí me tenían desecho.

"Lo haré… pero no todavía." Me moví contra ella más deliberadamente observando su cara y sus gemidos y sonidos mientras trataba de determinar cuál de mis movimientos le gustaba más. Solo pasaron unos segundo hasta que lo descubrí y luego pude dejar que mi boca volviera por más besos de los que tanto ansiaba. Suplicó en mi boca y supe que se estaba acercando. Desde ahora, podía tocarla como un instrumento bien afinado creado solo para mí.

Dejé que mi mano acariciara sus pechos, apretando y halando el tenso pezón mientras movía la cabeza de mi extensión contra su clítoris una y otra vez; nuestras ropas mojadas con su humedad; yo quería arrancar esa ropa de entre nosotros.

Todos y cada uno de mis sentidos estaban asaltados. La sensación de su piel bajo mis manos, su sabor en mi lengua, escuchar sus sonidos, el olor de su perfume y su excitación, la pasión en su semblante… era casi más de lo que podía soportar. Yo estaba batallando para poder respirar contra su boca y preguntándome si sería capaz de evitar en venirme con ella. Sentí mis bolas apretarse y mi vientre comprimirse justo antes de que ella se arqueara hacia mí. Julia clamó mi nombre en un quejido mientras sus manos se arrastraron por mi espalda. Dolía pero yo quería más porque significaba que yo podía causarle placer como nunca lo había experimentado. Mi corazón estaba listo para estallar cuando ella susurró mi nombre de nuevo.

Me quedé quieto encima de ella para poder recuperar el control de mi cuerpo justo a tiempo para impedir mi desahogo, pero sin dejar de besarla.

"Mmmm… amo verte así. Es impresionante. He fantaseado con esto tantas, tantas veces pero nada se compara a poder estar contigo." Respiré sobre su frente y me escurrí hasta sus sienes. Ella levantó su cabeza de la almohada y alcanzó mi cara para poder darme varios besos en la quijada.

"Te amo," suspiró contra mi piel. Algo tan simple como su respiración corriendo sobre mí significaba tanto; que ella estaba cerca, que había satisfecho a la mujer que amaba más que a nada en la vida, y que ella estaba feliz en mis brazos.

"¿Estás bien?" pregunté con cuidado. Estaba callada y temía que estuviera triste o ansiosa otra vez, pero asintió.

"Perfectamente. Eres increíble. Cada vez que me tocas, me derrito. Pierdo el control… por completo. Sabía que esto sería maravilloso contigo, pero es mucho más que eso."

Con el corazón expandido la aferré a mis brazos. Me sentí abrumado por el hecho de que esta increíble mujer pudiera amarme así. "Amor…" dije en su cabello y le di un ligero beso en la boca. "Solo quiero darte todo, Julia. Todo."

Levantó su mirada y me sonrió ligeramente, acomodando hacia atrás el mechón de mi cabello que estaba en mi frente mientras me cernía sobre ella. "Todo lo que quiero eres tú," dijo simplemente encogiéndose de hombros y sus dedos se posaron en mi mejilla. Mirando su rostro, su seriedad y su serenidad en sus facciones, una calma llenó mi cuerpo ante la obvia veracidad de sus palabras.

"Soy tan afortunado." Bajé mi cabeza para tomar su boca una y otra vez, mi cuerpo revivió con renovado deseo mientras reposaba sobre ella, sus asombrosas curvas amoldándose perfectamente a mí, tan cálida y responsiva debajo de mí.

Empujó mi pecho y arrancó su boca de la mía. Ambos estábamos respirando fuerte y tuve miedo de haberla aplastado así que me quité de encima de ella de inmediato. "Te hice daño, cariño?"

"Ah ah. Solo que ahora quiero encargarme de ti. Puedo probarte?" Recorrió con su lengua desde la base de mi cuello hasta mi oreja y allí tomó en su boca mi lóbulo. Sus palabras eran tan sexys; mi pito se convirtió en granito y se movió en respuesta. Ella mordió un poco su labio y dijo a mi oído, su respiración causando vibraciones a través de mí. "Quieres mi boca sobre ti, Ryan?"

Mi cabeza cayó hacia atrás y cerré los ojos. Ella no acaba de decir eso, o sí?

"Más que cualquier cosa."

Sonrió seductivamente y se mordió el labio mientras bajaba el pantalón de mi pijama por mi cadera hasta mis piernas.

"Okey. Entonces… déjame hacerlo." Me guió hacia atrás para que estuviera sentado en el sofá y ella se arrodillo entre mis piernas, sus manos moviéndose hacia arriba por mi pecho y luego hacia abajo otra vez, por mis caderas desnudas y mis muslos. Su toque dejaba un sendero de fuego sobre mi piel y lo mejor que pude hacer fue contener las ganas de agarrarla y enterrarme en ella. Solo la anticipación de lo que prometía hacer me tenía quieto y esperando. Yo apenas respiraba mientras sus ojos estaban clavados fijamente en los míos.

"Sabes cuánto te amo, si?" Le pregunté con seriedad. Se inclinó para besar mi muslo, su cabello danzando en su cabeza y cayendo como una lluvia de seda sobre mi regazo.

"Mmm, ah. Si, lo sé, Ryan." Murmuró contra mí mientras su boca se deslizaba por el hueso de mi cadera y luego los músculos de mi estómago, que se contraían en respuesta involuntaria. Su aliento era caliente y yo no podía controlar como mi cuerpo palpitaba y se torcía hacia su boca. Con la boca abierta succionó la piel debajo del ombligo, rozando mi extensión con su mentón.

"Dios, cariño." Suspiré "Me estás matando. Es una tortura tan dulce."

Sus dedos se desplegaron sobre mi pecho deslizándose hacia abajo en mi cuerpo y presionó su frente donde su boca había estado y sus manos al fin pasaron por mis muslos. Un estremecimiento recorrió mi cuerpo entero cuando su lengua se deslizó a través de la cabeza de mi pene y lo besó, absorbiendo la punta ligeramente. Violentamente perdí el aire cuando sentí una pre-eyaculación salir un poco. Me preguntaba si ella lo podía percibir.

"Ahgnnn, Julia. Oh, santo Dios," gruñí ante la deliciosa sensación de su cálida y pequeña boca en mí.

Yo había tenido un montón de experiencias en mi vida, probablemente más de las que debería, así que no era para estar orgulloso, pero esta era *Julia. Mi Julia.* La única mujer a la que yo hacía reverencia y ella me tenía en su boca. Deseaba ver la magia que me estaba entregando, entonces tomé su cabello en mis manos y lo levanté de su cara para poder ver. Fue la cosa más erótica que yo jamás haya visto.

Sus manos agarraban la base de mi pene y sus rosados labios alrededor de mí, junto a la sensación que me producía ella lamiendo y succionando, eran mucho más de lo que era capaz de aguantar. Sentí la presión incrementarse demasiado rápido y yo quería que esto perdurara. Para no tener experiencia ella era increíblemente habilidosa y me tuvo temblando y retorciéndome en minutos. Me contuve de ir más profundo en su boca.

Como si leyera mi mente, gimió mientras su mano y boca trabajaban juntas, bombeando hacia arriba y abajo en mí hasta que encontró su ritmo y tomándome tan profundamente como era posible. Cuando sentí el final de su garganta en la punta casi me vengo de inmediato. Inhalé rápidamente y coloqué una mano en su hombro para detenerla.

"Julia, detente, no puedo aguantar, cariño. Detente o me voy a venir y no quiero hacerlo todavía." Las palabras salieron de mi pecho en un gruñido gutural y ronco. "Uhhnnn, Dios. Para!"

Levantó su cabeza y me miró, pero sus manos todavía me halaban delicadamente.

"Amor, por favor para. Quiero hacer el amor contigo, estar dentro de ti, así que *detente*." Casi no podía contenerme de estallar en sus manos, la alcancé, y mis manos se cerraron alrededor de sus muñecas para detener sus movimientos y traerla hacia mí. Dejé ir sus manos y deslicé las mías por su cuerpo, bajo sus piernas para que estuviera sentada sobre mi regazo. Sus perfectos senos rebotaban al nivel de mis ojos cuando ella se adaptó, sus ojos relajados y su cabello despeinado por mis manos.

"Me encanta cuando suplicas," bromeó, y una perversa sonrisa danzando en su hermosa boca.

"Eres tan maravillosa," murmuré mientras quitaba el cabello de su rostro y envolvía mi mano en la parte de atrás de su cabeza, y mi pulgar acariciaba su mandíbula. Sus ojos estaban llenos de deseo, sus párpados medio cerrados y su brillante boca estaba abierta. Quería tocar cada parte de ella así que mi otra mano entró por debajo de la camisa que ella vestía, subiendo por su cadera y sus costillas hasta la curva de un lado de su seno. Mi pulgar acarició el pezón y a pesar que ya estaba tensó, creció aún más bajo mi toque. Respiró dejando escapar un pequeño gemido.

Nunca me habría imaginado que ella se abandonaría tan abiertamente al deseo al hacer el amor.

Nunca había visto algo más hermoso en mi vida.

La mano que tenía detrás de su cuello bajó lentamente su cabeza mientras subí la mía para acercar nuestras bocas, "Ryan…" susurró y eso fue mi perdición.

"Dilo otra vez, mi amor"

Ella se inclinó para besarme más fuerte, empujando sus caderas hacia mí, el delicioso calor donde nos tocábamos nos quemaba vivos. "Ah…Ryan" murmuró en mi boca.

No pude aguantar más… Quería ver su cuerpo, sentir su piel en la mía, mis manos fueron hacia abajo de nuevo por sus caderas empujándola con fuerza contra mí. Quería que ella supiera lo listo que estaba, cuánto me estaba afectando y le mostré con mis manos como quería que se moviera contra mí. Se hundió contra mí una y otra vez, sus caderas moviéndose en círculos mientras mis manos la recorrían hacia arriba por dentro de la camisa.

Levanté sus brazos para poder sacárla, la hice una bola y la lancé hacia un lado. Pasé un brazo alrededor de su cintura y con la otra mano tomé su pecho izquierdo, dejando caer mi cabeza para poder lamerlo y finalmente absorberlo, jugueteando con mi lengua, sus sonidos de placer invitándome a continuar. Su piel estaba caliente y deliciosa bajo mi boca y yo moría por más. Siguió moviendo su cuerpo y podía decir por sus reacciones que ella me deseaba a mí tanto como yo a ella. El calor entre sus piernas era demasiado y sentí la humedad a través de sus bragas.

Sus movimientos nos excitaban a los dos y tuve que estar dentro de ella o moriría.

La levanté y halé hacia abajo con mi pulgar el borde del encaje sacándole de su cuerpo, dejando besos con la boca abierta debajo de su ombligo mientras jadeaba contra su piel. Ella levantó sus caderas para ayudarme y entonces mis dedos encontraron ese lugar secreto que querían tocar. "Cariño, estás tan… te deseo tanto."

Deslicé una rodilla entre sus muslos, mi cuerpo se hundió en los cojines del sofá. Julia voluntariamente las abrió para mí mientras yo surgí contra ella, deslizándome fácilmente en ella hasta que estuve dentro, llenándola por completo. Su estrecho calor rodeándome se sentía asombroso, la sensación haciéndome vibrar hasta lo más profundo. Dejé caer mi frente en la de ella mientras me movía dentro de ella, mis avances lentos, largos y profundos. Quería su boca en la mía… Quería hacerle el amor con todo lo que tenía dentro de mí y tenerla vibrando debajo y alrededor de mí. Quería que ella sintiera cada pulgada de mí mientras mi cuerpo reclamaba el de ella, el deseo de imprimir mi posesión de ella más fuerte de lo que nunca lo había sentido. Quería llevarme este momento conmigo a Boston.

Necesitaba que ella me deseara, me amara; necesitaba escuchar mi nombre en sus labios. Necesitaba a Julia conmigo para siempre y las emociones que llenaban mi interior me consumían, pensé que perdería el control por completo.

"Julia," respiré contra su boca con su respiración acelerando y comenzando a hacer esos pequeños quejidos que me llamaban. Había llegado a necesitar escucharlos.

"Eres mía." La besé, se abrió a mí, halando mi cabeza y deslizando su boca con la mía para que nuestras lenguas pudieran ir más profundamente. Estábamos devorándonos hasta quedar sin aliento, mi cuerpo tomando el de ella como el de ella tomaba el mío. Me estaba ahogando en ella pero sin deseos de salvarme.

Sus espasmos comenzaron a mí alrededor, arrancó su boca de la mía y mordió mi hombro. Eso me llevó al borde y me vine fuertemente dentro de su cuerpo. Continué empujando duro dentro de ella mientras mi cuerpo se derramaba dentro de ella. "Solo mía." Caí y tomé su boca en la mía desesperadamente en la necesidad de estar más y más cerca de ella. Quería poseer su cuerpo y su alma, que fuera mía como yo ya era de ella, y besarla como si nunca la pudiera besar de nuevo. Adorando su boca con la mía. Mi corazón se rompía ante la idea de dejarla, traté de ignorar el dolor mientras las vibraciones de mi orgasmo corrían dentro de mí.

Ella todavía levantaba sus caderas contra las mías, sus músculos apretándose a mi alrededor, absorbiendo cada gota y cada temblor de mi cuerpo. Incluso cuando me detuve, ella todavía se movía a mí entorno y era demasiado increíble para las palabras.

"Ahhh," suspiró mientras yo miraba su sonrojada cara, su pecho y mejillas rosadas y brillantes. Sus ojos cerrados, pero los abrió lentamente mientras la acaricié con mi nariz y la besé por un lado de su cara. "Ryan, me has acabado por completo." Cuando su voz se quebró al decirlo, mi corazón se detuvo. "Si no lo estaba antes, ahora lo estoy. No creí que fuera posible amarte más de lo que lo hacía... pero lo hago."

"Julia..." su nombre se sentía como una oración. El dolor hizo que mis ojos se cerraran, no sé si porque tenía que dejarla o por lo mucho que la amaba. "Yo te *pertenezco*. No podré estar con nadie más, *nunca*. Nunca querré a nadie más... solo te quiero a ti por el resto de mi vida." Le dije con un nudo en la garganta y un extraño dolor por contener las emociones que amenazaban por salir de mi pecho.

La primera entre otras lágrimas salió por sus pestañas y rodó a la almohada que estaba bajo su cabeza. Me incliné y besé suavemente su labio superior entre mis labios.

Te amo tanto que no puedo sostener ni la jodida respiración.

Cerré los ojos por el dolor que sentí y sabía que al abrirlos ese dolor se reflejaría en el que vería en los ojos de ella. "Cariño, no llores, mi amor. Estás bien?"

Sus brazos se ciñeron alrededor de mis hombros y sus piernas alrededor de mi cintura. "Me siento increíble... pero no estoy bien," dijo desecha. "Estoy... demasiado enamorada y asustada."

Rodé hacia mi lado y la traje conmigo, frotando pequeños círculos en su espalda con mi mano. "Yo también estoy enamorado, Julia. Demasiado."

Miró hacia mí y pasó un brazo por mi cintura. "Entonces por qué estás asustada?"

"Es solo... que esto va a ser doloroso."

Llené mi pecho de aire antes de hablar. "Pero es un dolor maravilloso, mi amor. Tan maravilloso," Traté de hacerla sonreír.

Asintió contra mi pecho y yo besé el tope de su cabeza. "Te extrañaba tanto antes pero ahora... será mucho peor."

Suspiré en su frente. "Va a ser un infierno…pero concentrémonos en cómo hacer para llevarte hasta Nueva York, okey?"

"Okey."

"Cómo vamos a hacer esto? Quiero decir… Qué es lo que quieres?"

"Solo estar contigo, Ryan. Eso es todo lo que siempre he querido." Lo dijo tan bajo que apenas la escuché.

Ella es tan perfecta. Levanté mi mano y acaricié sus pómulos con mis nudillos y ella levantó su mirada a la mía.

"Entonces qué necesitamos para hacer que pase?" pregunté dudoso. Todavía me sentía culpable ante el hecho de que ella sacrificaría todo y se mudaría a la Costa Este, pero lo quería tanto que estaba más allá de mí considerar cualquier otra opción que no nos tuviera juntos.

Sentí cuando se encogió de hombros a mi lado. "Tu vuelve y sé brillante, yo hablaré con mi jefe mañana. Puede tomar un tiempo pero lo lograré."

"Y qué si te *dicen que no*?" pregunté con miedo.

Nuevamente se encogió de hombros, "Si no me ayudan a transferirme para allá, solo tendría que renunciar."

Estuve luchando para encontrar las palabras correctas para lo que quería decir "Sí, renuncia." *Múdate a Boston y vive conmigo,* pero mi cerebro sabía que no era justo para Julia y yo no tenía derecho a pedirle eso. "Ya me siento como la mierda por querer estar cerca de ti y hacerte sacrificar tu trabajo por mí."

"Ptff!" puso los ojos en blanco y sonrió. "Desde cuando te sientes mal por hacer que yo haga lo que tú quieres, hah?" me empujó con su hombro y yo me reí. Puedes dejarle a ella las cosas para que te las ponga en perspectiva. Sí, la quería cerca y sí, la dejaría mudarse para lograrlo. Si se daba como yo quería, tendría toda mi vida para compensarla.

"Lo siento, hermosa. Sé que no es justo, pero tienes razón. Te quiero conmigo. Lo quiero tanto que es insoportable," dije urgentemente, me sentía desesperado; como que si no la tuviera conmigo, parte de mí estaría muerta y perdida. Tanto como la había amado estos años, la intensidad de mi sentimientos ahora era mayor de lo que jamás imaginé posible.

Julia presintió mi miedo, y acarició mi cuello con su nariz y besó la cara, la sostuve cerca mientras ella jugueteaba con el vello de mi pecho y estómago.

"Va a suceder, Ryan. Haremos que suceda porque *tenemos* que hacerlo."

~Julia~

Era el fin de nuestro fin de semana y yo estaba haciendo mi mejor esfuerzo por poner una cara valiente y recordarme todo lo que tenía que agradecer. Y allí estaba él, justo frente a mí, todo su metro y ochenta y cinco centímetros de él, su salvaje cabello dorado oscuro, desaliñado y sin rasurar, y brillantes ojos azules. Tan hermoso, pero tan triste, sus cejas fruncidas y su rostro tenso. Tomé una respiración profunda mientras lo veía poner sus cosas en su maleta y su bolso. Levantó la mirada de lo que estaba haciendo y sus facciones se suavizaron cuando me miró.

Me levanté y crucé la habitación, sentándome en la cama al lado de su maleta, y comencé a frotar su espalda. Sus músculos estaban tensos cuando se flexionaban bajo mi mano con sus movimientos. Nos habíamos duchado y su cabello estaba aún mojado. Moría por pasar mis manos a través de él halarlo en las puntas. A él le encantaba que hiciera eso y le daría algún tipo de consuelo.

Halé su brazo y lo atraje para que se sentara a mi lado. Enredando mis brazos a su alrededor desde su espalda, sosteniéndolo cerca. Ryan, alcanzó mi mano, y la trajo lentamente a su boca, pasando sus labios sobre mis nudillos delicadamente sus labios rozando suavemente de un lado al otro hasta finalmente besarlos.

Besé su espalda y cerré mis ojos, intentando controlar el quebranto de mi voz antes de hablar. "estoy tan feliz de que vinieras a verme. Este fin de semana ha significado todo para mí, Ryan," murmuré contra su camisa blanca de botones estirada y tensa en sus hombros.

Su pulgar acariciaba mi muñeca mientras sostenía mi mano. "Yo, también." Giró y me miró a los ojos. Una pequeña sonrisa en sus labios, acunó mi mejilla en su mano. "Puedo ver el dibujo antes de irnos al aeropuerto?"

"Los dibujos son tan personales."

"Dibujos?" preguntó levantando la ceja. "Cuantos son?"

Sonreí burlonamente y me encogí de hombros. "Matthews, no pensaste que este era el primero, o sí?"

"A veces te observaba dibujar cuando yo estaba estudiando, pero sentí que me estaría entrometiendo si te preguntaba qué hacías. Tu cara era tan intensa."

"Como dije, es muy personal para mí." Sin importar lo íntimos que éramos, ahora me sentí tímida. "Volcaba todo mi amor en esos dibujos, temía que si los veías, entonces sabrías. Um…Temía que te asustaras y no quería perderte."

Ryan se rio. "Julia, yo estaba tan enamorado de ti durante todo ese tiempo. Te observaba trabajar tan intensamente. Yo anhelaba ser esa cosa en la que pensabas que causaba esa mirada en tu cara. Fuimos tan estúpidos."

"Algo así. Sip."

"Okey, muéstramelos ya!" Sus ojos estaban excitados y yo acarcié su hombro una vez más antes de ir a buscar la libreta que descansaba entre dos partes de un mueble en el suelo. Volví a la cama y se los entregué a Ryan, ligeramente nerviosa acerca de su reacción.

"Sé bueno," le pedí. Ryan solo me miró por un largo momento.

"Yo he visto tus trabajos, eres increíblemente talentosa, entonces por qué tan inquieta?" Su voz ligera, llena de diversión y mi corazón saltó. Era mejor que la tristeza que estaba allí hace unos minutos.

"Estoy siendo tonta, supongo. Tienes razón. Has visto mi trabajo, así que…" dejé que mi voz se apagara, no muy segura de qué decir.

Las manos de Ryan se movieron rápidamente para abrir la cubierta del libro y se congeló instantáneamente, mirando al dibujo aún sin terminar, sus manos flotando sobre la imagen en la página.

"Obviamente, no está terminado," Comencé.

Ryan lo observó por unos minutos antes de volver a mirarme.

"Julia…sí así es como me ves… yo… no tengo palabras."

Mi garganta ardía mientras trataba de pestañear para tragar las lágrimas, y obligarme a hablar. "Ahhgg!! " Traté de limpiar mi voz de las emociones. "Am… Te veo como *perfecto*. Lo más hermoso en lo que he puesto mis ojos," dije honestamente mientras me sentaba en el borde de la cama cerca de él.

"Si buscara por cien años, igual no podría encontrar las palabras que explicaran cómo me haces sentir… o cuánto te amo. Lo *sabes*?" preguntó ansiosamente, sus ojos ardiendo en los míos previniendo que desviara la mirada. Su rostro se hizo borroso a mis ojos hasta que una y luego otra lágrima cayera por mis mejillas. Ryan puso los dibujos a un lado y tomó mi cara entre sus manos, limpiando las lágrimas con sus pulgares, su toque suave y delicado.

"Mi niña, me haces tan feliz. Por favor no llores, cariño." Su voz era como el terciopelo y me arropaba y me besó suavemente en la boca antes de inclinar su frente contra la mía. "Puedo tenerlo yo?"

Miré hacia abajo, a mis manos y el inmediatamente tomó una de mis manos entre las suyas. "No está terminado todavía."

"Es una obra maestra así como está. Lo quiero, Julia. Por favor?"

Asentí porque no pude decir palabras. Ryan me apretó muy cerca y sostuvo la parte de atrás de mi cabeza, volteando su cara a mi cabello. Mientras respiraba, su duro pecho presionado contra mis blandos pechos se sentía asombroso. Teníamos que ir al aeropuerto o perdería su vuelo, pero no quería dejarlo ir nunca.

"Julia, esto va a doler como el coño! No quiero dejarte jamás" gimió en la curva de mi cuello y mis manos subieron recorriendo su pecho para tomar en mis puños su cabello, apretándolo con toda mi fuerza mientras lo besé en la mandíbula. "Pero… estoy tan feliz de que ahora seamos *nosotros*. Te amo." Se levantó y me levantó con él, aun en sus brazos, presionando mis caderas a las suyas y después ciñendo sus brazos fuertemente por mi cintura y mi espalda.

"Tanto. Te extrañaré cada segundo que pase." Obligué a mi voz a no traicionarme, las palabras liberándose en un doloroso palpitar con el que luché para que no se convirtiera en un sollozo. Mi corazón dolía, pero mi cerebro se aferraba a la esperanza de que podría mudarme a la Costa Este muy pronto. Levanté la cara para mirarlo, Ryan me besó breve pero profundamente antes de dejarme ir. Recogió sus maletas para llevarlas a la otra habitación al lado de la puerta. Mi corazón golpeaba fuertemente en protesta y sentí que estaba perdiendo a mi mejor amigo. Traté de evadir mi humor triste, diciéndome que este era el comienzo de nuestras vidas juntos. Ciertamente eso no era para estar triste.

Entonces por qué coño sentía que todo se desmoronaba a mis pies?

La guerra silenciosa seguía dentro de mí. Ryan la sentía, también, porque sus manos me frotaban de arriba abajo los brazos después de ayudarme con mi chaqueta. Besó la parte de atrás de mi cabeza y por un buen rato descansó su cabeza contra la mía. Renuentemente se retiró y volvió a tomar sus maletas. La pérdida era una cosa tangible.

"Listo?" dije tristemente, agarrando mi cartera y llaves del auto. Giré hacia él para verlo negar con la cabeza y sus ojos brillantes.

"No. Nunca voy a estar listo para dejarte."

Coloqué una temblorosa mano en su rostro, mis dedos aferrados a su mandíbula mientras lo besaba en la boca, respirando su dulce esencia y dejando que mis labios se movieran con los de él. Sus manos estaban llenas con el equipaje así que no podía tomarme en sus brazos, pero yo sentí su urgencia en sus labios y lengua mientras me besaba. "Todo va a estar bien," susurré frente a sus labios.

"Lo sé." Trató de sonreír mientras abrí la puerta y la sostuve para él.

"Vamos a estar bien, Julia. Pero es mejor cuando estás cerca de mí. Eso es lo que quiero para Navidad, está bien?" Le sonreí mientras caminábamos al auto y abría la cajuela, Ryan colocó sus cosas allí y una vez más le di las llaves. "Está bien, Navidad." Asentí. "Haré mi mejor esfuerzo para darte lo que quieres."

"Siempre lo haces." Dijo mientras me abrió la puerta y yo entre al auto.

El viaje al aeropuerto pasó mayormente entre suaves toques y contemplación. Yo miraba sus rasgos mientras conducía, sin quitar mis ojos de su rostro. Parecía perdido en sus pensamientos, excepto las veces cuando me miraba amorosamente o cuando llevaba la mano que sostenía constantemente hasta su boca.

Mi corazón estaba contraído y finalmente tuve que desviar la mirada hacia el frente para evitar romper en llanto. Su pulgar frotaba el interior de mi muñeca y supe que él entendía lo que yo atravesaba. Me conocía mejor que yo misma.

"Hey, no fuiste tú la que dijo que esto estaría bien?" me recordó. Él también estaba sufriendo, pero era más fuerte que yo. Yo me sentía frágil, como si me fuera a despedazar y explotar en la nada, pero me obligue a contestar en una voz fuerte.

"Sí, sé que así será, amor."

"Jul, probablemente quieras venir conmigo, pero yo solo buscaré mi pase de abordaje y esperaré. No pasará mucho antes de que tenga que pasar seguridad y no podrás acompañarme, entonces por qué mejor no me dejas en el terminal?" Sus ojos robaron una fugaz mirada a mi cara y enseguida la desvió nuevamente, como si hubiese algo que no me estaba diciendo, algo que estaba escondiendo de mí.

Entramos a la zona del aeropuerto mientras un avión aterrizaba ruidosamente sobre nosotros. Me alegró por el tiempo que me dio para organizar mis pensamientos y tomar el control sobre mi temblorosa voz.

"Pero…Ryan, yo estaba esperando…" Su mano apretó la mía.

"Esto será tan duro, yo solo… creo que será mejor si nos despedimos en la entrada, amor" su voz se quebró ligeramente en las palabras. "Me siento como un puto llorón!"

Lo miré y respiré temblorosamente y asentí, "Okey."

"Julia…" comenzó, su voz torturada mientras estacionaba en el terminal de American Airlines. Dirigió sus torturados ojos azules hacia mí. "Recuerda mi regalo de Navidad, okey?" Tocó mi mentón con sus dedos mientras yo asentí tristemente. "Tiene que pasar, así que supongo que esto es todo. Me abrazarías de despedida?" preguntó suavemente mientras me miraba a los ojos.

"Por supuesto, idiota." Mi barbilla temblaba y puse una temblorosa mano sobre mis ojos mientras Ryan abría la puerta de la cajuela del auto.

Renuentemente, tome la manilla y abrí la puerta del pasajero y caminé a la parte trasera del auto, mientras él ponía sus maletas en el costado. Instantáneamente, estaba en sus brazos y él estaba besando un lado de mi cara y después mi boca en un salvaje y profundo beso. Su lengua se deslizó dentro de mi boca y yo la abrí como si muriera de hambre y él la última comida en la tierra.

Su boca se levantaba y sus labios jugaban y mordían los míos ligeramente. "Te amo tanto, cariño. Tengo que irme."

Asentí pero presioné mi boca a la suya una vez más. No se negó y sus brazos me apretaron más fuerte.

"Gracias por venir. Te extrañaré."

Tocó mi cara y besó mi mejilla una última vez antes de entrar en la curva y comenzar a caminar hacia el aeropuerto. Lo observé por unos segundos antes de llamarlo. "Ryan!" Esta era la única que me dejaba sin decir las palabras, y yo las necesitaba. Él volteó y me miró deteniéndose mientras lo hacía. "No olvides recordarme, si?"

Sonrió tristemente y sacudió su cabeza. "Nunca." Miró al suelo por unos segundos, los músculos de su mandíbula flexionándose. Finalmente levantó su cara y pude ver las lágrimas brillando allí. "Te amo."

"Te amo!" y con eso desapareció tras las puertas, y yo me quedé con el dolor y temblando. Las lágrimas hacían casi imposible que encontrara mi camino de vuelta al auto. Otras personas y los hombres que chequeaban el equipaje probablemente estaban viendo mi patético despliegue. No me importaba. No podía evitarlo, aún si quisiera.

Mis manos agarraron el volante y bajé mi frente descansando en él mientras las lágrimas comenzaron a brotar desinhibidamente. *Dios cómo duele!* Por fin mi mano encendió el motor, limpié las lágrimas de mi cara e intenté recuperar el control.

Solo respira, Julia. Respira; y, lo primero que vas a hacer mañana en la mañana es ir a hablar con Meredith. Es lo único que puedes hacer.

Traté de razonar conmigo y de alguna manera ayudó. Estar lejos de Ryan debería ser más fácil ya que llevo haciéndolo por cinco meses, pero ahora que éramos pareja y habíamos admitido nuestros sentimientos el uno por el otro, sentía como si me arrancaran el corazón del pecho y fuera de camino a Boston.

Me burlé de mí mientras salía del terminal y entraba al tráfico.

Él ES mi corazón… así que dah.

Mi teléfono había caído de mi cartera al asiento del pasajero, donde vibró.

Lo agarré rápidamente con una mano y miré al mensaje en la pantalla.

Eres mi corazón. Lo más hermoso y precioso en mi mundo. No olvides eso.

Todavía me sentía frágil por lo que mis ojos se humedecieron de nuevo y yo ansiaba enviarle un mensaje en respuesta pero el tráfico era demasiado malo en ese momento para arriesgarme.

Él es tan jodidamente perfecto.

-7-

~Julian~

Aterricé en Boston. Gracias por finalmente haber sido mía. Te amo con todo lo que soy.

Sonreí, contenta porque él estaba seguro en casa pero ya con el dolor de la soledad. Escribí rápidamente la obvia respuesta.

Siempre lo fui. Solo que ahora lo sabes ?

No pasó mucho antes de su respuesta, y rápidamente abrí el mensaje.

Estaré soñando contigo esta noche, amor. Como siempre.

Hmmm… Qué decir? Lo contemplé por un minuto y luego rodé sobre mi espalda y comencé a presionar las teclas.

Real Y Adorablemente Nostálgico. Despierta o dormida... tú eres de lo que están hechos mis sueños.

Suspiré y comencé a mirar el techo mientras me acosté en el sofá en silencio; el mismo sofá donde Ryan me había hecho el amor tan apasionadamente hace unas horas. Cerré los ojos y puse una mano en mi sien tratando de calmar las lágrimas que amenazaban con atacar.

Debería estar jodidamente feliz. Ahora tengo todo lo que había soñado. Tenía a Ryan y él me amaba. Entonces cuál era mi problema?

Rodé a un lado y traté de tragar el nudo en mi garganta. Él era hermoso, brillante, talentoso y mío. Mío; algo que pensé que nunca pasaría. Eran las ocho de la noche y estaba totalmente oscuro afuera.

Las luces del departamento estaban apagadas, y yo estaba acostada allí con el misterioso reflejo negro azulado de la luna que reflejaba las sombras alrededor del cuarto.

La llegada de Ellie fue anunciada por el ruido de sus llaves en la puerta. Encendió las luces de la entrada y lanzó sus llaves la mesita que estaba debajo del espejo en la entrada. Sus maletas hicieron un ruido seco mientras las tiraba al suelo.

"Julia?" llamó.

Froté mis ojos tratando de componer el maquillaje que seguramente se había dañado ahí. "Sí, Ellie. Estoy aquí." Me senté en el sofá y volteé hacia ella. "Cómo estuvo tu día de Acción de Gracias?"

Ellie estaba en la cocina sacando una botella de vino y sirviéndose. "Fue agradable, gracias. Quieres un poco?" preguntó.

Me sentía removida y muy cansada. El vino sonaba bien. "Seguro. Gracias."

"La mamá de Harris es dulce, pero cocina un maldito pavo tan seco, y te cuento! Él me dijo que el próximo año era mi turno de hacer el relleno." Terminó sirviendo dos copas de vino, y trajo la mía a la sala. "Mierda, te imaginas? Yo cocinando." Se burló; su sonrosada cara brillaba cuando se sentó junto a mí y puso en mi mano una copa. "Entonces? Cuéntame cómo fue tu fin de semana con Ryan?" Me miró a la cara por primera vez desde que entró y sus ojos se abrieron completamente al notar mis ojos hinchados. "Julia, qué pasó? No pelearon, o sí?"

Me reí y tomé un trago de la copa. El vino era suave y calmante mientras sacudí mi cabeza. "No. Todo lo contrario, El."

"Sí. Pude notarlo el viernes en la noche. Él me contó que hablaron de mudarte a la Costa Este," dijo suavemente y con una delicada sonrisa.

Yo estaba nerviosa por su reacción. "Sí, lo hablamos. Y-yo creo…" me esforcé por ver como se lo explicaba, pero ella leyó mi mente y alcanzó mi mano.

"Querida, no tienes que dar explicaciones, entiendo que quieras estar con Ryan. Él te ama tanto, Julia."

Asentí y miré nuestras manos. Las lágrimas acechando de nuevo.

"Mierda! Soy un desastre! Puedes creer esto? Todo lo que he hecho desde que se fue es chillar y odio esta jodida mierda. Lo sabes, no?" Me reí en burla mientras mis lágrimas caían. "Él es maravilloso Ellie. Creí que sabía lo asombroso que era, pero ahora es incluso mucho más para mí. Creí que no se podía amar más de lo que ya lo hacía… pero solo… lo hago."

Ellie bajó su copa a la mesa de centro y subió sus piernas al sofá sentándose sobre ellas. "Cuéntame. Quiero saberlo todo. Absolutamente todo!" dijo con una maliciosa sonrisa. Pasó un brazo detrás del sofá y descansó su cabeza en su puño, expectante.

Mi corazón se sentía lleno al hacer un recuento del fin de semana para ella. "Fue hermoso. Cada segundo era como un sueño. Incluso cuando no hacíamos más que acostarnos a conversar! No quiero nada más que estar con él, Ellie. Es tan… profundo… que aterra. No te lo puedo explicar con palabras, pero te juro que lo dejaría todo por estar con él."

"Puedo verlo. El viernes en la noche era obvio cuán posesivo es; pero igual, siempre ha sido indiscutible para mí." Ella sonrió mientras me recosté en los cojines. "Ya era hora que definitivamente lo admitieran! Estoy segura que Aaron y Jen estarán felices de ver a Ryan de mejor humor."

"Hmmmf." Exhalé. "No estoy segura si estará de mejor humor o no, considerando que ahora ambos estamos completamente al tanto de lo que nos estamos perdiendo." Moví mis cejas y ella estalló en carcajadas, no puede evitar unirme a ella.

"Como dije… cuéntame todo!"

Ellie escucho intensamente mientras le dije acerca del fin de semana, de dibujarlo después de estar juntos, cocinar juntos, ir de compras, y luego el dolor de nuestra despedida. Cuando llegué a esa parte mis ojos se llenaron de lágrimas y me reprendí a mí misma.

"Acaso soy un jodido grifo o qué? Me siento tan impotente."

Ella alcanzó mi mano y la apretó. "Querida, por qué no llenas tu copa y vas a tomar un baño? Te sentirás mejor."

Asentí y me levanté del sofá. Ellie se levantó y me abrazó. "Estoy muy feliz por ti. El resto de nosotros solíamos burlarnos de ustedes a sus espaldas. Había tanta jodida tensión sexual que nos tenían cachondos a todos, por el amor de Dios!." Se rio junto a mi oído.

Me aparté y fui por la botella de vino. "Dios Ellie Jensen! Me sorprendes! Una típica belleza sureña como tú usando la palabra *cachondos*, Santo Dios!"

"Aaron decía que solo estar cerca de la lujuria no correspondida de Ryan, hacía que *a él se le parara*. Era tan divertido!"

Aaron. Puse los ojos en blanco y sonreí, camino al baño.

Mis pensamientos volaron a cómo iba a discutir esto con mi jefe mañana. Amaba mi trabajo. Más que amarlo, me entristecería si tenía que sacrificarlo, pero haría lo que fuera necesario. Desde mi viaje a Boston, sabía que él me amaba, pero finalmente escucharlo y experimentar el estar en sus brazos fue más de lo que jamás esperé. Ahora Sabía cuánto lo necesitaba… como a la comida o aire o agua.

Comencé a llenar la tina y arrojé una gran cantidad de sales de baño antes de quitarme la ropa.

Ellie tocó a la puerta. "Julia?"

Me envolví en una toalla y ella me pasó mi teléfono. "Creo que te llegó un mensaje de alguien que te interesa."

Sonreí y levanté una ceja.

"Qué? No puedo evitar que se vea en la pantalla de quien es el mensaje. Además, igual de quién demonios sería? A menos que me estés guardando secretos sobre Mike!" Se fue del baño con una sonrisa y yo abrí el mensaje.

Estás desnuda?

Exploté en risas. El sentido de oportunidad de Ryan era increíble. Me deslicé entre las burbujas y contesté el mensaje enseguida.

Mmmm... Acaso te gustaría saberlo?

El agua se sentía grandiosa. En combinación con el vino y los dulces mensajes de Ryan la noche estaba mejorando. ÉL me hacía sentir mejor incluso desde el otro lado del país. Me sentí soñolienta, y una cálida calma se esparció a mí alrededor. Una conexión era todo lo que yo necesitaba. Continuamos nuestra conversación electrónica mientras pasaba un rato en el baño dejando que la cálida agua me relajara.

Yo lo sé. Toma una foto y envíamela. Extraño tocarte.

Extraño tenerte conmigo, a mi lado, dentro de mí. Y sí... estoy desnuda, Ryan.

Joder, no me hagas eso. Por favor. Qué estás haciendo?

Me reí. Estaba suplicando piedad y pidiendo más en el mismo mensaje.

No lo puedo evitar. Si te digo que tú me haces lo mismo a mí ayudaría?

Solo haría el sufrimiento insoportable...pero no aceptaría que fuera de alguna otra forma. Entonces... DIME que estás haciendo. *carcajadas.

En la bañera.

Mmmmmm. Desearía estar ahí. No te olvides de mí. El que te ama.

Te recuerdo, Matthews. Siempre. Siempre estás en mi mente y en mi corazón. Tampoco hace daño que haces arder todo mi cuerpo. Ahora quién está matando a quién. Te amo y extraño locamente. Por qué no solo me llamas, amor?

Quiero hacerlo. Pero sé que estaremos despiertos toda la noche y tú necesitas estar fresca mañana para tu conversación con Meredith. Te amo hermosa niña. Duerme bien.

No lo hice. Para nada.

~Ryan~

"De qué demonios te ríes Ryan? Pareces un idiota." Resopló Aaron mientras entraba al departamento azotando la puerta. Los vecinos derrumbarían la puerta en protesta muy pronto.

Yo estaba sentado en el sofá, mis maletas todavía en la entrada y acababa de escribirle a Julia. Mi corazón dolió todo el camino de regreso a Boston, pero nuestro pequeño y seductor intercambio había cambiado mi humor completamente. Deletrear mi nombre con palabras era algo que solo Julia haría y mi corazón se removía de emoción. Estaba sonriendo de oreja a oreja cuando cerré mi teléfono y lo coloqué en la mesa de centro, haciendo una mueca ante la hora. 1:30 am.

"Aaron! Ni siquiera tu quejumbroso trasero me va a afectar esta noche! No hay forma!" grité. "dónde está Jen?"

"En el Hospital." Entró a la habitación y se dejó caer en la silla al lado del sofá. Su gigantesco cuerpo ocupaba todo el espacio, sus pies cruzados sobre la mesita, tomó un trago de su cerveza. "supongo que tuviste un agradecido Día de Gracias por lo que puedo ver." Sonrió maliciosamente conociendo de la situación. "Pensé que estarías en casa más temprano. Qué pasó? Se retrasó el vuelo?" levantó las cejas.

"Am, algo así. Me retrasé, sí." Sonreí y fui a recoger mis maletas las llevé rápidamente a mi habitación antes de volver para hablar con mi hermano. Tenía que dormir, pero sentía la necesidad de hablar de Julia.

"Hmmmf!! Retrasado o *revolcado*, amigo? Está escrito por toda tu cara, Jul es intensa, cierto? Sabía que lo sería," dijo Aaron con completa-seguridad. "Esto es lo más relajado que te he visto en meses."

Fruncí el ceño. Aaron no quería decir nada con eso, pero algo dentro de mí se contrajo ante su conocedor comentario. "Ah?" pregunté.

"Déjate de eso, hermano. Aunque ella se muestra toda inocente por fuera. Está en llamas por dentro. Es tan ardiente como el infierno. Como ya sabrás de primera mano."

"Sí." Qué más podía decir? Era la verdad. Obviamente él quería saber más.

"Vamos, Ryan. Se dio por vencida y finalmente te dijo que te ama?"

Me detuve y miré mis manos, colgando frente a mi mientras mis codos reposaban sobre mis rodillas. Asentí y mi cabello cayó hacia mi frente. Con una mano lo aparté.

"Entonces, qué? Estoy hablando solo aquí?" preguntó incrédulo.

"Qué estás preguntando, exactamente? Fue todo lo que esperaba y más. Sí. Ella me dijo que me amaba y que me ha amado exactamente como yo a ella. Mientras me hacía increíblemente feliz, estaba triste porque debimos haber estado juntos todo este tiempo. Y *furioso*."

"Amigo… ustedes *estuvieron* juntos. Noche y día por cuatro años, entonces, qué desperdiciaron exactamente?"

"Hmmmf." Exhalé. "Sí, eso es exactamente lo que Julia dijo. Y… ella no *se hace* la inocente, Aaron."

Sus ojos se abrieron y se inclinó hacia mí, notoriamente esperando más detalles de mi tiempo con Julia, pero yo no me iba a extender.

Aaron había compartido varias de sus escapadas sexuales con Jenna, a pesar de mi protesta, pero lo que yo tenía con Julia era mío y solo mío.

"Qué estás diciendo Ryan? Que ella lo inició?"

Negué con la cabeza. "Ella *era* inocente, Aaron. No voy a darte detalles, pero ella *era* inocente."

Sus ojos se abrieron mientras el entendimiento se asentaba en él. "Ryan, de verdad? 23 y todavía con la florecita? En serio?" su cara se encendió como una vela.

"Solo te lo digo porque necesito hablarlo, pero por favor podrías ser un poco discreto. Esta es *Julia*. No una tipa que me tiré en una noche fuera," dije impaciente.

Se reclinó en el asiento y frotó la barba que nacía en su mentón pensativamente. "No me cagues!" dijo como si no pudiese creerlo. "Julia era virgen?" dijo más para él que para mí.

"Ella es… especial, Aaron. No es como otras mujeres. Nunca pensé que lo fuera pero esta fin de semana, descubrí un lado de ella completamente nuevo."

"Ryan, yo amo a Julia. Sé cuánto significa ella para ti. Yo amo a Jen, pero no creo que sea algo ni cercano a eso que tú y Julia tienen. Te dijo por qué? Quiero decir, ella tuvo novios—" pausó "por eso pensé…" su voz cayó y se encogió de hombros.

Me levanté y llené un vaso de agua del refrigerador. Me detuve de espalda a él mientras hablé.

"Dijo que no podía dejar que alguien más la tocara. Puedes creer eso, Aaron?" pregunté incrédulo. "Dijo que no podía soportar estar con alguien más por lo que sentía por mí. Todo ese tiempo cuando enloquecía de celos, ella ni siquiera llegaba a ese punto…ni siquiera puedo explicarte lo que ese conocimiento le hace a mis sentimientos. Estoy… perplejo."

Aaron me miró mientras volvía a sentarme en el sofá. "Joder," dijo.

"Lo sé." Pasé una mano por mi cabello halándolo al final. "Me hace amarla incluso más."

"Sí, claro. Y me volvías loco *antes*. Siempre en la luna pero nunca lo admitías. Era frustrante vivir con tu trasero temperamental, ahora será una locura." Se carcajeó, el sonido venía profundamente de su pecho.

Sonreí. "Pero si la amo más. Ella es asombrosa. Inocente, sí, pero apasionada. Es como si fuéramos una sola persona e instintivamente sabes lo que el otro necesita. El amor que ella siente por mí se filtra directamente por mi piel cada vez que me toca, Aaron. Es así de intenso. Estar con ella es como nada que yo hubiese experimentado en mi vida." Mi tono de voz era serio y reflexivo mientras me perdía en la memoria de su cuerpo y su boca moviéndose conmigo.

"Hablaste acerca de tus, am, hábitos, Ryan?" Aaron preguntó dudosamente. "Ryan?"

Miré hacia arriba, me había sacado violentamente de mis recuerdos del fin de semana.

"¿Te refieres a salir con otras mujeres?" me encogí de hombros. "Sí, salió a relucir, pero no como tú crees. No me estuvo rostizando." Recordé el dibujo en mi bolso y me levanté rápido. "Espera un minuto."

Fui a sacar la libreta. Fue casi como si revelara un secreto de Julia, pero no podía explicar esto de ninguna otra manera.

"La hería, sí, pero dijo que ella sabía que ellas no durarían, y ella y yo permanecemos unidos. Dijo que no quería satisfacción a corto plazo y arriesgarse a perder lo que teníamos. No puedo creer que escondía sus sentimientos, pero, supongo que hice lo mismo."

"Julia es muy inteligente, Ryan. Tuvo tu número todo este tiempo."

Sonreí. "Me tenía bastante seguro. Fue un jodido desastre. Debí saber que era inútil tratar de sacarla de mi sistema y que nada podía hacer que me desenamorara."

"Especialmente porque era *tu mejor amiga*, imbécil. ¿Cómo te desenamoras de alguien de quien no puedes alejarte?" se burló "Jen y yo solíamos apostar sobre cuál de los dos se reventaría primero."

Me reí suavemente. Déjale a Aaron aplastarme con una dosis de realidad así yo la quiera o no.

"¿Quién ganó?" pregunté levantando las cejas.

"Ninguno. Ambos cedieron al mismo tiempo y todo lo que se necesitaba era una nimiedad como la Escuela de Medicina de Harvard"

Trató de quitarme la libreta de la mano pero yo retrocedí. "Julia solía dibujarme cuando yo salía en citas" sonreí, "Desearía haber sabido cuánto le dolía porque así no hubiese valido la pena para mí hacerlo. El miércoles en la noche luego de hacer el amor, me quedé dormido y ella dibujó esto…" Finalmente se lo di y abrió la cubierta.

"A la mierda, Ryan," Aaron exclamó suavemente al ver el dibujo a medio terminar, admirando los finos detalles y los trazos tan amorosamente hechos en la página. "Es muy talentosa. Es perfecto, casi como una fotografía." Miró hacia arriba mientras comparaba.

Fui al sofá y me senté lentamente. Aaron volvió a ver el dibujo y sacudió su cabeza con una sonrisa.

"Sé cuán increíble es esto," dije apaciblemente "Es como que ella ve a través de mí, o directamente a mi alma o algo. Ni siquiera te puedo explicar cómo me siento."

Aaron cerró la libreta y la colocó sobre la mesa de centro, reclinándose en su asiento. "Entonces… qué vas a hacer al respecto?"

"Hablamos de que ella se mudara a Nueva York. Va a hablar con su jefe acerca del traslado."

"Ya hemos pasado por esto. Alguna actividad sísmica alteró el orden del universo o Nueva York todavía está a doscientas veinte millas de Boston? Distancia es distancia."

"Sí, bueno, doscientas veinte son mejores que tres mil. Al menos podremos vernos más seguido. Y lo necesitamos. Ninguno de los dos está olvidando sus metas o responsabilidades pero tenemos que estar más cerca el uno del otro"

Puso los ojos en blanco. "Solo estoy diciendo…Te conozco, Ryan. No estarás satisfecho hasta que Julia esté en Boston, preferiblemente viviendo aquí."

Él tenía razón. Todo dentro de mí gritaba por ella, por tenerla cerca de mí, accesible para cuando alguno necesitara del otro. Estaba aterrado de que Julia estuviese en Manhattan sola y yo todavía a cuatro horas de distancia. Y qué pasaría si me necesitaba y yo no podía alcanzarla suficientemente rápido? Mi pecho se apretó.

Asentí. "Sé que eso es verdad, pero por ella vale la pena pasar cualquier cosa. Lidiaré con eso."

"Otra vez con la mierda esa de *lidiar*! Estoy teniendo un Déjá Vu? No tuvimos esta misma puta conversación la noche que recibimos las cartas de aceptación?" Comencé a caminar por el pasillo hasta mi habitación.

"Jódete, AAron!"

"Okey, bien. Como sea, Ryan. Ve a *lidiar*. Claaaaro." Se burló de mí.

Le saqué el dedo por encima de mi hombro y él se carcajeó.

Apenas cerré la puerta de la habitación, me desvestí y me acosté en mi solitaria cama, de repente añoraba a Julia, deseando que fuera su cama. Por lo menos tendría su esencia.

"Gah!" gruñí con frustración, rodé sobre mi estómago y agarré la almohada. La estrujé y descansé mi mentón sobre mis brazos. Suspirando, mi mente se inundó con recuerdos del fin de semana en sus brazos. Días y noches tan hermosos y llenos de amor.

Súbitamente mis brazos y mi vida se sintieron vacíos realmente. *Julia… Te amo.*

Cerré los ojos y traté de perderme en la memoria de su voz respirando mi nombre, su hermosa cara perdida en la pasión que compartimos y la bendita alegría de saber que ella me amaba. *Ella me amaba.*

~Julia~

Alisaba el material de mi falda negra tipo tubo sobre mis caderas mientras caminaba hacia mi oficina. Noté a Andrea en camino a mi oficina también, con una gran sonrisa en la cara. Tenía su mopa de cabello hacia arriba atada en un desordenado pero atractivo moño.

"Entonces? Cómo estuvo tu fin de semana? Tu guapo amigo pudo llegar?"

Le sonreí y no pude evitar el sonrojo y el calor subiendo por mis mejillas. "Sí. Lo hizo. Pasamos un fabuloso tiempo juntos."

"Hmmm… puedo decirlo de solo mirarte. Pensé que este tipo era solo tú amigo, Julia."

Encendí el computador y esperé por la alerta. "Sí, es mi mejor amigo. Nos conocimos en mi primer año de universidad"

"Y? tengo que sacártelo con una cuchara?" Se rio y se lanzó en la silla frente a mi escritorio. Mi oficina y el escritorio eran pequeños, dos sillas y el tablero de artes ocupaban casi todo el espacio.

"Trajiste esas fotos de producción? Las que presentan en los Secretos Sexuales de los Hombres?" Algunos de los artículo que hacíamos me daban risa, pero no era mi trabajo cuestionarlos, solo hacerlos ver bien.

"Tengo que hacerlo ahora? No podemos hablar primero?" prácticamente se quejó.

"Trae las fotos y después podremos hablar y trabajar al mismo tiempo. Por favor?" La miré y sacando mi labio inferior.

"Oh, okey! Esclavista! Se apresuró fuera de la oficina."

Mis ojos pasaron un momento por la foto en mi escritorio, donde estábamos Ryan y yo en un juego de los Dodgers, Ellie la había tomado en un viaje que hicimos todos por carretera a Los Ángeles en nuestro tercer año. Él tenía un brazo sobre mí y estaba vaciando una cerveza a unas pulgadas de mi boca. Nos veíamos tan felices que mi corazón saltaba.

Ryan pudo haber sido el modelo para esta sesión y pienso que hubiesen quedado extraordinarias, aunque no me gustaría tenerlo desplegado en ropa interior en la páginas de una revista, sonreí ante los recuerdos del fin de semana, su cuerpo desnudo y como había reclamado su posesión del mío. Me quedé sin aliento. Olas de deseo y amor me recorrían. Al fin podía decir que era mío. Sonreí para mí misma.

"Qué es eso Julia? Esa cara dice que tuviste sexo el fin de semana. Si eso era lo que querías yo pude haber obedecido." Mike entró a mi oficina inclinándose en el marco de la puerta. Él era rubio con ojos azules, contextura musculosa y atractivo.

Lo miré mientras buscaba en mi buzón. "Hey. Am… gracias, pero no gracias." Sonreí cuando puso una mano sobre su corazón.

"Julia, me heriste profundamente!" gruñó. "Soy el mejor partido de aquí." Él era atractivo en una forma desvergonzada y narcisista, siempre vestía al borde de la moda, su cabello siempre perfectamente peinado. Más que nada era su personalidad lo que me alejaba. Pensaba que era gracioso pero muchas veces solo era molesto.

"Por eso nunca salimos, Mike," me reí y puse los ojos en blanco pero seguí evitando su mirada. "Te amas demasiado!" Comencé a escribir un correo a producción sobre una prueba en las capas para una de las presentaciones de moda para los asuntos de enero.

"Nunca salimos porque yo nunca intenté en serio." Se sentó sobre mi escritorio tumbando la foto y yo la alcancé rápidamente para evitar su caída al suelo.

"Oh? Fue por *eso*?" pregunté secamente.

"Por supuesto" dijo mientras apartaba un mechón de mi cabello que había salido de mi cola de caballo. Instintivamente me alejé y lo miré seriamente.

"Pfft. Como sea, si te hace sentir mejor pensar así. Hazlo."

Andrea entró cargando varios tableros de fotos y las colocó en la mesa inclinada, observando a Mike cuando entró. Tenía el presentimiento de que a ella no le importaría conseguir un poco de su dispersa atención. Ella había dicho en varias oportunidades que él era ardiente y que no le importaría tener una probadita.

Asco.

Andrea seguía mirando a Mike pero él me miraba a mí mientras caminé a la mesa.

Obviamente él me deseaba, no lo tenía en secreto, pero mi amor por Ryan siempre me cohibió de cualquier cosa. Incluso si él hubiese sido un Adonis con una personalidad matadora, yo no lo hubiese notado. Honestamente, él era un gran tipo con quién era fácil trabajar, pero sus tácticas no me movían en lo más mínimo.

Me detuve frente a las fotos, Mike y Andrea tras de mí, examinando con ojo crítico. Las fotos eran a todo color; el hombre tenía el cuerpo bronceado, musculoso y una hermosa cara, en varias poses, con una escasamente vestida chica Glamour abrazándolo.

"Estas tomas son muy buenas, Mike," dijo Andrea. Fruncí el ceño. Tenían una sobremarcha. Yo quería algo más sutil, y juraba que lo habíamos hablado durante el casting, pero ahora estábamos estancados con esto. Mierda!

"Julia, qué piensas tú?" respiró en mi oreja, lo sacudí y me moví, buscando la barrera de mi escritorio, llevando las fotos conmigo.

"Um…bueno," me mordí el labio. "No es realmente lo que quería. El chico luce bien pero la chica es como zorrita. Yo no aprobé ese horroroso lápiz labial rojo. Yo quería gente ardiente de verdad, no un tipo bello con… bueno, una prostituta. Iuh." Arrugué la nariz en disgusto.

Él arrugó la cara. "Lo siento, Mike. Es mi trabajo. Debo ser honesta. Después de todo es mi trasero el que está en juego en la revisión final."

"Y que buen trasero es," estableció inclinándose para mirar. Yo me lancé en mi sillón.

"Agh, de verdad acabas de decirme eso? Sabes que el acoso sexual es delito, cierto?"

"Par-fa-var" Mike se sentó frente a mí con una mirada de aburrimiento en su atractivo rostro. "Tú *sabes que me amas*, Julia" mofó.

"Sí, pero no de esa manera y tú lo sabes." Me burlé.

Andrea estaba inclinada en la mesa y no se veía feliz. "Julia tiene novio, sabías?" y subí mi mirada rápidamente con los ojos muy abiertos.

"Andrea."

"Qué? Si lo tienes! Es un secreto?" preguntó, su expresión cambió por completo cuando le lancé una mirada que decía que se callara.

"Am…" No sabía qué decir porque yo nunca me había referido a Ryan como mi novio. Parecía tan parroquial y seguro como el infierno que no le hacía justicia. Un calor fuerte se apoderó de mi rostro. " Ah… Mejor volvamos al trabajo. Tenemos que terminar esto porque debo poder alcanzar a Meredith antes de su salida a almorzar."

"Tema sensible, eh? Bueno, yo no me daré por vencido, cariño." Dijo Mike frotando su mentón y mirándome sin parpadear.

"Puede que cambies de opinión si llegas a ver a su… ah, *novio*" los ojos de Andrea centellearon cuando dijo las palabras. "Él es mucho más bello que este amiguito de aquí" apuntando con la cabeza hacia el tablero y arrugando la nariz en desazón.

"Andrea, suficiente!. Trabajo, recuerdas?" Pregunté seriamente, exigiendo que nos enfocáramos y haciendo lo mejor que podía por no sonreír, pero era difícil.

"Bueno, estamos jodidos porque la modelo está fuera del país en un evento de modas en Brazil. Entonces qué vamos a hacer? Solo tenemos uno o dos días antes de que esto se vaya a prensa," estableció Mike con conocimiento total. "verdad?"

"Hmmm… Andrea, el tipo está disponible? Si es así, ponte a trabajar encontrando una nueva chica tan pronto como sea posible. Tendremos que hacer la sesión de nuevo esta tarde o en la noche si podemos."

Mike gruñó. "Mierda, Julia! Acaso no tienes una vida?"

Estoy a punto, espero.

"Bueno, por qué no me llamaste cuando viste a la modelo? Seguramente tú sabías que esto no era lo que habíamos discutido y hubiese sido una mierda más fácil si se enviaba de vuelta a vestuario y maquillaje que hacer otra sesión y que ahora tengamos que lidiar con este desastre," Lo regañé. "Si no podemos rehacer la sesión, tendremos que hacer un mierdero con Photoshop en esta, supongo."

Tomé dos de los tableros, uno en cada mano y contemplé cuál de los dos tendría más potencial. Me incliné por uno en el cual la mujer estaba parada detrás del chico y él era el foco central de la toma. "De cualquier, manera este es otro problema de presupuesto. Estoy cansada de este tipo de porquerías."

Terminamos la tormenta creativa acerca de cómo cambiar las fotos y luego los saqué de mi oficina. Sería posible cambiar su color de labios, suavizar su duro estilo de cabello y quizá incluso acortar la toma para que pareciera que ella vestía más y pareciera una bata.

"No olvides que tienes que contarme. Hasta luego niña," me recordó mientras se marchaba.

Miré hacia arriba. "Okey, quizá en el almuerzo?"

Su cara se encendió. "Sí, grandioso!"

Después que se fue, Mike se quedó en la puerta. "Siempre podrías hacerlo tú, sabes?"

"Qué?"

"Eres una mujer hermosa, Julia. Me encantaría fotografiarte medio desvestida."

"Adiós, Mike."

"Solo te informo… Te estás quejando del presupuesto, así que piénsalo."

Levanté una ceja. "No soy una modelo." Sonreí y sacudí la cabeza esperando que olvidara el tema.

"*Podrías* serlo."

"Hmmmf," me burlé "soy demasiado bajita, mido uno sesenta y ocho."

"Entonces búscate unos Jimmy Choos, Esa mierda es ardiente. Tú también, Julia."

Me carcajeé ante una idea tan ridícula. Él era gracioso, aun cuando su persecución hacia mí era desvergonzada. Desde que comencé en Glamour, bromeamos y coqueteamos. Mientras él era serio en sus coqueteos, también era grandioso para su trabajo y en general un tipo agradable. El me perseguía y yo lo rechazaba. Fin de la historia.

"Ya para, por el amor de Dios. Sal de aquí. Quiero hacer algo de trabajo aquí." Lo saqué por la puerta y la cerré ruidosamente. Puse los ojos en blanco mientras miré al reloj y noté que eran las 9:30. Tenía un correo de respuesta de Meredith a uno que yo había enviado anteriormente.

Claro, querida. Acércate a las 11.

Mi estómago se volcó. Realmente amaba mi trabajo y a la gente con la que trabajaba y estaría un poco triste al irme. Pero la vida es una serie de decisiones y no importa qué decisiones aparecieran en mi vida, si Ryan era una de las opciones, él siempre ganaría.

Había estado en la revista por menos de un año, estaba nerviosa por la conversación con mi jefa, pero esperaba que ella pudiese entender mi predicamento. Ella estaba al tanto de quien era Ryan por la foto en el escritorio y los dibujos de mi portafolio. Le había dicho que él era mi mejor amigo cuando preguntó quién era él. Supuse que ella sabía que yo lo amaba por su respuesta.

"Él es tan espectacular como para caerse muerta, Julia. Y tus dibujos igual de asombrosos. Estás segura que es solo tu amigo?"

Yo me había mordido el labio y afirmado el comentario solo moviendo la cabeza.

"Bien, qué desperdicio. No tengo idea de cómo te puedes resistir. Mmm, mmm, mmm," Su sonrisa se amplió mientras yo tomé los dibujos y sonrojada los coloqué aparte. "Niña si yo fuera tú, me hubiese montado eso de inmediato."

Saqué mi teléfono. Cuando Ryan contestó su voz era baja y ronca.

"Ahí está mi preciosa chica!"

"Hola! Te extraño."

Suspiró al otro lado de la línea. "Oh, cariño, estoy bastante seguro de que yo te extraño más. Ellie te dio el interrogatorio en tercer grado? Aaron me interceptó desde el minuto que pasó la puerta." Dijo y yo podía escuchar la sonrisa en su voz literalmente y sabía que sus ojos azules destellaban.

"Tú qué crees? Por supuesto! Aunque probablemente no haya sido tan malo como el interrogatorio de Aaron." Me reí. "Tuvieron un buen Día de Acción de Gracias?"

"Hasta donde sé sí. Pero no llegamos tan lejos. Así que, ah…"

Me senté y giré la silla hacia la ventana. "Sí?" Sabía lo que él iba a preguntar.

"Am, cuál es el veredicto?" Preguntó Ryan suavemente.

"Todavía no he tenido la oportunidad de hablar con ella. Tuve problemas con unas fotos que debemos rehacer. Voy a reunirme con Meredith a las once." Esperaba que mi nerviosismo no se mostrara a través del teléfono.

"Estás nerviosa?"

Mierda! Demasiado pedir.

"Estoy a punto de preguntarle a mi jefa de unos meses que me transfiera a otra revista y fuera del estado. Estoy histérica!" Me pasé una mano por el cabello y luego limpié una pelusa de mi falda.

"Amor, no tienes que hacerlo si no quieres."

"Ah, bueno… entonces, lo dejamos así." Dije tratando de mantener mi voz uniforme y escuchar su muy violenta inhalación al otro lado de la línea. Sonreí e intenté impedir la carcajada.

"En serio?" preguntó dudosamente.

"Um, seh." Me estaba sintiendo maliciosa y era divertido jugar con él. Me di cuenta que a Ryan no le parecía gracioso cuando no contestó.

"Amor, estoy bromeando!" agregué rápidamente. "Por supuesto que tengo que hacerlo, okey? Quiero hacerlo."

Aún él estaba en silencio. "Estás segura? Suenas como si estuvieses reconsiderándolo."

"Matthews, estaba *bromeando*." Esperé "Ryan?"

"Solo… me siento culpable al pedirte que te mudes aquí. No es justo, Julia." Y pude escuchar su renuencia mientras las palabras salían de su boca.

"Hey. Te amo, así que ya está hecho. Estoy haciendo esto por mí, también. No puedo estar tan lejos de ti. Fue suficientemente duro antes, pero ahora… olvídalo."

"Sí. Yo también estoy batallando más ahora, también. Y solo han pasado veinticuatro horas." Se rio suavemente.

"Somos patéticos pero me gusta."

"Oh, amor. Pienso todo el tiempo en ese fin de semana. Nunca lo olvidaré."

"Mmmm. Yo también. Ryan, yo estoy…" comencé suavemente mientras las memorias de nuestra sesión amorosa llevaban a mi cuerpo a volver a la vida. Aquí en mi oficina, a tres mil millas de él, él podía hacerme temblar y vibrar.

"Tu estas…" murmuró bajo, su voz de terciopelo corriendo a través de mí como una corriente eléctrica.

Siempre había sido honesta con él pero esto era tan revelador. "yo estoy… muriendo de ganas."

Inhaló audiblemente. "Yo también lo estoy. Es más allá de cualquier cosa que yo había esperado. Solo por recordar cómo te sentía y tu voz. Me pone duro como una piedra. Te deseo con tantas ganas."

Sentí la palpitación y la humedad aumentar en mi centro pero no podía dejar que esto continuara si quería funcionar apropiadamente en el trabajo. "Agh, Ryan. Tienes que parar," murmuré. "es una tortura."

"Si esto es tortura, me puedes matar ya, Julia. Te amo tanto. Recuerda eso cuando estés hablando con Meredith."

"también te amo. Voy a ir hasta allá. De una u otra forma, solo para que lo sepas."

"Me haces tan feliz. No te merezco."

"Hemos tenido esta conversación antes. Tu mereces lo que sea que yo quiera darte, recuerdas?" me reí delicadamente.

"No sé cómo tuve tanta suerte, pero no discutiré contigo." La leve risa de Ryan era suave como la seda.

"Eres tan jodidamente sexy, Matthews. Ya déjalo," sonreí al teléfono.

"Siempre y cuando tú lo creas, eso es todo lo que importa. Detesto irme pero tengo clases, amor. Debo irme."

"Okey, Te llamo esta noche."

"Más te vale. Buena suerte con Meredith."

"Quién necesita suerte? Te tengo a ti. Adiós amor."

"Adiós, amor."

Continué trabajando en la mañana, ligeramente estresada porque Andrea tenía problemas agendando una modelo con tan poco tiempo. Las agencias con las que trabajábamos estaban rebuscando pero, yo tenía un presupuesto y tiempo muy restringido y estábamos manejándonos con eso, llamé al jefe del departamento de arte y le di instrucciones de cómo debía ser alterada la foto. Por si acaso.

Finalmente, fue hora de la reunión con Meredith. Respiré profundo mientras subí los siete pisos a su oficina. Estaba inquieta y me obligué a calmarme.

Contrólate.

Las oficinas ejecutivas estaban cubiertas con pisos de madera y largos paneles de vidrio que separaban las oficinas de la entrada del elevador. La recepcionista miró hacia arriba desviándose del trabajo que estaba haciendo.

"Solo entra." Sonrió cálidamente y me indicó con la mano la oficina de Meredith.

Junté mis manos en frente de mí y caminé a la puerta abierta de la oficina. Ella estaba al teléfono pero cuando me vio indicó con su mano que entrara.

"Sí, podrías tener razón. Ella está aquí de hecho. Um… te llamo luego. Es una gran idea. Gracias."

Meredith levantó las cejas, apuntando a las sillas de cuero azul frente a su gran escritorio. Había fotos de todas partes del mundo decorando las paredes de la oficina. Meredith y su esposo no tenían hijos, ya que escogió viajar y ser despreocupada. Era una mujer fuerte que sabía lo que quería de la vida y cómo conseguirlo.

Yo esperaba que esa característica ayudara a que ella pudiera entender mi predicamento.

"Okey, okey. Después." Colgó y se reclinó en su silla sonriendo ampliamente.

"Julia, te ves espectacular. Me encanta ese color en ti." Dijo admirando la seda monasterio de mi blusa bajo la chaqueta negra de traje. Me senté y crucé las piernas, mi pie balanceándose nerviosamente.

"Ese Mike Turner! Es la locura, no lo es?"

Me pregunté si la conversación que tuvieron sería sobre la saboteada sesión de fotos.

"Sí, se puede decir eso. Te dijo acerca de las fotos? Solo pensé que no se veían bien. Él debió haber llamado cuando vio que la modelo no se parecía al guión gráfico."

"Sí, él me dijo, Julia. Él, am…bueno, él tuvo la idea de que debíamos utilizarte como modelo ya que no podemos encontrar a nadie más"

Mi boca se abrió y me quedé fría en la silla. "Ah, no lo creo," dije rápidamente.

"Por qué no? Eres una hermosa chica, nos ahorraría 10.000 dólares y también el problema del tiempo. Andrea podría arreglar tu horario y acabaríamos con esto de una vez. Ya ella tiene agendado al chico."

El calor subió por mis mejillas y mi cara. Era obvio que mi cara debía estar rojo brillante. "Meredith, vamos. Esto… esto no es parte de mi trabajo. Y no tengo experiencia." Traté de protestar.

"Julia, solo intentemos. Sí?" Me miró significativamente y yo cerré la boca. Yo reconocía ese tono. Ya estaba decidido.

Maldito, Mike. De cualquier forma.

Ella me miró y miró su reloj. "Era de esto que querías hablarme? Si es así, problema resuelto! Voilá!"

Meredith palmeó su elegante moño y se inclinó hacia adelante, mirándome expectante. Tenía piel olivácea, cabello oscuro e impactantes rasgos. La epítome de cómo debería lucir un director creativo del mundo de la moda, su maquillaje y vestimenta siempre eran impecables y de excelente gusto.

"No. Pensé en manejar aquello sin molestarte. Lástima que Mike no estaba en la misma línea de pensamiento."

Sonrió. No me iba a salvar de la sesión de fotos. "Okey, entonces…Qué?"

"Meredith, piensas que hago un buen trabajo?"

"Oh por el amor de Dios! Por supuesto, Julia. No seas absurda! Eres uno de los mejores asistentes creativos que he tenido jamás. Te veo un futuro grandioso en esta compañía."

Tomé una respiración calmante. El hecho de que ella me valorara sería invaluable en los próximos minutos.

"Gracias. Eso significa mucho. De verdad trato de hacer lo mejor para ti."

Me miró interrogante. "Julia de qué se trata esto? Estás pidiendo un aumento?" Sonrió y levantó las cejas.

"No. Es algo personal y si te parece solo me gustaría decirlo y ya." Respiré profundo y me lancé. "Necesito mudarme a la Costa Este y estaba esperando que pudieran transferirme a una de tus revistas en Nueva York." Exhalé fuerte y esperé su respuesta.

"Qué? Esto es muy repentino, Es algún tipo de emergencia?" Preguntó evidentemente preocupada.

"No, nada de eso. Recuerdas mi portafolio…" comencé, pero ella me cortó con los ojos muy abiertos.

"Oh, sí. El mejor amigo sr. Espectacular Harvard, hmm?"

Me sonrojé ante su agudeza, Ella era una mujer brillante que podía leer a la gente fácilmente.

Asentí. "Sí. Ryan. Él ha sido mi mejor amigo, pero honestamente Meredith, lo he amado por años. Este fin de semana admitimos que estábamos enamorados el uno del otro. Yo solo…necesito estar más cerca de él mientras está en la escuela de medicina." Levanté la mirada de mis manos hacia la de ella y estaba sonriendo gentilmente. "Sé que es mucho pedir, considerando que no he estado en la compañía tanto tiempo, y que puede tomar un tiempo hacer que suceda, pero quiero saber las posibilidades."

Meredith lo consideró por un momento.

"Odiaré perderte Julia, pero sí entiendo. Tendré que hacer unas llamadas para ver que hay disponible por allá. Estás dispuesta a quedarte hasta que encuentre un sustituto que sirva y a ayudar a encontrar a tu reemplazo?"

El alivio me invadió. Asentí rápidamente y pasé la mano por mi cabello. "Por supuesto. Lo que sea. Quiero hacerlo tan fácil para ti como sea posible, Mer." Sentí ganas de reírme. "Nunca podré agradecerte suficiente por siquiera considerarlo!"

"No tienes que hacerlo, Julia. Ese hombre hace agua la boca. Puedo ver por qué quieres estar cerca de él." Dijo sonriendo. "Pero justo ahora, lleva tu trasero a vestuario y maquillaje que Mike te espera en el estudio 4."

Ugh! Era en serio.

"Eso es extorsión y lo sabes," dije levantándome de la silla y saliendo de la oficina.

"Bueno, aprende de la maestra cariño. Haz lo que tengas que hacer para conseguir que se haga." Dijo mientras tomaba el teléfono y marcaba de nuevo.

Sonreí camino al elevador. El almuerzo con Andrea tendría que esperar. Saqué el teléfono y marqué el número de Ryan, ya que estaría fuera de clases y comiéndose las uñas por mi llamada.

Respondió al primer tono. "Hey amor, cómo te fue?"

"Oh, grandioso!" me burlé "No hubo problema."

Ryan se rio y la felicidad llenaba su voz, "En serio? No juegues conmigo o tendré que darte una buena nalgada."

Una risa gutural se levantó en mi pecho.

"Sí claro, haz la fila, cariño. Meredith me ayudará a conseguir un trabajo allá pero no es seguro que tanto tiempo tomará. Tengo que ayudarla a conseguir mi remplazo, y como sabrás, soy irremplazable." Me reí.

"Eso es todo? Así de fácil, cariño?" podía oír la emoción en su voz.

"Bueno, eso y tendré que posar en ropa interior para la revista del próximo mes." Estaba muy nerviosa pero era gracioso y me reí tontamente. Ryan inhaló audiblemente, no tan entretenido.

"Qué demonios significa eso?"

"Bien, me querías allá, no?" bromeé.

"De qué estás hablando, Julia?" La felicidad se transformó en dudas, su voz más tensa con cada palabra.

"Relájate. Tuvimos un gran problema con las fotos y ahora no hay tiempo de encontrar una nueva modelo. Vamos a rehacerlas y fui escogida para hacerlo." Dije mientras entraba a mi oficina pasando por al lado de una risueña Andrea, quien ya había escuchado.

Dios las noticias viajan rápido.

"No! No quiero que hagas eso, Julia." Dijo reacio.

"Por qué? Te gusto en ropa interior y fuera de ella, cierto?"

"Julia, no es gracioso. De verdad vas a hacer eso?"

Me reí suavemente. "Estoy segura que las fotos serán horrendas y volveremos al plan B, el cual es hacer Photoshop en las originales. No te preocupes Ryan. Yo estoy a cargo de todo lo creativo y no dejaré que sean muy reveladoras. Sabes… incluso puede que te gusten." Agregué sugestivamente, poniendo mi voz lo más sensual posible.

Hubo silencio del otro lado hasta que finalmente contestó. "Seguramente, si fueran solo para mis ojos, entonces sí, pero no todo el jodido mundo. Quién va a tomar las fotos? Turner?" había un filo en su voz.

Ryan no conocía a Mike todavía, pero yo le había contado generalidades y cómo me había invitado a salir varias veces.

"No es siempre trabajo de Mike cuando algo sale tan mal?"

Hizo un suspiro ruidoso, claramente enojado. Bromear no había ayudado así que invoqué mi tono serio.

"Ryan, no es la gran cosa, okey? Tengo fecha tope y mis opciones son limitadas. Además, no soy una modelo. Es probable que ni siquiera sirvan."

"Julia, no te ves con claridad. Tú eres despampanante, por supuesto que las fotos serán asombrosas. Eso es lo que me temo."

Sonreí y mi corazón no pudo evitar expandirse. Él estaba celoso. "Has olvidado que voy a mudarme a Nueva York. Es un gran paso. No dejes que esta mierda haga sombra a aquello. Sé feliz! Yo lo estoy. Okey?"

Me hundí en la silla tratando de suavizar mi voz otro nivel. Mi corazón se aceleró al pensar en Ryan viendo las fotos y mi motivación cambió. De repente quería que funcionaran. Quizá le diría a Mike que tomara alguna solo de mí para dárselas a Ryan de navidad. Cuando él permaneció en silencio, volví a intentar.

"Hey, aún estás ahí?"

"Sí. Solo no dejes que te toque y asegúrate de cubrirte."

Quería reírme pero eso solo lo empeoraría. Era una escena de cama así que habría algo de piel, pero lidiaría con eso más tarde. Estaba más nerviosa por la reacción de Ryan que por todo lo demás.

"No es gran cosa. Lo prometo. Aunque, me gusta que estés celoso. Significa que si me amas," susurré al teléfono.

"Sabes que lo hago y detesto jodidamente estar celoso! No me gusta lo que se siente."

"Tengo que ir a prepararme. Te amo, Ryan."

"Lo sé. Lo siento, fui un bebé," suspiró. Los ojos de mi mente podían ver su cara y esa pequeña sonrisa tratando de salir de sus labios.

"Está bien." Cambié el tema para tratar de desviar la atención de la sesión de fotos, todo el tiempo reprendiéndome a mí misma por haberle dicho. Debí suponer cuál sería su reacción. "Me ayudarás a mudarme?"

"Julia, voy a intentarlo. Todo depende de cuando sea y que esté pasando con las clases. Quiero hacerlo."

"Lo resolveremos. Te amo."

"Te amo más. Dile a Turner que le arrancaré la cabeza del cuerpo si se atreve a pensar en ti de la manera incorrecta." Bromeó y pude sentir que estaba más relajado.

Reí. "Él piensa en todas de la manera incorrecta. Es así de retorcido. Te llamo esta noche."

"No te olvides de mí cuando estés medio desnuda."

"Eso es imposible. Sin importar el grado de vestimenta o lo desvestida que esté. Y tú lo sabes."

Se rio. "Te pueden dejar encargada de aplacar bestias salvajes. Okey, cariño."

"Te amo, amor. Adiós."

"Adiós, mi amor."

La felicidad me invadió. Dejé mi teléfono mientras indicaba a Andrea que me siguiera al piso del estudio. La miré y se me ocurrió. Sabía cómo hacer mi mudanza rápido y hacerlo más fácil para la compañía.

"Andrea, me voy a Nueva York para estar más cerca de Ryan. Te gustaría tener mi trabajo?" Le pregunté y su boca se abrió.

-8-

*E**sa soy yo? A la mierda.*

Me incliné hacia adelante y traté de encontrarme en el espejo. El maquillaje era más pronunciado, los labios más brillantes, el delineado más grueso y la piel bronceada y reluciente. Cubrieron mi piel con capas de bronceado con aerógrafo, mi piel usualmente pálida ahora era dorada El color verde de la sombra hacía que mis ojos se vieran más grandes en combinación con las pesadas capas de rímel.

Mi cabello salvaje y grande. Causando el efecto visual de que me habían estado haciendo el amor locamente y alguien había dejado correr sus manos en él una y otra vez. Fruncí mis labios y levanté las cejas ante mi reflejo. Mis labios estaban más que brillantes, estaban oscuros y no el rojo sangre de la modelo anterior.

Discutí los planos con Mike y Andrea más temprano y decidimos que el chico sería el objetivo focal y yo estaría al fondo, preferiblemente en el perfil o la parte trasera de la toma. Yo no quería mi cara desplegada en una revista. No porque alguien me reconociera de todas formas, sino porque Ryan estaría menos agitado si no fuese muy obvio que era yo.

La toma más efectiva sería tener a Nick en sus bóxer, todo músculos abdominales y brazos, de pie frente a la cama, con una ardiente mirada hacia la cámara, mientras yo estaría en el fondo, en la cama, envuelta entre las sábanas. Estaba nerviosa por la cuestión de las sábanas, porque aunque vestuario me había puesto en un pantaloncillo color piel, no podía usar nada arriba para que las sábanas cayeran muy bajo en mi espalda. Estaría borroso en la foto, pero la ilusión debía estar allí.

Andrea me dio una palmada en el hombro.

"Es tan obvio?" me encogí.

"Por supuesto, Julia," me calmó. "Sin embargo, te ves hermosa!" Ella sonrió a mi reflejo en el espejo y apretó la bata a mí alrededor.

La artista maquilladora que me había esclavizado por dos horas gruñó. "Julia, no. Ni siquiera deberías estar usando esa puta bata. Vas a regar todo el bronceado!"

"Oh mierda! Lo siento, es solo que no… no estoy acostumbrada a esto."

"Solo se más cuidadosa." Claramente no era muy empática con mi situación, ella tenía un aspecto estilo punk rock, con el cabello completamente negro y muchas perforaciones en el rostro. Fruncí la cara y noté el aro en su lengua y el de la ceja izquierda. *Esa mierda tiene que doler.*

Tenía una vibra oscura y no habló para nada durante el tiempo que trabajó en mí. Traté de iniciar una conversación varias veces, pero finalmente me di por vencida, lo declaré como una causa perdida. Estuve feliz cuando me bajé de la silla.

Andrea me escoltó por el pasillo y hacia el estudio. Me balanceé ligeramente en los zapatos de plataforma. Eran unos Louboutin negros de gamuza y plataforma y el tacón tenía no menos de cinco pulgadas de alto. Y me pregunté por qué los estaba usando considerando que mis pies no saldrían en la toma si salía como yo quería.

Un bajo silbido llenó el espacio mientras caminaba al escenario. Mike estaba verificando la iluminación y se había detenido. "En serio, Mike. No estoy interesada en tu pseudo-admiración," dije de forma cortante.

Me detuve ahí mirando seriamente a más de tres metros de él. "Oh, esto es serio, nena. Te ves ah-som-brosa, Julia. Lo digo en serio." Me sonrió con malicia y fue a ajustar el trípode de la cámara. "La cámara te va a amar."

"Sí, bueno, ya hablamos de esto. Fondo, fondo, fondo! Entendido?"

Él se rio mientras Andrea fue a hablar con Nick, el modelo masculino. "Malcriada," sacó su labio inferior. "Arruinas toda mi diversión."

"Podemos terminar con esto ya? Tengo trabajo real al cual quiero volver."

"Quítate la ropa y metete en la cama, Julia." Mike miraba a través del lente de la cámara y su risa gutural me siguió hasta la cama. Andrea estaba justo detrás de mí, sosteniendo las sábanas que yo debía envolver a mí alrededor cuando soltara la toalla. Mike aclaró su garganta. "Había soñado con decirte eso desde que nos conocimos."

"Jódete y ya déjame Mike. Lo digo en serio," dije sardónicamente. "No necesito aguantar tu mierda."

"Me encanta cuando me hablas sucio." Giré directo a él y lo miré con agudeza y muy seriamente. Nick se veía aburrido excepto por una mordaz sonrisa en sus labios mientras escuchaba mi intercambio con Mike.

"Mike!"

"Oh, okey. Cielos, relájate, Julia. Yo soy un profesional. Incluso si tú nivel de hermosura *es* como para caerse muerto." Me guiñó el ojo. Suspiré y miré a Andrea, quien sostenía las sábanas protegiéndome de la vista de los hombres cuando tirara la bata.

"Brazos arriba," dijo y yo me resistí porque instintivamente mis brazos cubrían mis senos. La miré sobre mi hombro. "Julia, no puedo envolver esto a tu alrededor a menos que alces los brazos." Asentí y obedecí.

Con las sábanas firmemente a mí alrededor, ella salió de la toma. Comencé preguntándole a Mike la posición en la que me quería. Pero escuché la cámara sonar en una ráfaga y los asistentes en iluminación moverse a mí alrededor. Estaba parada detrás de la cama en la cual Nick estaba recostado.

"Párate en primer plano, y Julia, siéntate al borde de la cama con tu espalda hacia él como hablamos. Necesito que dejes caer las sábanas aún más bajo y mires a Nick sobre tu hombro. Sostén las sábanas con una mano pero extiende la otra sobre el colchón para soportar tu peso en ella," instruyó Mike.

Aflojé mi agarre sobre las sábanas con el corazón acelerado. La cama crujió un poco cuando me incliné, Andrea se acercó a acomodar mi cabello hacia atrás y abajo por mi espalda y ajustó las sábanas para exponer el principio de la curva de mi trasero. Levanté la vista y me reí. "Es solo el comienzo de tu trasero, Julia. Nada de la raja, lo prometo."

"Agh!" Inhalé en disgusto. A Ryan se le cruzaran los cables cuando vea esto.

Mike me convenció de varias tomas, y después de unos minutos, me sentí más calmada. Las partes importantes estaban completamente cubiertas, tanta aprehensión se calmó ligeramente.

Tomó toda una tarjeta de fotos y luego la sacó. "Julia, quiero intentar algo que no hablamos, okey?"

"Ah…" dudé.

"Solo sígueme la corriente con esto, okey? Será una toma grandiosa. Nick de frente a la cámara pero recuéstate en la cama y trata de alcanzar las sábanas que envuelven a Julia como tratando de arrastrarla hacia ti. Mira a su cara y hazlo intensamente. Julia, esta vez mira a la cámara y coloca una pierna desnuda sobre la cama para apoyar tu peso, pero resístete a Nick ligeramente. Necesito que te veas sexy. Piensa en algo que te haga arder. Quiero ver deseo en tu cara, querida."

Mi boca formó una línea y exhalé. "Mike," comencé a protestar.

"Piensa en Ryan, Julia. Piensa en todas las cosas que no me has podido contar todavía!" Gritó Andrea desde el otro lado del estudio. Mi corazón se aceleró a la sola mención de su nombre. "Cuando mires a la cámara. Cuando mires a la cámara imagina que lo miras a los ojos. Estás enamorada de él, Julia? Qué hay de él? También te desea? Todo lo que tienes que hacer es dejar que eso salga."

Una suave sonrisa escaló a las esquinas de mi boca y miré hacia abajo. Nick agarró la sábana mientras yo la apreté más fuerte sobre mi pecho y posé una rodilla en la cama como se me indicó. Cerré los ojos y pensé en las manos y boca de Ryan sobre mi cuerpo mientras traté de apagar todo a mí alrededor. Perdí el aliento y mi boca se abrió.

Levanté la cabeza y miré a la cámara y cinco minutos después todo había acabado y me sonrojé ante mi desvergüenza. Me sentía vulnerable y expuesta, como si hubiese dejado que esta gente viera un parte muy privada de mí, que solo había compartido con Ryan.

"Okey, eso es todo," dijo Mike. "Julia…eso fue… bueno, eres talento natural." Sonrió y sacudió su cabeza.

"Ah… Gracias Mike," dije y Nick se levantó de la cama.

Me sonrió y me guiñó el ojo. "Gran trabajo. Mejor que el que hizo Natalie, eso es seguro." Dijo antes de irse.

"Gracias a ti, también."

Miré a Mike debatiéndome entre si debería pedirle unas tomas más solo mías o no. "Mike, podemos tomar unas cuantas solo de mí?"

"Para qué?" preguntó, curiosidad cruzando su rostro, pero con sus labios curvándose en una amplia sonrisa.

"Am, me gustaría tener unas cuantas para un regalo de navidad. Quizá?" Me mordí el labio y esperé que él comenzara a joder por eso. Pero no pasó. Solo sonrió petulante y accedió a mi petición.

Andrea continuaba mirando en silencio. Hasta que con ojos llenos de diversión dijo, "Julia, esa es una genial idea!"

Mike levantó las cejas. "Ah…" se encogió de hombros, "seguro, por qué no?"

"Gracias. Entonces, puedes decirme qué hacer. Pero mantenlo de buen gusto." Comencé a dudar.

"Sí, cuál es tu objetivo con estas fotos, Julia. Necesito saber qué perseguir."

"Ah… Yo supongo… um," divagué entre las palabras, luchando por saber qué quería decir. "Quiero que se vean como…bueno, como si hubiesen sido tomadas para una persona y solo para esa persona. Como si solo lo mirara a él." Me sentí avergonzada y pensativa mientras esperaba la respuesta de Mike. Cuando no dijo nada, continué. "Quiero que sepa cuánto lo amo."

Mike frotó una mano sobre su mandíbula mientras consideraba mi respuesta. "y… y cuánto lo deseas, verdad?"

Mojé mis labios y apreté las sábanas antes de desviar la mirada. Asentí. "Sí. Exactamente."

"Okey. Entonces…confiarás en mí para hacer la mejor toma, Julia? Puedes dejar ir al fenómeno del control que vive dentro de ti que todos conocemos y amamos? Me dejas hacer mi trabajo?"

Me reí nerviosamente. Él tenía razón, me gustaba tener el control de todo, pero si quería la mejor de las fotos, entonces necesitaba dejarlo hacer sus cosas. "Okey." Asentí.

"De verdad tengo que conocer a este tipo. Es un suertudo hijo-de-puta." Mis ojos se dispararon hacia los de él y se fue a cambiar el lente de la cámara.

Las chicas siguieron las instrucciones de Mike y acomodaron los reflectores sobre mí en la cama.

Traté de relajarme y ceder a las indicaciones de Mike. Para ser justos, él fue respetuoso y sucinto. Un profesional consumado en lo que respectaba a tomar las fotografías y moverme para ellas. Llené mi mente con imágenes de Ryan y recuerdos del fin de semana entre nosotros, imaginando que miraba a su hermosa cara en vez de a la cámara. Y en un corto momento habíamos terminado.

Mike me colocó en varias posiciones, sentada, arrodillada y en otras acostada con la cámara sobre mí, pero en todas las tomas la sábana fue removida y reposicionada sobre mí para mostrar bastante más piel, incluso una donde la curva de mi busto se veía por debajo de mi brazo mientras yo miraba por encima de mi hombro.

Examiné las imágenes digitales luego y debo decir que harían acelerar el corazón de Ryan. Especialmente la foto que me presentaba acostada en la cama y la sábana apenas me cubría. Yo miraba directo a la cámara, yo miraba hacia un lado y mi dedo índice en mi boca abierta, mis ojos medio cerrados. Daba la ilusión de que yo estaba completamente desnuda bajo la sábana con solo esos benditos tacones y un collar grande que Andrea había traído a último minuto. Tenía que admitir que sus instintos habían sido los correctos.

Robó mi aliento cuando la miré y supe que esa era la elegida.

"Grandioso trabajo, Julia. Tendremos hermosas tomas. Creo que tendrán el efecto deseado en el afortunado receptor. Lo prometo." Me guiñó el ojo. Andrea repitió el proceso con la sabana de muro mientras yo me colocaba la bata de nuevo. Pronto estuvimos caminando a la salida del estudio y de vuelta a vestuario donde podía volver a mi propia ropa.

Mis instintos me decían que Ryan adoraría recibir algo tan personal de mi parte, algo tan vulnerable donde me abría por completo. La única duda venía de que me preocupaba la participación de Mike. Ryan sabía que él coqueteaba conmigo descaradamente. Entonces le diría lo profesional que Mike había sido y esperaba que la foto disipara cualquier otro pensamiento de su mente.

Sonreí para mí misma y Andrea lo notó. "sintiéndote diabólica, Julia?"

Me reí muy fuerte, sorprendida de mí misma y mis intenciones, sabiendo las emociones que esas fotos despertarían en Ryan.

"Espero que tu plan sea conseguir la revolcada del siglo, porque eso, querida, es lo que pasará cuando él vea las fotos," bromeó.

"Oh, puedo soñar, Andrea. Puedo soñar." Ambas reíamos tontamente cuando entramos a vestuario.

~Ryan~

Las palabras se hacían borrosas en la página. Ya llevaba cuatro horas en este cubículo de estudios, en la biblioteca, investigando para mí clase de biología molecular. Luchando por mantener la concentración, mis pensamientos eran un total desastre pensando en el apasionado fin de semana con Jul y el conocimiento de que en estos momentos estaba en un estudio fotográfico medio desnuda con ese chupa pitos, Mike Turner. Por lo que ella había dicho, el tipo era un bastardo lascivo que no paraba de perseguir su falda. Aunque yo no lo había conocido, no podía evitar odiarlo. Me incliné en la silla y pasé ambas manos por mi cabello.

"Tengo que salir de aquí," murmuré en voz baja. Miré el reloj. Eran las 10:30 y sería demasiado temprano en L.A. para que Julia hubiese terminado de trabajar. Estaba frustrada y agobiada tratando de arreglar los errores de Mike, pero ella haría lo necesario para hacer que las cosas se hicieran bien. Comencé a pensar que quizá él arruinó todo a propósito para pasar más tiempo con Julia. Los arreglos parecían hacerse en las noches ya que, constantemente tenían esas fechas tope.

Anhelaba aquellos tiempos en Stanford, cuando Julia estudiaba justo a mi lado. Si me estancaba en algo o me frustraba ella siempre tenía una forma de distraerme o calmarme para que pudiese recuperar mi concentración. Tomábamos tantas caminatas en el medio de la noche, hablando de todo y nada y yo extrañaba mucho tenerla cerca. La había estado extrañando todos estos meses, pero después del pasado fin de semana, me sentía miserable.

Levanté mi mochila del suelo y cerré de un golpe mi libro antes de meterlo junto a mis notas en la mochila. No estaba ni cerca de terminar con la asignación, pero era obvio que no iba a terminarla esta noche.

Marqué el número de Aaron rápidamente. "Hey, hermano. Qué haces?" dijo un poco sin aliento.

"Aaron necesito ir a hacer algo. Ir a un bar, jugar pool… lo que sea. No me puedo concentrar en estudiar. Te anotas?" le pregunté con impaciencia mientras me ponía mi chaqueta de cuero negro, tomé el bolso y lo lancé sobre mi hombro. Julia me había dado la chaqueta mi cumpleaños hace dos años y era mi pieza de ropa favorita. Mis padres me habían regalado de navidad un abrigo largo pero estaba intacto en mi closet. Tenía tantos recuerdos de Julia usándola cuando la envolvía a su alrededor, o ella había olvidado la suya cuando íbamos que comprar comida a media noche. Olía a ella por días luego de eso.

"Ah, Jen está aquí, y estamos, um… ocupados."

Los celos surgieron en mi interior. Yo normalmente estaba feliz de que Aaron pudiera estar con Jen, pero solo enfatizaba el vacío que yo sentía sin Julia. Aaron planeaba proponerle matrimonio a Jen en Navidad o Año nuevo mientras que Julia y yo estábamos en lados opuestos del país. Su traslado a Nueva York ayudaría, pero, no podía suceder suficientemente rápido, y, como Aaron había señalado todavía habría distancia con la cual lidiar.

"Oh, lo siento. Okey, Bueno, voy a Kelly''s si cambias de opinión. Solo necesito una distracción por un rato."

"No estará pasando mucho ya que es lunes en la noche, Ryan, pero veré si ella quiere ir, solo danos una hora o algo así, okey?"

"Sí, hasta luego." Salí de la biblioteca y crucé el campus hasta mi auto. Lo abrí y lancé el bolso hacia atrás antes de ponerme detrás del volante y comencé a buscar el limpiador de vidrios en la guantera. Encendí el dispositivo para descongelar las ventanas antes de rastrillarlas rápidamente, temblando para el momento en que volví al auto.

Eso me pasa por olvidar usar guantes.

Volví a sacar mi teléfono. Era muy temprano para que Julia estuviera libre de sus obligaciones, pero no me pude contener.

Hola, soy Julia, siento no poder tomar tu llamada ahora pero por favor deja tu mensaje y te contactaré. Um… Si eres Ryan, estoy pensando en ti en este momento y te amo.

Reventé en carcajadas y luego una amplia sonrisa se esparció por mi cara. Ella sabía que estaría ansioso esta noche y estaba haciendo milagros para hacerme sentir mejor. Era fenomenalmente asombrosa. Después del bip, dejé un mensaje.

"Hey, niña hermosa. Sabía que aún no habías terminado pero solo quería escuchar tu voz. Gracias por saber que te llamaría y por el dulce mensaje. Te amo, también… y te extraño." Suspiré pesadamente al teléfono. "Yo… solo, *realmente* te extraño. Tanto, que ni siquiera puedo estudiar. Llámame después, si puedes. Voy a salir con Aaron y Jen, así que estaré despierto. Si no, yo te llamaré mañana. Adiós, cariño."

Kelly's era uno de esos huecos en los que a todos les gustaba pasar el rato. A pesar de ser lunes había una decente cantidad de gente juntándose. Algunos de ellos eran regulares que reconocí, pero tomé una silla en la barra, no me sentía como para socializar.

"Hey Becky," dije mientras me quitaba la chaqueta y la colgaba al respaldo de la silla.

La bartender era una bella mujer al final de sus treinta con cabello rubio y ojos azules. Aaron, Jen y yo veníamos en ocasiones a jugar pool o pasar el rato, así que la conocíamos muy bien. "Cómo estuvo tu Día de Gracias, Ryan?" sonrió.

"Realmente bueno, y el tuyo?"

"David se sentó en su trasero todo el día a ver football y yo me esclavicé en la cocina," se rio, "Todo es parte del camino. Aaron y tú fueron a Chicago?"

"Nop. Fui a Los Ángeles y Aaron se quedó aquí con Jen," dije inclinándome para sacar mi billetera y lanzarla en la barra.

Ordené un Molson y viré a mí alrededor. El bar era oscuro y tenía un aire oscuro por toda la madera oscura, cuero y figuras de latón. La antigüedad de bar era una inmensa monstruosidad tallada que había sido rescatada hace un siglo con un inmenso espejo dorado. Había una miríada de estantes llenos con botellas de licor y una variedad de vasos a cada lado del espejo.

Acomodando la botella frente a mí, tomó un billete de cinco del dinero que saque para ella. "qué hay en Los Ángeles?"

Tomé un sorbo del trago y luego vertí el resto en un vaso. "Um… mi mejor amiga de la universidad."

"Sí? En qué parte de los Ángeles vive él? Mi hermano vive allá ahora," dijo Becky mientras colocaba el cambio en la barra.

"Quédatelo." Señalé para que lo guardara. "Julia vive al norte de Hollywood." Medio sonreí.

"Oohhh, *Julia* es? Estás seguro que es solo tu mejor amiga Ryan? Es una gran escalada para ir por un mejor amigo." Dijo, entendida.

"Es más que eso… pero ella *es* mi mejor amiga en el mundo." Dije reflexivamente, mirando el vidrio de mi vaso, concentrándome en las burbujas que subían en el vaso.

"Es por eso que no te he visto con ninguna mujer en los pasados 6 meses? Me tenías preocupada. Estaba comenzando a pensar que eras gay!"

"Pffft. Está difícil. Me heriste!! Ya tu estas apartada, así que, qué puede hacer un simple hombre." La molesté. Era inofensivo ya que, era una amiga y también mucho mayor que yo.

"Sí. Como sea," Becky se rio y fue al otro lado del bar a atender otro cliente, y yo miré alrededor tratando de contrarrestar el sentimiento de soledad. Podría estar rodeado de cientos de personas y aun así estaría solo. Mientras Julia no estuviese conmigo… Yo estaba solo.

Patético. Puse los ojos en blanco mientras me reprendía a mí mismo.

"Hey, Becks!" Escuché la gran voz de Aaron tras de mí y me alegré de que me acompañara. Giré para verlos a Jenna y a él caminar hacia mi lado. Jen puso sus brazos alrededor de mí en un apretado abrazo.

"Hey, tu," dijo mientras le devolvía el abrazo. "Te divertiste con Julia?" Me miró y sonrió mientras la soltaba. Aaron debió decirle lo que le conté por la mirada en sus ojos.

"Sí. Fue maravilloso. Gracias por preguntar." Aaron sacó una silla y haló a Jenna por la cintura.

"No esperé verlos aquí tan pronto," dije ligeramente.

"Oh, sabes que nos diste lástima. Jen y yo podemos hacer el bailecito en cualquier momento."

Jenna le dio con la palma de su mano en la parte de atrás de la cabeza a Aaron.

"Hey!" se quejó.

"Qué lindo! Eres un idiota." Lo regañó. "Tendrás que recurrir a don Pulgar y sus cuatro hijas después de ese comentario."

Me carcajeé. Hilarante.

"Ryan, dale a este tonto una lección de cómo tratar a una dama, si?" se levantó de los brazos de Aaron y se sentó a mi otro lado.

"Qué?" preguntó Aaron con una mirada de confusión en su rostro. "Estaba bromeando! Tu sabes que yo te adoro, cariño!"

Jen sonrió y se inclinó hacia mí ignorándolo por completo.

"Cuéntame acerca de tu fin de semana con Julia. Cómo le va?"

"Grandioso. Ama su trabajo y le va muy bien en él."

"Y?" Abrió sus ojos al máximo y observó mi reacción. Yo sonreí.

"Y… nosotros estamos grandiosamente también, si eso es lo que estás preguntando."

"Estoy muy feliz por ti, Ryan. Ya era hora de que esa niña sacara su cabeza de su trasero. Ellie y yo hemos pasado años diciéndole que debería haberte dicho la verdad."

Mi corazón se infló ante el pensamiento de Julia hablando de mí con sus amigas.

"Ella te dijo cómo se sentía? Antes?"

"No lo dijo abiertamente, pero nosotras sabíamos, Ryan. Estaba en todo lo que ella hacía. La forma en la que ella hablaba de ti y como ustedes gravitaban el uno alrededor del otro. Como nos dejaba abandonadas si tú llamabas. Era bastante obvio. Y ella siempre andaba lloriqueando cada vez que tú salías con la zorra de turno. Cada vez."

El arrepentimiento me inundaba, pasé una mano por mi cabello y me puse serio.

"Hey, todo está bien si termina bien."

"Sí, pero odio haberla herido así. Yo no lo sabía."

"De verdad, Ryan? Quiero decir *tú* la amabas a *ella,* no? Cómo pudiste pensar que era diferente para ella?"

"Supongo que nunca lo analicé. No pensé que la mereciera, pero sí, he estado enamorado de ella por…siempre."

"Sí. Eso también lo sabíamos."

AAron sirvió una copa de vino blanco frente a ella, mientras mi teléfono vibró en mi bolsillo. Suspiré de alivio mientras miré el mensaje de Julia.

"Discúlpame un minuto, Jen."

Finalmente terminé y estoy exhausta. Voy a casa. Te amo.

Inmediatamente, respondí mientras Aaron trataba de endulzar su camino para estar en la gracia de Jenna de nuevo.

Usarás las fotos para la revista entonces?

Sí. Es mucho mejor y más fácil que arreglar las viejas.

Oh. Qué tan provocativa es?

Esperé la respuesta pero nunca llegó. En su lugar mi teléfono comenzó a sonar.

"Chicos necesito contestar esto afuera, es muy ruidoso aquí. Ya vuelvo" dije mientras agarraba o chaqueta y contestaba el teléfono.

"Hey amor," dije mientras me dirigía a la puerta.

"Me encanta que estés preocupado por las fotos y seas tan protector conmigo. No estaré desnuda en la revista. Lo prometo."

"Solo casi desnuda?" pregunté sin poder evitarlo. Yo estaba amargado y ella lo escuchaba en mi voz.

Suspiró. "Ryan."

"Okey. Lo siento." Metí un brazo en la chaqueta y luego cambié el teléfono de mano repitiendo el proceso para no interrumpir la conversación.

"Yo solo… Esa mierda es mía, Julia. No lo quiero compartir, y me importa un demonio si estoy siendo egoísta. No me voy a disculpar por eso."

"No estás *compartiendo* nada. Ni siquiera se ve mi cara claramente en la toma que vamos a usar. Estoy desenfocada al fondo. Relájate." Podía escucharle respirar suavemente al teléfono y recordé cómo su aliento me recorría la piel cuando hacíamos el amor. Mi cuerpo reaccionó involuntariamente.

"Okey."

"Y amo que seas posesivo. Me hace sentir toda querida y emocionada en mi interior," dijo en voz baja.

"Te amo tanto, Julia. Desearía poder tocarte. No puedo esperar a que estemos más cerca."

"Yo también," podía oír las ansias en su voz. "Ya estoy trabajando en eso. Creo que Andrea podría asumir mi trabajo y solo tendría que buscar quién la reemplazara a ella. Bueno, eso y esperar que Meredith encuentre una posición para mí en Nueva York."

"Gracias por mudarte, amor. Significa mucho."

"No necesitas agradecerme. Me estoy muriendo, te extraño tanto. Ya sabes eso, verdad?"

"Sí. Pero es agradable escucharlo."

Ella bostezo. Estaba muerta de cansancio. "Lo siento, ha sido un largo día y no dormí muy bien anoche. No estás cansado?" Preguntó "Allá es tan tarde."

"Realmente no. Jenna y Aaron me acompañaron a Kelly's, así que estaré despierto por un rato. Te vas a dormir?"

"Pronto. Dales mis saludos."

"Lo haré. *Julia*?"

"Sí?"

"Mike no…" comencé pero ella me cortó enseguida.

"No! Para nada. Fue todo un profesional. Ya deja de preocuparte. Por favor?"

Respiré profundamente, liberando un poco de ansiedad con eso.

"Qué tan sexys son esas fotos?" Me retorcí porque hice la maldita pregunta, pero yo tenía que saber.

Odiaba los celos que surgían en mi pecho ante el pensamiento de que otro hombre, pudiera verla así, pero no había nada que pudiera hacer para ignorarlo.

Ella se rio suavemente. "Son sexys, Ryan. Las hicimos para acompañar un artículo sobre secretos sexuales. Ese era *todo* el objetivo."

"Seh," dije sabiendo que no podía mantener la aprehensión fuera de mi voz.

"Me escondes algún secreto?" dijo seductoramente y enseguida mi humor cambió de ansiedad a deseo.

"Bien…Estoy seguro que hay algunas cosa que no sabemos el uno del otro todavía, cariño, ya que esa parte es tan nueva para nosotros, pero no intento esconderte nada. Qué hay de ti?"

"Mmmm, sabes que no puedo guardar secretos contigo," casi susurró. Y sí lo sabía, así que era completamente ridículo estar preocupado o celoso.

"Hmmm, sí." Su calidez se esparció dentro de mí con sus palabras. Y mi presión sanguínea se incrementó, dándome una erección instantánea. Traté de ajustar mis pantalones cuando se volvió incómoda.

"Solo esta pequeña y sexy conversación por teléfono y tengo una brutal erección. No quiero ser un cavernícola. Lamento si me malhumoré un poco porque Mike vio a mi chica medio desnuda, pero no puedo evitarlo, Julia."

"Está bien. Tú crees que podría estar con alguien más ahora, cuando no me fui capaz mientras éramos solo amigos? Estuve pensando en ti todo el tiempo, así que cuando veas las fotos, no olvides eso. A quien amo es a *ti*."

Sonreí por sus palabras y me infle del amor y orgullo que me llenaron. Podía escuchar lo cansada que estaba. Así que tenía que terminar la llamada. "No lo haré. Te dejaré ir a dormir, mi amor. Te llamo mañana?."

"Ah Ha. Buenas noches, Ryan."

"Te amo, Julia. Duerme bien."

Volví al bar y encontré a Aaron ahí pero con Jen en su regazo.

"Asumo que don Pulgar está fuera de servicio esta noche después de todo, eh?" me reí y tomé mi asiento.

Aaron también rio. "Sí. Cómo está Julia?"

"Está bien, hombre. Cansada. Acaba de salir del trabajo." Tomé mi abandonada cerveza y tomé un trago luego de sacarme la chaqueta.

"Qué demonios hacía en la oficina a las 8pm?" gruñó.

"Sí. Pensé que yo era la única afortunada en trabajar toda la jodida noche," intervino Jen.

"Aparentemente hubo un problema con unas fotos y hubo que rehacerlas. La modelo no estaba disponible así que… Julia lo hizo." Sonreí ante la expresión atónita de Aaron.

"Guao. Entonces ella ahora es modelo? Eso es totalmente ardiente," dijo, asintiendo con la cabeza y con una petulante sonrisa en la cara.

"Ah…bueno…" comencé.

"Qué tipo de foto era, Ryan" era para un artículo o una presentación? Jenna mostró genuino interés y salió del regazo de Aaron para sentarse a mi lado nuevamente.

"Algo acerca de los secretos que los hombres guardan. No sé." Me encogí de hombros y pasé la mano por mi cabello.

"Y qué? Hizo una escena de cama, hermano?" Las hormonas de Aaron ya estaban embravecidas; podía verlo con el desvergonzado entretenimiento en su cara.

Me removí incómodamente en mi asiento e incliné los codos en la barra "Algo así." Contesté rápidamente.

"Eso no te para el pito? Tu *novia* una modelo de ropa interior! Mierda! Hasta a mí me lo para!"

Jenna lo empujo por el hombro. "Ahg! Aaron! Eres tan insensible."

Ella me observaba mientras él terminaba su cerveza y se dio cuenta que yo no estaba exactamente feliz con la situación. Ella puso su mano en mi hombro y apretó delicadamente mientras dijo. "Estoy segura que fue completamente de buen gusto, Ryan. Julia tiene demasiada clase para que sea de otra manera."

Asentí. "Lo sé. No es eso. El fotógrafo se la pasa detrás de ella, y parece que son sus fotos las que siempre se joden. Es como muy conveniente. Ella dijo que él se le había insinuado tantas veces antes, entonces solo me pongo un poco incómodo sabiendo que él tomará ese tipo de fotos de ella. Estoy seguro que estará bien."

Las esquinas de mi boca se torcieron.

"Lo estará. Julia sabe manejarse. Ahora mi situación, por otro lado es terminal. Estoy atrapada con un gran patán." Señaló a Aaron con la cabeza. "Qué piensas de eso?" se rio.

Levanté las cejas y con una sonrisa me dirigí hacia ella. "bueno, pienso que ustedes son jodidamente afortunados de estar en la misma ciudad. Estoy tan celoso, que no lo puedo ni expresar. Disfrútense todo lo que puedan y estén agradecidos. Incluso si él es un gran patán, su corazón está en el lugar correcto. Te ama mucho."

"Sabes qué? Tienes razón." Me miró seriamente a la cara con su largo cabello rubio cayendo sobre sus hombros.

"Julia estará pronto en Nueva York no? Aaron dijo que la trasladarán."

"Eso esperamos, antes de que comience el nuevo año, pero no sabemos con seguridad. Como Aaron siempre apunta eficazmente, 'todavía es bastante distancia' así que mientras la situación mejora, esto es lo ideal."

"Bueno, puedes dejarle a Aaron encontrar el rayito de sol en cada situación." Dijo.

Ambos lo miramos y reímos. "Qué? Qué hice ahora?" Miró a Jenna y luego a mí.

Sostuve una mano frente a mí. "Hey, a mí no me mires amigo! Yo soy inocente"

"Más que el coño. Jódanse los dos. Becky! Nos das otra ronda."

~Julia~

Iba a encontrarme con Ryan en el aeropuerto Internacional de Denver y rentaríamos un auto para irnos a Estes Park para Navidad. Mi estómago lleno de mariposas mientras bajaba del avión. Ryan había llegado una hora antes y me había estado esperando. Había pasado un mes desde que lo vi por última vez y estaba ansiosa por tener sus brazos a mí alrededor.

Todas mis cosas estaban empacadas y los de la mudanza las recogerían el lunes después de Navidad. Papá iba a manejar mi auto hasta Nueva York y volaría a cas luego de ayudarme a mudar. Ryan volaría conmigo a New York después de Navidad y se quedaría por la última semana de su receso antes de comenzar su nuevo semestre en Harvard. Aaron llegaría en tren y con mis tres fornidos hombres, sería muy fácil mudarme.

Ryan, Aaron y Jenna habían ido a la ciudad unas semanas antes y me aseguraron un departamento en el elegante lado oeste de Manhattan, nada lejos de mi nueva oficina. Ryan envió fotos digitales con todos los detalles para mi aprobación. Era una bendición tener a tanta gente cuidándome tan bien.

El departamento era más de lo que yo podía costear, aun cuando había un aumento en el costo de la vida, pero Ryan me dijo que él se encargaría de eso. Me sentí dudosa sobre si recibía o no dinero de Ryan pero, él insistió para que yo estuviese en la parte más segura de la ciudad. No podía discutir contra eso porque realmente me sentí mejor, y mi papá también. Estaba un poco aprensiva acerca de estar en una ciudad tan grande sola pero, papá y Ryan estaban en modo protector y no permitirían nada menos.

Ellie lloró a más no poder la última semana que estuve en Los Ángeles, pero Harris iba a mudarse con ella, así que eso ayudaba. Dolía dejar a Ellie, mi trabajo y los nuevos amigos que había hecho, pero estar cerca de Ryan sería lo mejor para ambos.

Mi corazón latía salvajemente. Todavía me impresionaba cuánto lo amaba, y aún más, que él a mí en la misma medida, no podía pedir nada más.

Todo estaba como debía estar. Andrea había tomado mi trabajo y Meredith me había asegurado un puesto como asistente creativo en Vougue, con la condición de mantenerme en contacto con ella por si acaso algún día quería volver a Los Ángeles. Ella se esforzó mucho para mantenerme en Condé Nast y yo estaba muy agradecida por su gran confianza.

La mejor parte de todo estaba inclinada despreocupadamente en un pilar en la sala de espera de la salida mientras yo salía. Vestía la chaqueta de cuero que yo le había regalado, camiseta blanca y jeans. Hombros amplios y caderas estrechas, músculos firmes y el característico sensual cabello. Yo era una chica afortunada.

Dios, él es tan espectacular. Se vería bien en una bolsa de papel.

Una inmensa sonrisa apareció en mi cara mientras me apresuraba, acortando la distancia entre nosotros. Estaba ansiosa de poner mis manos sobre él. Cuando me vio, Ryan se impulsó con el hombro y la sonrisa retorcida que yo adoraba apareció en su rostro. Nuestros padres no estaban felices porque los estábamos abandonando en Navidad, pero nosotros queríamos y necesitábamos este tiempo a solas.

Sus brazos se abrieron y me tomaron apretándome fuerte contra su pecho, y yo giré mi cara hacia su cuello mientras soltaba mi equipaje. Me levantó para que nuestros labios estuvieran al mismo nivel y yoenvolví mis brazos alrededor de su cuello, mientras su almizclada esencia llenaba mis fosas nasales. Cuando su boca descendió sobre la mía me besó largo y fuerte, su lengua entrelazándose con la mía una y otra vez. Éramos inconscientes de los demás peatones pasando a nuestro alrededor, algunos de ellos sin duda mirando a nuestro flamante despliegue, pero me importaba un comino. Él olía y sabía tan bien que no quería soltarlo nunca. Halé su cabello atrayéndolo más hacia mis labios y me emocionó sentirlo gemir en mi boca.

Inhalé su aliento mientras nuestro beso finalmente terminó y él miró mi rostro, sus ojos azules recorriendo cada rasgo como intentando memorizarlos por separado y luego juntos.

"Julia," dijo en voz baja y luego se inclinó para besarme suavemente. "Sabes tan jodidamente bien. Oh, cariño es grandioso tenerte en mis brazos, al fin."

"Te extrañé," murmuré alcanzando su boca con la mía de nuevo. "Bésame otra vez."

Soltó una carcajada. "Eres una pequeña dictadora, no es así?" preguntó pero no me decepcionó. Mis ojos lo retaron y su boca buscó la mía para otro profundo y apasionado beso antes de ponerme sobre mis pies de nuevo.

"Vamos, hay una cabaña y un banco de nieve con nuestros nombre en ellos." Me reí nerviosamente y él recogió mi equipaje y lo colgó sobre su hombro, entrelazó sus dedos con los míos y caminamos en dirección de los mostradores de autos para rentar y a buscar el equipaje.

La electricidad vibraba entre los dos y mi cuerpo entero cobraba vida. Yo miraba su rostro mientras caminábamos. Él sonreía mostrando todos sus blancos dientes. Noté como todas las mujeres que pasaban lo miraban pero él parecía ignorarlo.

"Qué?" preguntó Ryan, mientras tomábamos nuestro camino por el terminal.

Avergonzada de que me atrapara mirándolo, un color rojo tomó mi cara y cuello. Él apretó mi mano.

"Estoy tan feliz de verte. De poder mirar tu rostro." Agité la cabeza y me encogí de hombros. "Daba esto por sentando cuando pasábamos todo el tiempo juntos."

Asintió con la cabeza porque lo entendía. "Yo también. Eres tan hermosa, Julia. Nunca tendré suficiente de ver tu rostro." Sus ojos me recorrieron de arriba abajo y me sonrió. "O ese cuerpo. Dios, como te extrañé, amor."

Me reí fuertemente y caminamos un rato sin hablar, contentos de estar en el mismo lugar, sosteniéndonos mutuamente. Recogimos nuestras maletas y yo revisé mis mensajes mientras Ryan se ocupó de conseguir el auto.

Papá había llamado, pidiendo que le llamara cuando llegara. Rápidamente marqué su número.

"Hey, papá. Estoy en Denver."

"Ryan está contigo? Me preocupas, cariño," dijo bruscamente.

"Está buscando el auto. Me estaba esperando cuando el avión aterrizó. Entre ustedes dos. Estoy bien cuidada."

"Estoy feliz por Ryan y tú, lo sabes. Es un buen chico con la cabeza bien puesta sobre sus hombros." Dejé caer mi cabeza hacia atrás colocando una mano en la parte de atrás de mi cuello, sonriendo para mí misma.

"Significa mucho escucharte decir eso, papá. Nosotros… realmente nos amamos."

"Sí. Puedo verlo. Él te cuidará bien. Aunque todavía no estoy seguro sobre eso de que estés en Nueva York tu sola."

"oh ya sabes…Es solo por unos años, hasta que Ryan termine la escuela de medicina," dije ligeramente.

Ugh! Cuatro años hasta que esté conmigo tiempo completo. Mi corazón se hundió. No es que no lo hubiese pensado antes, pero mudarme a Nueva York no garantizaba que nos veríamos más.

Teníamos las mejores intenciones pero la vida tenía su forma de interferir.

"Ok, me voy en tres días y los veré a todos en Nueva York el viernes."

"¿Recibiste las indicaciones que Ryan te envió por correo electrónico? No quiero que te vayas a extraviar."

"¡Por supuesto que me voy a perder!" papá se rio suavemente. "No tienes ni que decirlo, pero sí, recibí las indicaciones. Ve a divertirte con Ryan, Julia. Te llamaré desde el camino."

"Cuida bien a mi bebé. Quiero decir, no lo vayas a chocar."

Él gruñó en exasperación y yo me reí. "Solo te estoy molestando. Te quiero."

Ryan terminó el proceso en el mostrador y vino a donde yo estaba con las maletas, sacudiendo las llaves frente a mí.

"También te quiero. Adiós, Jul."

"Adiós, papá."

Ryan cargó el equipaje dejándome solo la pequeña de mano para que yo la arrastrara hacia el garaje. Y pronto estuvimos camino al norte en la I-25 saliendo de Denver las setenta y algo millas hasta el pequeño y tranquilo pueblo de Estes Park justo al pie de las Montañas Rocosas.

Solo habíamos ido a esquiar una vez cuando Aaron, Ryan, Jenna y yo hicimos un viaje al Lago Tahoe para las vacaciones de primavera de nuestro segundo año de la Universidad. Él era tan grácil, me sentía tan torpe en comparación. Mis rodillas dolían demasiado después de batirse colina abajo, pero Ryan era muy paciente tratando de enseñarme cómo esquiar, aun cuando se estaba carcajeando por dentro. Había sido muy atento, preparando un baño caliente y masajeando mis piernas cuando me senté con él en el sofá frente a la chimenea, tomando el chocolate caliente que yo había hecho.

Los ojos de Ryan estaban cubiertos por sus lentes de sol, pero volteó hacia mí, "En qué estás pensando. Has estado tan callada, cariño."

"Solo cuán terrible he sido esquiando antes y esperando que no sea tan malo esta vez." Reí en voz baja.

"Hmmm… te veías adorable. Me sentía mal viéndote luchar, pero tienes un gran espíritu deportivo, pensé que me meterías esos esquís por el culo, pero seguiste intentando. Nunca te diste por vencida." Su mano envolvió la mía y la llevó a sus labios.

"Lo hice horrible. Me sorprende que me aguantaras." Mis labios se levantaron en las esquinas y giré en el asiento subiendo mis piernas para mirarlo.

"Siempre voy a aguantar tus cosas, mi amor. Por siempre. No puedes deshacerte de mí."

"Lo prometes?" dije seriamente y la sonrisa dejó su rostro.

"Lo prometo, Julia. Te amo más que a todo en mi vida. Eso nunca cambiará."

Me incliné y apoyé mi cabeza en su hombro y enganché mi brazo alrededor de su bicep.

Asentí contra su hombro. "Okey. Solo verificaba." Giró su cabeza y besó mi frente.

"Entonces, qué me vas a dar para navidad?" preguntó ansioso con una sonrisa.

"Mmm… ya lo verás."

"Cuándo?"

Me reí. "Basta. Eres como un niño."

"Cuándo?" persistió.

"Es navidad, así que quizá esta noche, quizá mañana en la mañana."

"Elijo esta noche. Es más romántico y me estoy sintiendo *muy* romántico." Su aliento lo abandonó y colocó mi mano sobre su pierna, presionándola contra sus partes.

"Como quieras."

"Mmm…eso suena perfecto."

"Sí, no te parece? Por suerte para ti, me encanta darte todo lo que quieres. Por suerte para mí también."

"Detente. Mira lo que me haces."

Movió mi mano sobre su regazo hacia arriba hasta que descansó sobre la dureza que tensaba sus jeans y dejé que mis dedos lo envolvieran y frotaran de arriba abajo.

"Mmmm…Ryan." Murmuré.

"Mierda, Julia. Eso se siente asombroso, amor, pero no quiero que nos matemos." Levantó mi mano de su cuerpo para subirla a su boca y plantar un beso de boca abierta en mi palma, dejando salir su lengua para lamerme.

"Ahora quién es el que no está jugando limpio."

"Todo lo que hago es soñar acerca de hacerte el amor."

"Oh? Ahora tienen una nueva rama de estudios sobre eso en Harvard?" lo molesté y él sacudió su cabeza.

"Ya quisiera."

Estes Park era un lindo pequeño pueblo situado entre dos de los más pequeños resorts para esquiar, y estaba al borde del Parque Nacional Montañas Rocosas. Ryan y yo pasamos unas horas en Skype mirando lugares para quedarnos cuando decidimos vernos para Navidad, escogimos un lugar llamado Glacier Lodge que tenía cabañas individuales con chimenea y cocina.

No teníamos nada planeado para nuestro tiempo en Colorado, excepto que queríamos ir con la corriente. Podríamos esquiar si queríamos, comprar si nos parecía, o encerrarnos todo el tiempo y quedarnos en la cama si eso era lo que deseábamos. El punto era no tener presión y enfocarnos el uno en el otro.

La cabaña era espectacular, construida al estilo de cabaña de troncos, las paredes y techos todos en madera redondeada, los muebles rústicos, con un motivo de Suroeste. La cama era inmensa, cubierta con un edredón de patrón suroeste y los muebles eran grandes y cómodos tapizados en cuero marrón. Una gran y peluda alfombra en el suelo frente a la chimenea que me recordaba los montones de nieve afuera y la cocina, simple pero tenía todo lo que yo necesitaba, el baño de mármol italiano con un gran jacuzzi el cual ansiaba usar con Ryan.

"Guao." Dije mientras me paseaba por el lugar. Ryan estaba reclinado contra el espaldar del sofá con los brazos cruzados solo observándome. "Mudémonos para acá!" dije sintiéndome algo traviesa.

Ryan sonrió y se acercó lentamente a mí. "Am… No me puedo comprometer a eso a menos que…" sus brazos se deslizaron a mi alrededor y por detrás de mis piernas y me alzó y lanzó a la cama, "que esta cama esté totalmente funcional. Tenemos que probarla primero!"

Grité de alegría y risa mientras aterrizaba en la cama.

Inmediatamente él estaba sobre mí y las risas se acabaron cuando nuestros ojos se encontraron. Su cuerpo se descendió sobre el mío y el mío se arqueó hacia él, deseando sentirlo a mi lado. Sus manos llegaron a mi rostro haciendo hacia atrás mi cabello y me presionó a la cama con su cuerpo, ambos moviéndonos hacia el otro, creando la fricción que desesperadamente anhelábamos.

"Julia… te he extrañado. Por favor no me hagas esperar para hacerte el amor. No lo puedo soportar." Acarició mi nariz con la suya y llevé mi boca a la suya.

"Ryan…" suspiré justo antes de que su boca encontrara la mía.

Me besó intensamente y yo a él con todo lo que había en mí. Lo deseaba; lo amaba y nada más importaba. Sus manos se deslizaron por mi muslo a mi cadera y costillas hasta asir mi pecho a través del suave material de algodón de mi blusa negra y brasier de encaje. Mi rígido pezón se endureció aún más bajo su palma, Ryan gruñó cuando también lo sintió. "Dios, Julia. Tu cuerpo es tan responsivo, que me vuelve loco."

Respondí deslizando mis manos por debajo de su camiseta y empujándolo hacia arriba sobre los músculos de su espalda y hombros. Se puso de rodillas e impacientemente se la quitó y la arrojó. "Quería ir despacio, pero es que… todo mi cuerpo está vibrando. Te deseo tanto." Clavó su mirada en la mía mientras sus dedos volaban a abrir sus pantalones para luego hacer lo mismo con los míos antes de inclinarse a besar mi cuello. Sus manos subieron por debajo de mi blusa y pronto fue cosa pasada.

Lo alcancé y lo halé hacia abajo para que estuviera sobre mí, en la cuna de mi cuerpo otra vez. Quería sentirlo más cerca, tener cada centímetro de su piel contra la mía y continuar con los placenteros besos. Nos besamos urgentemente pero no sin propósito, nuestras bocas se probaban e incitaban una a la otra. "Ahhh," suspiré con su boca en la mia, "Me encanta sentirte."

Pronto la ropa que nos separaba estaba esparcida por la habitación y yo extasiada en la sensación de tener sus extremidades combinadas con las mías, su duro cuerpo empujando contra mí, llenándome una y otra vez. "Dios, amor. No puedo…" luchó por aliento en la curva de mi cuello. "No me puedo detener."

"No quiero que lo hagas. Nunca pares, Ryan." Apartó el cabello de mi cara, sosteniendo mi cabeza con ambas manos y me besó profundamente, nuestras bocas lamiendo y sorbiendo mientras nuestros cuerpos se movían en perfecta sincronía, los movimientos más profundos y duraderos. Dios, quería más, arrastré mis manos por su espalda hasta llegar a los músculos de su trasero. Los podía sentir flexionándose bajo la fuerza de su empuje. Era tan excitante.

"Vente por mí, Julia. Te amo, cariño." Pidió. Sus manos se movían por mi cuerpo sobre mis pezones y luego entre mis piernas, puso su mano entre nosotros para poder tocarme e instantáneamente mis músculos se tensaron mientras mi orgasmo explotó, dejando entre jadeos palpitando a su alrededor.

"Uhhh, Dios," Ryan gruñó mientras cedía a su propio desahogo, pero luego me besó, absorbiendo mi labio inferior en su boca y después profundizando el beso, torturando mi lengua con la suya, imitando los movimientos de su cuerpo dentro de mí.

Su cuerpo fue moviéndose más lento y los besos más ligeros hasta que levantó su cabeza y colocando su frente contra la mía, ambos respirando fuertemente, luchando por recuperar el control. Las emociones me inundaron y envolví mis brazos y piernas a su alrededor.

Él besó un lado de mi cara y acarició su nariz con la mía mientras una lágrima bajaba mi mejilla. "Julia, no llores, amor. Estoy justo aquí contigo, y lo eres todo para mí."

Asentí pero tenía un nudo en la garganta, dificultándome el habla. Me sentía ridícula; llorando cuando él estaba conmigo, pero el amor que sentía por él era tan abrumador que no podía contenerlo. Mi cara se arrugó mientras giré mi cara hacia su hombro y mis hombros comenzaron a sacudirse en silenciosos sollozos.

"Julia, cariño… mírame," Ryan susurró urgentemente. "Qué es lo que sucede? Me puedes decir?" Trató de moverse pero yo apreté mis brazos a su alrededor.

"No, no nos separemos. Todavía no," dije tocando su cara y besando su mandíbula delicadamente. "Yo… te amo más de lo que puedo soportar, Ryan. Es… abrumador y asombroso. Mi corazón está tan lleno de ti que me cuesta respirar. Tú… me llenas." Me moví hacia arriba enfatizando que su cuerpo todavía estaba enterrado en el mío. "En más de una forma." Traté de sonreír entre las lágrimas.

La mirada de Ryan era suave y el principio de una sonrisa levantó un lado de su boca. "Dios, te amo, tanto pero tanto, que supera las palabras para mí también, cariño. Estoy tan furioso conmigo mismo por no habértelo dicho antes. Y pensar que podíamos haber tenido esto… todo el tiempo." Lo negué con la cabeza mientras con una mano acaricié su rostro, para tirar del cabello al final de su nuca.

"No digas eso. Yo atesoro cada momento que he pasado contigo. Todos y cada uno, okey? Incluso cuando peleamos. No desees que desaparezca. Quizá no hubiésemos sido nosotros si las cosas hubiesen sido diferentes. Y yo quiero esto… la manera en que son las cosas entre nosotros ahora… valió la pena pasar por todo ese deseo y ansias."

Ryan se movió a mi lado y me acercó más aún, sobre su pecho, y yo me recosté allí en silencio, escuchando el latido de su corazón. Respiró profundo, su pecho se levantó bajo mi mejilla.

"Qué pasa?" pregunté y suavemente recorrí con mi mano la distancia desde su pecho hasta debajo de su ombligo, donde reposó mi mano. Cuando no respondió, presioné. "Ryan?"

Suspiró de nuevo. "Es solo que…Yo *quiero* esto, Julia. Lo quiero todos los días, y aun así estamos…" sus palabras se extinguieron y sus dedos volaron entre su cabello antes de volver a deslizarlos por mi brazo hasta tomar mi mano.

"Lo sé." Tragué con el nudo en mi garganta. "Pero verte aunque sea una vez al mes es mejor que una vez cada cinco o seis. Lo acepto, porque eres *tú*."

"Julia…" dijo suave, estábamos pegados, nuestros brazos apretados alrededor de cada uno. Me incliné y le di un beso con la boca abierta en el pecho y el ligero vello cosquilleaba mi piel.

"Solo quiero que estés conmigo ahora, Ryan, okey? Tenemos diez días. Diez días completos. Quiero ahogarme en ti y disfrutar cada segundo. Por diez días quiero olvidar el constante dolor."

"De dónde saliste?" dijo Ryan. Su voz ronca y profunda mientras me atraía con él ubicando mi cabeza en la almohada junto a la de él.

"Eres tan increíblemente perfecta que no deberías ni existir. Solo… mírate." Me sorprendió por el repentino movimiento y cuando miré a sus ojos, estaban profundamente azules y llenos de lágrimas.

Mis ojos se llenaron y lo besé, sus labios cálidos y suaves contra los míos. Presioné mi mano contra su pecho, sobre su corazón. "De aquí es de donde vengo. Justo aquí."

~Ryan~

Era tarde. Me quedé rendido en los brazos de Julia después de hacer el amor otra vez, pero ahora mi estómago estaba gruñendo, alejándome del más profundo sueño que había tenido en un mes. Un mes sin Julia, un mes lleno de estudios y exámenes finales.

La cabaña estaba oscura pero cálida, la luna llena brillaba entre las cortinas y reflejando un brillo azulado sobre la cama, sobre las sábanas blancas y la quieta forma de Julia. Su piel era tersa como la porcelana, su cara serena mientras dormía, las oscuras pestañas y la elegante melena de cabello casi negro a la luz de la luna. Me incliné para besar delicadamente su hombro e inspirar profundamente su dulce esencia, una deliciosa mezcla de shampoo floral, perfume y Julia. Otro suave beso y ella se removió suavemente.

"Ryan..." murmuró, dormida y mi corazón respondió salvajemente en mi pecho. Tomé un mechón de sedoso cabello y lo enredé entre mis dedos, todos sobre ella era jodidamente suave y atrayente. Mi perdición. Sabía que nunca sería capaz de alejarme de ella. Ansiaba que esos asombrosos ojos verdes se abrieran y me miraran, pero no quería perturbarla. La cabaña era pequeña pero para mí era el paraíso porque estaba a solas con Julia. Ella era toda mía,, aunque fuera por poco tiempo.

Mi estómago rugió otra vez y renuentemente me alejé de la cama y salí de la habitación. Inseguro sobre si llenar las habitaciones de luz, encendí las velas que estaban regadas por ahí y decidí que era mucho más agradable así de todas formas. Eran las once en punto de la noche de Navidad y había un pequeño árbol de Navidad en la esquina con luces multicolores en él. Volví a la habitación a buscar los dos regalos que había comprado y los coloqué debajo del árbol y luego fui por algo de comer.

El refrigerador estaba repleto de lo básico, pero nada que luciera particularmente apetitoso, me incliné en la puerta abierta cuando algo se me ocurrió; Julia habría hecho algo que me encantaría, para traerlo al viaje. Sonreí de satisfacción. Es seguro, conociéndola, habría algo delicioso empacado en su bolso. No le importaría que yo fuera a buscarlo, y siempre podía usar aquello de sacar mi labio inferior, el comodín del muerto de hambre. Siempre caía con ese. Pero... quizá había un regalo ahí que no se suponía que yo debiera ver.

Hmmm... Caminé descalzo con mi estómago tan ruidoso que me arriesgaría. Silenciosamente entré a la habitación, con cuidado de no despertarla, pero me detuve ante la visión frente a mí. Ella había girado sobre su espalda, las sábanas apenas sostenidas por sus curvas, sus piernas desnudas y la curva de su pecho comenzando a abultarse sobre el borde de su brazo estirado sobre su cabeza. Su cabello caía sobre la almohada en un glorioso desorden, gritando para que mis dedos se enredaran en él y su boca estaba ligeramente abierta. Era tan espectacular y mi cuerpo se retorcía al recordar cómo se sentía debajo de mí y los pequeños quejidos que ella hacía cuando se venía. Tragué y mi boca se secó.

Aparté mi vista de ella y miré alrededor de la habitación, buscando sus maletas, las encontré en la pared más alejada. Si ella había traído un bocadillo con ella, lo más probable es que estuviese en su maleta de mano. La abrí cuidadosamente, en el mayor silencio posible. Metí la mano a ciegas y pronto encontré el contenedor plástico. Mi cara se deformó con la sonrisa. Ella era tan jodidamente buena conmigo. Era demasiado oscuro para saber exactamente qué había dentro, pero cuando abrí la tapa, la deliciosa esencia salió. Eran un tipo de galletas. Llevé el contenedor a la otra habitación y abrí el refrigerador otra vez, mirando con su luz. Mmmm… una de mis favoritas. Arándano, chocolate y nuez de macadamia. Deliciosos y suaves, como las recuerdo, Aaron y yo solíamos comernos la bandeja entera antes de que les saliera el calor del horno. Julia fingía enfado, pero le gustaba que nos encantaran tanto.

Encontré una botella de agua y fui a la sala, llevando el contenedor completo conmigo, pero paré en seco cuando la vi inclinada en el marco de la puerta del pasillo, envuelta en las sábanas.

"Y qué crees que estás haciendo con eso, Matthews?" Se rio suavemente.

"Um…" dije con la boca llena. "Devorarlas, espero. Son demasiado deliciosas, cariño. Gracias"

"Hmmm…" caminó hacia mí y me quitó la botella de agua. "Tengo tanta sed."

Tomé su mano y la atraje a mí lado en el sofá. "Quieres una?" pregunté antes de tragarme una completa.

"Ah ah, pero no te interrumpo." Se acurrucó a mi lado con su cabeza sobre mi hombro.

"Se siente tan bien tenerte así conmigo, Julia."

"De acuerdo. Te he extrañado más de lo que sabes." Tragué la galleta y puse el contenedor en la mesa del fondo al lado de las velas. Reflejaba un brillo sobre nosotros y danzaba sobre sus facciones.

"Oh, creo que lo sé." La atraje a mi regazo y besé su frente acomodándonos a ambos. La envolví en mis brazos y ella encajaba perfectamente en mi cuerpo. "Estás cansada, mi amor?"

Su pequeña mano dibujaba círculos en mi pecho y yo estaba frotando su espalda. "Julia?" dije contra el suave cabello al tope de su cabeza.

"Solo un poco, pero estoy bien. No quiero dormir en este momento. Feliz Navidad Ryan."

"Oh, si… ya es hora de abrir mi regalo?" me reí. Podía sentir cuanto le placía esto, sentí su sonrisa contra mi pecho.

"Cuántos años tienes? Diez?" se burló.

"Sí," insistí y ella se carcajeó.

"Estoy un poco nerviosa al respecto."

"Por qué, amor?"

"Esto es algo realmente personal." Dijo dudosa.

"Todo acerca de nosotros es personal. Mi regalo para ti también es personal, te gustaría abrir el tuyo primero?"

Levantó su cara y me miró. Mordiendo sus labios, asintió. Me incliné para besarla, lamiendo sus labios suavemente. Ella gimió y el beso se profundizó, sus manos se aferraron a mi mandíbula y a la parte trasera de mi cuello.

Cuando retiré mi boca de la de ella, volví a esos labios deliciosos y los besé suavemente. "Ok. Lo buscaré."

Bajó de mi regazo y juntando las sábanas a su alrededor mientras yo fui hacia el árbol a retirar los míos.

Me senté a su lado en el sofá, de frente a ella y le entregué la pequeña caja.

"Lo envolviste tú? Es tan hermoso." Las manos de Julia acariciaron el resplandeciente lazo plateado y el brillante papel rojo, que parecía color vino a la luz de las velas.

"Sí. Te sorprende?" Sonreí y aparté el cabello de su cara. Asintió levemente. "Tengo que decirle, Señorita Abbott, se ve tan tentadora sentada aquí en esas sábanas, como si le acabaran de hacer el amor apasionadamente. Me tienes deseoso por más, así que abre tus regalos ya."

Una pequeña risa reventó y luego una brillante sonrisa. Su mano vino a retirar el cabello que había descendido a mi frente. "Te amo, Ryan. Tu eres lo único que necesito."

Quise traerla hacia mí y hacerle el amor ahí y en ese momento, pero en vez de eso, presioné más la caja en su mano. "Ábrelo."

Lentamente sus dedos abrieron el lazo y lo colocaron a un lado, antes de abrir las esquinas cuidadosamente. Yo estaba más ansioso por abrirlo que ella. Al fin apareció la pequeña caja blanca y levantó la tapa.

Le compre un brazalete de platino y diamantes y el centro eran las letras cursivas R y J entrelazadas. El centro de la R corría hasta el principio de la J y había un diamante donde ambas letras se conectaban. En cada lado de las bandas laterales, tres diamantes descendiendo en tamaño desde las letras.

"Oh, Ryan… es espectacular." Sus ojos llenos de lágrimas se levantaron hacia mí. "La atesoraré, siempre. Me encanta. Gracias." La saqué de la caja y la coloque en su muñeca y tomé su mano para poder darle un beso justo al lado del brazalete.

"Te amo, Julia. Espero que no pienses que es muy temprano para diamantes pero quería darte algo que significara algo y que dijera me perteneces."

Inspiró fuertemente y me rodeó con los brazos por el cuello en un fuerte abrazo. "Cualquier cosa que me des significa algo, amor. Me encanta de verdad."

Los diamantes brillaban en su muñeca cuando se levantó. "Ya vuelvo." Julia desapareció por el pasillo y volvió con una caja plana como de 30 pulgadas cuadradas. Estaba envuelto en un hermoso papel dorado y un lazo de tela escarpada llena de chispas doradas.

Mi cara se encendió cuando lo alcancé, pero ella lo retuvo aún aferrando las sábanas a su cuerpo. "Ryan, necesito hablarte de esto primero." Su tono era aprehensivo y sus ojos estaban muy abiertos.

Estuve callado mientras ella se sentó con la caja en su regazo.

"Mandé a hacer esto para ti."

"Qué es Julia?"

"Es una de las fotos que hice en la sesión del mes pasado." Comencé a hablar, pero ella puso sus dedos en mi boca. "Por favor, sé que estás impaciente, pero déjame terminar, Ryan. Le pedí a Mike que tomara unas fotos extra porque quería hacer esto para ti. Solo estaba pensando en ti todo el tiempo. Tus ojos, tu voz… la manera en que me tocas y me haces sentir." Su voz comenzó a temblar. "Le dije por qué quería hacer estas fotos, él sabía que eran para ti."

"Son muchas?"

"Te las regalaré todas a ti, pero esta es la que escogí." Me entregó la caja y yo estaba asustado de mirar, mis manos temblaban, pero respiré profundo y arranqué el envoltorio en un solo movimiento.

La mire directamente. Estaba mordiendo su labio, y si no era cuidadosa, sangraría.

Abrí la caja y separé la toalla de papel que cubría un gran marco plateado con una foto en blanco y negro dentro. Julia estaba recostada en su espalda, con una asombrosa mirada en su rostro, la mayoría de su cuerpo expuesto, parecido a como había estado hace un rato en la habitación, pero en la foto sus ojos estaban abiertos. Una mezcla de amor, deseo y anhelo como nunca imaginé suavizaban sus facciones y hacían sus párpados pesados. Nunca vi nada más hermoso. Estaba hipnotizado; perplejo.

El aire me abandonó mientras la admiraba. "Eres tan hermosa. Solo… jodidamente impresionante." Mi garganta ardía y mi visión se volvió borrosa. "Es perfecta, amor. Gracias" mi mano corrió hacia abajo en el marco donde había un tipo de inscripción.

En cuerpo, corazón y alma.
Tú me posees. Para siempre.

Sentí una lágrima correr por mi mejilla cuando lo leí, un eco de las palabras que yo le había dicho solo minutos antes… *Necesito darte algo que diga que me perteneces.*

"Amor… no puedo describir cuanto te amo justo ahora. Mi pecho se siente como a punto de explotar, duele demasiado."

Se inclinó a besar mi mejilla justo en el sendero que la lágrima había dejado y enredó sus dedos en mi cabello. "Y siento cada palabra. Soy tuya. Siempre lo he sido."

La acerqué y la besé delicada y tiernamente. "Tú eres todo para mí. Ni siquiera puedo respirar sin ti." Limpié otra lágrima perdida en mi cara y luego una de ella mientras miraba sus líquidos ojos. Mi mano al lado de su cara la traía más cerca y besé su mejilla y luego un lado de su frente.

"Tengo otro regalo para ti." Coloqué el más grande de mis dos regalos en su regazo.

"El brazalete fue demasiado, Ryan, no debiste…"

"No es esa clase de regalo. Esperaba que te gustara. Es la verdad, cariño. Cada palabra."

Arrancó el papel como yo había hecho con la foto. Yo había escrito a mano en bolígrafo dorado que compré en una tienda y luego la envié a matizar y enmarcar en dorado envejecido.

"Ryan…Oh Dios mío," dijo mientras levantó su mirada para examinar la mía. No hubiese podido apartar la mirada ni que mi vida dependiera de ello. Mientras las lágrimas caían por su rostro. Comencé a recitar lo que le había escrito,

-Julia, te amo porque…
La primera vez que nuestros ojos se encontraron, yo
estaba perdido.
Tu eres mi mejor amiga, y
me conoces mejor de lo que yo mismo me conozco.
Tu sonrisa ilumina mi vida.
Complementas mis pensamientos y
mis palabras como si fuéramos la misma persona.
Sabes cuando estoy herido y
Exactamente como confortarme.
Tu toque me derrite, como ningún otro podría jamás.
Tus ojos me ven por quién soy,
Y aceptas todo sobre mí.

Confías en mí libremente y en todo lo que soy, me
siento seguro confiando en ti.
Te entregas tan completamente.
Me consientes a más no poder.
Eres la más inteligente, hermosa y desprendida
Persona que he conocido.
Tu corazón le canta al mío.
Soy polilla que va a tu flama.
Puedes hacerme desearte con solo una mirada, o una
palabra o un toque... y aún sin nada de eso.
Enciendes mi cuerpo en llamas como nadie lo ha hecho.
La luz cambia cuando entras a algún lugar.
Tú me posees, en cuerpo y alma.
Porque me amas tanto.
Incondicionalmente.
Es evidente en la forma en que me hablas, como me
miras y en cada uno de los toques de tus manos.
Porque eres el regalo más grande de mi vida... Y no te
merezco y aun así aquí estás conmigo.
Tu alcanzas mi pecho aprietas mi corazón y me llenas
por completo.
Me das paz, santuario y seguridad.
Eres todo lo que he podido querer o necesitar.
Mi vida no estuvo completa hasta que tú entraste en
ella... Mi necesidad de ti me consume.
El sonido de tu voz es lo único que necesito oír al final
de esta vida.
Mi alma reconoce la tuya... y la tuya la mía.
Me haces querer ser mejor, ser más, merecerte.
Nuestro amor es infinito; trasciende las barreras
terrenales y las infinitas periferias del cielo.
Tú respiras tu vida en la mía y haces que todos mis

sueños se conviertan en realidad.
Tú eres solo mía, por siempre…
Porque todo esto es demasiado más.
Te necesito. Te deseo. Te adoro. **Te amo**… más que a mi propia vida.
-Ryan

Ella temblaba para el momento en que terminé y retiré el marco de sus manos. Julia cayó en mis brazos con lágrimas corriendo por su rostro. Mi garganta ardía con las emociones corriendo dentro de mí.

"No llores mi amor. Lo siento."

"Dios, no te lamentes por esto," sollozó contra mí antes de apartarse para mirarme a los ojos. "No sé qué decir… fue tan increíblemente hermoso. Tan romántico y perfecto. Es el reflejo perfecto de ti."

"No tienes que decirme nada. Solo dime que eres mía."

"Siempre. Tú eres el amor de mi vida. Lo sabes." Susurró contra mi piel, justo antes de que su boca succionara y mordiera la mía.

"Sí, los sé." Dije con voz grave antes de cargarla y llevarla por el pasillo a la cama. "Desde el momento en que nos conocimos, lo he sabido. Julia," gemí a un lado de su cuello arrastrando mi boca en él. "Haz el amor conmigo. Quiero ahogarme dentro de ti. Nunca quisiera estar sin ti otra vez. Siento que me moriría si alguna vez me dejas. Suena débil, pero es la verdad. Tanto te amo."

Después de eso, nuestras palabras se perdieron; los únicos sonidos eran los de nuestras aceleradas respiraciones, nuestros besos y ecos de pasión. Lo dimos todo y queríamos dar más aún. Cada toque era reverente, mientras nos adorábamos el uno al otro, en cuerpo y alma.

~Ryan~

Algo cosquilleaba mi cara. Lo sacudí impaciente y rodé al otro lado. Dormir. Quería dormir más… Estaba teniendo el mejor de los sueños; Julia y yo estábamos caminando bajo la nieve y yo amaba como los copos de nieve caían en su hermoso rostro. Ella sonreía y se inclinó a besarme directo en la boca. Mmmm… Podía sentir la suave nieve cayendo en mi piel y cabello mientras nos besábamos, sus cálidos labios moviéndose suavemente con los míos. Ella olía tan dulce.

"Okey, eso es todo!" la voz de Julia era suave pero firme cuando me estrelló una bola de nieve en la cara y rio mientras yo gritaba en shock.

"Arrrgghh!" Instantáneamente estaba completamente despierto y mirándola. Estaba sentada alrededor de mis caderas sobre el edredón, completamente vestida en su traje de esquiar verde y negro.

Sus ojos estaban encendidos con malicia y sus mejillas sonrojadas por el frío. Obviamente ya había estado afuera, a juzgar por la nieve derritiéndose en mi cara y corriendo por mi cuello. "Me las vas a pagar, Abbott. Eso fue horrible de tu parte… pequeña malcriada!" la reprendí y me senté para agarrarla, ponerla sobre su espalda y atacarla. Ella se rio y envolvió sus brazos y piernas a mi alrededor. El frío que permanecía en su traje hizo temblar mi cuerpo mientras tomaba su boca en un hambriento beso. Su boca se abrió emocionada bajo la mía y mi cuerpo cobró vida. "Ves lo que me haces? Incluso cuando estás siendo mala conmigo…" me quejé contra su boca.

"Mmmm… Me encanta eso." Lamió mi labio superior, nuestros besos se hicieron lentos y suaves mientras su boca hablaba en la mía. Ella podía volverme loco estando completamente vestida en eso jodido traje esquimal. Mi deseo por ella nunca se reducía y era un tormento que me hacía feliz. "Y, yo soy tan *mala* contigo…" besó toda la línea de mi mandíbula y mordió juguetonamente mi barbilla.

"Por qué estás despierta tan temprano… y usando tanta maldita ropa?" me quejé mientras acariciaba todo su cuello con mi nariz, halando su cuello tortuga con los dientes. Gruñí en frustración, rodando sobre mi espalda colocándola sobre mí. "Gah!!"

Ella se carcajeó explosivamente. "Ryan, saca ese culo de la cama. Pensé que hoy iríamos a esquiar. Son las once en punto, por Dios. O planeabas holgazanear en la cama todo el día?" Se acomodó en su lado descansando la cabeza en una de sus manos mientras la otra bajaba desde mi pecho hasta debajo de mi ombligo.

La miré y levanté una ceja. "No comiences algo que no estás preparada para terminar." Bromeé, tomando su mano y atrayéndola a mi boca para besarla. La luz del sol se reflejaba en los diamantes de su brazalete enviando un espectro de color por las paredes. Besé el interior de su muñeca con adoración. "Esto se ve perfecto. Me encanta verlo en ti."

"Sí, es como una marca." Dijo en voz baja y ahora en tono serio. "Era eso lo que intentabas hacer?"

Sonreí y acaricié su mandíbula con la punta de mis dedos. "Algo parecido. Eso está bien?"

"Es perfecto. Como un milagro que no pensé que se cumpliría."

Me incliné, y la besé ruidosamente en la boca, pero sin ceder al apasionado juego que yo quería iniciar.

"Ahora estás atascada conmigo; lo bueno, lo malo y lo feo." Mi estómago gruñó ferozmente y los ojos de Julia se abrieron de par en par, y una risa gutural se le escapó. "Que me vas a dar para desayunar? Una traviesa agotó mis fuerzas anoche. Dudo que pueda llegar a la pista de esquí, mucho menos bajar la montaña. Todavía me tiemblan las piernas y me *muero de hambre*."

Julia sonrió mientras me levanté en mis antebrazos y me levanté de la cama definitivamente. "Seh, seh. Estás en terrible forma. Puedo verlo. El desayuno está servido, milord." Se levantó e hizo una dramática reverencia. "Tan pronto como vistas ese lindo trasero."

Mi corazón iba a reventar mientras la veía salir de la habitación. Me dolía la cara de tanto sonreír, pero no podía parar. De hecho, quería reír a carcajadas. Estar con Julia era la felicidad en estado puro y la única cosa que yo realmente necesitaba.

Rápidamente me puse unos calzoncillos largos y un jean, medias de lana y un sweater cuello tortuga naval. "¿Julia? Amor, llevas calzoncillos largos bajo la ropa? Si no trajiste yo traje unos para ti," Grité por el pasillo mientras me vestía.

Sacó la cabeza por la puerta de la cocina hacia el pasillo. "Vaya. Entonces saltamos de la parte de recién casados a la de 25to aniversario?" sonrió burlona y los pequeños hoyos de sus mejillas se pronunciaron más. "Ahora me compras ropa interior larga? Que *sexy*, ¿Qué sigue? Una aspiradora? Gracias, bebé."

Caminé por el pasillo hasta el increíble olor de café y tocino. Julia se había quitado la chaqueta y estaba volteando panquecas en la estufa. Había puesto en la mesa jugo de naranja, mantequilla y sirope de maple. "Mmmm… Esto huele delicioso," dije al sentarme en la mesa, justo mientras puso tres grandes panquecas en mi plato, mis ojos volaron a los de ella. "¿Qué?" dijo levantando las cejas. "Dijiste que tenías hambre no?"

"Esto es una montaña," dije, pero tomé la mantequilla y comencé a esparcirla sobre las panquecas al igual que una muy buena cantidad de sirope desde arriba hasta que cayó por los lados de la torre de panquecas. Tomé un pedazo de tocino del plato del centro y lo mordí, observando a Julia verter más mezcla en el sartén de la estufa.

La alegría se esparció en mí y me llenó hasta casi reventar. La mujer que yo amaba me había hecho panquecas en el medio de las Montañas Rocosas. Y estábamos completamente solos. Era la perfección.

"Te aviso por adelantado que estaré más tiempo sobre mi trasero que en los mismos esquís. Es muy probable que tengas que cargarme montaña abajo."

Sonreí y comí más panquecas. "Estas son realmente deliciosas, cariño. Gracias. Y no estarás sobre tu trasero." Me reí sacudiendo la cabeza. "Vamos a comenzar en los carriles fáciles hasta que te acostumbres. Lo prometo."

"Oh? Como la última vez cuando Aaron y tú me llevaron engañada a las pistas negras?" estaba recordando nuestro último viaje. Pensamos que sería divertido, pero terminó cuando la patrulla de esquís sacó a Julia del camino en uno de sus trineos. Estaba tan furiosa conmigo que no me habló en tres horas. Tres horas completitas. Sonreí ante el recuerdo.

"Sí, ríete todo lo que quieras! Tu no eras el que se la pasaba cayéndose! Me veía como una completa idiota!" Trataba de no reírse. Pude verlo en su cara y la forma en la que mordía su labio inferior, ambos torciéndose en las puntas a pesar de su esfuerzo.

"Te veías adorable." Le dije. "Me refiero, considerando lo enojada que estabas. Escupiendo fuego y todo eso. Pensé que me ibas a noquear cuando te bajaste del puto trineo ese." Sin poder evitarlo, una carcajada se me salió. Ella me pasó por un lado como una ráfaga de furia hasta que llegó al final de la pista, tan rápido como se podía en esas abultadas botas de esquiar, tan furiosa que lágrimas de frustración llenaban sus ojos. Me arrepentí muchísimo después de eso. Pero mirándolo ahora fue jodidamente gracioso.

Julia estaba sentada frente a mí, vertiendo el sirope en una de las panquecas en su plato. Su cabello hacia atrás en una de las bandas para orejas que estaba usando haciendo los contornos de su rostros más pronunciados. Me miró y riendo. "Supongo que fue gracioso, pero estaba muy enojada en ese momento. Ni pienses en hacer algo así hoy! Te quitaré más que el habla esta vez."

Me incliné y tomé su mano en la mía. "Nada es peor que no poder hablarte, Julia. Todavía no sabes eso?"

"Hmmm, o sea que puedo montarte hasta que se te salgan los sesos, pero si mantengo mi boca cerrada, estarás sufriendo una agonía? Y quieres que me crea eso?" preguntó crudamente.

La felicidad dentro de mí rebozó en una profunda carcajada. "Sí. Exactamente."

"Ah ha." Sonrió con la lengua en su mejilla, y se levantó para despejar la mesa.

Como siempre no podía quitar mis ojos de ella. Por mucho que quisiera ir a esquiar, tenía más ganas de quedarme y tenerla solo para mí.

"Estás muy hermosa hoy. Gracias por el desayuno, mi amor." Caminé detrás de ella mientras colocaba los platos y envolví mis brazos a su alrededor. Mi boca encontró la sensible piel debajo de su oreja. Sabía que para ella eso era particularmente excitante. "Casi tan delicioso como tú. Así que larguémonos de aquí antes de que olvide que debería estar haciendo."

Se arqueó hacia mí y volteó su cara, esperando que la besara. La giré en mis brazos y tomé su cara en mis manos inclinándola para que su boca estuviese hacia la mía. "Te amo." Dije suavemente mientras mis labios tomaron los de ella. La besé profundamente, mis labios deslizándose en la dulzura de los suyos y gruñí cuando sus manos se escurrieron para aferrar mi cabello. No quería salir… Si nunca salíamos de aquí, yo estaría contento.

"Jul…" suspiré mientras descansé mi frente en la de ella, con una increíble pasión entre nosotros. Nunca me acostumbraría. "Ah, tú me excitas tanto que parezco loco."

No respondió con sus manos aun halando el cabello de mi nuca, urgiendo a mi cabeza a descender sobre la de ella. Su nariz cerca de acariciar la esquina de mi boca y yo no quería otra cosa que poder besarla por horas. La besé suavemente una vez más y recorrí su pómulo con mis nudillos.

"Mmmm…Ryan," susurró en mi boca. "Te amo."

Besé su frente y pase una mano por mi cabello. "Cariño, tenemos que salir ya o nunca vamos a hacerlo, okey?" La apreté fuerte e invoqué la fuerza necesaria para alejarme. "Vamos. Pongámonos en marcha. No puedo esperar para verte conquistar las colinas hoy." Le sonreí y fui a buscar nuestros zapatos cerca de la puerta.

"No tengas muchas expectativas. Odio decepcionarte." Dijo y puso los ojos en blanco. Agité la cabeza en incredulidad y las esquinas de mis labios se levantaron ligeramente y fruncí el ceño.

"Eso no es posible. Si pasaras todo el día sobre tu propio trasero, Igual eres perfecta justo como eres. Entendido?"

"Eres tan hábil que me hace sentir torpe." Se quejó.

"Bueno, obviamente hoy no será así. No tengo mis propios esquís. Los rentados nunca son igual."

"Oh, *pobre bebé*! Me siento tan mal por ti. Sr. PUEDO-HACER-ABSOLUTAMENTE-TODO! Como no te sería posible manejar un equipo rentado?" me burló.

Pasé un brazo alrededor de su cabeza y froté los nudillos de mi otra mano contra su cabeza, ella chilló en protesta. "Ya es suficiente contigo. Creo que te debo un montón de nieve aplastado en la cara."

~Julian~

Okey, estaba haciéndolo bastante bien. No me caí mucho y estaba comenzando pasar un buen rato. Mis rodillas no dolían como recuerdo y de hecho me estaba divirtiendo. Honestamente había estado temiendo a la parte de estas vacaciones donde íbamos a esquiar, pero, Ryan lo amaba tanto, que al menos quise intentar en su favor.

Colorado era hermoso. Las Montañas Rocosas levantándose majestuosamente en todas direcciones, brillando con fresco rocío, y la esencia del verde y azul colgaban perennemente en el aire. El cielo era de un azul brillante con nubes de algodón flotando en su infinidad. El sol que se reflejaba en la nieve me hacía agradecer por mis lentes de sol.

Ryan esperaba al final de la pista mientras yo esquiaba las últimas cincuenta yardas. Él se veía impresionante, pero qué había de nuevo en eso? El sol brillaba resplandeciente y se reflejaba en el cabello de Ryan, dándole múltiples tonalidades doradas. Me dio una estupenda sonrisa mientras me deslicé hacia él. Olvidé lo que estaba haciendo y tuve problemas para frenar. Me iba a estrellar justo contra él.

"Ryan! No puedo parar! Muévete para no golpearte! Grité pero él solo lanzó sus palos y abrió los brazos, riéndose todo el tiempo."

Sus manos circundaron su boca y gritó, "Julia! No te preocupes! Yo te atrapo!"

En mi pánico, perdía mi balance a medida que me acercaba a él. Fue como una película antigua, todo moviéndose lentamente, pero no podía hacer nada para detenerme. Todavía estaba riendo cuando hicimos contacto. Sus brazos se envolvieron a mí alrededor y nuestros cuerpos chocaron con un ruido seco. Creo que él pudo haberme detenido pero cayó hacia atrás en la nieve, llevándome con él, aterricé sobre él, sin aliento.

"Agh! Lo siento!"

Estaba carcajeándose en grande. "Yo no!"

"Hey Julia! Yo te salvaría!! Qué tal un trago en la recepción?" Rodé y traté de ver de dónde venía la voz. La boca de Ryan estaba fruncida, mientras se levantaba en sus esquís intactos. Los míos se habían salido de las botas y él me sostenía por el frente la chaqueta, llevándome con él y colocándome sobre mis pies como si no pesara nada.

Dos tipos en los elevadores que estaban sobre nosotros me llamaban.

"Hey, cabrón! Acaso soy invisible?" lo reprendió Ryan con una sonrisa.

"Oh, no eres su hermano?" Uno de los hombres preguntó siguiendo la corriente.

Me sonrojé cuando Ryan me ayudaba a quitarme la nieve de encima poniendo especial atención a mi trasero.

"Difícilmente!"

"Eres hermosísima, Julia! Si cambias de opinión, 7 pm en la recepción del lobby," y todos los demás gritaron.

Comencé a reírme y los saludé mientras Ryan me tomó en brazos.

"Muy gracioso, no?" Limpió algo de nieve de mi cabello con su mano aun con el guante puesto. Quería reírme. Él era adorable. Mordí mi labio y asentí.

"Sí, creo que es hilarante," me ahogué y luego exploté de risa, me enternecía verlo celoso aun cuando solo fuera un poquito.

"Oh de verdad? Coquetear con esos tipos es divertido, hah?" Me levantó y me volvió a lanzar en la nieve y luego cayó sobre mí.

"Ahhhhh!" grité sorprendida.

El cálido aliento de Ryan se extendió por mi rostro mientras hablaba y me acariciaba con su nariz. Su voz perdió la risa. "Creo que te dejé levantar demasiado pronto. Bésame," ordenó.

Lanzó sus gafas protectoras y se inclinó para tomar mi boca con la suya mientras me sostenía contra la nieve.

Detesté que mi mano estuviese dentro del guante cuando no pude sentir su cabello entre mis dedos, así que deslicé mis brazos sobre sus hombros. Amaba tanto a este hombre que no podía describirlo con palabras. Cada toque, una fácil incitación entre nosotros, la forma en que me miraba… todo eso significaba *todo*. Succioné su labio inferior con mi boca mientras él lamía mi labio superior, antes de que su boca devorara la mía, su lengua llamando a la mía para un apasionado juego. Ambos olvidamos donde estábamos, hasta que algunos comenzaron a gritar y silbar.

"Dios, Julia," protestó contra mi boca, el sonido de su exaltación convertía mi interior en gelatina. "Voy a tener un problema cuando nos levantemos." Suspiró y sonrió al lado de mi mejilla.

Me reí y puse otro pequeño y embebedor beso en su boca. "Mmmm, bien? Qué es lo que esperas cuando me estás manoseando en frente de una montaña llena de gente?"

"Espero tener una brutal erección y estar jodidamente frustrado. Satisfecha?" Aún estaba sobre mí y dándome la sonrisa torcida que tanto amo. Sus ojos azules brillaban como diamantes.

"No. Pero quizá después?" lo incité.

"Agh!!! Definitivamente. Muchas veces." Rodó y me llevó con él,

Usando sus brazos para ponerme sobre mis pies al mismo tiempo que él se levantó. Pasó un brazo sobre mi hombro y me apretó una vez más. "Te amo."

"Yo también. Tanto que es enfermizo!" Envolví mis brazos alrededor de su cintura y presioné mi cara contra la calidez de su cuello bajo el collar de su abrigo. Él olía tan bien y sus brazos a mí alrededor se sentían asombrosos. No había otro lugar donde yo quisiera estar y me encontré a mí misma deseando poder mudarme a Boston en vez de a Nueva York.

"Mmmmm… No te detengas… jamás," Dijo Ryan en voz baja.

"No puedo. Y he tratado."

"Qué?" me soltó y se inclinó a recoger nuestros esquís, poniéndolos sobre su hombro, mientras yo recogía los bastones y volvíamos a la recepción. "Cuándo?" dijo en un tono que claramente establecía que era imposible.

"Am… cada vez que salías con una zorra y rompías mi corazón, en ese momento." Lo empujé con el hombro y luego él a mí.

"Seh. Fui un imbécil," dijo seriamente.

"Tú no sabías que yo te amaba."

"Yo *debí* saberlo. Siempre eras tan buena conmigo. Pero mi amor por ti me cegaba."

"Detente. Ya pasó. Yo hice lo mismo." Colocó los esquís en la abertura fuera de la recepción y mientras entrábamos comencé a quitarme la bufanda del cuello y sacarme los guantes. La recepción era hermosa, una inmensa monstruosidad de troncos al pie de varias montañas. Había múltiples chimeneas llameando; con un restaurante a un lado y una recepción en el otro lado, con gigantes ventanales que daban a las colinas iluminadas. El sol comenzaba a ponerse tras los árboles y contornos de las montañas. Era una vista hermosa.

Ryan abrió su chaqueta azul y tomó mi mano atrayéndome a su lado hacia el área de la recepción con una gran chimenea de piedras rodeadas de muebles tapizados en cuero. Mis muslos estaban helados, a pesar de toda la ropa y yo estaba temblando ligeramente. Ryan me quitó el abrigo y luego se quitó el de él para sentarse en una gran silla y traerme sobre su regazo. Puse mi cabeza en su hombro y él frotó sus manos sobre mis piernas para crear la fricción necesaria para calentar la superficie de la piel. Subí mis piernas y me acurruqué en él como una niña cuando envolvió sus brazos a mí alrededor. "Mmmm…" suspiré cerca de él. Yo estaba feliz apretada entre sus brazos y él me besó la frente.

El frío me cansó y ahora estaba en un lugar cálido mis párpados pesaban mucho. "Esto se siente tan agradable. Podría sostenerte así por siempre, Ryan dijo suavemente contra mi piel."

"Ya quisiera."

"Estás cansada, amor?" asentí sin hablar. "Quieres volver a la cabaña?" preguntó. "O… si te quieres ahorrar el viaje puedo conseguir una habitación aquí esta noche. Te gustaría eso?"

Con mi mano recorrí su cuello hasta enlazar mis dedos entre los cabellos de la parte baja de su cabeza. Realmente me estaba diciendo que no quería esperar ese par de horas para hacer el amor. Sonreí y giré mi cabeza para darle un beso con la boca abierta en los fuertes músculos de su cuello. Inhaló silenciosamente y se retorció en el sillón. Yo sabía lo que estaba haciendo y me encantaba el hecho de poder afectarlo de ese modo. Acaricié su mentón con mi nariz antes de besarlo. "Como quieras," murmuré.

"Julia…" suplicó. Sentí sus manos agarrar la parte de atrás de mi cabeza e inclinarla hacia la suya para besarme suavemente y cuando levantó su cabeza hablé.

"Lo digo en serio…No importa donde estemos, mientras estemos juntos," Lo dije tan bajo que solo él podría escucharlo. Presioné mi frente en la curva entre su cuello y hombro. Mi cuerpo vibraba con deseo. Él ni siquiera me estaba tocando en una forma sexual y sin embargo yo moría porque me hiciera suya.

Su mano abandonó mi cabeza, envolviéndose en la parte trasera de mi cuello mientras la izquierda se deslizó por debajo de mis piernas cuando se levantó. Antes de darme cuenta, estaba sentada en la silla que él había dejado vacía y Ryan se dirigía al mostrador del recepcionista. Sentí el calor levantarse por mis mejillas y mordí mi labio. Él sentía la misma urgencia que yo. Me di por vencida tratando de esconder la sonrisa y en su lugar se liberó una risa.

"Hey…eso suena agradable. Me recuerdas?" levante la mirada a un hombre de cabello oscuro sentado en la silla continua a la mía. Tenía piel olivácea, y grueso y ondulado cabello ascendencia italiana o quizá española, muy atractivo con ojos oscuros y fuerte estructura ósea.

No tan hermoso como Ryan.

Miré hacia arriba y reconocí el traje de esquiar azul oscuro y rojo como el de uno de los hombres de hace un rato.

"Julia, cierto?" Asentí. "Es ese tu nombre real?"

"Sí, Julia," dije espontáneamente.

"Ah…Muy elegante tu nombre y eres una mujer muy hermosa, te luce. Yo soy Vincent." Su acento foráneo hacía las vocales graves y pesadas.

"Hola. Es un gusto conocerte." Tomó mi mano y la besó y yo la retiré abruptamente, y miré al mostrador. Ryan estaba volteado, su mirada encendida clavando los ojos en Vincent. "Mi, ah… no estoy sola. Estoy esperando a alguien."

"Ah sí. El caballero con las gafas, no hay duda. Él fue entretenido. Estaba hablando en serio con eso de invitarte un trago. Me gustaría conocerte mejor. Soy un excelente esquiador. Quizá pueda instruirte mañana."

Un par de ojos azules seguían observando, poniéndome nerviosa acerca de lo que Ryan estaba pensando. "Lo siento, Vincent. Eso no será posible." Sacudí mi cabeza mientras Ryan hizo su camino hacia nosotros. No estaba apurado, pero los músculos de su quijada llevaban una sobre marcha. Tomé los abrigos, me levanté y recorrí la distancia que nos separaba. Su brazo se envolvió a mí alrededor posesivamente.

"Estás lista, mi amor?"

"Sí. Ryan, este es Vincent. Recuerdas, del elevador?"

Ryan extendió su mano grácilmente, pero con acero en sus ojos. "Un gusto conocerlo. Quizá lo veamos en la montaña mañana. Que disfrute su noche." Me apretó mientras desechaba al hombre.

"Adiós, hermosa Julia." Vincent se inclinó y besó sus dedos antes de dirigirlos hacia mí en un silencioso beso.

"Adiós." Dije en voz baja. Ryan se tensó, aun sosteniéndome fuerte a su lado mientras caminábamos a los elevadores. "Hey," coloqué una mano al frente de su sweater, "entonces, asumo que no vamos a hacer el viaje esta noche. No traje mi pijama." Lo miré tratando de hacerlo sonreír. "Así queeee, es bueno que tampoco trajeras la tuya."

"Qué quería?" preguntó secamente, ignorando mi juego cuando el elevador abrió. "Quiero decir, qué te dijo?"

"Nada de importancia."

"Maldita sea, Julia! Dime lo qué te dijo!"

"Preguntó mi nombre y ofreció enseñarme a esquiar. Dije no gracias. Fin de la historia."

Retiró su brazo, pero agarró mi mano mientras me guiaba por el pasillo hacia la habitación, pasó la llave y abrió.

Entramos y yo tiré los abrigos en la silla que estaba al lado de la puerta. Ryan fue a la cama y se sentó al final, llevándome con él. Sus manos aterrizaron en mis caderas e inclinó su cabeza a mi pecho y yo lleve una mano amorosamente a su cabello, los dedos de mi otra mano acariciando su quijada. Él necesitaba consuelo, algo que aliviara los celos que se lo estaban comiendo.

Su aliento salió fuertemente en un suspiro, la calidez de este atravesó mi blusa. "Odio cómo me siento cuando otro hombre se te insinúa."

"Ryan, no hay ninguna necesidad de que te sientas así. Ni siquiera miro a los demás. Estás siendo tonto."

Sus brazos se deslizaron alrededor de mi cuerpo y lo abracé muy fuerte con mis brazos alrededor de su cabeza y hombros. "Lo sé. Lo siento. Yo solo… yo no estaré contigo y tú eres tan hermosa. Por supuesto que los hombres te desearán."

Sonreí sobre su cabeza. "Ya para. No es diferente cuando las mujeres se te insinúan a ti. Como esa chica de la clase de Asquerosa Anatomía, verdad?"

"Seh, supongo. Parece que no consigo alejarme de ella."

"*Porque* ella te acosa. Pero yo no me vuelvo loca por ella, y sí, me molesta, pero no lo dejaré interferir entre nosotros."

Sus manos comenzaron a moverse para sacar mi blusa por encima. "Okey, entiendo el punto. Doscientas millas todavía es muy lejos, amor. No creo que pueda soportarlo después de haber estado contigo así."

"Solo *no olvides recordar* cuanto te amo… nunca dejaré que alguien más me toque así…tú lo sabes. No es posible."

Sus manos viajaron por los lados de mi cuerpo, por debajo de mi blusa hasta que hicieron contacto con mi sostén de encaje negro, y sus pulgares me frotaban sobre la tela.

Mis pezones se endurecieron instantáneamente.

"Así?" susurró.

Mi cabeza cayó hacia atrás. "Ahhhh…" Perdí el aliento inmediatamente cuando su aliento caliente bañó mi piel mientras él me besaba el pecho. Empujó mi blusa más arriba y yo levanté los brazos sacándola completamente.

"Julia… Dios, no puedes saber lo que significas para mí," respiró en mi cuello. Se levantó y me rodeó con los brazos, levantándome mientras su boca se movía arriba y abajo por mi cuello. Su toque enviaba cosquilleos por toda mi columna mientras caminaba cargándome a la otra habitación.

"Yo…" luché por las palabras mientras su boca buscaba la mía. "Lo hago, Ryan. Puedo *sentirte* aun si nunca me tocaras otra vez."

"Cuando dices cosas así se me pone tan duro." Me bajó en el baño y tomó mi mano, bajándola para presionarla contra su erección. Mi mano se cerró alrededor y él gruñó. Sus manos encontraron el cierre de mi pantalón y lo bajó; bajándolos hasta donde sus brazos alcanzaban, exponiendo la ropa interior que hacía juego en encaje negro. Sus dedos trazaron el borde del encaje y su cabeza cayó, su boca buscando la mía. Creció más en mis manos mientras sus manos bajaban hasta mi trasero mientras su lengua entraba en mi boca. Lo besé con todo lo que tenía en mí. Sabía delicioso, cálido y curioso, succionando mi lengua y haciéndome gemir de placer.

"Uh, Ryan…" Dejé mis brazos deslizarse por su pecho e impacientemente saqué su sweater. Me apretó y presionó su dureza contra mi estómago. La humedad creciendo entre mis piernas, mojaba mis bragas mientras mi cuerpo se disponía, preparándose para sentirlo dentro de mí.

"No entiendo cómo logro quitarte las manos de encima… o cómo voy a sobrevivir sin tocarte. Cómo vivía sin esto?"

Mi respiración ya era entrecortada cuando Ryan me levantó otra vez. Girando me bajó en el tope del baño al lado del lavamanos, contra el espejo de la pared. La luz que entraba por la puerta brillaba dejando la mitad de él en las sombras, y sus facciones era más impresionantes sus ojos brillando en la oscuridad mientras miraba mi cuerpo casi desnudo.

Me senté observando en silencio como se quitaba su sweater y camiseta, sus magníficos músculos moviéndose en su pecho, hombros y estómago con el movimiento. Volteó y abrió el agua de la gran tina, esta suite era costosa, con bañera y surtidores a presión, cama tamaño King, costosos muebles, chimenea y un balcón que daba al centro del resort. Había una cesta con shampoos y sales de baño a mi lado en el mostrador y él puso algunas en el agua. La esencia de vainilla y sándalo llenaron la habitación, mezclándose con el vapor que se levantaba y nublaba el espejo. Haló los botones de su jean negro y lo abrió mientras caminaba hacia mí otra vez.

"Eres tan hermosa," dijo Ryan urgentemente antes de que sus manos alcanzaran ambos senos. Su boca comenzó su dulce tormento por mi cuello y hacia la curva de mi hombro. Él apretó suavemente y luego liberó el broche delantero de mi brasier, liberando la carne que buscaba. Envolví mis piernas a su alrededor, tratando de atraerlo a mí. Quería sentirlo presionado contra mí, necesitando la fricción para aliviar el ardor dentro de mí.

"Julia… puedo oler cuanto me quieres. Ahh… es tan… Me vuelve tan loco por ti. Siento que explotaré." Sus manos acariciaron suavemente el mojado encaje entre mis piernas y no pude evitar los quejidos que salían de mi boca. Sus manos se deslizaron al frente de mis bragas halándolas hacia abajo. Las lancé lejos con el pie mientras él se arrodilló frente a mí. Sus manos agarraron mi trasero y me llevó hacia adelante, hasta que estuve sentada al borde frente a él. Me sostuve con ambas manos mientras él separó mis piernas con ambas manos. Sus intenciones eran claras mientras miraba hacia abajo y yo me sonrojaba. Esto era tan íntimo, era tanta exposición, pero yo confiaba en él y lo amaba con todo lo que tenía en mí.

Verlo así era tan ardoroso, pensé que me vendría el momento en que su boca me tocó, pero él me incitaba con una dulce tortura. Comenzó besando la cara interna de mis muslos, moviéndose más cerca del lugar que yo necesitaba, respirando en mi centro y moviéndose a la otra pierna. Mis piernas ya temblaban y él no me había tocado aún.

"Ahhhh… Ryan, por favor."

"Oh amor…Puedes sentir cuánto te amo?" preguntó en voz baja antes de finalmente poner su boca en mí. Haciendo largas caricias con su lengua, pensé que moriría, se sentía tan bien. Alternaba entre eso y succionar la tierna piel y juguetear con su lengua. Me sostuvo quieta mientras yo temblaba bajo su experto despliegue. Solo en cortos minutos me tuvo temblando y viniéndome fuertemente. "Ah…ah…oh, Dios," jadeé. Bajó la presión pero siguió succionando hasta que ya no puede más. "Oh Dios, Ryan. Tienes que parar. Estoy demasiado sensible." Me besó suavemente una vez más y se levantó para abrazarme fuertemente.

"Jul, sabes tan bien. Podría hacer eso toda la noche."

Caí en sus brazos, satisfecha y temblorosa. Me levantó y colocó en la bañera y mientras entraba al agua caliente, él se quitó el resto de su ropa y finalmente se deslizó a mi lado. Me besó y yo podía sentirme a mí misma en sus labios y lengua. Fue tan íntimo y asombroso; conectamos a tantos niveles.

Me movió para estar delante de él y me sostuvo apretada. "Nunca seré capaz de decirte o demostrarte cuanto te amo. Me abruma." Besó el lado de mi cuello suavemente moviendo sus labios hacia arriba y abajo en mi piel. "*Esto somos nosotros*, Julia."

Mi corazón lleno de él y lo sentía en olas por mi cuerpo. "Amor…" mi voz palpitaba y arquee mi cuello y cabeza hacia atrás, a su hombro para besar su mandíbula. "Te amo más." Mis manos recorrían sus antebrazos. "Demasiado más."

"Espero haberte probado que me perteneces. Tu eres mía."

Sonreí y reí suavemente. "Mmmm… eso fue todo eso? Quizá necesito que lo pruebes de nuevo. Solo para asegurar que no lo olvide."

Exhaló sonriendo contra mi sien. "Cuando quieras. El placer es mío."

"Eres tan bueno conmigo." Giré en sus brazos, queriendo tener su boca sobre la mía y necesitando tenerlo dentro de mí. Me senté arrodillada frente a él y sus ojos recorrieron mi cara y mi cuerpo, permaneciendo en mis pechos y luego mi boca. Humedeció sus labios. Yo podía ver cuánto me deseaba en su expresión. Quería darle el intenso placer que él acababa de darme.

Se extendió hacia mí para mover mi cabello hacia atrás y luego se sentó atrayendo mi cara a la suya. Mientras su boca mojada se abría sobre la mía, mis manos corrieron su cabello. Ryan bufó en mi boca. Su brazo libre rodeó mi cadera y me atrajo a él hasta estar sentada sobre él rodeando sus caderas con mis piernas. Su erección era completa y larga, presionando contra mí y me moví para estar sobre él. Hizo un quejido gutural y arrastró su boca por mi mandíbula, cuando me moví sobre él girando mi cadera en pequeños círculos. Se sentía asombroso y observé intensamente su reacción y el deseo que encontré en su hermoso rostro me dejó sin aliento. Cerró los ojos y yo bajé mi mano para tomar su extensión y guiarlo dentro de mí. Descansé mi frente en la suya y él se deslizó dentro de mí, llenándome hasta que no pude extenderme más.

La respiración de Ryan se entrecortó, "Mmmm… Nunca nada será tan perfecto como hacer el amor contigo."

Hice su cabello hacia atrás mientras lo besaba y luego comencé a empujar mis caderas hacia las suyas. El agua salpicaba fuera de la bañera en el oscuro baño, el sonido se convirtió en algo rítmico con nuestros quejidos y respiraciones. Todos los besos se hacían cada vez más profundos y reverentes que el anterior y los movimientos de nuestros cuerpos más urgentes. Se movía profundamente dentro de mí, sus manos guiando mi caderas lentamente, con hundiéndose profundamente… Pasaban los minutos y las sensaciones se levantaban en nosotros. Mis pezones rozaban los suaves vellos de su pecho, incrementando mi excitación. Sentí como me tensaba en mi interior otra vez. Ryan conocía tan bien mi cuerpo, y susurró contra uno de mis pechos… "Así amor, déjalo ir. Quiero que te vengas, de nuevo, Julia."

Escuchar esas palabras resonar en sus labios, su aterciopelada voz llena de pasión, me llevó al extremo. Aferré sus hombros con mis uñas mientras los espasmos se desataban alrededor de él, mi cuerpo absorbiendo el de él hasta que él se perdió en su propio desahogo.

"Ahhhhh…Julia…me encanta sentirte."

Yo estaba desgastada a su alrededor y sus brazos rodearon mi cintura y espalda para apretar mi cuerpo contra el de él. Nos besábamos los hombros y la cara mutuamente. Lo alejé para poder besar su boca una vez más, y lamer sus labios. "No quisiera que pararas de hacerme el amor, Ryan. No quiero alejarme de ti nunca."

"Oh, cariño," suspiró y besó mi pómulo.

El agua se estaba tornando fría lo que me indicaba que llevábamos haciendo el amor bastante tiempo. Parecía que no existía el tiempo. Cuando Ryan sintió que yo temblaba me levantó con él y fuera de la bañera. Tomó un par de toallas y siguió conmigo en brazos, hasta la habitación. Había una chimenea eléctrica la cual él encendió en su camino a la cama, luego retiró las sábanas y me posicionó dentro. Lo vi envolver una toalla alrededor de su cintura y luego encender el televisor con el control remoto.

"¿Quieres ver televisión o escuchar música?"

"Como tú quieras."

"Julia, tienes que parar de decir eso. Estaría devorándote toda la noche si todo se hiciera a mi manera."

"Bueno… funciona para mí." Sonreí y vi como una sonrisa en su cara. El fuego reflejaba una luz roja en sus fisionomías y hacía su cabello rojizo. "Eres impactante. Me dejas sin aliento."

Sus cejas se relajaron sobre sus ojos y sacudió suavemente su cabeza. "Julia."

"Adelante búrlate de mí. Lo eres. Así que cállate y acepta el cumplido, Matthews." Me ignoró por completo. *Es tan inconsciente de lo hermoso que es?*

"Voto por música. Está bien para ti?"

"*Lo que tú quieras*," dije de nuevo y su boca se torció suavemente ante el doble significado de mis palabras.

Seleccionó una estación de rock suave en el canal de Música-a-Petición, y luego se arrastró bajo las sábanas conmigo. Lancé mi toalla y me acomodé en su cuerpo mientras él me acercaba más a él. Su pecho se levantaba y bajaba bajo mi mejilla lo que era reconfortante y cerré mis ojos. Las palabras eran innecesarias.

Dejamos que la chimenea y la música nos envolvieran. Cada uno llenando al otro con sus suaves caricias, me concentré en la música mientras varias canciones pasaron. Ryan escogió muy bien. Me encantaba la guitarra acústica y los suaves acordes de ritmo jazz latino comenzaron a llenar la habitación con los suaves tonos, y me dejé disolver en las palabras. Me apretó más contra su pecho y yo pasé mi brazo por su cintura. "No pienso dejarte ir hasta que no tenga absolutamente ninguna otra opción."

~Ryan~

A dónde había ido todo el tiempo? Acabábamos de dejar a Paul en el aeropuerto de La Guardia y Aaron se había marchado temprano de regreso a Boston. Él fue grandioso ayudándonos a instalar a Julia, pero también entendía mi necesidad de pasar tiempo a solas con ella. Ella estaba sentada en el centro del asiento trasero del taxi, con su cabeza en mi hombro. Ninguno de los dos hablaba. Sí, ella estaba más cerca ahora, pero aun así… no estaríamos juntos. No en la forma que queríamos. Dirigí mi cabeza hacia ella y besé su frente, respirando su dulce esencia. Cerré los ojos. Estos diez días habían sido el cielo y ahora irme sería el infierno. Sus brazos se apretaron alrededor de mí y suspiró fuertemente. Mi corazón estaba pesado y ella estaba muy molesta a pesar de sus intentos por ocultarlo. Intensifiqué mi agarre. Mi brazo descansaba sobre su regazo y mi mano se cerró alrededor de la rodilla que estaba más lejos de mí.

"Gracias," dijo ella en voz baja. "Por todo este tiempo…"

"Oh, amor… no hay nada que ame más que estar contigo, Julia," traté de poner una sonrisa en mi cara y la empujé un poco con mi hombro. "Quieres salir esta noche. Te llevaré a donde sea que tú quieras."

Sacudió su cabeza. "Ah ah. La mudanza me agotó. No estás cansado? Trabajaste tanto." También me empujó con su hombro y me sonrió, pero la sonrisa no alcanzó sus ojos. La tristeza en sus orbes esmeraldas me rompía el corazón. Mi pulgar acariciaba su mandíbula cuando me incliné a besarla. Sus labios hambrientos se aferraron los míos y yo no quería soltarla nunca.

"Sí. Estoy cansado." Dije arrastrando mis labios para besarla en uno de sus pómulos. El taxi se detuvo en su nuevo departamento. Un departamento de un dormitorio que Jenna, Aaron y yo habíamos encontrado cuando ella estaba en Los Ángeles. Era pequeño pero tan costoso que era lo único que ella podía costear, incluso con mi ayuda.

Le entregué al taxista un billete de veinte dólares mientras Julia esperaba en la acera. "Ven aquí, amor." Tomé su mano y la pasé sobre mi hombro y me incliné para levantarla sobre mi espalda. No protestó y rodeando mi cuerpo, con sus brazos y piernas apretados a mi alrededor. Puse mis manos bajo su trasero y la cargué sobre mi espalda al edificio y por las escaleras. Se acercó más para dejar un beso con la boca abierta en mi cuello. Su boca caliente y mojada. Mi cuerpo se tensó.

"Te amo, Ryan," susurró a mi oído. Quería estar feliz por ella… su nuevo trabajo era una excelente oportunidad y la trajo al lado correcto del país, pero nuestro tiempo juntos era tan maravilloso, que detestaba verlo acabarse. La quería conmigo constantemente.

Subí las escaleras con ella y al final ella sacó las llaves de su bolsillo. Me volteé para que ella pudiera abrir la puerta estando aún en mi espalda.

"Ya puedes bajarme, cariño."

"Nop."

Julia se rio suavemente. "Que?"

"Dije que *no*. Y no tartamudeé. O sí?" Bromeé, pasé la puerta y esta se cerró tras nosotros.

"Hmmf," resopló. "¿De qué se trata esto, Matthews?" Lanzó su abrigo y aterrizó en el suelo al lado de la puerta, yo me quité la gorra de béisbol de mi cabeza y la lancé sobre el abrigo.

"Es solo que no quiero soltarte esta noche. Demándame."

Sonreí mientras me senté en el sofá, presionándola debajo de mí. Ella me quitó el abrigo y lo tomé de sus manos y lo lance a un lado. Tomé sus pies y comencé a desatar sus zapatos, halándolos y dejándolos caer al suelo con un ruido seco. Me recliné sobre ella sacando mis zapatos con mis pies.

"Hey, me estas aplastando," se quejó con una risa, y me pico en las costillas. Amaba estar con ella, haciendo solo estas cosas.

"Ay pobrecita." Dije sarcásticamente mientras masajeaba sus pies. Se relajó detrás de mí pero yo me tensé cuando sus manos me recorrieron por debajo de la camiseta y sus uñas se deslizaron suavemente por mi espalda. Comencé a temblar bajo su toque, las cosquillas recorriendo mi columna.

"Eso se siente tan bien, amor."

"Así es." Sus brazos rodearon mi cintura y descansó su cabeza en mi espalda. Tomé una de sus manos y la sostuve entre las mías. El brazalete en su mano brillaba en la tenue luz. "El tiempo contigo pasa tan rápido." Susurró con dolor en la voz.

Hice una pausa tratando de sacudir la tristeza que crecía en mi pecho. Besé el tope de su mano y luego la volteé y la atraje hacia mí. La acosté en el sofá y luego traje su pequeña figura a reposar sobre mí; y nos abrazamos con toda nuestra fuerza.

"Hey, nada de eso. Estás comenzando un nuevo trabajo y hay tantas cosas buenas por delante. Harás un montón de nuevos amigos y tienes este asombroso y costosísimo *pequeño* departamento!" bromeé. "Es como toda una caja de galletas, ni siquiera hay espacio para colgar todos esos retratos que has hecho de mí."

Se rio. "Seh, me las arreglaré. Al menos yo no lo estoy compartiendo con Aaron y Jen."

"Seguro, échale leña al fuego, por qué no?" mis manos subían y bajaban por su espalda. Me encantaba la forma en la que ella encajaba en mi cuerpo. Tratando de parecer despreocupado, mi corazón dolía ante la idea de dejarla.

"Tuve unos maravillosos días contigo. Nuestro tiempo en Colorado fue tan precioso, Ryan."

Respiré profundo tratando de eludir el nudo en mi garganta. "Fue perfecto. Cada minuto." Julia asintió debajo de mi mentón y yo acaricié su aterciopelada mejilla. "Te amo, Julia," Las palabras explotaron de mi interior como una oración y cerré los ojos con fuerza.

"Entonces… una cita para el café antes de irte mañana?" su voz temblando de emoción.

"Tú que crees? Es *domingo*, no es así?" No habíamos fallado una cita para el café los domingos desde que nos conocimos y no planeaba comenzar a faltar ahora. "Siempre ha sido mi parte favorita de la semana, aun cuando era solo por teléfono. No desperdiciaría una oportunidad de hacerlo en persona."

"Sí. Amo nuestras citas para el café, hablar contigo, escuchar lo que está pasando…lo que me estoy perdiendo en tu vida," volteó hacia mi cuello y besó el punto donde mi pulso latía incontrolablemente. Había dolor en mi corazón. Ella todavía era mi mejor amiga, mi amante, mi vida.

"Yo amo hablar contigo, también. *Recuerdas?*" Bajé la voz, tratando de mantenerla estable.

"Eso es verdad," ella inhaló sorbiendo las lágrimas de su nariz, y riendo entre las lágrimas. "A ti no te importa tocarme, siempre y cuando puedas hablarme, no?"

"Ah…" dije, haciendo que girara hasta estar sobre su espalda. La tomé por las caderas y la acomodé debajo de mí. Ella abrió las piernas para que yo pudiera amoldarme sobre ella. "Quizá hablé demasiado pronto." Sonreí mientras aparté todo el cabello de su cara. Sus ojos eran serios cuando me miró y nuestras caderas se movieron juntas. "Dios, Julia. Mmm…demasiado, demasiado pronto."

-10-

~Julian~

Hoy era día de San Valentín. Eso me dio la excusa para enviarle algo a Ryan. No porque necesitara alguna, pero esperaba, que este fuese nuestro último año separados.

Sonreí para mí misma. La camisola roja y el hilo dental que le envié junto con la nota pidiéndole que los trajera a Nueva York no dejaban nada a la imaginación, agregando la cantidad correcta de tentación. Yo me había sentido traviesa y me sonrojé ante la idea de Ryan abriendo el regalo. Además me lo había puesto para que oliera a mí, lo había enviado al Hospital en vez de al departamento. El estaría trabajando y yo no podía esperar hasta que él lo recibiera al día siguiente. Mi corazón estaba acelerado por la emoción. Tres docenas de rosas rojas y blancas descansaban a un lado en mi oficina; pero era la tarjeta lo que me derretía.

-J

Eres el amor de mi vida...
De mí para siempre..
Las palabras no pueden expresar lo que eres para mí,
Pero te lo diré cientos de veces al día por el resto de
nuestras vidas.
Te Amo.

-R

Ryan se graduaría en la escuela de medicina de Harvard en Junio y entonces comenzaría su residencia de Cirugía y Emergencia en Saint Vincent en la parte baja de Manhattan. Era toda una excursión desde mi departamento, así que discutimos mudarnos a Greenwich Village o algún lugar en el medio. Yo argumentaba que era más importante estar cerca del hospital ya que él estaría a disposición de los llamados a toda hora todos los días.

El asesor académico y profesor de clínica de Ryan, el Dr. Brighton, envió una excelente recomendación al jefe de personal luego de que Ryan aplicara por su residencia principal. Haberse graduado como el mejor de su clase le aseguraba que sería aceptado en cualquier parte, pero yo solo estaba agradecida de que estuviese dispuesto a reubicarse en la ciudad de Nueva York. El orgullo casi me partía en dos.

A mí me habían ascendido varias veces, y me mantenía en contacto con varios de mis amigos de Los Ángeles. Andrea era ahora mi asistente creativa, ella se mudó a Nueva York cuando me promovieron a Editora Creativa hace diez meses. Trabajé duro estos últimos tres años, en parte porque amaba el trabajo y en parte para que mi mente evadiera lo mucho que extrañaba a Ryan. Pronto extrañarlo sería cosa del pasado y el dolor constante se iría definitivamente. Suspiré. Al fin.

Ryan tenía clínica toda la semana pero dijo que podría tomar el tren hacia acá el fin de semana. Planeé sorprenderlo con un concierto en Madison Square Garden y luego una cena en mi restaurante favorito en el centro de comida Thai. Sonreí internamente; y pastel Selva Negra en mi departamento. Planeaba ir de compras esta noche y hacer el pastel cuando llegara a casa esta noche para que estuviese listo mañana, así podría alcanzar su tren y llevarlo directo al concierto. Yo vibraba con la emoción y la anticipación.

Mi corazón galopaba. Algo dentro de mí me decía que Ryan iba a darme un anillo de compromiso el viernes en la noche. Habíamos hablado de casarnos muchas veces desde nuestro viaje a Colorado antes de mudarme a Nueva York. Tres años después seguíamos juntos y aun nos amamos desesperadamente. Nada me haría más feliz que estar casada con él, despertar en sus brazos todos los días y algún día, tener hijos.

Tosí y alcancé una servilleta de papel; estúpida y desgraciada infección nasal. Había estado enferma toda la semana, incluso perdí dos días de trabajo. Había estado en cama tosiendo como loca, cuando Ryan había insistido que visitara un doctor.

"Maldición, Julia. No mejorará hasta que tomes antibióticos. Por qué eres tan terca?" me reclamó impacientemente. "No quiero que estés sufriendo y quiero que estés bien cuando yo llegue a Nueva York. Al menos ve a la clínica." Era un continuo chiste entre nosotros que él era mi médico de cabecera así que para qué ir a buscar otro.

Los años separados habían sido difíciles. No nos habíamos visto tanto como queríamos, y menos en los dos últimos años desde que su período de clínica había comenzado. Él había comenzado en Mass General, el cual tenía el mejor y más ocupado departamento de trauma en la ciudad. Éramos afortunados si podíamos vernos cada cinco o seis semanas. Lo único que me mantenía centrada eran nuestras citas del café del domingo. A veces debían ser modificadas por cosas de trabajo, pero aún era nuestro tiempo para hablar. Después de todo este tiempo, yo todavía lo extrañaba tanto que el dolor llegaba a ser físico.

Pasé una mano por mi cabello, y recogí el boceto de moda de primavera para el número de marzo. Estaba trabajando en la imagen del artículo y Andrea acababa de irse con la orden de vestuario y la lista de personal que quería contratar. Yo estaba tratando de que las tomas de otro artículo sirvieran para así ahorrar presupuesto. Me pagaban bonos al margen, así que mientras más dinero ahorrara, más ganaría. Y me estaba haciendo buena en eso, también. Ellie me mantenía al día con trajes de diseñador y zapatos así que yo encajaba bien con esa parte de mi trabajo. Yo era estable y mi futuro con la compañía era seguro.

Tomé el teléfono y marqué a diseño. "Hola Grace. Soy Julia Abbott. Nuestro departamento creativo dejará un espacio de treinta y siete pulgadas en la página 142. Qué más va en esa página? Tienes suficiente editorial para eso? O necesitas ordenar relleno del departamento creativo? Sí, la fecha de entrega es en 8 días, así que por favor hazme saberlo para el lunes, para el cierre de operaciones."

Una sombra cubrió el escritorio y me asustó. Meredith McCormick mi primera jefa en Glamour, atravesó la puerta, una gran sonrisa en su cara. Inhalé por la sorpresa. Se veía tan profesional y actual como la recordaba, los años no la habían envejecido para nada. Teníamos fiestas de Navidad cada año donde ella y los demás ejecutivos volaban para acá, pero para esta época del año una visita era inusual.

"Ah, okey. Le diré a Andrea que comience con la presentación de la historia de Abril. Sí. Gracias." Dejé el teléfono y corrí rodeando mi escritorio para abrazarla. "¿Qué haces aquí? ¿Por qué no me avisaste?" pregunté incrédula. "¡Estoy tan feliz de verte! ¿Puedo ofrecerte un café?"

"Seguro. Luces fantástica, Julia. Toda una experta en moda," dijo Meredith mientras se sentaba en una de las sillas de cuero azul situadas al frente de mi escritorio de madera de cerezo. Sus ojos recorrieron mi traje Prada y yo puse los ojos en blanco.

"Mi mejor amiga Ellie me arregla, ella es estilista en Los Ángeles y consigue tratos con todos los grandes diseñadores." Sonreí ampliamente y me senté en mi escritorio. "Ella me dice que no puedo ser Editor creativo de una gran revista y verme como Betty la Fea."

"¡Agh! Difícilmente, Julia. Siempre fuiste una belleza." Se reclinó en la silla y cruzó las piernas.

Alcé el teléfono y llamé a mi secretaria. "Susan, ¿podrías traernos dos tazas de café? Para mí lo de siempre y el otro negro," miré a Meredith para verificar y ella asintió. "Gracias." Colgué. "¿Entonces?" alcé ambas cejas en interrogación.

"Ah, Julia, nunca te andas por las ramas," suspiró. "¿has escuchado sobre el plan de enviar a algunos cuantos elegidos a París, a trabajar en la edición Europea de Vogue?"

"Seguro."

"Pero tú no te postulaste para ello."

"Si lo traes a colación, es porque obviamente sabes que no lo hice." Sonreí y sacudí mi cabeza. Susan tocó la puerta y entró con el café. Ella era joven, todavía iba a la escuela nocturna y era muy tímida y se acababa de unir a mi personal. Le sonreí y se veía menos nerviosa.

"¿Algo más, srta. Abbott?"

"No gracias, Susan. Y ya te dije, por favor llámame Julia."

"Sí, Señorita Abbo… am, Julia."

"Está bien, Susan. Estás haciendo un gran trabajo." La reafirmé cuando salía silenciosamente. "dónde estábamos?" pregunté mientras tomaba mi café.

"Ibas a explicarme por qué no te postulaste para ese trabajo? Es una oportunidad del demonio, Julia. Te daría toda la experiencia que necesitas para regresar y convertirte en Directora Creativa en una de nuestras grandes publicaciones."

Me encogí de hombros. "Sí, lo pensé. Pero el momento no es el indicado."

"Por qué no?" preguntó escéptica. "Este tipo de oportunidades no crecen en los árboles."

"Bueno, Ryan aseguró una posición como residente en Saint Vincent después de graduarse en Junio."

"Oh, sí…Aquel hermoso pedazo, Dr. Ryan. No puedo decir que te culpo por pensarlo dos veces, pero necesito que tomes ese trabajo."

Coloqué mi taza en la mesa y suspiré. No podía creer lo que escuchaba. "Bueno… no tienes postulantes? Hay mucha gente talentosa que podrías promover. Aunque, estoy muy halagada de que pensaras en mí."

Meredith extendió sus manos frente a ella y contempló muy bien sus próximas palabras. "Sí, pero…" y mis ojos se abrieron ante su tono, "Pero yo *te quiero a ti*. Ryan y tu han vivido separados casi cuatro años, Julia. Qué es uno más? Y no voy a tomar un no por respuesta," dijo con conocimiento-de-causa.

La consideraba mi amiga así que podía decirle la verdad. "Qué es…son otros trescientos sesenta y cinco días sin él. Lo extraño. Y ya he sufrido suficiente."

Mi corazón iba a salir de mi pecho. La oportunidad era mucho más de lo que yo me atrevería a esperar siquiera, y aquí estaba ella, ofreciéndome eso en bandeja de plata. "Es una maravillosa oportunidad, y si Ryan tuviera otro año de Universidad, lo consideraría seriamente, pero ya casi termina y estaremos finalmente juntos. Él quedaría devastado si yo decidiera irme ahora." La miré a los ojos sin dudar. "*Yo* estaría devastada. No podría explicarte lo duro que ha sido estar lejos de él."

"Tengo cuarenta y algo de currículos sobre mi escritorio, y ninguno de ellos te llega a los talones, Julia. Este es *tu* trabajo. Te dejaré escoger tu propio personal, aunque tengo recomendaciones. No puedes *decir que no*. Ryan no querría que te negaras. Es la oportunidad de la vida."

Suspiré y sacudí mi cabeza. "Yo sé que lo es, Meredith, pero… no quiero estar lejos de él. Su graduación está tan cerca."

Puso los ojos en blanco y lanzó las manos al aire. "Te traeré para su graduación y una vez cada dos o tres meses."

"Ugh!" Me levanté y le di la espalda, caminando frente al ventanal de la oficina. Eso no es suficiente.

"Okey, una vez cada dos o tres meses y para su graduación. Okey?"

Mi corazón se apretó dentro de mi pecho y mi visión se volvió borrosa. "tengo que hablar con él y ver cómo reacciona. No puedo prometer nada en este punto." Me removí incómoda en mi asiento, tratando de que ella olvidara el tema, pero ella era como un perro rabioso con un hueso.

"Mira, querida, ya hice arreglos para que vayas con Andrea y Mike Turner ha sido enviado como el fotógrafo de mi unidad. La vieja pandilla estará reunida otra vez. Puedes escoger dos artistas… los escritores serán de París, por las barreras del lenguaje por supuesto, pero puedes escoger tus asistentes, manager de producción, un traductor y secretarias. Te estoy dando carta blanca en esto. Te reportarás directamente conmigo."

La miré y puse mi mano en mi cadera, alisando la tela azul marino de mi falda nerviosamente. "Tengo que hablar con Ryan antes de comprometerme, okey?"

"Okey, cariño, pero este es tu bebé. Estarías loca si no le saltas encima."

"Gracias por tu fe… es increíble que me tengas en tan alta estima." Tropezaba con las palabras.

"Pura mierda, Julia. Eres la persona más talentosa con la que he trabajado, y puedo contar contigo para que hagas el trabajo bien. Es solo un hecho. Esto no es un jodido favor. Te *necesito* para ese trabajo." Me miró directamente y se levantó de la silla. "Tengo que subir a hablar con John, decirle que me voy a robar a su estrella justo debajo de sus narices, debería ser divertido." Se rio y rodeó el escritorio para abrazarme. "Ryan estará orgulloso. Has logrado tanto para ser tan joven. Si él es todo lo que me dices, y lo que he visto de él las pocas veces que lo he visto, él te apoyará un cien por ciento."

Mi corazón se hundió cuando imaginé la mirada en los ojos de Ryan cuando le dijera. "Cuánto tiempo? Quiero decir, cuándo tendría que irme?"

"En un mes, quizá? Depende de cuánto tiempo te lleve hacer arreglos, poner a la gente en el lugar correcto. Los reemplazos de quién sea que escojas, eso sería todo."

Todavía estaba en shock, ligeramente atontada. De no ser por mi situación con Ryan, estaría caminando sobre las nubes por esta oportunidad, pero dejarlo casi a las puertas del momento de estar juntos, era lo último que yo quería.

"Meredith, tiene que ser un año? Si accedo a ir seis meses, me dejarías venir luego de eso? Es decir, podemos comprometernos a eso? Entonces solo sería agregar dos meses más. Quiero hacer esto pero no quiero estar lejos de él un año."

Me miró, asimilando mi dolorida expresión. "Sí, me comprometería."

"Y me traerías por una semana completa cada dos meses y para su graduación. Yo quiero tu palabra."

"Manejas los acuerdo de forma muy dura. Y por eso te amo, pero sí."

Asentí, aun así debo hablar con él primero. Esto es solo un quizá hasta que pueda discutirlo con Ryan.

"Si no puedes?"

Me encogí de hombros. "Simple. No iré. Él es lo más importante."

"Debe ser asombroso en la cama," bromeó. "Y no hace daño que es hermoso," se rio y señaló con la cabeza al dibujo de él que estaba enmarcado y colgaba de un muro en mi oficina.

Me reí involuntariamente. "No. No hace daño… brillante, maravilloso y muy amoroso. Él es absolutamente perfecto."

"Okey, en serio? Eso es enfermizo, pero apuesto que él *es* asombroso en la cama!" Me sonrojé y Meredith se carcajeó. "Seguro tiene un inmenso…" comenzó pero yo la corté.

"Meredith!" la reprendí. La anatomía de Ryan no se discute. Se rio, tomó su cartera y abandonó mi oficina.

Caí en mi silla y pensé cómo demonios iba a decirle esto a Ryan. Toda la extensión de lo que esto significaba cayó sobre mí.

Mierda.

Tomé el teléfono y marqué la extensión de Andrea. "Por favor ven aquí."

"Vamos a París? Preguntó emocionada a través del teléfono."

Que bien, Ella lo supo antes que yo.

De repente, el hermoso fin de semana con Ryan tenía una inmensa nube flotando encima. Pasé la mano por mi cabello y cerré los ojos.

"Solo ven aquí, por favor. Me voy temprano." Colgué el teléfono de mi escritorio y saqué el teléfono de mi cartera, escribiendo rápidamente un mensaje a Ryan.

Estoy de humor para una cita de café. Tienes tiempo?

Andrea tocó en el marco la puerta y entró, mirándome cautelosamente, cortó su cabello a la altura de sus hombros cuando vino a trabajar aquí, de pronto sus mechones eran demasiado salvajes para la chic Nueva York. "Julia…te ves molesta. Le dije a Meredith que tú probablemente no querrías este trabajo," dijo con la decepción derramándose en su voz. "Entiendo por qué, de todas formas." Asintió con su cara desanimada.

"Am… No es que no quiera el trabajo. Es una maravillosa oportunidad para todos nosotros." Ella miraba al piso pero subió la mirada.

"Temía que tal vez quisieras llevar otra asistente."

"No, si yo voy, tú vienes conmigo, no te preocupes… Pero esto me ha destrozado, Andrea. Estoy casi segura que Ryan me propondrá matrimonio este fin de semana. Y acaso esto no sería genial para él? Sí, me casaré contigo, pero primero me iré a París por un montón de meses." Mis ojos se llenaron de lágrimas y mi voz se quebró.

Andrea se acercó y me abrazó. "Lo siento, Julia."

"No se siente como que tenga muchas opciones," murmuré más para mí que para ella, mientras me separaba de ella, limpiando mis ojos mientras mi teléfono vibró en mi otra mano. Abrí el teléfono ansiosa por ver las palabras de Ryan.

> **Me encantaría, amor, pero estoy en rotación hasta las 7. No puedo hasta después de eso. Yo te llamo. Estás bien?**

"Andrea, necesito caminar y pensar en todo. Puedes manejar tú las cosas? Despeja mi agenda." Asintió ligeramente y tomé mi abrigo, ya en camino a la puerta. "Okey, llámame si me necesitas," puse la cartera sobre mi hombro y lo próximo que supe fue, que estaba caminando sola por Central Park. Mi teléfono vibró de nuevo y me di cuenta que no le había contestado a Ryan.

> Julia, estás bien? Estoy preocupado ahora. Por favor contesta.

> Estoy bien. Solo te extraño. Quería escuchar tu voz.

> No puedo esperar hasta este fin de semana. No voy a parar de decirte cuanto te amo... y deseo

> También te amo. Demasiado. Vuelve al trabajo. Hablaremos cuando termines. XXOO

> Olvidaste decir que me deseas. Porque lo haces, cierto? :-)

> Por supuesto idiota. Tan desesperadamente como siempre. Obviamente no has recibido tu regalo sorpresa. De haberlo hecho no estarías preguntando eso. Si lo recibiste... ÁBRELO AHORA.

Él sabía la forma de hacerme sonreír, incluso cuando mi corazón dolía. Él era asombroso. Traté de concentrarme en el fin de semana y en cuanto iba a empaparme de él; tratando de descubrir cuándo sería el mejor momento para decirle acerca de la oferta de trabajo. Mi corazón daba tumbos. No sería justo dejar que me lo propusiera y luego soltar esta bomba en él. Tenía que ser antes. Cerré los ojos mientras mi garganta comenzaba a arder. Al menos así él tendría la oportunidad de cambiar de idea, lo cual sería justo.

Meredith prometió que solo serían seis meses, pero yo sabía cómo se movía toda esta mierda. Una vez que me tuviera en Francia, no sería fácil convencerla de que me hiciera volver. Si todo salía como yo esperaba, Ryan solo estaría dos meses sin mí en Nueva York. Solo tendría que hacer todo lo posible para volver lo más rápido posible.

Entró otro mensaje.

> **Dios, Julia... puedo olerte en esto! Estoy en una jodida AGONÍA... eres tan mala. LOL**

Sonreí a pesar del nuevo dilema, mi cuerpo renacía con el calor y las vibraciones ante esas palabras escritas, aun cuando mis ojos se llenaban de lágrimas.

> **Lo usaré para ti después. Las rosas están hermosísimas, como TU. Te amo, demasiado.**

En ese momento, decidí no decirle a Ryan hasta el sábado. Quería que el viernes en la noche fuera perfecto y darle todo lo que era a él. Necesitaba que él viera cuánto lo amaba para que no estuviera tan herido cuando finalmente le dijera lo de París. Necesitaba verlo lleno y completo… no nos habíamos visto en casi ocho semanas.

Llamé un taxi para que me llevara al departamento. Todavía tenía mi auto pero era más fácil ir a la oficina así. El dinero extra por el estacionamiento era una pequeña fortuna y había considerado seriamente venderlo, pero no era práctico cuando Ryan estaba en la ciudad. Era miércoles así que todavía faltaban dos días para estar entre sus fuertes brazos. Llegaría a las 2 el viernes y tendríamos tiempo de dejar sus cosas en el departamento e ir al centro para el concierto.

Comenzaba a llover cuando abrí la puerta del edificio. "Hola señorita Julia! Feliz Día de San Valentín. Vendrá de visita hoy el señor Ryan?" preguntó alegremente, Adam el portero, cuando pasé junto a él.

Sonreí. "No hasta el viernes, Adam. Le compraste a tu esposa algo lindo?"

"Oh, sí señora. Le dieron un buen regalo?" Me volteé hacia él, "Sí, me envió tres docenas de rosas a mi oficina."

"Sin duda una docena por cada una de las palabras, Yo Te Amo?" Sonrió y me guiñó el ojo. Las esquinas de mi boca se curvaron ligeramente.

"Sabes? Nunca lo pensé, pero eso suena mucho como él, no es así?"

"Oh sí, ese hombre anda mal, cariño," Adam volvió a guiñarme el ojo y yo me carcajeé.

"Gracias, Adam. Eso espero, ya que, yo estoy completamente perdida en lo que a él concierne."

"Oh, no se preocupe, pequeña dama. No tiene de qué preocuparse para nada."

Abrí la puerta del departamento y encendí la luz, me quité los zapatos, y comencé a desabotonar mi chaqueta al tiempo que colgaba mi abrigo en el perchero de la entrada. Me salté el almuerzo y mi estómago rugía, así que fui a la cocina. Sobre la mesa, arregladas impecablemente había tres vasijas más de rosas. Esta vez ramilletes de rosas rojas, blanca y pequeños botones de rosas rosadas mezcladas. Me dejaron sin aliento, eran tan hermosas. Una tarjeta en la base de cada cristal.

Maldita sea. Él era increíble y me tenía llorando de nuevo. Era tan tierno amoroso y yo iba a romper su corazón. Mi mano se movió hasta mi pecho mientras caminé al mesón, mientras recogí las tarjetas una a una con manos temblorosas.

Te amo con todo lo que soy.

Te deseo… con una desesperación que me consume.

Te necesito… más que al aire.

"Oh Ryan," gemí en mi vacío departamento, mi corazón expandiéndose hasta el punto del dolor. Dios, lo amo y yo era la mujer más afortunada del mundo porque él me correspondía.

Qué coño hago yo si quiera considerando París?

Mi plan había sido hacer su pastel esta noche, dejarlo enfriar por la noche, para darle tiempo al Kirsch de humedecer el pastel y que absorbiera el sabor del licor, cerezas y chocolate mezclados. Me cambié de ropa por una sudadera y una camiseta y recogí mi cabello hacia arriba. Observando las tres vasijas de flores en el camino. Estaba loca si lo dejaba por cualquier cantidad de tiempo extra. Traté de racionalizar que si todo salía como lo planeaba, solo serían dos meses más en nuestra situación actual. Seguramente sobreviviríamos dos meses más y así yo podría aprovechar esta increíble oportunidad. *Sigue tratando de convencerte Abbott.* Me sermoneé a mí misma.

Saqué la batidora y el baño de maría y los ingredientes y fui a ensamblar los ingredientes de la mezcla. Mientras se horneaba hice el sirope y rayé el chocolate en bucles y los coloqué en el tazón frío, los coloqué en el refrigerador hasta que estuviera listo para ensamblar el pastel.

Mis pensamientos volvían un infierno mis emociones mientras trabajaba. Habíamos pasado por tanto sacrificio y tiempo separados. Sí, habíamos pasado dolor, pero había tanta alegría y amor que hacía que todo valiera la pena. Aun cuando no estábamos juntos, yo estaba completamente consumida. Yo prefería recibir un mensaje de él que pasar un año con otra persona. Nada había cambiado el tiempo completo en el que lo había conocido. Lo amaba tanto, o posiblemente más, que nunca. Lavé el tazón de mezclar y lo puse en la nevera para que enfriara la preparación para batir la crema que cubriría los lados del pastel terminado.

El reloj sonó y saqué las capas del horno y lo apagué, dejándolo enfriar mientras fui a tomar un baño. Tenía un reproductor para Ipod en el baño coloque la lista de canciones de amor lentas, la cual Ryan y yo escuchábamos mucho al hacer el amor.

Dios... cuanto lo extraño.

El agua estaba corriendo y salí del baño para buscar mi teléfono en caso de que Ryan llamara mientras yo estaba en la bañera. *Solo dos días más…* Encendí una vela en la peinadora y me quité la ropa, dejándola en una pila en el suelo al lado de la tina. Me hundí en el agua con esencias, dejando que se llevara mi tensión y que la música me rodeara.

Cantar en el baño era un placer secreto. Nadie lo sabía, excepto Ryan. Él lo sabía todo. A veces lo sorprendía escuchándome desde la puerta y otras veces solo entraba a escucharme. Me gustaba la acústica del baño. Tan cliché, lo sé, pero en serio, sonaba grandioso ahí y era más fácil agarrar las armonías, un reto que yo disfrutaba. Ryan solía molestarme sobre mis tendencias perfeccionistas. "Hmmf…" sonreí suavemente ante el recuerdo, "Como si él pudiera hablar mucho de eso."

Ryan era muy dotado con el piano y la guitarra, a veces cantábamos juntos cuando él tocaba. Eso comenzó en la universidad, pasando el rato en los dormitorios. Una cosa más en la que conectábamos.

Cuando el intro del suave piano comenzó en una de mis canciones favoritas, comencé a tararear y dejé salir las palabras. Me encanta la suavidad de la canción, y caía bien para mi humor. La letra me hablaba de Ryan.

En el momento perfecto mi teléfono sonó cuando la canción se desvanecía, y lo alcancé sabiendo que sería mi hermoso hombre.

"Hey tú," contesté suavemente.

"Hey a ti también. Qué estás haciendo?" Sonaba cansado, pero su suave voz era cálida y se podía escuchar la sonrisa tras las palabras.

"Mmm… tomando un baño" mordí mi labio, esperando su respuesta.

"Estás desnuda?"

Me reí. "No, Matthews, usualmente tomo mis baños con toda la ropa puesta."

"Deja de ser tan sabelotodo." Se rio. "Mmmm… Julia desnuda, mi cosa favorita en el mundo entero."

"Mmmm es verdad."

"Estabas cantando en tu cámara del eco?"

"Crees que lo sabes todo, no?"

"Eso es porque lo sé. Lidia con eso" bromeó.

Me reí fuertemente, la felicidad corriendo por cada célula de mi cuerpo.

"Sí. Te amo. Gracias por las flores… otra vez. Es demasiado, amor."

Dejó salir todo su aliento y yo casi podía verlo pasar una mano por su cabello. "Nunca es suficiente para ti," su voz cayó una octava y escuchaba como el amor saturaba sus palabras.

Mi corazón se aceleró. "Irás a la cama pronto?"

"Sí, pronto. Tengo un par de cosas por terminar antes. Desearía que estuvieras aquí."

"Yo también. Pronto. Estoy destruido, cariño. Pasé 6 horas en clase y 8 horas en la clínica hoy."

"Okey, amor. Ve a la cama, solo no olvides soñar conmigo."

Gruñó al teléfono. "Siempre. Te imagino en esa cama sola, sin mí. Julia…?" dijo inseguro.

"Qué?" le urgí en voz baja.

"Alguna vez piensas en aliviar el dolor?" Mi cuerpo reaccionó a sus palabras, habíamos hablado de eso antes y él sabía qué iba a decir.

"Lo pienso. A veces extraño tanto tu toque que apenas puedo soportarlo."

"Entonces encárgate de eso," sugirió con voz ronca.

"No sería lo mismo. Tus manos son las únicas que quiero en mi cuerpo, Ryan. Cuántas veces tengo que decírtelo."

"Ahhhh… Me encanta escuchar eso. Ya sabes lo que me hace."

"Lo sé amor, a mí también y solo me pone más ansiosa por verte. Es como una dulce tortura." Dije suavemente.

"Ahora voy a ir a la cama con una inmensa rigidez"

Reí en voz baja.

"Ahora te va a tocar hacerlo tú mismo. Eso te sacas por mencionarlo."

"*Tú* me lo haces. No puedo esperar hasta el viernes," Podía escuchar sexo palpitando en su voz y mi cuerpo reaccionó como si él estuviese en la habitación conmigo.

"Fue vengativo enviarme la lencería con tu esencia por todas partes."

"Lidia con eso." Le lancé sus propias palabras a la cara, sonriendo suavemente.

"Lo vas a conseguir, señorita Abbott."

"Mmmm… cuento los minutos hasta que pueda hacerlo." Mi corazón se apretó sabiendo que si me iba a París, todo lo que tendríamos para sostenernos por meses eran conversaciones telefónicas.

"Ahg! Amor, te dejaré ir a la cama. No lo olvides… solo mis manos sobre tu cuerpo. Solo yo te llevaré a eso."

"Ahh…Ryan…" suspiré agonizante. "Sí, amor"

"Dios, cuanto te amo."

"Yo te amo más."

"Amor, detente. Hacemos esto todo el tiempo."

"Okey, es un empate entonces."

"Funciona para mí. Buenas noches mi amor. No olvides anhelarme."

"No lo puedo evitar. Buenas noches, bestia sexy."

Contando los minutos… Yo estaba contando los minutos, también.

Literalmente.

Sonreí con una inmensa mueca de felicidad, mi corazón corría a miles de latidos por minuto mientras detenía el taxi. Todavía en uniforme, había corrido directamente a la estación de trenes al salir de mi turno. Lancé mi mochila en el taxi antes de subir y darle al taxista la dirección de Julia en Manhattan.

Suspiré y pasé una mano por mi cabello. Solo minutos ahora. Ella se sorprenderá por las dos noches extra juntos. Y yo me sentía tan satisfecho como un gato que se acababa de comer un canario. Tenía tanta necesidad de ella que tenía la boca seca, y tenía perpetuos levantamientos. Mierda.

El conductor me miró por el retrovisor. Era un caballero mayor con cabello gris y barba poblada.

"Va a ver a su chica?" Tenía una sonrisa cálida y yo asentí.

"Sí. No la he visto en casi dos meses. Estoy muy ansioso y voy a sorprenderla. No me espera hasta dentro de dos días."

"Ah. Estás seguro de que eso es sabio, hijo? Quizá ella esté ocupada. Sabía que él implicaba que quizá ella tenía otro.

"Hmmf. Sí, está bien." Puse los ojos en blanco por el disgusto ante cualquier duda sobre su devoción. "Ella estará jodidamente feliz de verme. Hemos estado juntos casi ocho años. Créame somos más unidos que nadie."

"Y aun así pareces emocionado de verla. Después de todo este tiempo?"

Pensé en su comentario y consideré cuánto deseaba compartir. Después de todo, nunca lo volvería a ver y él solo socializaba con esta conversación, aun cuando la pregunta me molestaba un poco.

"Solo hemos sido pareja por la mitad de ese tiempo, antes de eso, mejores amigos; inseparables desde el primer día. Julia es una mujer extraordinaria, y sí, todavía me emociona igual que siempre."

Metí la mano en el bolsillo de mi chaqueta, tocando el trozo de lencería que me había enviado para el Día de San Valentín. Me sentía malicioso y así lo saqué, sosteniéndolo para que él viera por el espejo retrovisor. Era una tontería sexy pero él pudo ver mi cara claramente en el espejo y levantó las cejas mientras silbó.

"Le compró eso para el Día de San Valentín?"

"Nop." Me reí y volví a guardarlo en mi bolsillo. "Ella me lo compró a mí. Tenerla dentro y fuera de esta pequeña y sexy cosita será todo un placer para mí como dentro de 10 minutos."

Probablemente ya estaría en cama y mi plan era entrar a hurtadillas y encontrarla fuera de guardia. Podía usarlo mañana en la noche. Esta noche, yo estaba demasiado impaciente por sentir su piel contra la mía.

"Ok, suficiente. Si ella es tan sexy, como manejaron ser amigos por tanto tiempo?"

Sacudí la cabeza mientras miré por la ventana y contesté, más para mí mismo. "Joder, si supiera."

"No quiero molestar. Solo estoy aburrido y mi esposa murió hace cinco años. Es agradable escuchar alguna historia feliz en el día de San Valentín."

"Oh. Lo siento. Cuánto tiempo estuvieron casados?"

"38 años. Ella tenía cáncer. Planeas casarte con esta chica?"

"Voy a pedírselo este fin de semana." Saqué la caja del bolsillo interior de mi chaqueta y la abrí, admirando la brillante piedra montada en platino. Mi pulgar frotó el tope del anillo "Finalmente, podremos estar juntos."

"Oh? No lo están ahora? Por qué no?" Preguntó con su curiosidad picada.

"Bueno, ella tiene un trabajo de alto rango en la revista Vogue y yo acabo de terminar la escuela de medicina en Boston. Me mudaré aquí en Junio para terminar mi residencia en Saint Vincent."

"Guao. Tendrán una vida grandiosa."

"Sí. Una vez que comience. Ha sido un infierno estar separados, pero…eso ya casi quedó atrás," dije, mi emoción haciéndose más de lo que podía soportar cuando estacionaba frente al departamento de Julia. Era un edificio antiguo pero los departamentos estaban recién remodelados por dentro y era un edificio muy seguro en una muy buena zona.

"Buena suerte, hijo. Mis mejores deseos con su futura esposa."

Le entregué un billete de cincuenta. "Guarda el cambio. Y gracias," sonreí antes de poner mi mochila en mi hombro y correr por las escaleras hasta el edificio. Todos los porteros me conocían, así que los saludé y subí al elevador.

"Hola que tal! Es Dr. Matthews ya?"

"En unos meses, David!"

Subí al elevador los once pisos, tan emocionado que mi piel vibraba. Saqué la llave del bolsillo y la metí en la cerradura, abriendo tan silenciosamente como era posible. Empujé la puerta suavemente con el hombro y suspiré de alivio cuando solo la oscuridad me recibió. Cerré la puerta cuidadosamente. Giré por completo la manilla, dejé mi mochila al lado de la puerta y me quité los zapatos.

Moría de sed así que primero fui al refrigerador donde Julia tendría montones de botellas de agua, pero me asaltó un hermoso pastel que ella había hecho que estaba descansando en el estante. Parecía salido de una pastelería pero, yo sabía bien. Ella me mataría si cortaba un pedazo antes de que estuviera lista, pero era difícil resistir. Me tomé el agua y fui de puntillas hasta la habitación de Julia.

El departamento estaba cubierto en oscuridad y su esencia estaba por todos lados. Mi respiración se aceleró cuando llegué a la habitación. Podía escucharla respirar suavemente, notoriamente en un sueño profundo. El edredón colgaba de sus caderas y estaba de espaldas, su brazo izquierdo sobre su cabeza y su glorioso cabello oscuro flotando sobre la almohada.

Me arrodillé frente a la cama para mirar su hermoso rostro. Estaba relajada y sus labios ligeramente abiertos. Los lamió y giró hacia mí. Mi cuerpo se tensó cuando su dulce y cálido aliento me envolvió. Quería besarla pero no sabía si despertarla. Se veía tan pacífica pero mi mano se escapó para retirar un mechón de su cabello de su cara y luego mis dedos recorrieron su mejilla.

"Ahhhhh…" suspiró profundamente y mi nombre se le escapó cuando exhalaba el aliento. "Ryan… por favor."

Ya yo estaba palpitando y retorciéndome antes de esto, pero ahora tenía mi miembro duro como el acero, y una abrumadora necesidad de enterrarme en su cálida humedad. Ella estaría mojada y ardiente y tan receptiva. Lo sabía tan bien como sabía mi propio nombre… tan seguro como mi amor por ella. Ella estaba soñando que hacíamos el amor. Una gigantesca ola de amor y lujuria mi arroparon. Tomé la decisión; no había forma de no ceder a mi necesidad.

Me levanté y fui al pie de la cama, quitándome la ropa y mirándola removerse y gemir, llamándome como una sirena con sus suaves gemidos y quejidos. Aún si tocarla hubiese significado mi propia muerte yo no hubiese sido jodidamente capaz de detenerme.

Podía ver su bikini blanco de encaje, hundiéndose más abajo del hueso de su cadera, asomando el tesoro que yo tanto anhelaba, y su pequeña camiseta que llegaba justo debajo de su cintura no hacía nada para esconder la gloriosa redondez y sus duros pezones de mi vista.

Levanté la punta del edredón y la sábana y me arrastré debajo de ellas, moviéndome sobre ella, mi boca flotando sobre sus flexibles muslos hasta que alcancé el frente del encaje y seda que cubrían su centro. Descansé mi frente sobre su vientre justo donde comenzaba su bikini para poder inhalar su olor y recorrer mis manos por la parte exterior de sus muslos. Gimió suavemente y arqueó su espalda. Joder, la deseaba tanto y ella respondía a mi toque incluso en sus sueños… respondía a mi automáticamente reconociendo que era yo quién la tocaba. Recorrí con la lengua la parte superior del bikini probando la dulzura de su piel.

"Julia…" respiré mientras mi mano derecha subía por debajo de su camiseta, por su firme carne hasta que aferré su perfecto pecho. Se arqueó hacia mi mientras mi dedo izquierdo se enganchaba en un lado de su bikini y los bajaba.

Yo ya estaba desnudo y ansiaba sentir mi piel contra la de ella, mi cuerpo entero contra el cielo de sus curvas que encaja tan perfectamente a mi dura contextura.

Me moví hacia arriba y puse mi boca abierta en la curva de su cuello, succionando suavemente mientras mi rodilla separaba las de ella y mis dedos separaban la suave y caliente piel entre sus piernas.

"Ahhhhh…" Perdí por completo el aliento cuando encontré la humedad allí y sus brazos se deslizaron alrededor de mi cuerpo halándome hacia ella, sus dedos enterrándose en mi piel.

"Ryan…" Mi boca encontró la de ella en un suave beso urgiéndola a despertar, succioné su labio inferior en mi boca, sorbiendo una y otra vez mientras movía mis dedos en pequeños círculos en su tierna carne.

Su boca revivió bajo la mía, cuando respondió a mi beso, consumiendo mi boca como yo succionaba la de ella. Nada en la tierra se comparaba a estar con ella así; haciendo mi reclamo sobre ella y dejándole saber cuánto me poseía ella a mí también.

Sus manos se deslizaron a mi cabello para atraer mi boca con fuerza hacia la suya, mi lengua haciéndole el amor a la suya hasta que ambos luchábamos por respirar. No podía evitarlo. Me estaba moviendo. Enterrándome contra sus caderas, involuntariamente buscando aliviar el dolor.

Sus labios se apartaron de los míos mientras sus suaves ojos llenos de amor se abrieron suavemente, con somnolencia. Luminosos, ella me miró, enterándose que no era un sueño, de que yo estaba realmente con ella y que estaba al borde de venirse. Su cadera se arqueó hacia mi mano y gimió.

"Estoy soñando? Dios te sientes tan real. Y también hueles y sabes a ti."

"Mmmm… Tan real, mi amor. Sorpresa. Estás sorprendida?" Una sonrisa apareció en mis labios pero ella estaba más allá de las palabras porque yo la seguía tocando. Sus piernas comenzaron a temblar y metí tres dedos en ella mientras seguía haciendo presión con el pulgar en su clítoris, haciéndola gritar cuando el placer la sobrepasó. "Eso es, Julia. Amo ver cómo te vienes en mis manos. Eres absolutamente hermosa."

"Ryan. Uhnnn, Dios… Bésame…no puedo creer que estás aquí."

Caí sobre ella y tomé su boca en la mía mientras ella envolvía sus brazos y piernas a mí alrededor. Ella estaba temblando y me encantaba poder llevarla a un placer tan intenso. Me llenaba. Quería encargarme de ella de todas las maneras posibles.

Arrastré mi boca de la suya hasta la parte de su cuello debajo de su oreja.

"Felíz Día de San Valentín, mi amor. No pude soportar estar lejos de ti hoy. Y lo logré con toda una hora de más," dije en voz baja mientras me aleje para ver su rostro. Todavía estábamos entrelazados y yo vibraba en anticipación por lo que venía. Mi sangre corría tan rápido que palpitaba en mis oídos y llenaba mi erección al punto de casi explotar.

"Te amo." Sus dedos trazaron mi cara suavemente. "Ryan, tanto." Creí ver tristeza en su mirada y mi ceño se frunció.

"Amor, algo anda mal?"

Ella arrugó solo un poco la piel entre sus ojos y dejó caer su mirada por una fracción de segundo antes de mirarme de nuevo y sonreír. Sacudió su cabeza muy ligeramente. "No… estoy tan feliz de verte. Te he extrañado, Ryan." Su voz se quebró un poco al pronunciar mi nombre.

"Oh cariño…ya casi se termina, verdad? Cuando te deje esta vez, será por última vez. Lo sobrepasamos todo." Empujé su camiseta hacia arriba y ella subió los brazos para que yo pudiera sacarla. La saqué y la lancé a un lado, desesperado por poner mis manos sobre sus pechos desnudos. "Te extrañé terriblemente" susurré contra la piel de su hombro. La levanté hasta que estuvo arrodillada conmigo en la cama. Mis manos se movían por su aterciopelada piel, prestando especial atención a cada pronunciación y curva.

Mi cuerpo gritaba por el desahogo, y había pasado tanto tiempo desde que la había tocado y la quería en una posición que le permitiera a mis manos incrementar su placer.

"Julia, estoy tan dolorido por las ganas, no estoy seguro cuanto tiempo puedo hacer que esto dure y quiero encargarme de ti," le expliqué mientras nos movía a los dos hasta la cabecera de la cama y la volteé hasta que su espalda estaba aplastada contra el frente de mi pecho. Ella respondió como sólo Julia lo haría. Sus brazos se levantaron alrededor de mi cuello y sus manos aferrando mi cabello en puños mientras se arqueaba hacia mí otra vez, clavando su trasero contra mi erección. La fricción era casi insoportable y gemí en la curva de su hombro mientras arrastraba mi boca sobre él, besando y succionando su piel. Mis manos recorrieron sus perfectos pechos y plano estómago, apretando sus pezones ligeramente hasta que estaba jadeando en respuesta.

"Cariño, está bien esto?" apenas respiré mientras presionaba contra ella buscando la calidez y humedad de su cuerpo.

Ella asintió sin hablar y deslizó una mano por un lado de mi cuerpo para agarrar mi trasero y llevarme hacia ella. Se inclinó un poco hacia adelante y se sujetó, colocando su mano libre en la pared preparándose para la fuerza de mi entrada.

Encontré su entrada y me deslicé en ella desde atrás con sus piernas juntas, estaba más estrecha que de costumbre. "Ahnnn, Julia. Te amo."

"Mmmm…" gimió mientras la llenaba estirando y empujando en ella. Mi cabeza cayó hacia su hombro y me sostuve de ella rodeándola con ambos brazos, una mano tomando su seno y la otra deslizándose hacia abajo para tocar su carne sensible. "Ahhhh…" Ella exhaló fuertemente mientras me movía hacia adentro y hacia afuera de ella en largos y profundos avances. No tomó mucho tiempo tenerla temblando y al borde del orgasmo mientras yo batallaba con mi respiración conteniendo mi desahogo hasta que estuve seguro que ella estaba satisfecha.

Miré hacia abajo a su espalda de alabastro, la seda oscura de su cabello cayendo casi hasta su cintura. "Eres tan hermosa…tan sexy, Julia. Ahora no voy a ser capaz de detenerme." Mis dedos se deslizaron más abajo en su cuerpo para sentir donde mi cuerpo se conectaba al de ella y fue tan jodidamente erótico que casi pierdo la cabeza. Evidencia de mi posesión sobre esta hermosa mujer; esta gloriosa mujer que se entregaba tan libremente a mí de tantas formas. Mi respiración era violenta y ella estaba jadeando conmigo. Quería que ella sintiera lo que yo estaba sintiendo.

Bajé su mano, con la mía sobre ella y la guié bajo su estómago luego su vello púbico y así hasta que ella pudo sentirme bombear dentro de su cuerpo. "Ryan" susurró y su cabeza cayó para anidarse en mi cuello.

Dejé su mano allí y luego subí la mía para frotar su clítoris, casi al instante la sentí apretarse alrededor de mi pene y perdí el control empujando tan profundo como pude mientras mi orgasmo me consumía en profundas oleadas. Ambos rebotábamos uno en el otro mientras nuestros cuerpos cabalgaban el clímax. Moví mi mano suavemente hacia arriba de su cuerpo y esparcí besos por su cuerpo mientras ella absorbía hasta la última gota. Mi corazón no podía crecer más, iba a explotar. La pasión entre nosotros nunca dejaba de asombrarme.

"Santo Dios…" respiré contra su piel. "Aún estoy tan enamorado… nunca tendré suficiente de ti. Cada vez más… me deshago." La rodeé con los brazos trayendo su espalda contra mí mientras salía de su cuerpo, sintiendo la pérdida instantáneamente.

Ella estaba callada mientras volví a recostarla en la cama y la acercaba a mí. Se acurrucó en mí y presionó sus labios a mi cuello. La rodeé con ambos brazos y una de sus piernas se deslizó entre las mías. Estaba cansada pero yo estaba ansioso por hablar con ella. Necesitaba escuchar su voz y sus palabras.

"Cómo lo lograste?" preguntó suavemente mientras me acariciaba con la nariz. Si no detenía el delicado jugueteo con sus labios y manos no íbamos a dormir para nada pronto.

"Solo le dije a mi supervisor que necesitaba un par de días libres y me partí el culo compensándolos por adelantado. Él habló con mis profesores. No podía soportar la idea de no tocarte hoy." Sonreí en la oscuridad y besé el tope de su cabeza. "Estabas sorprendida?"

"Mmmm ha," murmuró "pensé que estaba soñando."

"Estoy seguro que estabas soñando cuando llegué aquí. Me estabas llamando. Fue perfecto. Y entonces, cuando comencé a tocarte, respondiste automáticamente."

"Sí. Porque eres tú" su voz era baja y sonaba adormecida.

"Lo que somos cuando estamos juntos… Ya no puedo vivir sin ti más. Se acabó."

Sus brazos se apretaron a mí alrededor y suspiró mientras se acomodaba más cerca aún.

"Te amo…"

"También te amo mi niña. Es tarde y tienes que trabajar mañana, cierto?"

"Planeé tomarme solo la mitad del viernes, así que seh. Quizá le dé lástima a Meredith si apareces y le muestras tu labio inferior en un puchero. Detesto dejarte solo todo el día." Sonreí acariciándola con mi nariz y usando su pierna para apretarla más contra mí. Olía a vainilla y almizcle y sexo y lo absorbí en mis pulmones como un néctar.

"Oh, está bien. Dormiré hasta tarde y te veré para almorzar luego volveré aquí y le encajaré un tenedor a esa deliciosa confección que tienes en el refrigerador." Acaricié su mejilla con mis dedos mientras mis párpados se hacían pesados.

"Espero que cortes un pedazo, no que excaves en el pastel completo, Matthews." Me reprendió y me imagine como ponía los ojos en blanco en la oscuridad mientras se acercaba más.

"Veremos qué tan fuerte es mi fuerza de voluntad. Ya es suficientemente malo que haya tenido esa jodida lencería en mi bolsillo todo el día. Me sentía como un perro con rabia! La boca hecha agua, el cuerpo temblando, y literalmente volviéndome loco. Si sigues con eso, no me voy a graduar nunca."

Riendo suavemente, se inclinó y me dio un beso en la boca.

"Mmm… buen chico. Muy, muy buen chico," bromeó haciéndome carcajear.

"Ok, eso es todo!" dije, rodando tan rápido para estar sobre ella que la tomé por sorpresa. Tomó aliento y me miró. La falta de luz hacía sus ojos más oscuros pero aún brillaban mientras ella tocaba mi cara. "Te mostraré que tan bueno puedo ser." Dije en voz baja antes de que mi boca descendiera la suya en un hambriento asalto.

Casi me sentí culpable de tenerla despierta hasta la madrugada haciendo el amor.

Casi.

-||-

Me escabullí del departamento temprano en la mañana, dejando atrás a un durmiente Ryan, le dejé una nota diciéndole cuánto lo amaba y que quería ver su dulce trasero en el almuerzo. A pesar de la pesadumbre en mi corazón en relación a mi posible mudanza a París, quería hacer este fin de semana tan especial como se pudiera. Mis traidores ojos se llenaron de lágrimas camino al trabajo y la realidad me pegó directo a la cara. Bruscamente parpadeé para regresar las lágrimas y para el momento en que llegué a mi oficina ya había recuperado el control.

Meredith aún estaba en la ciudad y ya había arreglado los detalles con John. Lo único que faltaba era que yo tomara la decisión. Mi corazón dolía tanto que estaba a punto de romperse. Me sentía apática. Y seguro como el infierno que no quería trabajar.

No me molesté en colgar mi abrigo sino que despreocupadamente lo arrojé a una de las sillas de la oficina mientras me dirigía a mi escritorio. Levantando el teléfono, rápidamente llamé a la extensión de Meredith y esperé a que contestara.

"Sí, muñeca," contestó.

"Hola. Escucha, Ryan vino a la ciudad antes así que realmente apreciaría si pudiera irme temprano hoy y quizá tomar el día de mañana. Dejaré todo listo. Erm… o al menos me aseguraré de que Andrea sepa que hay que hacer." Divagué nerviosamente.

"Julia, por supuesto. Aunque me gustaría echarle un vistazo mientras está en la ciudad," se rio sugestivamente.

"Él vendrá a medio día para buscarme y llevarme a almorzar. Pensé que podría sorprenderlo al decirle que no tengo que volver al trabajo hoy, entonces gracias."

"Cuáles son tus planes para él?" Su voz entusiasmada al otro lado de la línea.

"Bueno…como no estaba planeando estar aquí mañana en la tarde iba a llevarlo a un concierto y otras cosas, probablemente solo pasaremos el rato. La tocaremos de oído."

"Le dijiste lo de París?" Mi corazón cayó hasta mi estómago con esa pregunta.

"No. Supongo… que estoy tratando de encontrar el momento adecuado. Meredith, dejarlo será demasiado duro."

Su voz se endureció. "Julia, deja de lloriquear como un bebé. Son solo unos meses, por el amor de Dios. Han estado separados por más de tres años! Además tú amas este maldito trabajo. Te conozco, Julia. Tú vives y respiras esta revista."

Caí en mi silla mientras Andrea entró y se quedó en la puerta. Levanté mi mano derecha y le indiqué que pasara. "Sí… pero solo porque por lo que realmente vivo y respiro no ha estado en la ciudad. El trabajo ha sido una auto defensa para conseguir mi salud mental."

"Mira, siempre pudiste haberte mudado a Beantown y cargar anuncios al periódico local. Pero tienes madera para más. Ambas lo sabemos." Reprendió.

Andrea me levantó las cejas cuando suspire fuertemente en el teléfono.

"Además," comenzó Meredith, "Ryan estará jodidamente orgulloso de ti."

"Um…bueno, si él escucha cualquier cosa más allá de *Hey Ryan, adivina qué? Me voy del país, no es grandioso? Sé que teníamos todos esos planes pero, jódete,* " seguí con una mano en mi cabeza, sentí mi voz quebrarse así que tragué grueso para poder continuar. "No estoy segura si se le partirá el corazón o estará furioso, pero no será lindo."

"Solo dile y averígualo. Dale el beneficio de la duda."

"Okey, no quiero que nadie le suelte todo cuando pase por aquí hoy. Necesito decirle cuando sienta que el momento es correcto."

"Okey. Tengo que trabajar en esta pila de reportes, aún al otro lado del país todavía tengo que dirigir una revista."

"Sí, la vida es una perra. Hablamos después."

Me incliné sobre el escritorio para colgar el teléfono mirando a Andrea mientras lo hacía.

"Qué hay en agenda hoy?" preguntó cautelosamente. Su expresión era calmada pero estaba midiendo mi humor para no empeorarlo preguntando muchas cosas.

Puse una mano sobre mis ojos mientras me reclinaba en la silla. "Para ser honesta… me importa un carajo, Andi. Toda esta cosa de París me ha sacado del juego."

Asintió simpatizando conmigo, su boca retorciéndose hacia abajo en las esquinas. "Bueno, ayuda que luces asombrosa?" sonrió ligeramente. "Amo ese vestido."

"Es Armani," escupí la marca bruscamente. Era azul oscuro de seda que cerraba al frente y a Ryan le gustaba particularmente. "Ryan apareció anoche y personificó mi sueño. Literalmente."

"Qué?" dijo incrédula. "Dónde consigo uno de esos? Mierda, él es casi demasiado perfecto."

"No *casi*, por eso es que esto es tan difícil. No me quiero ir."

"Pero…" Andrea implicó. "Si quieres este trabajo."

"Por supuesto. En un mundo perfecto, podría tenerlo todo, pero no es perfecto, o si?" Me levanté y fui a la mesa de arte. Mi oficina era mucho más grande que la que tenía en Los Ángeles y la vista de Manhattan era excelente. Cerré los ojos, recordando la primera vez que se la mostré a Ryan. El edificio estaba desierto así que apagamos las luces para poder apreciar el horizonte. Hicimos el amor en mi escritorio. Sonrojándome, giré y pasé la mano por su lisa superficie.

"Desafortunadamente, no. Él entenderá?"

Limpié la lágrima que corría por mi mejilla y luche por evitar que mi voz temblara. "Nop. Aún no sé qué voy a hacer. Todo depende de su reacción."

"Julia, seguramente tendrás una idea de qué dirá él."

"Por supuesto. Se le van a cruzar los cables. Y con todo el derecho."

Nos pusimos a trabajar y antes de saberlo era hora de almorzar. Me encontré ansiosamente mirando al reloj a cada rato anticipando la llegada de Ryan. Le di a Andrea la lista de cosas que tenían que estar terminadas para el viernes a las cinco, arreglé mi escritorio y fui a hacer ajustes de último minuto en los bocetos para el número de Abril. Puse los ojos en blanco a la lista colateral. Cuantas veces puedes variar la misma historia de *Qué quiere realmente tu hombre en la cama?* Ugh!

Alcancé la parte posterior de mi muslo para rascarme levantando un poco mi falda para ganar acceso. Suspiré y lancé los bocetos en la superficie lisa de la mesa.

"Ahora, eso es colirio para los ojos." La perfecta voz de Ryan me circundó como terciopelo. "Creo que necesito un poco de eso. Ven acá."

Una sonrisa se esparció por mi rostro antes de voltear. No tuve que ir lejos. Él estaba detrás de mí y me envolvió en sus brazos de inmediato.

"Eres tan impactante. Amo ese vestido. Puedo sentir *todo* a través del material," susurró sedosamente mientras su deliciosa esencia me envolvía. "Bikini hilo? Mmm…" sus dedos jugaron con la parte de atrás que estaba bajo de la seda

Escuché la puerta cerrarse detrás de él, sus cejas se alzaron en interrogación y sus labios hicieron esa sonrisa torcida que tanto amaba. "Andrea," le expliqué. "Ella es una maravillosa asistente. Cállate y bésame." Deslicé la mano por su pecho a su cuello y llegué a su cabello donde la empuñé en el cabello de su nuca.

Se rio fuertemente a la sonrisa maliciosa en mi cara. "Pensé que nunca lo pedirías, mi amor."

Su boca barrió la mía y mi corazón se apretó en mi pecho. Lo besé como si mi vida dependiera de ello. Como si fuera la última vez que lo besaría. Ryan sintió la gravedad de mi repuesta y gruñó en mi boca, sus manos deslizándose sobre mi trasero presionándome contra su cuerpo ya rígido.

Nuestras bocas se alimentaban una a la otra como si murieran de hambre y olvidé que estaba en mi oficina y que como cien personas estaban del otro lado de la puerta.

Arrastró su boca de la mía y yo protesté mientras él besaba un lado de mi mandíbula y luego se deslizaba hacia mi cuello. Sus brazos me levantaron del suelo y me llevó al nivel de mi cara con la suya. "Julia, estás jugando con fuego. Qué es lo que te pasa? Olvidaste dónde estamos?" Acariciaba mi nariz con la suya mientras hablaba, su respiración era superficial y sus ojos estaban cerrados.

Solté mis manos de su cabello y las envolví sobre sus hombros, descansando mi cabeza en su hombro. Asentí. "Sí." No quería que me soltara nunca. "Te sientes tan bien."

"Sigue así y te mostraré que tan bien me siento," gruñó contra mi cuello dejando un sendero caliente de besos mientras se movía de mi mandíbula a mi boca.

No pude evitar una suave sonrisa mientras respiraba su esencia, "Promesas, promesas," bromeé.

"No me retes. Sabes que lo haré," dijo en voz baja mientras lamía y mordía mis labios en una serie de besos.

"Lo sé," me reí, "pero Meredith sabe que estás aquí y quiere mirarte."

Separó su cabeza en incredulidad y con una mueca modificando sus rasgos. "Mirarme?"

"Sip," dije acentuando la P mientras asentía. "Tú sabes que eres hermoso, así que ya para toda esa mierda de la timidez." Aun con su sonrisa torcida me colocó sobre el piso, pero me mantuvo apretada dentro de su abrazo. Él era tan hermoso que mi respiración se quedaba en mi garganta. Él estaba vestido casualmente en jeans, botas y una camiseta blanca de manga larga. No se había afeitado y su cabello era un salvaje desastre.

"Hoy me veo como el infierno. Prácticamente salté de la cama y salí corriendo a buscar a mi chica." Me besó de nuevo y yo absorbí su labio inferior a mi boca. Mi cuerpo estaba respondiendo, el calor y la humedad eran tangible evidencia de la profunda necesidad que se levantaba en mí. Sus dedos haciendo círculos en la parte baja de mi espalda y él usó la presión para dejarme saber que él estaba tan excitado como yo.

"Mmmm… Te amo," suspiré contra su boca.

"Te deseo…" respondió.

"Te necesito…" sonreí pasando un dedo por su mejilla hasta su mentón y me aparté de él.

"Sí. Ugh, salgamos de aquí. Me estoy muriendo. Necesito una distracción y ya." Se lanzó en una de las sillas que estaban frente a mi escritorio y pasó una mano por su cabello en agitación.

"Qué planes tienes para mí hoy?" preguntó perversamente con una gran sonrisa en su rostro.

"Bueno, señor, si lo recuerda se supone que usted no debería estar aquí hoy. No estás exactamente en mi agenda." Levanté el teléfono para llamar a Meredith y fue directo al buzón de voz.

"Hey Mere, Ryan está aquí pero nos vamos en diez minutos así que si te quieres regodear en toda su gloria, necesitas venir acá. Pronto."

Ryan explotó en carcajadas al uso de mis palabras y la expresión que usé al decirlas. Arrugué mi nariz. Su mano fue a su boca mientras me miraba y mi corazón se derritió. Él era mío. Pero cómo se sentiría después de que le dijera acerca de la nueva *oportunidad*?

"En serio, Julia. Toda esa mierda es algo retorcido."

"Qué? Quieres decir que no tienes hordas de mujeres mirándote como idiotas por donde quiera que pasas? Completamente hipnotizadas?" Mis ojos se abrieron en énfasis dramático.

"Solo hay una a la que quiero hipnotizar. Y, ella tiene sus acosadores, también."

"Mmmm, tú crees? No tantos como tú. Y hablando de acosadores, qué hay de nuevo con Liza?"

Sus cejas cayeron sobre sus profundos ojos azules. "Nada nuevo. Todavía trata de escabullirse a los grupos de estudio y esas cosas, amor. Tu sabes que solo tengo ojos y brazos y labios y lengua y pito para ti, lo sabes no?" Se detuvo cuando inhalé fuertemente en shock, las esquinas de su boca reteniendo una sonrisa, pero su tono fue serio. "Tú me has arruinado para siempre."

Mi cara se sonrojó y mi cuerpo respondió a sus sexys palabras. "No puedo creer que acabes de decir eso," dije en voz baja mientras alguien tocó a la puerta.

"Sí. Si puedes. Sabes que es verdad," Sus ojos brillaban en los míos cuando Meredith abrió la puerta y metió la cabeza.

"Están decentes? Es seguro entrar?" dijo felizmente mientras abrió la puerta de par en par y entró.

Ryan se levantó y la abrazó ligeramente. "Hola, Meredith. Cómo estás?" dijo con educación.

"Grandiosa. Te graduarás pronto, escuché. Luego te mudarás a Nueva York?" Me tensé ante sus palabras. Lo último que necesitaba era cualquier conversación sobre el futuro inmediato antes de tener la oportunidad de hablar con Ryan acerca de la oferta de París. Le incliné la cabeza esperando que ella entendiera que quería que cambiara el tema.

"Sí. Ya será pronto." Él se sentó al borde de mi escritorio mirando hacia Meredith mientras yo me movía hacia él. Su mano alcanzó la mía. "Aunque no suficientemente pronto. En serio ya me cansé de extrañar a mi chica. No puedo esperar para estar con ella todos los días."

Meredith lanzó una mirada entre los dos. "Sé que ella te ha extrañado también, quiero decir, solo has mirado alrededor de esta oficina? Hay fotos tuyas por todos lados."

"Oh, eso es solo para cuando tú me visitas, Meredith" dije sardónicamente.

"Sí claro!" se burló "Entonces… qué van a hacer ahora?"

"Bueno, la sorprendí llegando antes, así que después de almorzar, supongo que iré a algún museo o iré a ver qué tal es la zona aledaña al hospital Saint Vincent. Comienzo mi residencia allí en Julio," contestó Ryan. "Qué haces en Nueva York Meredith? Te trasladaron de Los Ángeles?"

"Am…" comenzó pero dudó cuando me miró. "Estoy aquí para armar un equipo para un proyecto especial en el cual estoy trabajando."

Ryan sonrió y acarició mi mano con su pulgar, "Quizá Julia pueda ayudar."

Si solo supiera lo que estaba diciendo y cuáles eran las implicaciones. Mi corazón se aceleró y la ansiedad comenzó. Todo lo que necesitaba era que Meredith hablara demasiado.

"Sí, eso espero. Ella es muy valiosa para nosotros. No creo haber visto a nadie con tanto potencial desde que llegué *yo*."

"Sí. Estoy muy orgulloso de ella." Estableció Ryan.

"Debes estarlo, y ella de ti. Ustedes chicos van a llegar alto, eso es seguro. Julia, por qué no te tomas el resto del día" me instó con una ceja.

"De verdad?" preguntó Ryan esperanzado, su cara se iluminó.

"Sí, por qué no? Vale la pena ver esa impactante mirada en tu cara Lárguense ya, pero asegúrate de que Andrea sepa mantener todos los patos en fila."

Me reí a su uso de las palabras y al hecho de que hizo parecer que yo no había pedido el día libre hoy.

"Ya le informé y tendré mi teléfono todo el día así que puede llamarme cuando lo necesite. Gracias."

El minuto en que se fue Ryan me miró entendiendo.

"Pequeña malcriada. Me dejaste pensar que tenía que sufrir todo el día sin ti hoy y ya tenías el día libre."

"Sí, como sea. No has pasado el día sufriendo tanto a mi merced, amor," bromeé. "Además, estabas durmiendo y no quería despertarte." Tomé mi abrigo y él me ayudó a ponérmelo y salimos de la oficina.

Tragué grueso y traté de sonreír mientras su mano se entrelazaba con la mía. Él estaba tan feliz y me horrorizaba decirle acerca de la oferta de trabajo, ya que yo sabía cuál sería su reacción.

Hasta ahora, hoy y probablemente mañana, yo solo quería estar con él y disfrutar nuestro tiempo juntos. El problema era que él me conocía tan bien que tendría problemas escondiéndole cualquier cosa. Me costaría un gran esfuerzo no dejar que se diera cuenta que algo me molestaba.

"Okey, entonces qué es lo que realmente quieres hacer hoy?" pregunté con una sonrisa forzada.

"Am, alimentarte y luego llevarte a casa a devorarte por horas sin fin. Otra pregunta?"

"Ninguna, excepto um… qué quieres comer?"

Me lanzó una mirada mientras íbamos caminando, levantando sus cejas y una sonrisa formándose en sus perfectos labios. "Detente, Julia. Lo digo en serio. Deja de estar provocándome o no me hago responsable de mis acciones."

"Qué?" abrí los ojos inocentemente y me mordí el labio para no reírme. "Almorzar, cierto?"

"Ah hah, *cierto.*"

Ryan y yo habíamos pasado la tarde en la cama. Me sentía desesperada y pegajosa con él, todo el tiempo acercándome más e incapaz de tener suficiente de hacer el amor. Lo quería más profundo dentro de mí y que nunca dejara de tocarme. ÉL era tierno y apasionado, y como siempre, me hacía sentir su amor en cada respiración. Todo el tiempo luché contra las lágrimas, preguntándome qué demonios hacia yo siquiera considerando esta estúpida oferta de trabajo.

Cómo demonios iba a decirle que me iba a ir a París?

Decidimos quedarnos en casa ya que íbamos a salir mañana en la noche. Así que coloque el negligé rojo sobre mis curvas. Era completamente transparente y se podía ver cada detalle de mi cuerpo, el bikini igual de revelador y solo agregaba una pequeña cobertura. Llamé y ordené comida Pad Thai y podía oír a Ryan pagándole al repartidor en la entrada.

Tenía serios planes para él esta noche y a pesar de que amaba hacer el amor con él, yo tenía un motivo ulterior. Usualmente pasábamos hora y horas hablando, pero yo estaba sensible y no sería capaz de evitar decirle lo de París si eso pasaba. Quería hacerlo feliz y mostrarle cuánto lo amaba. De verdad, no podía tener suficiente de sus manos y su boca sobre mi cuerpo. Quería empaparme en eso y grabar cada segundo en mis recuerdos para sostenerme y esperaba que a él también durante los meses de separación.

Mañana en la noche lo sorprendería con un concierto, pero esta noche lo mantendría ocupado con amor. Recogí mi cabello hacia arriba y dejé caer algunos cerca de mi cara, usé un maquillaje un poco más fuerte para hacer mis ojos ahumados y aplique un brillo rosado oscuro a mis labios. Sin joyería, excepto por el brazalete. Nunca me lo quitaba. Me encantaba ver las iniciales entrelazadas en mi muñeca y significaba un mundo para mí. Rocié perfume detrás de mi oreja, muñecas y cuerpo antes de apagar la luz de la habitación y encender tres velas.

Silenciosamente fui por el pasillo hasta la cocina. Ryan estaba de espaldas y sacaba la comida de la bolsa y luego sacó unos platos de la alacena. Me acerqué y me detuve como a diez pies de él. Quería que al voltearse me viera.

"Hey, qué estás cocinando?" dije suavemente. Él alcanzó dos copas de vino y las puso en el mostrador, buscando un saca corcho en la gaveta con su otra mano.

"Pfft. Quieres vino?" miró por encima de su hombro y paró en seco cuando me vio, giró y clavó su mirada en mí. Sus ojos recorrieron lentamente mi cuerpo de arriba abajo y dejó caer su cuerpo contra el mostrador. "Santo Dios, Julia… te ves…asombrosa." Humedeció sus labios mientras la mano que sostenía el saca corcho se movió para descansar sobre su pecho.

"No te vayas a hacer daño con esa cosa," murmuré suavemente mientras me acercaba a él quitándoselo de la mano y luego encontré sus ardientes ojos azules. Mi mano libre sostuvo su mentón. Él estaba sin palabras y me encantaba. "El gato te comió la lengua? No es como si nunca me hubieses visto desvestida, Ryan," dije mientras lo rodeé para agarrar la botella de vino y comencé a destapar el envoltorio sobre el corcho. Él observó en silencio, sin moverse, excepto para moverse en la dirección que yo me moviera.

"Lo sé… pero siempre me deja sin aliento. Eres hermosa, pero la emoción siempre me impresiona…saber que nadie te ha tocado nunca antes… que solo has sido mía. Nunca voy a acostumbrarme a la forma en que eso me hace sentir."

Mi corazón se detuvo. Dejé la botella de vino mientras rodeé su cintura con mis brazos mientras lo besaba en el punto donde latía su pulso en la base de su cuello. "Te amo exactamente como te lo imaginas… probablemente más."

Sus manos flotaron por mi espalda hacia arriba y hacia abajo, enviando vibraciones por mi columna y causando que se me erizara la piel de los brazos y piernas. "De repente, no tengo tanta hambre…" susurró suavemente mientras sus labios se abrieron en la curva de mi hombro. Su boca estaba caliente y él sabía cómo hacer que me derritiera, arrastrándose por la línea de mi cuello con pequeños besos y succiones intermitentes.

"Ahhh…" caí flácida en sus brazos, mis manos incapaces de sostenerlo como deseaba por el saca corcho en mi mano. "Necesitas comer. Amor, tenemos toda la noche y todo el día de mañana…"

"Qué hay de mañana en la noche y el sábado?" susurró contra mi piel.

"Sí, eso también, pero tengo una sorpresa para ti mañana en la noche."

"Mejor que esta? Imposible." Me besó en la boca y luego tomó una de mis mejillas y me besó en la opuesta. Sus labios eran suaves como felpa en mi piel. Cerré los ojos y traté de estabilizar mi respiración. Después de todos estos años él tenía el más increíble efecto sobre mí. Las palpitaciones ya habían comenzado bajo su experto toque.

"Mejor no, solo diferente."

"Mmmm… Yo estaría feliz de quedarme aquí por todo el fin de semana, cariño." Me paré de puntillas para besarlo en la boca, tratando de detener su seducción encubierta.

Sin ganas me separé de sus brazos y descorché el vino. Mientras estaba reclinado en el mesón, él me miraba con mucha intensidad. Llené las copas que él había sacado e indiqué con la cabeza que pasáramos a la sala.

"Vamos. Te alimentaré," Dije con una ligera sonrisa y sus cejas se levantaron en respuesta. "Trae la comida, sexy."

Me adelanté a la sala mientras él traía los dos envases de comida y dos tenedores. Cuando vino a mí, apunté al centro del sofá, Se sentó y yo me incliné para tomar de su mano un contenedor y un tenedor. Abrió uno después de tomar el control remoto y encender el televisor.

La luz sobre la estufa y la lámpara en la sala eran la única luz. Yo las apagué para sentarme con mi comida en el sofá.

"Julia, qué estás haciendo? Creí que querías comer?" La pregunta era clara en su tono.

La televisión estaba a bajo volumen, pero no tenía importancia cuando escalé al regazo de Ryan y rodeé sus muslos con mis piernas. Sus ojos me quemaban, Ryan se congeló con la comida en una mano y la otra moviéndose hacia arriba por mi muslo por debajo de la fina seda.

Tomé el cartón de su mano y comencé a remover los fideos. Sus ojos ardían en los míos mientras se retorcía incómodo debajo de mí. Lo estaba incitando pero ninguno de los dos reía. Le ofrecí un poco y él lo comió, pero sus manos se movieron más arriba hasta alcanzar mi pecho y deslizar su pulgar sobre mi pezón robándome el aliento. Me incliné para besar su boca suavemente e instantáneamente él inmediatamente se levantó hacia mí para profundizar el beso. Me resistí y acaricié su nariz con la mía.

"Comida," susurré contra su boca.

Su mano se deslizó a la parte trasera de mi cuello y urgió mi boca a la suya. "Que se joda la comida, Julia. Te deseo. Me estás matando con todo esto."

"Oh, lo que tienes en mente es follar?" bromeé mientras él me quitaba el envase de la mano y lo arrojaba bruscamente sobre la mesa. El tenedor cayó y rebotó hasta el suelo. Indudablemente, se hizo un desastre. "Hmmm… eso creo." Mis manos pasearon por el frente de su camisa y lentamente comencé a deshacer los botones, dejando que mis dedos jugaran con los firmes músculos. Dejé que mis manos recorrieran los músculos de su abdomen hasta llegar al tope de sus jeans, abrí el botón y bajé el cierre. Él se sentó y me rodeó con los brazos mientras su boca alcanzaba la mía, pero me resistí, solo lamiendo su labio superior ligeramente. Gruñó y enterró su cabeza en mi cuello, succionando con tanta fuerza que pensé que dejaría una marca. "Por qué juegas así conmigo? Te haré el amor toda la noche. No me tortures."

Lo besé en la sien, y tome sus cabellos en mis puños y sus caderas se movían debajo de mí. "Quieres jugar verdad o reto?" susurré contra su piel. Inhalando su esencia tan familiar e inolvidable.

Se sentó hacia atrás, sus ojos azules estaban iluminados lamió sus labios antes de levantarlos ligeramente en las esquinas. Este era nuestro juego amoroso. Lo jugábamos mucho cuando no nos habíamos podido ver por un tiempo y comenzamos a usarlo cuando yo vivía en Los Ángeles.

"Oh, sí."

Complacida con su respuesta y la mirada expectante en su rostro, me incliné para besarlo fuertemente, finalmente abriendo mi boca a la de él y enterrando mi lengua entre su dispuestos labios. Me devolvió el beso con tanta pasión que me consumía, hasta que aparté mi boca necesitando demasiado el aire.

"Ok… tu primero," Jadeé y mi cabeza cayó en su hombro mientras mi cadera se enterraba contra la suya.

Gimió. "Agh…Verdad," dijo contra mi boca.

"Qué sientes ahora?"

"Tanto amor, que no puedo respirar. Mi cuerpo duele. Soy tan afortunado… Tu eres un milagro" su suave voz de terciopelo y acomodó un mechón de mi pelo detrás de mi oreja. "Tu turno."

Oh Dios, cómo puedo ir a Francia?

Mi corazón dolía con la fuerza de mi amor por él. Estaba tan llena de dolor, deseo y tristeza todo al mismo tiempo; pensé que reventaría en llanto.

"Mmmm… reto," traté de sonreír seductoramente. Sus facciones se inundaron con una emoción que no puede reconocer, sus ojos se estrecharon y tragó grueso. "Te encanta cuando escojo el reto." Pasé mi pulgar por su labio inferior, aun húmedo por nuestros besos.

Esto era un juego pero ambos estábamos serios; nuestras emociones eran cualquier cosa menos juguetonas.

Él haló el cuello de la hermosa seda hasta que mi pecho derecho estuvo libre. "Te reto a no hacer ningún sonido por los próximos cinco minutos," dijo mientras su boca se cerraba alrededor de mi pezón y comenzaba a succionarlo. Mi cabeza cayó hacia atrás y me mordí los labios mientras sus dedos encontraron el camino hacia la húmeda calidez entre mis piernas sobre el pedazo de tela que estaba allí. "Julia," inhaló liberando mi pezón y siguiendo los besos sobre mi pecho hasta mi clavícula. "Siempre estás tan lista para mí; saber que tú me deseas, también… Ahh…"

Halé su cabello y él gruñó. Solo pude evitar gritar, mientras peleé con la urgencia de decir su nombre, mordí su hombro mientras sus dedos continuaban dándome placer hasta que no estuve segura si podría detenerme. Mi mano alcanzó sus dedos para detenerlos.

"Espero que ya hayan pasado cinco minutos porque ya no puedo aguantar más."

"Déjate ir, Julia." Trató de empujar mi mano a un lado pero mis dedos se envolvieron alrededor de los suyos. "Yo lo deseo," protestó.

"Todavía no, amor. Agh, no todavía," supliqué. "Es tu turno."

"Okey…reto."

"Te reto a no tocarme ahora. No hasta que estés a punto de venirte."

"No puedo hacerlo, Julia," Dijo mientras sus manos se deslizaban por la parte de atrás de mis hombros y los usó para empujarme con fuerza hacia abajo contra su bulto mientras nuestras caderas se movían juntas.

"Antes de este fin de semana no había sido posible tocarte por siete semanas y tres días."

Mi corazón cayó dentro de mi pecho y sentí la pinchazo de las lágrimas al comenzar. Mis dedos rozaron su mandíbula mientras me incliné a besar suavemente su boca abierta.

"Por favor, Ryan. Quiero darte esto." Me levanté y me arrodillé frente a él y alcancé el tope de sus jeans para abrirlos. Sus manos se alejaron de mí con renuencia y se apartó. "Sin tocar." Dije otra vez.

Tomé el control de la mesa y apagué el televisor. "Quiero escuchar cada aliento de tu respiración," susurré y me incliné a besar su estómago justo sobre la parte abierta del jean. El ligero sendero de vello que llevaba desde su abdomen hasta la parte de abajo era tan sexy, como si guiara a la tierra prometida donde encontraría salvación.

"Julia." El sonido de mi nombre saliendo de lo profundo de su pecho era gutural, fiero y hacía que mi corazón latiera más rápido y que mi cuerpo se barriera con una nueva ola de calor. Básicamente me destruía por dentro, cuánto lo deseaba. El levantaba sentimientos en mí que nunca creí posibles. Nunca imaginé que un amor como éste pudiera existir. Ahora, casi ocho años después, él era para mí, mucho más de lo que jamás pude haber soñado.

"Bajé sus jeans y él levantó sus caderas para ayudarme. Su erección se liberó y coloqué mi frente ella contra sus abdominales, mientras le sacaba los pantalones. Él los pateó y gruño mientras mi aliento lo bañaba. Estuve sobre él con mis manos y mi boca, sintiendo gran placer cuando su respiración se incrementaba y sus manos hacían puños en los cojines del sofá junto a él. Gimió suavemente y comenzó a jadear y supe que estaba cerca así que hice más lento el ritmo."

"Mmmmm, amor, sabes tan bien," dije en un quejido.

De repente se sentó y me agarró levantándome para que rodeara su regazo desnudo con mi cuerpo sus ojos estaban vidriosos y brillantes cuando me miró hacia arriba, puso una mano en mi cadera y la otra a un lado de mi cuello con su pulgar frotando mi mandíbula. Subió la cabeza para besarme pero, nuestras bocas se encontraron una a la otra. Quería probar sus labios pero él dudó.

"Verdad o reto?"

Lloriqueé, insegura de si quería seguir jugando y ansiando que me llevara a la habitación. "Uhhhh, Ryan," susurré urgentemente contra sus labios. "Por favor…"

"Entonces será verdad?" Cerré los ojos y asentí. "Okey. Qué quieres que te haga ahora? Cualquier cosa que quieras, te la daré."

El deseo fluía en su voz dejándonos a ambos en agonía.

"Quiero sentirte dentro de mí para siempre. Quiero que me toques mientras hacemos el amor y que nunca te detengas."

"Como si pudiera. Dónde?" sus brazos se ciñeron a mí alrededor. "La habitación?"

Lo rodeé con brazos y piernas empujando mi calor contra su dureza. La seda de mi bikini no hacía nada para disimular mi excitación. El surgió contra mí, una mano moviéndose entre nuestros cuerpos para empujar el material hacia un lado y la otra halando mi cadera hacia adelante mientras él se deslizaba dentro de mí.

Le quité la camiseta frenéticamente. Mis dedos hambrientos por los duros músculos que encontré bajo su tersa piel.

"Amor," Rugió mientras se levantó y me cargó hasta la habitación, con nuestros cuerpos aun fusionados. No pude evitar empujarme contra él por instinto.

Respiré y moví mis caderas contra las suyas, tomándolo tan profundamente como era posible. Cerró la puerta empujándola con el pie y descendimos a la cama, sus codos descansaban a cada lado de mi cabeza y su mirada ardiente fija en la mía mientras se acomodaba sobre mí.

Cerré mis ojos ante la exquisita sensación de su cuerpo enredado con el mío y subí mis rodillas para tenerlo más cerca aún.

"Julia, mírame," dijo suplicó mientras acariciaba un lado de mi cara con su nariz y comenzaba a hundirse larga y profundamente distrayéndome. Mis caderas surgieron para encontrar el familiar ritmo. Abrí los ojos y asimilé su expresión. Era de placer, dolor y amor puro. Coloqué una mano en su cara. "Te amo, me escuchas? No puedo respirar sin ti."

Su boca cerró la mía mientras nos besamos hambrientos, nuestras bocas pegadas todo el tiempo que hicimos el amor. Nunca tendría suficiente de mi hermoso hombre en ese momento trajo mi cuerpo hasta los temblores del clímax una y otra vez. Para el momento en que caímos exhaustos uno en los brazos del otro, el sol se estaba poniendo y reflejando sombras en el suelo.

~Ryan~

Julia había estado callada todo el día, lo que hacía que me preguntara si no estaba sintiéndose bien todavía. Me quedé tratando de entender qué era lo que iba mal.

El tiempo con ella había sido asombroso; y nos quedaban dos noches juntos antes de que tuviera que regresar a Boston. Pasamos la noche haciendo el amor, así que dormimos casi todo el día.

Desperté muerto de hambre. Julia botó la comida Pad Thai que dejamos sin tocar y nos hizo una comida sencilla de queso a la parrilla y sopa de tomate. Ahora íbamos camino al centro mi pulgar frotaba la mano que sostenía en la mía.

"A dónde dijiste que vamos?" pregunté ansioso.

"Ah Ah. No te voy a decir, amor. Pronto lo verás." Sus ojos tenían un nivel de emoción más ligero del que estaba acostumbrado a ver en sus ojos. "La pasarás bien, lo prometo."

"Aquí estamos, Madison Square Garden," el taxista giró hacia nosotros. "Serán 32,50 $"

Le entregué dos de veinte y seguí a Julia fuera del auto. La multitud derramándose en la entrada parecía infinita y finalmente entendí cuál era la sorpresa. "Julia, esto es perfecto! Gracias!" La levanté y giré con ella en brazos. Había estado trabajando tan duro que no había tenido tiempo de hacer nada divertido.

"Julia, así es como será para nosotros ahora. *Al fin*. Estaremos así de juntos cada día," dije contra su cabello cerca de su oído. Su olor tan dulce. "Te amo."

""También te amo," me besó a un lado de la cara y luego en la boca. "Vamos! Tengo asientos grandiosos."

Después de ponerla de nuevo en el suelo, la rodeé con un brazo y pasamos entre la multitud. Sacó los tickets de su bolsillo y se los entregó al encargado. "Los asientos en palco principal están a la izquierda un nivel hacia arriba" nos instruyó y luego apuntó a la escalera mecánica.

Compramos cerveza y encontramos nuestros asientos, durante todo ese tiempo nunca la solté.

La audiencia era salvaje, la música ruidosa y cantamos y bailamos todo el tiempo. Amaba ver a Julia. Sus mejillas sonrojadas, su piel era asombrosa y su cabello caía en suaves ondas sobre su cara. Me encontré a mí mismo apretándola cerca y besándola frecuentemente.

La banda comenzó a tocar una canción que había llegado a significar mucho para nosotros cuando estábamos separados. Julia envolvió mi brazo con el suyo y descansó su cabeza en mi hombro mientras la letra llenaba la arena. Los tonos de bajo enfatizaban las palabras que significaban tanto para nosotros. Habíamos hecho el amor con esta canción y terminado llorando en los brazos uno del otro en varias ocasiones. Hablaba de separación y pérdida de tiempo, como siempre, mi corazón se apretó, ella escondió su cara en mi cuello. Estaba poniéndose emocional así que pasé mis brazos por encima de sus piernas y la besé en la frente. Las palabras eran innecesarias. Nos conocíamos tan bien.

"Hey, tú... toda esa mierda está casi tras de nosotros."

Se aferró con más fuerza a mí y sentí como caían sus lágrima sobre mi piel mientras ella asentía. Aparté el cabello de su rostro pero ella mantuvo su cara escondida. Me preocupaba que algo estuviese mal, pero el ruido y la multitud me impedían preguntarle.

"Julia, estás bien?"

Fruncí el ceño. Por qué está tan mal? Traté de afirmarla. "Está bien, bella. Pronto, nuestro para siempre comenzará."

Ella se subió a mi regazo, ignorando la gente que nos rodeaba, besándome suavemente mientras la canción continuaba. Yo no pude contenerme, mi boca la devoraba, haciendo más profundo el beso. Nos besamos una y otra vez con una desesperación que me confundía. Mi mano se deslizó bajo la cortina de su cabello, moviendo su cabeza para que mi boca pudiese inclinarse sobre la de ella, con un beso más profundo y deslizando mi lengua para bailar con la de ella.

Separé mi boca de la de ella mientras la canción se desvanecía. "En solo unos pocos meses, amor. No puedo esperar. Te amo inmensamente."

"Llévame a casa, Ryan. Lo siento. Sé que el concierto no ha terminado, pero te necesito."

No tenía que pedirlo dos veces.

Esta era mi última noche con Julia. Estaba planeando pedirle que se casara conmigo durante la cena. El anillo estaba en mi bolsillo y, aunque sabía que ella aceptaría, yo estaba nervioso. Habíamos hablado de casarnos muchas veces, así que se daba por sentado. Sonreí para mí mismo en anticipación.

Se veía hermosa en ese pequeño vestido negro, medias oscuras y tacones negros. Tan elegante. Su cabello recogido hacia arriba y a un lado, pero caía en largas ondas sobre su espalda y el brazalete brillaba en su muñeca.

Ella usó el collar con un solo diamante que le había regalado en la última Navidad y unos pendientes de diamante en forma de gota. Robaba el aliento.

Sus facciones lucían calmadas pero había algo ocurriendo detrás de esos hermosos ojos verdes. Había estado tan callada hoy. Anoche había sido como un milagro, otro asombroso sex-a-ton de toda la noche que había comenzado el minuto que entramos al departamento. No teníamos suficiente el uno del otro. Sin sorpresas, pero, había algo no dicho que la hacía más necesitada y deseosa de lo usual.

La presioné contra la pared del pasillo y removí su ropa lentamente. Desde que nuestras bocas se tocaron ella estaba empujándome por los hombros hacia ella en su frenético intento de tenerme más cerca. La relación fue intensa, llena de emociones que nos estaban consumiendo por dentro. Las lágrimas en su mejilla me confundían y causaban que me detuviera, pero cuando le pregunté ella me había callado rogándome que no hablara y que solo sintiera. Me hizo el amor como si nunca más volvería a verme. Las despedidas siempre eran difíciles, pero esta vez sería la última vez, así que yo realmente no entendía su desesperación o sus lágrimas.

Cerré los ojos cuando se me hizo un nudo en la garganta. Lo mucho que ella me afectaba, lo mucho que la amaba... era como la fuerza de mi vida. Consumidora e infinita.

La observé picar su comida durante veinte minutos. Este era su restaurante favorito en Nueva York y ella amaba venir aquí, pero esta noche estaba apática, pensativa... un poco preocupada.

"Julia." Alcancé su mano por encima de la mesa.

Levantó la mirada de su plato y dejó a un lado su tenedor. "Hmmmm?"

"Te estás sintiendo bien?"

Sonrió ligeramente. "Sí, Doctor. A mi ronda de antibióticos solo les quedan dos días. Me siento cien por ciento mejor."

Suspiré e incliné mi cabeza a un lado. "Entonces, cuando me lo vas a decir?" pregunté acariciando suavemente su mano haciendo círculos con mi pulgar sobre ella.

"Decirte qué?" murmuró, su mirada evadiendo la mía.

"Lo que sea que ha estado en tu mente. Especialmente hoy, has estado preocupada y distante."

"Ryan Matthews. No pensaste que estaba distante cuando hicimos el amor en la ducha no hace ni dos horas atrás," dijo, tratando de bromear, pero yo ya estaba preocupado de que algo muy importante estuviera mal.

Ella trataba de distraerme, y yo lo sabía. Tan maravilloso como eso había sido, la conocía suficientemente bien para saber cuándo ella estaba evadiendo. Esto era serio. Tomé su mano otra vez.

"Julia, por favor. Estoy comenzando a preocuparme, entonces por favor podrías decirme qué coño está pasando? Conociste a alguien más?"

Su boca se abrió hasta el suelo y fijó su mirada en mí, anonadada retiró furiosamente su mano de la mía.

"Hmmf!" su aliento salió resoplando. "Tú crees que podría haber hecho el amor contigo como lo he hecho, si existiera alguien más, Ryan? De dónde demonios salió eso?" se sonrojó y su expresión era de rabia.

"El sexo siempre ha sido maravilloso entre nosotros… pero ha sido tan desesperado este fin de semana." Clavé mi mirada en la de suya y ella miró a lo lejos. Incapaz de sostener la intensidad de mi mirada. Mi corazón daba tumbos. "Cada vez que me tocas se siente como si estuvieras diciéndome Adiós."

"Pero…te he dicho más de cien veces en los últimos tres días que te amo. No me estabas escuchando?"

"A veces el amor no detiene que pasen mierdas malas. Hemos tenido tanta distancia entre nosotros que algo pudo haber.."

"No! No en esta vida, Ryan!" Sus ojos estaban tan abiertos y salvajes cuando finalmente habló en tono enojado. "Tienes que detener esto. Tú has lidiado con la misma distancia, entonces debería asumir que andas revolcándote por ahí? O sea… si crees que yo podría hacerlo, entonces…"

Un calor se infundió en la piel de mi cara y cuello, mis pulmones se comprimieron.

"No! Pero por favor ponte en mis zapatos!" Me recliné en la silla y pasé mi mano, la que aún sentía la repentina ausencia de su mano, por mi cabello. "Aquí está la mujer que amo más allá de la razón, mi mejor amiga en el mundo, quién me cuenta *todo*… a quién no he visto en casi dos jodidos meses, y *no* está hablando conmigo! Estás retraída y completamente cerrada…excepto en la cama! Dime qué demonios se supone que debo pensar? Quiero decir, solo quedan cuatro meses hasta que termine con la escuela de medicina y quisiera comenzar a resolver la parte de logística para estar juntos, pero se siente como que lo estás evadiendo. Y esto solo…" bajé la voz porque mi garganta se contrajo y se cerró. "Bueno, me *mataría* si eso es lo que está pasando después de todos estos años separados, me refiero a… Qué mierda pasa?"

El dolor en mi voz era evidente. Sus ojos se llenaron de lágrimas cuando se inclinó y tomó mi mano nuevamente, mirándome finalmente. Su agarre era muy fuerte y su voz un quebrado susurro.

"Escúchame! No hay y *nunca ha habido* alguien más, gracias a ti. Nadie más *existe* para mí, y tú *lo sabes!*" dijo con urgencia. Su pecho subía y bajaba rápidamente y se veía como si estuviera a punto de perder el control, su mano libre limpió duramente una lágrima de su mejilla. "Ni siquiera puedo creer que me dijeras eso a mí. No puedo hacer esto aquí, Ryan, okey?"

Era malo y mi corazón se hundió hasta mi estómago. Mis ojos ardían, picaban como si se estuvieran incendiando, mi respiración era elaborada, llegaba en cortas descargas. Saqué mi billetera y arrojé ciento veinte dólares en la mesa y me levanté, sosteniendo una mano hacia Julia.

Mi Julia. Por qué aún tenía miedo de que eso podría cambiar? Por qué sentía que me estaba ahogando?

La rodeé con mi brazo mientras caminábamos hasta el auto y podía escucharle llorar silenciosamente. Después de abrir la puerta del auto, la tomé del brazo antes de que entrara, y la giré para que me mirara.

"Solo dime que no vas a dejarme. Tengo que escucharlo, *ahora*," supliqué.

Julia estaba sufriendo, también. Fue evidente cuando cerró sus ojos, lágrimas salieron y rodaron por sus mejillas. Sus brazos se deslizaron por mi cintura y enterró la cara en la parte del frente de mi traje y sollozó. La apreté fuerte contra mi pecho y presioné mi cara sobre su cabello, la confusión me estaba comiendo vivo.

"Yo nunca te dejaré, Ryan. Te dije la primera vez que hicimos el amor que estaría contigo por todo el tiempo que tú me quisieras. Así que, ya para toda esta mierda, *por favor*. Esto no es bueno, pero no se trata de romper nuestra relación… a menos que eso sea lo que *tú* quieras que suceda," Lloró destrozada.

Suspiré de alivio y el apretón en mi pecho cedió ligeramente. "Eso nunca va a pasar; pero me duele que estés escondiendo algo de mí."

"Solo volvamos al departamento. Te hubiera dicho antes, pero quería que este fin de semana fuera perfecto."

El camino de vuelta estuvo al borde de la tensión y lleno de silencio. Mis nudillos blancos por la fuerza con la que apretaba el volante y Julia atrincherada en su asiento, mirando hacia afuera por la ventana.

Ella se apresuró delante de mí y yo la seguí, atormentado, detrás de ella.

Me quité la chaqueta y me aflojé la corbata, arrojándolos sobre el sofá mientras Julia dejaba su abrigo cerca de la puerta. Desabotoné mis puños y doblé las mangas de mi camisa hasta el antebrazo siempre observándola a ella.

Esperando.

Solo unos pocos segundos pasaron pero se sentía como una eternidad. Caminé hasta ella y tomé su mano gentilmente en la mía, mirando a sus profundos ojos verdes. Ojos llenos de amor y miedo. Mis pulgares acariciaron el tope de su mano una y otra vez mientras la llevaba conmigo por el pasillo hacia el cuarto y cerré la puerta tras nosotros. Iba a estar feliz de sacarla de este departamento en unos meses y ojalá mudarme con ella, mi anillo firmemente en su dedo y haciendo planes de boda. *Finalmente.* Al menos eso era lo que yo creía hace tres horas. Me senté en la cama y la atraje hasta que estuvo de pie frente a mí, mis manos en sus caderas y bajé mi cabeza para que el tope estuviera descansando en su estómago, hice pequeños círculos en su cadera y suspiré cuando sentí sus gloriosas manos enterrarse en mi cabello. Siempre puede sentir el increíble amor en su toque. Fluía entre los dos como un circuito y me daba la semblanza de alivio en esta tormenta de mierda.

Julia.

"Por favor solo dime lo que pasa," dije derrotado, y respiré profundo, dejándolo salir en un suspiro. Pensé que mis rígidos pulmones se romperían en el esfuerzo.

"Me han… dado un ascenso."

Mi corazón se detuvo mientras miré hacia arriba a su cara. Ella no se veía feliz. Estaba temblando, su voz llena de duelo, mis cejas cayeron cuando le fruncí el ceño.

"No entiendo como eso te hace infeliz." La atraje a sentarse en mi regazo y su cabeza cayó en mi hombro, uno de mis brazos acunaba su espalda y la otra mano acariciaba ligeramente su mejilla. Ella presionó su cara contra mi mano.

"Me van… Me van a enviar a París, Ryan. Por al menos seis meses," su voz se quebró, "Quizá un año."

El aire abandonó mis pulmones. Esas palabras cayeron como una bomba nuclear sobre mí.

"Qué quieres decir con que *te van a enviar*. No tienes que aceptarlo." Dije bruscamente. El miedo aprisionando mi pecho con una increíble fuerza.

"Quieren que lidere un equipo para trabajar en la versión Europea de Vogue. Me dará experiencia con los asuntos de la semana de la moda en París y me familiarizaría con los más famosos diseñadores. Si alguna vez quiero ser Editora de Estilo y Directora Creativa aquí, debo tener conexiones allá. Creen que esta es la mejor manera para que lo consiga," dijo en voz baja.

"No." Dije severamente, mientras apreté los brazos a su alrededor en protesta. "No, Julia. Casi termino con la escuela de medicina! Es hora de comenzar nuestra vida juntos! Hemos esperado y luchado por demasiado maldito tiempo para joderlo todo ahora!"

De pronto Julia se levantó de mi regazo y se paró frente a la ventana. Puso una mano en su cadera y la otra sobre su boca, parada ahí dándome la espalda en silencio. Finalmente, sacudió su cabeza y su voz tembló cuando habló.

"*No?*" Me estás diciendo *no* después de que me mudé a Nueva York sola para estar cerca de ti, Ryan?" su tono era bajo.

"Sí! Un jodido *no!*" Me levanté gritando mis palabras, sorprendiéndola. Sentía como si me hubieran pateado en el estómago. "No puedo creer que siquiera lo estés considerando!"

"Ya esto no es solo un trabajo! Por el amor de Dios! Podría estar al frente de una de las más importantes publicaciones en un año o menos. Podría conseguir hasta a Vanity Fair si juego bien mis cartas. Su editor de estilo está por retirarse pronto."

Sabía que tenía que calmarme si quería que ella escuchara, pero estaba tan mal que mis manos temblaban. Me moví detrás de ella, descansando mis manos sobre sus hombros. "Julia…" comencé pero ella se alejó bruscamente de mí, girando para mirarme.

"No! Tú no tomarás esta decisión, Ryan! Así no." Sacudió su cabeza con frustración. "Es por esto que me asustaba tanto decírtelo! Yo sabía que te molestaría, pero nunca, ni en mis más locos sueños esperé que me dictaras cuál sería mi decisión sin siquiera una conversación. Es decir, de donde demonios sacaste eso?" Estaba alzando la voz y su mirada era salvaje. Estaba furiosa, pero yo también lo estaba.

Cómo es que esto llegó a pasar?

"No estoy tratando de *dictártelo* Julia! Pero es in-jodidamente-creíble que siquiera consideres dejarme ahora! Qué se supone que debo hacer? No iba a mudarme a Nueva York por mi residencia? No lo iba a hacer!?" se asustó cuando le contesté así y lancé mis brazos al aire. "Entonces, ahora qué? Si la comienzo en Boston, la terminaré *ahí*. Esos son otros cuatro años, mínimo. No voy a hacer esta mierda de larga distancia por cuatro años más, Julia. *No lo haré*!" De repente, la habitación se sintió como una caja de zapatos mientras yo caminaba de un lado al otro. "Pensé que me amabas." Era un golpe bajo, pero maldita sea, yo estaba desesperado.

Mordió su labio para evitar que temblara cuando la emoción la removió. "Eso no es justo y tú lo sabes!" soltó miserablemente.

Cubrió su cara con sus manos y comenzó a llorar. Quería sostenerla, pero mi corazón estaba roto y estaba más furioso de lo que nunca había estado en mi vida. Me estaba desmoronando cuando me paré frente a ella temblando.

Todo mi mundo estaba camino a la *jodida Francia*.

"No sé qué hacer, Ryan. Sé que te amo. Pero necesito hacer esto. Por *mí*. Esta vez es acerca de *mí*." Respiró un profundo y tembloroso aliento.

"Entonces, no hay discusión? Ya está hecho?" pregunté directamente y pasé ambas manos por mi cabello. Alejándome de ella.

"Hmmf, qué discusión? Ya me dijiste lo que esperas, solo que esta vez, no puedo hacer lo que pides. He estado agonizando por ésto desde el miércoles. Recuerdas cuando quería una cita para el café? Tú fuiste el primer pensamiento que tuve." Se detuvo mientras yo asimilaba el significado de esas palabras. "Esperaba que estuvieras feliz por mí. Quizá orgulloso. Hay otras 40 personas que quisieran esta oportunidad en el trabajo y me la están ofreciendo *a mí*. Yo ni siquiera postulé, Ryan. Meredith vino por *mí*. Siendo así, cómo puedo decir que no?"

Suspiré. "Abriendo la boca y diciendo la jodida palabra, Julia. Así es cómo."

"Ryan, yo nunca te pedí que sacrificaras Harvard para quedarte conmigo. Esto no es diferente, excepto que es de seis meses a un año. No cuatro."

Mierda. Ella tenía razón, pero no cambiaba como mi corazón estaba siendo arrancado de mi pecho y las implicaciones de lo que esto significaba… medio mundo entre nosotros.

"No me pidas que esté feliz por algo que va a arruinar toda mi maldita vida, Julia." Me senté en la cama con la cabeza entre mis manos. "Cuándo?" pregunté resguardado. Mi corazón no quería escuchar la respuesta, pero mi cabeza necesitaba saber.

"Ahhhhh," trató de librar su voz de las lágrimas. "Cuatro o cinco semanas, quizá? Hay algunas cosas por hacer primero," dijo suavemente ni siquiera estaba seguro si ella dijo eso.

"Ahhhhh! Estoy tan furioso, Julia. No es justo que pase esta mierda! Lo arruina todo!"

Rabia? Dolor? Injusticia? O Ironía? Lo que sea que fuera, me estaba haciendo pedazos. Sentía que estaba siendo destripado.

Algo podría ser peor?

Levanté mi cabeza y la miré. Ella también estaba destrozada, temblando con lágrimas corriendo por sus mejillas. En mi rabia y frustración, fallé al ver que esto significaba lo mismo para ella que para mí. La miseria de estar separados.

"Julia, lo siento," dije en voz baja. "Yo solo… no quiero perderte. Tú sabes eso."

Los sollozos reventaron de nuevo. "Y-y-yo lo sé, R-Ryan. Dios, yo tampoco quiero perderte. P-por favor no d-dejes que eso p-pase por causa de esto," rogó, mientras se inclinó contra la pared y se deslizó al suelo hasta estar allí sentada. Subió sus rodillas y escondió su cara en sus brazos que rodeaban sus piernas.

Instantáneamente, yo estaba a su lado tomándola en brazos. Y me abrazó por encima de los hombros. "Te amo t-tanto," lloró en mi cuello, sus cálidas lágrimas y aliento lloviendo sobre mí. Mis propios ojos ardían y mi garganta cerrada por el dolor.

"Lo sé, cariño. Yo te amo, también. Si no lo hiciera, esto ni siquiera importaría… pero no quiero estar sin ti. Con las horas de residencia y esa mierda, Julia, no podré escaparme a París para verte. No puedo pasar un año sin verte más que un par de veces. No sobreviviré," Dije en voz baja mientras rozaba con mi nariz el cabello sobre su oreja. Estaba húmedo por sus lágrimas y la piel debajo de él caliente. Besé un lado de su cara y limpié sus lágrimas con mis pulgares. Sus ojos estaban cerrados, sus cejas encogidas, el resto de su rostro caído mientras lloraba.

Me acosté en la cama y la llevé conmigo, ella se acomodó fácilmente en el nido que era mi hombro como lo había hecho mil veces antes. Suspiré profundamente y froté su espalda, tratando de calmar mis emociones y deseando poder ahorrarle ese dolor a ella.

"Siento haberme molestado tanto, amor." La besé en la boca mientras ella sofocaba las lágrimas. "No estoy feliz con esto, Julia. Entonces, no puedo prometer que no estaré amargado y lloriqueando por lo injusto del asunto."

La sentí asentir contra mí. Pasaron unos minutos antes de que ella pudiera hablar con calma aunque su voz aun temblaba y yo sentía sus cálidas lágrimas atravesar mi camisa y mojar mi piel.

"Yo no quiero estar lejos de ti tampoco, Ryan. Me mata, pero yo tengo que hacer esto. Les dije que solo lo haría si me traían a Estados Unidos por una semana cada dos o tres meses. Sé que no es mucho, pero al menos nos veremos un poco. Y, le hice prometer a Meredith dejarme regresar para tu graduación. Prometí no perdérmela."

Mis brazos se apretaron alrededor de ella. Ella siempre estaba pensando en mí, incluso cuando yo estaba siendo un bastardo egoísta. Amaba tanto a esta mujer, mi corazón se llenaba y se rompía al mismo tiempo. Respiré profundo y besé su frente. "Trataré de ir allá, si existe alguna manera en que eso sea posible, Julia."

Se movió para poder mirarme a los ojos. "Ryan… considerarías hacer tu residencia en Nueva York aun así? Podrías quedarte en mi departamento. Sé que estoy pidiendo mucho porque estarías varios meses solo en Nueva York pero, lo harías? Cuando yo vuelva a Estados Unidos estaríamos juntos de inmediato. Por favor?" rogó, y su mano vino a acariciar mi mandíbula. "Por Favor?"

Asentí. Era la única opción.

La manera más rápida en que estaríamos juntos. "Por supuesto, amor. No puedo soportar más tiempo separados, no más del que sea absolutamente necesario. Aquí vamos otra vez."

El anillo en mi bolsillo estaba quemando un hoyo en la tela de mis pantalones y hasta mi piel como si fuera ácido. Comiéndome por dentro como la agonía se comía mi interior.

Esta noche debió haber resultado diferente. *Tan* diferente, pero no iba a terminar sin ese anillo en su dedo, donde pertenecía.

Rodé hacia mi lado y Julia rodó conmigo, mirándome de frente, nos miramos mutuamente a la cara y aparté el cabello de su rostro. Manchada de lágrimas y todo eso, ella seguía siendo lo más impresionante que yo había visto. Estaba cautivado… abrumado por lo hermosa que era por dentro y por fuera.

Esto había estado matándola. La desesperación que había sentido durante todo el fin de semana era a causa de su dolor y la idea de dejarme por meses; esto había sido más doloroso para ella porque sabía lo mucho que me heriría. "Okey. Voy a *dejarte* ir a París," traté de bromear, a pesar del gran dolor en cada fibra de mi ser. Ella levantó las cejas mirándome mientras yo trataba de sonreír. Su barbilla comenzó a temblar, aún tan frágil. Busqué en el bolsillo de mi pantalón el anillo y lo saqué, tratando de distraerla besándola.

"Shh… no llores mi amor." Mis labios tomaron suavemente los de ella y lamí su labio superior con la punta de mi lengua. Gimió y levantó su boca, pidiendo más silenciosamente. Mi boca estaba sobre la de ella decidiendo si besarla hasta que ambos perdiéramos el aliento o poner el anillo en su dedo.

Un solitario en forma de óvalo de dos quilates, en una delicada banda cubierta con veintisiete piedras que le hacían juego perfectamente. El metal que las unía no era visible siquiera. Había pasado cuatro años ahorrando para costearlo. Quería que ese anillo fuera un reflejo de la mujer que lo usaba; sin defectos, perfecto, brillante, hermoso y completamente único.

Susurré contra su boca. "Esta no es la forma en la que quería hacer esto, Julia… pero sí, te dejaré ir a París, pero solo con esto en tu dedo." Levanté el anillo y sus ojos llenos de lágrimas se abrieron e inhaló violentamente. Sus brazos se apretaron a mi alrededor mientras lloraba con más fuerza.

"Julia, te casarías conmigo?" El metal y diamantes quemaban en mi palma mientras acariciaba su mejilla con los nudillos de mi mano cerrada. "Te amo; Yo solo te quiero a ti… para siempre. Te casarías conmigo, cariño?"

Julia se apartó para mirar mi rostro, sus hermosos ojos líquidos mientras se reía entre lágrimas. "Sí. Por supuesto, sí Ryan! Dios mío, Sí!"

Lo deslicé en su dedo y la besé con delicadeza en la boca. Desesperación, un amor sobrecogedor y tristeza…todo eso flotando en torno a nosotros mientras nos aferrábamos el uno al otro, desgarrándonos la ropa en un enardecido intento de estar más cerca.

Yo entendía su decaimiento de los últimos días, pero no quería que esta noche se sintiera apresurada o desesperada, quería mostrarle con mi boca, manos y cuerpo, que yo aún era suyo y que estaríamos bien. Sin importar qué, nosotros estaríamos juntos. Retiré mi boca de la de ella, porque necesitaba aliviar el dolor en su corazón, tomé su mano y la llevé a mi boca y acaricié sus nudillos con mi boca lentamente una y otra vez.

"Julia," dije en voz baja, "Quiero que hagamos el amor lentamente esta noche, amor. Te amo y nada cambiará eso. Ni siquiera París.

Podrías irte a la luna y te amaría igual. Quiero recordar cada momento de esta noche, saborear cada caricia."

"Ryan…" susurró dolida.

"Shh… Está bien. Va a funcionar, amor. Le dije a Aaron la primera noche que regresé después del Día de Gracias, que yo podía sentir tu amor por mí, como lo sentía filtrarse por mi piel. Eso es lo que quiero que tú sientas, también. Nada se va a interponer entre nosotros. No lo voy a permitir."

"Yo lo siento, Ryan. Sé cuánto me amas. No te merezco." Murmuró devastada.

Sonreí un poco y acaricié su rostro con mi nariz, mis manos flotaron sobre su pecho y ella se arqueó contra mí y rodé sobre ella. Pensé en las palabras que nos habíamos dicho el uno al otro en el pasado, así que las repetí.

"Tu mereces lo que sea que yo quiera darte y yo quiero darte todo. Solo *no olvides recordarme*, y estaremos bien. No olvides cuanto te amo…"

-12-

"Ellie!" la llamé mientras doblaba la última carga de ropa. "Qué estás haciendo allí dentro?" Había venido a pasar un fin de semana largo antes de que me fuera a París. Suspiré llena de melancolía. Esta era una fantástica oportunidad y seguí diciéndome a mí misma que estaría demasiado ocupada para extrañar Nueva York, extrañar a mis amigos… Extrañar a Ryan.

Levanté la mirada justo para verla caminar por el pasillo sosteniendo un traje que me había regalado tres años antes, chasqueando con la lengua y sacudiendo la cabeza en desaprobación.

"Por favor, dime que no vas a llevar esta cosa vieja a París, Julia."

Mi boca se torció en los bordes y me levanté a quitárselo de las manos. "Me gusta este traje."

"No puedes ir a la capital mundial de la moda y usando trapos pasados de moda" me riñó y puso los ojos en blanco.

"Sí." Dije en voz baja, mortificada con mi inminente partida.

Ellie se sentó en el sofá, observándome mientras continue doblando ropa. Sus ojos seguían mis movimientos y a veces mi cara. Se inclinó hacia adelante y detuvo mis movimientos con sus manos. "Julia, son solo unos meses."

Me encogí de hombros. "Sigo repitiéndome eso, pero no me hace sentir mejor. Y, Ryan…" lancé de vuelta la ropa y me recliné en el sofá cruzando los brazos.

"Él no lo está tomando muy bien?" Ellie preguntó con discreción recogiendo la blusa que lancé y terminó de doblarla.

285

"Cada vez que hablamos, puedo escucharlo en su voz. Él trata de esconderlo, pero es miserable. Quisiera correr hacia él y decirle que nada es más importante para mí que él. Él es mi mundo."

"Lo sé, cariñito, pero esta es una oportunidad asombrosa. Decirle que no a Meredith sería como una bofetada en la cara. Igual ibas a estar unos meses sin él, no es así?"

"Como tres meses, sí, pero ahora será por lo menos el doble de eso." Se me hizo un nudo en la garganta. "Nos está matando a ambos."

Ellie sonrió débilmente. "Tú ve ahí y diviértete. El tiempo pasará volando."

Fruncí el ceño. Cómo demonios iba a saber ella cómo era?

"Imagina cómo sería estar lejos de Harris por cuatro años, Ellie. Entonces, él llega y te dice que será más tiempo todavía." Dije levantándome y dirigiéndome a la cocina.

"Te sentirías como una porquería?" De repente me sentí mareada, apoye una mano para sostenerme. "Ahhh…"

Ellie me siguió a la cocina, parándose detrás de mí cuando puse la mano en mi cabeza. "Estás bien, Julia? Estás enferma?"

"No. Quiero decir, me siento bien. Solo me mareé. Me levanté demasiado rápido." Volteé hacia ella. "Quieres un trago?"

"Qué tienes?" se sentó en uno de los bancos de la barra. Se veía espectacular. Su cabello era más largo casi pasaba sus hombros.

"Um… tengo vino rojo, cerveza coca cola y agua. Cuál?"

"Vino, dah," rio.

Su tranquila camaradería me hacía sonreír. "Deberías mudarte aquí, hacer que Harris traiga toda su banda a Nueva York."

"Eh…" comenzó pero la interrumpí.

"Ya que, ahora tienen un contrato, no pueden vivir donde quieran?"

La banda de Harris había estado batallando en la Costa Oeste hasta, que finalmente, una gran compañía productora los vio en un club donde estaban tocando, ofreció ayuda, hizo un demo y fue como magia, firmaron en dos meses.

"No lo sé. Mi negocio está allá. Por qué no te mudas tú cuando Ryan termine su residencia?"

Gruñí. "Eso serían cuatro o cinco años más. Ustedes se pueden mudar ya. Aaron y Jenna estarán en Boston y eso es lo más cerca que hemos estado en años. Te extraño".

De repente, sentí náuseas y mi cabeza comenzó a dar vueltas de nuevo. Solté violentamente el agua y un poco se derramó. "Guao."

Ellie estuvo allí inmediatamente, sacando un banco para mí. Su ceño se frunció porque estaba preocupada. "Estas segura que no estas enferma?"

Me senté y puse mi cabeza en mis manos. "Estoy bien. Bueno, estuve enferma hace unas semanas, pero he estado cansada. He estado trabajando muy duro y Ryan y yo nos hemos quedado hasta tarde al teléfono la mayoría de las noches. Creo que solo necesito dormir."

"Estás segura?"

Me miró con escepticismo y luego sus ojos se abrieron completamente en alerta. "Julia, en todos los años que te he conocido, solo te has enfermado la vez que te intoxicaste por aquella comida y un pequeño resfriado."

"Lo sé. Este debe ser mi año. Creo que el estrés me está desgastando." Continuó mirándome con escepticismo y tomó un trago de su vino. "Cuándo estuvo Ryan aquí por última vez?"

"Am, el fin de semana de San Valentín, tratamos de hacer tiempo para vernos hace dos semanas, pero lo llamaron a sala de emergencia, entonces, eso lo barrió por completo."

"Estás embarazada, Julia?"

Okey, qué? Mi boca quedó totalmente abierta por un segundo mientras consideraba su pregunta.

"Qué? no! Estoy usando la píldora por Dios Santo, Ellie." Dije inflexiblemente pero mi mente estaba corriendo, sumando dos más dos. "Vamos a casarnos en un año; de ninguna forma pudimos ser tan descuidados!" Perdí el aliento cuando levanté la mirada y vi a Ellie en shock. Era posible. "Oh, Dios mío. No podría ser posible." Mi mano voló a mi vientre. "Podría?"

"Bueno, ustedes están tirando, Julia?" Preguntó inocentemente y arrugó su nariz con una sonrisa. "Cuando tuviste tu periodo por última vez?"

"No lo sé, supongo… ha sido…" me detuve mientras la realidad me golpeó directo en la cara. "Oh, Dios Ellie!" rápidamente me tomó en sus brazos. Lloramos y nos reímos mientras nos abrazábamos. Me aparté y limpié las repentinas lágrimas. Esto no era planeado, pero sería un milagro.

Ellie sonrió radiante mientras me sostenía por los hombros. "Le dirás a Ryan?"

"Por supuesto, si resulta cierto!" yo estaba abrumada de alegría ante la idea.

"Antes o después de irte a París?" preguntó Ellie. "Ryan se volverá loco si estás embarazada y estás tan lejos."

Traté de asimilarlo, sabiendo bien lo que tenía que pasar. "Si estoy embarazada… no puedo irme. Es tan simple como eso. Yo nunca le haría eso." La miré y me carcajeé. "Imagínate como se pondrá!" dije felizmente.

"Será tan protector y querrá la experiencia de cada pequeño detalle." Mi corazón lleno de amor por la posibilidad de mi hijo que aún no nacía y el hombre que era responsable de eso. Imaginandolo presionar su oído a mi abultado vientre.

"Entonces… qué vamos a hacer?" Ellie bajó su copa y se colocó las botas. "Tu estás aturdida, así que yo iré a comprar la prueba. Deja de hacer las maletas, Julia! Tía Ellie volverá un enseguida."

Me reí felizmente y tomé sus manos. "Oh, Ellie. Espero que sea cierto! Deseo que sea verdad! No puedo esperar a ver la mirada en la cara de Ryan cuando se lo diga. Será tan hermoso… Sé que él quedará… sin palabras."

Volví a la sala, todavía en shock, pero necesitaba escuchar la voz de Ryan. Me incliné sobre la mesa, agarré mi cartera, saqué mi teléfono y estaba sobreexcitada cuando él contestó al primer repique.

"Hey, hermosa! Ellie no te mantiene suficientemente ocupada?" Su perfecta voz se derritió a mi alrededor y una vez más llevé mi mano protectoramente hacia mi vientre. No podía evitar la tonta sonrisa en mi cara.

"Sí, lo está. Fue a la tienda, y yo quería escuchar tu voz," dije suavemente. "Te amo. Puedes hablar por un minuto?"

"Por un minuto, está bastante lento por ahora." Suspiró. "Mi turno termina en un par de horas. Cambiaste de opinión acerca de París? Por favor di que sí. Sálvame la vida."

Sonreí y mordí mi labio, no podía decirle por teléfono, además, todavía no estaba segura.

"No hablemos sobre mi partida ahora."

"Sí, he estado tratando de olvidarlo. Seré un desastre este fin de semana, para que lo sepas. Soy un llorón en lo que a ti se refiere."

Me reí porque no lo pude evitar. "Nunca. Yo creo que eres perfecto." Susurré, una vez más sintiendo las lágrimas quemar mis ojos y mi garganta cerrarse.

"Ya te extraño," gruñó. "Me estoy muriendo por verte, pero no estoy ansioso por decirte adiós."

"Entonces, no digamos adiós." Se me salió antes de poder evitarlo.

Su voz se levantó un poco con esperanza. "Julia, qué estás diciendo?"

"Solo que no es un adiós. Aún soy tuya."

"Lo sé. Esa es la única razón que evita que me vuelva loco, pero sigo esperando que cambies de opinión a último minuto," Podía imaginar la mirada de dolor en su rostro. Su hermoso labio inferior hacia afuera y la tristeza detrás de sus ojos. Mi corazón se comprimió dentro de mi pecho espero que el bebé tenga sus rasgos.

"No es fácil para mí tampoco. Sabes eso," murmuré suavemente, forzando las palabras a salir. Era tan difícil no decir para aliviar su dolor. "Te extraño cada segundo que estamos separados. No importa donde esté."

"Amor…" la añoranza en su voz hizo doler mi garganta aún más y yo sabía que si me quedaba hablando con él me haría ceder.

"Ryan…" Mi corazón gritaba que le dijera pero yo necesitaba ver su cara cuando le dijera. "Hablaremos cuando llegue allá. Tengo que irme. Ellie regresará pronto, pero te amo."

"Okey, cariño. Te amo, también. Más que a nadie. No puedo esperar para tenerte entre mis brazos."

Él era demasiado maravilloso para las palabras.

"Yo también. Me llamas mañana?"

"Siempre. Adiós, mi amor."

"Adiós."

La decisión se tomó. No podía esperar hasta el fin de semana para compartir esta noticia. Yo ya estaba en mi habitación metiendo ropa en mi bolso cuando Ellie volvió.

"Pensé que ibas a abandonar lo de París. Quiero decir, si esto es positivo?" dijo mientras sostenía la bolsa de papel hacia mí. Yo solo la miré y sonreí sin aliento.

"Voy con Ryan esta noche. Lo siento, Ellie. Yo sé que viajaste desde lejos, pero tengo que verlo. Quieres venir conmigo?"

"Demonios, no. No te preocupes por mí. No voy a interrumpir esto. Te veo en unos pocos meses." Me observó mientras corría por el departamento, sus cejas levantadas y su cabeza ligeramente inclinada. "Hey! Ni siquiera vas a hacer pis en la maldita cosa?"

"Oh… sí. Pero ya lo sé. Estoy tan feliz, Ellie. Ryan va a ser el más maravilloso padre. Como todo lo demás que hace. Ahora puedo verlo todo. Él será jodidamente perfecto."

Me levantó las cejas. "Vas a besar a tu bebé con esa boca, mami?"

Me detuve y me carcajeé y ella me lanzó la bolsa.

~*Ryan*~

Maldición, nada me está saliendo bien. La primera vez en un mes que había podido jugar un tres a tres de basquetbol con los chicos y mi localizador se apaga. Las rotaciones de cuarto año no tienen hora fija. Llaman cuando necesitaban a alguien, especialmente en emergencia, pero yo había terminado mi turno hace hora y media. Además, Julia se iba a París en una semana, entonces yo no estaba durmiendo mucho y esperaba que el ejercicio me ayudara con eso.

"Hey, chicos, tiempo fuera," corrí a un lado de la cancha, tomé una toalla y me limpié el sudor de la cara. Hale el localizador de la cintura de mis pantaloncillos y arrojé la toalla a un lado. Era Aaron; seguido por el 911. Algo estaba mal.

"Hey Ryan, vamos hombre. Estamos ganando!" gritó Tanner.

Levanté una mano para interrumpirlo mientras marcaba el número de Aaron con la otra mano.

"Hay una emergencia. Puede que tenga que abandonar."

Me molestaba que mi juego fuera interrumpido. Aaron quizá quería que fuera a reemplazarlo al final de su turno, pero contestó al primer repique y su voz era frenética. "Ryan, tienes que venir al hospital."

"Qué? Acabo de salir de rotación. Estoy jugando básquetbol hombre. Se acabó mi turno." Dije agitado. "Trabaja tus malditas horas Aaron."

"Ryan. Escúchame. Estabas esperando a Jul en Boston esta noche?"

"No." No quería pensar en eso. Estaba tratando de evadir todos y cada uno de los pensamientos que me llevaran a su partida. "No hasta el próximo fin de semana, antes de que se vaya a París. Va a volar desde el Aeropuerto Internacional Logan. Por qué?"

"Ven al hospital, Ryan. Creo que Julia está en emergencias."

"Qué? Deja de bromear, Aaron. Eso no es gracioso. Ya te lo dije, ella no está en la ciudad. No crees que lo sabría si así fuera?" Pregunté impaciente, enojado de que él jugara con algo tan serio. Yo esperaba el fin de semana y me aterraba al mismo tiempo. Mi corazón se sentía como fuera de lugar dentro de mi pecho. Me senté y pasé la toalla por detrás de mi cuello.

"Te *dije;* trae tu trasero a emergencia, ahora!! Ella tuvo un accidente y se ve mal. No pude verle la cara, había demasiada sangre, pero sé que es ella." No había lugar a dudas en la seriedad de su voz.

"De qué hablas?" pregunté incrédulo pero ya estaba corriendo al estacionamiento, mi corazón golpeaba tan fuerte que pensé que literalmente saldría volando de mi cuerpo. Saqué las llaves de mi bolsillo mientras mi mente galopaba, tratando de encontrar una razón para pelear con Aaron. Tanner gritaba detrás de mí, pero lo ignoré.

No podía ser Julia. Ella nunca viajaría sin decirme.

"Aaron, estás seguro? Cómo lo sabes?" pero no quería escuchar la respuesta. "Si no pudiste ver su cara podría ser cualquiera."

"No. Es Julia. Reconocí su joyería, Ryan. El brazalete… tu sabes."

Oh Dios mío. Jesús, por favor. NO! Mi corazón y mi mente gritaban, sentí como si me golpearan en el estómago con un bate de béisbol.

"Oh, Dios mío! Qué tan malo es?" me ahogué. Se sentía como si bandas de metal apretaran mi pecho impidiéndome respirar y mis ojos comenzaron a nublarse.

"No lo sé. Jen está trabajando en ella como con una docena más. No se ve bien, Ryan. Solo ven aquí tan rápido como puedas."

Mi auto ya volaba por la calle a una velocidad rompecuellos. Sería un milagro si no me detenían, pero no me importaba. Las llamas del infierno estaban tras de mí. Yo era un energúmeno, pero de alguna manera la adrenalina que corría por mis venas me permitía tener el control.

"Sí, okey. Puedes llamar a Ellie y a sus padres? Estaré allí en tres minutos. Si no tienes el número de Paul llama a Ellie. Ella sabrá cómo contactarlo."

Lo próximo que supe, fue que estaba lanzándome a través de las puertas de emergencia. Reconocí a varios de los doctores y enfermeras que me habían relevado una hora antes. La conmoción cuando entré los dejó a todos mirándome con la boca abierta.

Puse ambas manos en mi cabello mientras dije en voz alta. "Julia Abbott. *Dónde está ella?*"

Min Sing, otra de las estudiantes, puso sus manos en mi pecho para detenerme. "Ryan, están trabajando en ella. Tú no puedes entrar ahí. Cálmate."

Empujé sus manos impacientemente y caminé alrededor de ella. "De qué estás hablando? Yo trabajo aquí, por el amor de Dios, entonces que alguien me diga en qué habitación está?" Todos me miraron como si estuviera loco y yo quería matar a alguien. "Ahora!" grité.

Aaron salió rápidamente del área de espera. "Ryan, cálmate. Ellie y el papá de Julia están en camino. Preguntaron si tú llamarías cuando supiéramos algo más pero ambos están subiendo a aviones ahora. No encontré a su madre y no quise dejar un mensaje, por consideración."

Volteé hacia Aaron. "Dónde está ella? Maldición!" Esa voz estrangulada era mía? No la reconocía. "Oh, Dios, Aaron! Es Julia? Estás *seguro*?"

La cara de Aaron se desmoronó y agarró mi muñeca, tomando mi mano para poner algo en ella. "Sí," dijo cuándo su mirada encontró la mía. Tristeza y resignación inundaron su expresión.

Miré hacia abajo para ver lo que me había dado. Era el brazalete con la RJ que ella había usado los últimos tres años y su anillo de compromiso. Los miré sumido en angustia, mi cuerpo comenzó a temblar violentamente y las lágrimas comenzaron en mis ojos. "Saben algo ya?" Pregunté sin poder creerlo y tratando de tragarme las lágrimas. Sentí como si me incendiara como una increíble quemada a través de mi cuerpo. No podía respirar.

"Todavía no han salido. Jen está con ella y nos mantendrá informados. Los demás no me dirían nada ya que no somos familia y ya conoces la ley sobre eso. Jenna me trajo su joyería disimuladamente."

Coloqué el anillo en mi dedo meñique, el cual apenas pasó mi primer nudillo y froté con el pulgar las letras del brazalete. Esta era la primera vez que se lo quitaba desde que lo coloque en su muñeca en la cabaña de Estes Park.

"Técnicamente tú tampoco eres familiar, Ryan. Probablemente no te dejen entrar hasta que Paul llegue aquí."

"Me importa una mierda si soy familiar!" Pasé una mano por mi cara y giré violentamente hasta el mostrador y me dirigí a las cuatro personas paradas ahí. "Miren, todos ustedes. Estamos hablando de mi prometida. Que alguien me diga algo o déjenme entrar a esa mierda!"

miré alrededor y todos me miraban con simpatía en sus caras pero nadie se movía. "Se los *suplico*." La desesperación destilaba en mi voz mientras dejé caer mi cabeza y subí mis manos para tapar mis ojos. "*Por favor!*"

"Ryan, tu sabes tan bien como yo que si es malo, necesitan estabilizarla antes de que puedas verla. No podemos distraerlos." Dijo Min. La preocupación en su cara era evidente mientras posó una mano de consuelo en mi hombro.

"Yo puedo ayudar. Para esto es que estoy entrenado," respondí con urgencia. No podía estar allí parado inútilmente cuando estaba tan equipado para trabajar en Julia como cualquiera de los estudiantes allí, probablemente más ya que, trauma era mi área de enfoque.

"Alguien déjeme entrar!"

No podía respirar y se sentía como si el corazón se fuera a salir de mi pecho. Mi vida completa se estaba despedazando frente a mí y no podía detenerlo. Si Julia se estaba muriendo, entonces yo también.

Si has disfrutado este libro, por favor sigue la historia de
Ryan y Julia mientras continúa en

No Olvides Recordarme.
La Trilogía Del Recuerdo.
Libro II